LITERATURWERKSTATT

Silvia Götschi

KÜNSTLERPECH
Kramers dritter Fall

Krimi

Autorin und Verlag danken für die freundliche Unterstützung:

Kultkurkommission des Kantons Schwyz

Touch Design AG, Luzern

1. Auflage 2013
Alle Rechte vorbehalten
Literaturwerkstatt Küssnacht, Kt. Schwyz
Lektorat/Korrektorat: Bärbel Philipp
Umschlaggestaltung und Satz: Touch Design AG, Luzern
Druck und Bindung: Speck Print AG, Baar
Made in Switzerland
ISBN: 978-3-9523927-7-5

LITERATURWERKSTATT

Literaturwerkstatt GmbH, CH-6403 Küssnacht
www.literaturwerkstatt.ch

Gregorianische Gesänge und der dumpfe Bass der Gitarre – wie sehr erregt es ihn. Doch noch mehr das, was vor ihm aus dem Boden wächst, als wäre der Boden eins mit diesem Körper. Gebückt berührt er die Fingerkuppe, die er gerade eben mit einer Feile bearbeitet hat. Der Nagel wirkt wie ziseliert. Sogar die Monde auf der Oberfläche sind zu erkennen, jede noch so kleine Vertiefung, jede Erhebung. Er ist zufrieden. Langsam richtet er sich auf, geht ein paar Schritte zurück zur Raummitte. Über sein Gesicht huscht ein Lächeln. Wahrlich, es ist sein bestes Werk.

In einigen Tagen würde es in der Galerie stehen. Dafür hat er lange gekämpft. Er sieht Besucher davor weilen, welche die Dynamik der Figur bestaunen. Vielleicht würden sie sich hinknien ob ihrer Hochachtung. Aus Respekt vor ihm, dem Künstler. Journalisten würden sich darum streiten, wer zuerst mit Fragen auf ihn zukommen durfte, und anderntags stünden die Schlagzeilen in roten Lettern über dem Bericht, auf den er so lange hat warten müssen. Endlich das geworden, wofür er geboren worden ist – der Begnadete mit den magischen Händen. Er würde sogar im von ihm verachteten Boulevardblatt auf der Titelseite stehen, in den Zeitschriften und Ratgebern.

«Halleluja! Oh, ihr Götter, mir wohlgesinnten. Ihr Engel, welche sie begleiten. Und ihr dort unten, im Flammenmeer Ertränkten, ihr Teufel, was habt ihr über mich gelacht. Doch jetzt ist euch das Lachen vergangen, ha. So eine Figur habt ihr noch nie zuvor gesehen. Schöner noch als Michelangelos Davide. Jede Körperfalte mit Hingabe gemeisselt. Vollendet in ihrer Ausführung. Einen Meter fünfundsiebzig Perfektion vom Scheitel bis zu den Sohlen.»

Mit dem Geschlecht hat er sich besondere Mühe gegeben. Nicht verborgen hinter dem Feigenblatt – nein, strotzende Manneskraft in ihrer naturgegebenen Grösse. Aufstrebend und potent. So, wie er es immer hat sein wollen. Gesund und stark. Man würde über ihn reden, als der, der den Keuschheitsgürtel gesprengt hat. Er will die Leute konfrontieren, sie zum Hinsehen zwingen. Sie würden ihm die Füsse lecken wollen. Ihn dafür lieben, dass er den Schleier gehoben hat. Erneut eine Welle der Erregung. Dabei hat er sich in Körperbeherrschung geübt. Ist eingeübt, den irdischen Gelüsten nicht nachzugeben. Es ist nicht einfach, sich den Eindrücken zu entziehen, die täglich einen überfluten. Manch einer ertrinkt in ihnen. Es gibt kein Zurück.

Er streicht zärtlich über den bronzenen Phallus. Sogar die Eichel ist ihm vollends gelungen. Jede Falte ist perfekt.

Lobgesang aus dem Radio.

«Allmächtiger, der ich bin.» Er umrundet die Skulptur. Wie soll er sie nur nennen? *Adonis* – Gott der Schönheit? Oder *Alkibiades*, Sokrates' platonischer Liebhaber? Zitternd streckt er seine Hände aus, umfasst die Schultern. «Mein bist du, meine Geburt, Anfang und Ewigkeit. Aus meiner Fantasie geboren.»

Die Haut glänzt, noch ein letzter Schliff. In einer Schale hat er die Haare bereitgelegt – die für den Kopf und alle anderen. Er würde noch zusätzlich einen halben Tag daran arbeiten müssen, bis alles am richtigen Platz ist. Die Härchen mit Bronze überpinseln, mit der Legierung, die er selbst ausgetüftelt hat. Ja, er ist ein Genie.

Er will ihn Alkibiades nennen.

Durch das schmale Fenster am Ende des Raumes fällt ein Streifen Licht. Die Sonne wirft die letzten Strahlen und zeichnet warme Sprenkel auf das Bronzegesicht.

Er arbeitet ohne Zeitgefühl. Die Kopfhaare sind befestigt. Über den Armen und Beinen klebt ein schwacher Flaum. Und vom Bauchnabel bis zu den Lenden kräuseln sie sich widerspenstig.

Der Mönchschor singt zum wiederholten Mal dasselbe Lied, und die Gitarre brummt dazu den Bass. Er umkreist die Figur, tänzelt gebückt, dann wieder gestreckt. Wie Rumpelstilzchen vor dem Feuer, dass niemand seinen Namen wisse. Das vergehende Licht streichelt über die Stirn, die wohlgeformte Nase und den schmalen Mund. Er kann sich nicht von diesem Anblick lösen. «*Alkibiades*, jetzt würde ich dich zum Leben erwecken wollen, dir meinen Atem einhauchen. Du bist so wunderschön und gottgegeben.»
Zärtlich umfasst er seinen Leib.

Mittwoch, 8. Mai

Das Telefon klingelte. Thomas sass vor dem Laptop und betrachtete die Fotos von vergangenem Urlaub. Meer, nichts als Meer. Dazwischen weisse Sandstrände, Palmen und ein Himmel wie auf dem Hochglanzprospekt des Reisebüros. Isabelle hatte nicht zu viel versprochen. Sie lehnte an der Reling des Riesendampfers und streckte ihre braun gebrannten Beine dem Betrachter entgegen. Thomas griff zum Apparat, während er die Augen nicht von dem Bild lassen konnte. Unbestritten hatte er noch immer eine attraktive Frau.

«Kramer.» Er musste sich ein paar Mal räuspern.

«Dad, ich bin's, Stefan.»

Seit der Rückkehr aus den Ferien hatte Thomas seinen Sohn erst einmal gesehen. Er hatte ihn und Isabelle auf dem Flughafen abgeholt und ihnen auf der Rückfahrt erzählt, welch hektische Zeit ihm bevorstehe. «Ich dachte, du seiest auf einer Fortbildung», fragte er deshalb.

«Die ist verschoben worden», antwortete Stefan. «Bist du heute am späten Nachmittag zu Hause? Ich muss dich dringend sprechen.»

«Wann hast du denn Feierabend?»

«Um halb fünf.»

«Bankangestellter müsste man sein.»

«Du bist ja auch schon daheim», wunderte sich Stefan.

«Wieso eigentlich?»

«Überstundenkompensation.» Thomas klickte ein Bild weiter. Isabelle im neu erstandenen Bikini. Wie wundervoll ihre Figur zur Geltung kam, bemerkte er erst jetzt. Auch ihr Haar trug sie länger. «Warum erzählst du's mir nicht am Telefon?»

«Weil ich so oder so wieder einmal bei euch vorbeischauen wollte.»

«Deine Mutter ist aber nicht da.» Das nächste Bild: Zwischenstopp in Otrobanda, im Hafen von Curaçao. Der Besuch in Willemstad. Isabelle mit Hut.
«Ich möchte dich unter vier Augen sprechen.» Stefan klang angespannt.
«Worum geht es denn?» Unterwasseraufnahmen. Isabelle beim Schnorcheln. Dann Thomas seitlich abgelichtet. Wohin hatte Isabelle nur geschaut? Nein, von einem Waschbrettbauch war er noch immer weit entfernt. Nachtessen im Speisesaal des Luxusdampfers. Isabelle im kleinen Schwarzen. So entspannt hatte er sie schon lange nicht mehr erlebt.
«Ich kann nicht am Telefon darüber reden.» Stefan erklärte, dass er in etwa einer Stunde am Sonnenberg sein würde. «Lucille hat Dienst. Ich kann zum Abendessen bleiben.»
«Hast du dich gerade selbst eingeladen?» Thomas lachte. Isabelle sah ihn mit über die Nase geschobener Sonnenbrille an. «Also, mach dich auf den Weg. Ich warte.» Den Besuch im Fitnesszentrum konnte er verschieben. Er vergrösserte jetzt eine Nahaufnahme von seinem Gesicht und sah es sich genauer an. Die steile Falte zwischen den Augenbrauen war neu. Trotz der Ferien. Plötzlich Tizianas Gesicht, das wie ein Blitz in seine Gedanken zuckte. Nicht wirklich. Thomas schloss das Dokument. Tief einatmend lehnte er sich zurück. Armando Bartolini war noch nicht dazu gekommen, ihn über den Abschluss des letzten Falls näher zu informieren. Wollte er es überhaupt hören?

Thomas ging in die Küche, die neben dem Esszimmer durch ein Bogentor zu erreichen war. Im Gefrierschrank fand er eine Portion Lasagne. Er heizte den Backofen auf, sah währenddessen die Zeitungen durch. Entlassungen und Arbeitslosigkeit überwogen in den Schlagzeilen. Eine halbe Seite wurde dem Zyklon Nargis gewidmet, der Ende April über dem nördlichen Indischen Ozean gewütet hatte. Die Frage, ob man in Zukunft vermehrt mit solchen Wetterkapriolen rechnen müsse, wurde einem Spezialisten gestellt, dessen Namen Thomas noch nie zuvor gelesen hatte. Er blätterte um und überflog die Sportnachrichten. Wie immer dominierte der Fussball, doch das interessierte ihn nicht.

Später schob er die Lasagne auf dem Blech in den Backofen. Im Esszimmer deckte er den Tisch für drei Personen. Dazu holte er die farbigen Tischsets hervor und arrangierte Teller, Messer und Gabel zusammen mit den Rotweingläsern. Isabelle würde vielleicht früher als beabsichtigt von ihrer Arbeit zurück sein. Manchmal fing sie bereits um halb sieben an und kam dadurch früher nach Hause. Oftmals liessen sie dann den Abend mit einem Glas Wein ausklingen. Er holte seinen kalifornischen Lieblingswein – den Hess Selection – aus dem Keller, entkorkte ihn und trug die Flasche ins Esszimmer, wo er sie auf den Tisch stellte.

Die Obstbäume standen in der letzten Blüte. Ein leichter Dunst hatte sich über die Landschaft gelegt. Thomas stand beim Fenster und blickte den Hang hinunter. In den letzten Jahren war jedes Fleckchen Grün überbaut und zubetoniert worden. Die Hauseigentümer versuchten dennoch, mit üppigen Bepflanzungen das zurückzuerobern, was sie verloren hatten – ein Stück urchige Natur. Die Grundstücke waren mit mannshohen Mauern oder Holzzäunen gegen den Nachbarn abgeschottet, die Anonymität war wohl jedem ein Bedürfnis. Thomas kam es vor, als hätte sich jeder seinen eigenen Schrebergarten angelegt. Er wechselte auf die Rückseite, spähte durchs Fenster, als Stefan auf den Parkplatz fuhr. Seit einem halben Jahr gehörte ihm ein schwarzer Mini Cooper. Thomas ging ihm entgegen und stellte sich unter den Türrahmen. Mit verschränkten Armen beobachtete er seinen Sohn, wie er aus dem Auto stieg, abschloss und mit schlaksigen Schritten auf ihn zukam. Mit den ihm vertrauten Bewegungen, demselben Schritt, denselben Gesten – Thomas' Abbild in der Ausgabe der jüngeren Generation. Sie umarmten einander.

Thomas stiess seinen Sohn ins Esszimmer. «Ich habe Lasagne gemacht. Ich hoffe, die wird dir schmecken.»

Stefan lehnte an das Sideboard. «Danke, das reicht für meine bescheidenen Ansprüche.»

«Im Untertreiben warst du schon immer ein Weltmeister. Wie sieht es mit der Fortbildung aus?»

«Zu viele Anmeldungen.» Stefan griff mit beiden Händen in die braunen Haare, die er sich frisch hatte schneiden lassen – an der Grenze zum Kahlschlag. «Mich haben sie der zweiten Gruppe zugeteilt. Vielleicht fällt der Kurs dann genau in meine Ferien. Auch nicht weiter schlimm, da Lucille arbeiten muss.»

«Nun schiess los», forderte Thomas ihn auf. «Was hast du auf dem Herzen, das du nicht am Telefon hast besprechen wollen?» Er beobachtete seinen Sohn wohlgefällig.

Stefan schob einen Stuhl unter sein Gesäss. «Erinnerst du dich an Silvano Zanetti?»

«Wer soll das sein?»

«Der Name sagt dir nichts?» Stefan sah seinen Vater enttäuscht an. «Siehst du den Kulturteil in der Luzerner Zeitung denn nie an? Er fertigt diese wunderschönen Skulpturen, vorwiegend Frauenakte.»

«Kann sein, dass ich die Frauenakte betrachtet habe.» Thomas schmunzelte verheissungsvoll. «Manchmal lese ich auch den Kulturteil», ergänzte er. «Doch der Name sagt mir nichts.»

«Mit Silvano ging ich in die Sekundarschule. Als ich mit der kaufmännischen Lehre begann, besuchte er die Kunstgewerbeschule. Wir haben uns dann eine Weile aus den Augen verloren. Bis etwa vor einem halben Jahr.»

«Ach der, der Jugendfreund. Nannte man ihn nicht Sily? Er war ab und zu bei uns. Dass ich das vergessen konnte.» Thomas ging in die Küche, griff nach zwei Topflappen, öffnete den Backofen und holte das Blech mit der Lasagne heraus. «Jetzt erinnere ich mich wieder. Hat er nicht diese Wand vor der Turnhalle verunstaltet?» Er stellte das Blech auf die Ablage und entnahm ihm die Glasschale mit der Lasagne. Diese trug er ins Esszimmer.

«Heute hätte dieses Bild einen enormen Wert. Aber diese Kunstbanausen mussten es ja unbedingt überpinseln.»

«Kunst ist Geschmacksache!» Warum musste er plötzlich an Tiziana denken?

«Ist etwas?» Stefan sah seinen Vater stirnrunzelnd an. «Erinnerst du dich doch an ihn?»

«Gerade erinnere ich mich an den Mann, den man am Schmutzigen Donnerstag erschossen hat.» Thomas schöpfte. Seine Hand zitterte unmerklich. «Der war auch ein Künstler. Nur war er beim Malen geblieben. Was also ist mit diesem Silvano Zanetti?»

Stefan nahm seinen Teller entgegen. «Er will heiraten. Am Freitag war Polterabend im Hotel Schweizerhof. Aber er ist nicht erschienen.»

«Er wird es sich anders überlegt haben.» Thomas setzte sich und breitete eine Serviette auf den Knien aus. Er griff zur Flasche und goss den Rotwein zuerst in Stefans, dann in sein Glas.

«Aber nicht Silvano.»

«Wann will er denn heiraten?»

«Am nächsten Samstag. Zuerst auf dem Standesamt und anschliessend in der Kirche. Übermorgen hätte er zudem die Vernissage zu seiner Ausstellung, darum war der Junggesellenabend vorverlegt worden.»

«Hast du seine Verlobte angerufen?»

«Nein! Sie hat *mich* kontaktiert. Sie ist völlig aus dem Häuschen.» Stefan angelte sich die Serviette. «Sie macht sich grosse Sorgen. Silvano ist wie vom Erdboden verschluckt, und das seit fünf Tagen. Irgendetwas muss geschehen sein.»

«Und seine Eltern? Vielleicht wissen die, wo sich ihr Sohn aufhält.» Thomas griff nach dem Glas. «Prost dann.»

Stefan zögerte. «Auch sein Vater hat keine Ahnung, wo er sich befindet. Er war auch schon bei der Polizei deswegen.» Er hob das Glas und erwiderte den Toast.

Beide tranken. Sie stellten das Glas gleichzeitig hin.

«Jetzt mal halblang ... er hat eine Vermisstenanzeige aufgegeben? Verstehe ich dich richtig?» Thomas liess die Gabel, die er zum Mund hatte führen wollen, in der Luft stehen.

«Ja, das hat er. Doch die Polizeibeamten wollten vorerst mit einer Fahndungsmeldung warten.»

«Ist nachvollziehbar. Wer weiss, was im Kopf eines jungen Mannes vorgeht, der kurz vor der Heirat steht. Vielleicht hat er ja Panik bekommen. Der wird schon wieder zum Vorschein kommen.»

«Du kennst Silvano nicht. Es ist ihm ernst. Da haben sich zwei Menschen gefunden, die füreinander bestimmt sind ...»

«Im Gegensatz zu dir und Lucille?» Thomas merkte zu spät, wie sehr er seinen Sohn damit verletzte. «Tut mir leid, das ist mir jetzt so herausgerutscht.»

Stefan hingegen versuchte, es zu ignorieren. «Hey Dad, was ist los? Können wir bitte beim Thema bleiben? Apropos Lucille: Ich würde genau gleich reagieren, wenn sie von einem auf die andere Stunde verschwinden würde. Ich würde keine Minute zögern, sie zu suchen.»

Darin bestand wohl der Unterschied. Thomas erinnerte sich an Isabelles Verschwinden vor bald fünfundzwanzig Jahren. Da war sie nach einem heftigen Streit Hals über Kopf aufgebrochen. Er hatte eine Woche auf sie gewartet, ohne von ihr ein Lebenszeichen zu erhalten. Am achten Tag hatte sie wieder vor seiner Tür gestanden und ihm mit aller Deutlichkeit zu verstehen gegeben, dass sie zumindest einen Anruf von ihm erwartet hätte. Sie von ihm, dabei hatte er nicht einmal gewusst, wo sie sich aufhielt. Es war nicht das einzige Mal gewesen, dass sie ihre Dickschädel gegeneinander ausspielten.

«Ich kann dir nicht helfen. Das gehört nicht in meinen Aufgabenbereich.»

«Und warum nicht? Es geht hier um Leib und Leben. Du bist Chef des Ermittlungsdienstes. Du könntest doch…»

«Nein, kann ich nicht!» Thomas beugte sich über den Teller. «Iss jetzt, sonst wird's kalt.»

Stefan verzog schweigend den Mund. Was war nur in seinen Vater gefahren, dass er dermassen reagierte. Trotzdem liess er sich nicht einschüchtern: «Es muss irgendetwas geschehen sein. Ich habe Silvano noch nie so zufrieden erlebt wie in den letzten Tagen vor seinem Verschwinden. Er war sich der Sache sehr sicher. Er wollte heiraten und Kinder haben, eine richtige Familie eben…» Er schniefte. «Bei dir muss es immer zuerst eine Leiche geben.» Er schob den halb leeren Teller von sich. «Sage mir, an wen ich mich sonst wenden soll.»

Thomas legte das Besteck nieder. «Wenn wir jedem Verschwundenen nachgehen müssten, hätten wir bald noch mehr Überstunden zu bewältigen als bis anhin. Der wird wieder auftauchen. Glaube es mir. Eine Heirat ist ein wichtiger Entscheid im Leben. Vielleicht denkt er im Stillen darüber nach und möchte einfach allein sein.»

«Dann hätte er seiner Verlobten zumindest Bescheid gegeben.» Stefan warf die Serviette auf den Tisch. «Danke, Dad, du bist mir wirklich eine ausserordentlich grosse Hilfe.» Ohne ein weiteres Wort verliess es das Esszimmer. Zügig schritt er durch den Korridor. Thomas hörte die Tür ins Schloss fallen. Auch ihm war der Appetit vergangen. Als er draussen den Motor vernahm, räumte er nachdenklich das Geschirr ab.

***

Pünktlich, wie verabredet, sass Dunja Neumann im Bistro. Sergio Zanetti hatte in keinem Satz erwähnt, weshalb er sie so dringend sprechen wollte. Alles, was mit dem Konzern zu tun hatte, erledigte Dunja wie üblich mit Sergios Vater, einem dieser Hierarchen, die sogar – lägen sie im Sterben – vom Bett aus ihre Direktiven erteilten. Sergio dagegen genoss sein Leben als verwöhnter Sohn, der das Arbeiten nicht erfunden hatte. Massgeschneidert in jeder Beziehung. Nicht nur seine extravaganten Anzüge kosteten ein Vermögen, auch seine Leidenschaft für schnelle Autos und teure Lokale, das wusste Dunja, denn Vater Zanetti hatte sich erst kürzlich wieder beklagt, dass er den Lebenswandel dieses Sohnes nicht dulde.

Dass ihn ein blutunterlaufenes Auge zierte, sah Dunja in dem Moment, als Zanetti neben ihren Stuhl trat und sich für seine Verspätung entschuldigte. «*Cara mia, che bellezza siete, sempre lastessa meravigliosa donna...*»

Dunja hob das Kinn. Sie wusste, dass sie attraktiv aussah. Ihr Gesicht hatte trotz des Alters eine runde, schöne Form behalten. Ihre Wangenknochen standen hoch. Sie sah ihr Gegenüber an.

Er trug einen saloppen Weston, am Handgelenk baumelte eine schwere Goldkette und das Pendant dazu über die behaarte Brust, welche durch das aufgeknöpfte Hemd zu sehen war. Seine schwarzen Haare hatte er pomadisiert, den Schnurrbart fein gestutzt. Er schien sich seiner Wirkung bewusst zu sein und unterstrich dies zusätzlich mit einem schelmischen Lächeln, das ein schneeweisses Gebiss aufblitzen liess.

Aufheller, dachte Dunja. Sie sagte: «Das können Sie sich ersparen.» Sie griff nach ihrer Handtasche, beförderte sie unter den Tisch und bat Zanetti, sich zu setzen.

«Nun, was führt Sie zu mir?», fragte sie kalt, vielleicht eine Spur zu unterkühlt, aber das lag an der plumpen Anmache ihres Gegenübers.

Zanetti schnippte mit dem Finger und beorderte den Kellner an ihren Tisch.

«Ich bin da in eine heikle Situation geraten», sagte er, ohne konkret zu werden.

«Aha...», war das Einzige, was Dunja herausbrachte. Sie überlegte sich, wie heikel die Situation sein konnte, dass man sie zurate zog.

«Ich möchte, dass Sie mich vertreten.»

«Sie müssten mir sagen, worum es geht.»

«Ich bestehe darauf, dass Sie das Mandat übernehmen.»

Zanettis Grinsen ignorierte sie. «Es gibt Hunderte von Anwälten, die sich die Finger lecken würden, könnten sie Sie vertreten. Wofür auch immer. Warum ich?»

«Sie sind unsere Familienanwältin...» Seine sonore Stimme schwang in einem geradezu unverschämten Timbre.

Dunja schwieg, weil der Kellner zwei Latte macchiato und ein Glas Wasser brachte. Krampfhaft versuchte sie zu lächeln. Als ihr Zanetti eine Zigarette anbot, griff sie danach, obwohl sie sich das Rauchen seit Jahren abgewöhnt hatte.

«Vergessen Sie es», sagte sie nach einer Weile und liess sich von ihm Feuer geben. Indem sie seine Hand hielt, bemerkt sie den vergoldeten Anzünder und die beiden eingravierten Initialen. Zanettis Zittern entging ihr nicht.

«Taolyn betrügt mich...»

«...Und hat Ihnen wohl auch dieses Veilchen verpasst?» Dunja musste sich beherrschen, um nicht laut loszulachen. «Und jetzt möchten Sie sich scheiden lassen? Ist es das? Warum sagen Sie es nicht gleich?»

«Ja, das würde dann wahrscheinlich alles vereinfachen», grinste nun auch er. «Wegen des Veilchens. Dann huschte ein dunkler Schatten über sein Gesicht. «Aber die Scheidung hat noch Zeit. Ich brauche Sie aus einem anderen Grund.»

«Und deshalb haben Sie mich hierher bestellt? Kommen Sie in mein Büro», sagte sie, nicht gewillt, in diesem Bistro über Berufliches zu sprechen, zumal sich am Tisch nebenan zwei mit ihr befreundete Frauen hingesetzt hatten. «Wir unterhalten uns dort darüber...»

«...damit Sie mich wieder abservieren? Nein, meine Liebe. Ich will jetzt Ihre Zusage!»

«Ich verabscheue Undurchsichtigkeiten.» Dunja hatte Zanettis Mandat nicht nötig, auch wenn er, wie sie annehmen musste, bereit war, ein ungewohnt hohes Honorar zu bezahlen. Aber mit Zanetti junior hätte sie sich mehr Ärger aufgebürdet als mit sonst wem.

«*Questo vediamo...!*» Zanetti gebrauchte ein paar Ausdrücke, die Dunja auf unterstem Niveau empfand und von denen sie hoffte, dass niemand sonst in ihrer Nähe sie verstand.

Zanetti langte in die Innentasche seines gestreiften Jacketts und holte einen Ledereinband hervor. «Ich werde Ihnen einen Vorschuss geben, den Sie gebrauchen können...»

«Ich bin die falsche Person...»

Er ignorierte ihren Einwand und kritzelte mit einem Stift, der genauso vergoldet aussah wie der Anzünder, eine vierstellige Zahl ins obere Feld des Schecks. «Sie werden es bestimmt nicht bereuen...» Zanetti lehnte sich über den Tisch und fixierte Dunja mit starren Augen. «Hören Sie, das ist noch nicht alles.»

«Wir sollten in mein Büro fahren.» Dunja schielte zu den beiden Frauen am Nebentisch. Diese jedoch schienen in ihr eigenes Gespräch vertieft zu sein, dass sie nicht dazukamen, genauer hinzuhören.

«Das können wir immer noch. Hören Sie mir einfach nur zu.» Dunja rührte ungeduldig den Kaffee um. «Wir befinden uns nicht in Hollywood.» Sie lachte dunkel.

«Das heisst, Sie nehmen den Fall an?» Zanettis Augen glänzten.

«Ich habe noch gar nichts», rechtfertigte sich Dunja. «Ich nehme keine Fälle an, solange ich nicht weiss, worum es überhaupt geht. Ich spiele kein *va banque*.»

Zanetti richtete sich wieder auf. «Taolyn betrügt mich mit meinem Bruder.»

«Das kann ich nicht nachvollziehen.» Dunja griff nach dem Kaffeeglas. «Wie ich von Ihrem Vater weiss, steht Ihr Bruder kurz vor der Heirat. Ich schätze ihn auch nicht so ein, dass er jedem Rockzipfel nacheilt. Er ist ein Künstler.»

«Genau. Alle Künstler, die ich kenne, haben eine Schraube locker. Meistens sind sie auch nicht gerade mit grossem Selbstvertrauen gesegnet. Wenn dann so ein schönes Frauenzimmer daherkommt, wie Taolyn es ist, drehen die schon mal durch, wenn Sie verstehen, was ich meine.»

«Wollen Sie meine Meinung hören?» Dunja erhob sich plötzlich. «Ihre Verdächtigungen sind unterste Schublade. Sie sollten sich wirklich jemand anderen suchen. Sie vergeuden nur meine Zeit.»

«Jetzt setzen Sie sich wieder, bitte.» Er flüsterte. «Ich kenne meinen Bruder. Seit Jahren hat er vergeblich darum gekämpft, dass seine Skulpturen in einer namhaften Galerie ausgestellt werden. Jetzt hat er kurzfristig die Zusage im KKL bekommen, weil eine Berühmtheit krank geworden ist. Das ist ihm offensichtlich zu Kopf gestiegen. Den Polterabend am Freitag hat er zumindest nicht im Kreise seiner Freunde gefeiert, sondern ist mit meiner Frau durchgebrannt.»

Dunja zog sich den Mantel über, den sie beim Eintreffen über die Stuhllehne geworfen hatte, und legte ein paar Münzen auf den Tisch. «Vergessen Sie es. Ich werde Sie weder in einer Scheidung noch für sonst etwas vertreten.»

Während sie ausholenden Schrittes auf den Ausgang zusteuerte, sah sie nicht, was hinter ihrem Rücken geschah, aber sie spürte etwas Beunruhigendes.

«Warten Sie, verdammt noch einmal!» Zanetti wurde laut, was Dunja erschaudern liess. Als sie bei der Tür ankam, hatte er sie eingeholt. «Dunja, bitte.» Er schob ihr eine Notiz zu. «Lesen Sie zuerst, bevor Sie mich abservieren. Ich brauche eine gute Anwältin, bitte.» Sein Flehen war schon gespenstisch.

«Gut, Herr Zanetti, ich werde es mir überlegen.» Sie öffnete die Tür und schlüpfte hinaus.

Der Blick zum Himmel liess sie zögern, als sie die schwarzen Wolken sah, die sich über den Horizont auftürmten. Verstimmt darüber, dass mit dem Frühlingstag, der so wunderschön sonnig begonnen hatte, nichts weiter wurde, als die Pendenzen im Büro aufzuarbeiten, suchte Dunja nach dem Autoschlüssel. Sie ärgerte sich darüber, dass sie den Schirm zu Hause hatte liegen lassen, und ging auf ihren Wagen zu, einen schnittigen Strassenflitzer, der über Nacht im Parkverbot gestanden hatte. Glücklicherweise war keinem Polizisten eingefallen, einen Strafzettel auszufüllen. Dunja vermutete, dass die städtischen Ordnungshüter wieder einmal ein Auge zugedrückt hatten. Sie setzte sich hinter das Lenkrad und faltete Zanettis Notiz auseinander.

***

Bereits am Morgen hatte Thomas sich entschieden, den freien Mittwoch dafür zu nutzen, um den Teich im Garten von Winterdreck zu säubern. Vielleicht hätte er dann noch Zeit gehabt, ein paar neue Forellen zu kaufen, nachdem die letzten in der Bratpfanne gelandet waren. Die Fotos und Stefan hatten ihm einen Strich durch die Rechnung gemacht. Als Isabelle dann noch angerufen hatte, um ihm mitzuteilen, dass sie eine alte Freundin wiedergetroffen habe und er nicht auf sie warten müsse, drohte der Mittwoch zum Fiasko zu werden.

Thomas entschloss sich, nach den Zwanziguhrnachrichten auf dem deutschen Sender zum Polizeikommando zu fahren. Es konnte nichts schaden, einige Pendenzen zu erledigen, die in letzter Zeit liegen geblieben waren – trotz seiner Überstunden.

Der Wind hatte aufgefrischt. Als Thomas in die Kasimir-Pfyffer-Strasse einbog, begann es zu stürmen. Nichts Ungewöhnliches für die Jahreszeit. Wer in der Zentralschweiz lebt, muss auf alle Witterungen gefasst sein. Um den Pilatus war die Wolkendecke jedoch bereits wieder aufgerissen. Ein Fetzen dämmriger Himmel schien durch.

Unterhalb des Eingangs kreuzte er den Weg mit Marion, deren Ablösung eingetroffen war.

«Hey Tom», begrüsste sie ihn. «Sehnsucht nach deinem Brotgeber?»

«Seit ich aus dem Urlaub zurück bin, fällt mir zu Hause die Decke auf den Kopf.»

«Aha, du vermisst wohl den Sternenhimmel oder doch das Meeresrauschen…?»

Thomas zog die Schultern ein.

«Du hast doch nicht etwa vor, dein Nachtlager im Büro aufzuschlagen.» Marion nahm grinsend die Brille von der Nase und schob sie in ihre blonden Wuschelhaare. Ohne dieses furchterregende schwarze Gestell sah sie ohnehin besser aus.

«Mal sehen. Vielleicht spiele ich eine Runde Skat mit mir selbst. *Skat in Jackerath*, kennst du die Geschichte?» Thomas nahm schmunzelnd die Stufen unter die Füsse. «Und grüsse Guido von mir», rief er seiner Kollegin nach.

Der Eingangsbereich lag im Dunkeln. Die Tür war bereits geschlossen. Thomas hangelte nach dem Schlüssel, als aus dem hinteren Teil des Empfangs eine schmächtige Gestalt auftauchte. Es war Lucille, die Thomas hier nicht erwartet hatte. Sie lächelte ihm durch die Glasfront zu und öffnete die Tür. «Was tust du denn hier?» Ihre Überraschung klang echt. «Ich dachte, heute sei dein freier Tag?»

«Das fragst ausgerechnet du?»

«Ich vertrete nur kurz den Nachtdienst, bevor ich gehe.»

«Hm ... hast du Zeit, um nachher in mein Büro zu kommen?»

«Eigentlich habe ich mich mit Stefan verabredet», wich Lucille aus. «Wir wollen ins Kino gehen.»

«Der wird nicht gut drauf sein.»

Lucille schloss die Tür hinter sich. «Hast du ihm eine Absage erteilt?»

«Du weisst davon?»

«Ich habe ihm gleich gesagt, dass er damit nicht durchkommt.» Lucille blieb vor dem Aufzug stehen.

«Reden wir vom selben Thema?» Thomas lehnte sich an die Wand und verschränkte die Arme.

«Stefan macht sich grosse Sorgen um seinen Freund. Bevor du ihn abgewimmelt hast, ist er hier aufgetaucht.»

Der Beamte des Nachtdiensts kam zurück. Lucille verabschiedete sich und ging dann mit Thomas über die Treppe ins Obergeschoss.

«Du wirst den Kinoabend wohl vergessen müssen. Wenn sich Stefan etwas in den Kopf gesetzt hat, wird er nicht aufgeben.»

«Da kommt er ganz nach seinem Vater.» Auf dem obersten

Treppenabsatz war Lucille ausser Atem. «Ich bin neugierig darauf, was du mit mir besprechen möchtest.»

Sie schritten zu Thomas' Büro. «Ich habe mir Gedanken gemacht. Vielleicht sollten wir diesen Zanetti mal genauer ansehen. Kennst du ihn näher?»

«Aha, er lässt dir wohl doch keine Ruhe.» Über Lucilles Gesicht huschte ein Lächeln. «Seit wir die neue Wohnung haben, war er einmal zu Besuch bei uns. Jetzt steht eine kleine Bronzefigur in unserem Schlafzimmer. Die hat Silvano uns zur Wohnungseinweihung geschenkt.»

«War seine Freundin auch da?»

«Nein, ich erinnere mich, dass sie einen Frauenabend hatte, wie Silvano durchblicken liess.»

«Und welchen Eindruck hattest du von Zanetti?»

«Das ist schwierig. Ich habe ihn erst einmal gesehen. Aber auf den ersten Blick schien er mir ein wenig scheu. Anders als sein Bruder. Sergio kennt man schon eher. Er gibt sich als Juniorchef der Zanetti AG aus, Typ Lackaffe, wenn du verstehst, was ich meine.» Lucille lachte jetzt übers ganze Gesicht.

«Meines Wissens führt Zanetti senior die Elektroinstallationsfirma noch selbst.»

«Nun ja, mit irgendetwas müssen die Söhne prahlen. Auf jeden Fall ist Sergio sehr spendabel. Ihm gehört nicht nur die Firma – ihm gehört die ganze Welt.»

«Du tust so, als würdest du ihn näher kennen.»

«Das ist schon lange her. Ich hatte mal, um es gelinde auszudrücken, eine kurze Affäre mit ihm. Wirklich nur eine kurze. Im Ernst: Er ist nicht mein Typ.» Lucille zögerte. «Er mag für viele der Märchenprinz sein. Wahrscheinlich weil er so viel Geld hat. Aber für mich war er ein Frosch ... Und bitte, sag dies bloss Stefan nicht.»

«Und trotzdem kennst du Silvano nicht näher?»

«Ich sagte doch, es war eine kurze Affäre. Das Familiäre kam nie zur Sprache. Es interessierte mich nicht. Über seinen Vater habe ich allerdings ab und zu in der Zeitung gelesen.»
Thomas bohrte nicht weiter. Letztendlich war Silvano und nicht sein Bruder verschwunden. «Gut, das wär's dann. Ich entlasse dich endgültig in den Feierabend.»
«Bist du sicher, dass du mich nicht mehr brauchst?»
Thomas startete seinen Rechner. «Ich werde mal ein wenig googeln, um mir ein Bild über den Verschwundenen zu machen.»
Lucille verdankte dies mit einem koketten Augenaufschlag. «Bis morgen dann.»
Thomas zog den Bürostuhl unter seinem Pult hervor und hievte sich in eine bequeme Sitzposition. In der Suchmaschine gab er den Namen *Silvano Zanetti* ein. Nach einigen Klicks gelangte er auf die Website des Künstlers. Auf der ersten Seite waren nebst kleinen und grossen Skulpturen auch einige Collagen und Aquarelle zu bestaunen. Für die Einladung zur Vernissage im Kultur- und Kongresshaus Luzern gab es eine spezielle Seite. Die Dauer der Ausstellung war eingetragen und als *PDF* ein Pressebericht. Thomas las ihn und erfuhr ein paar unspektakuläre Dinge über Silvano. Als Zweitgeborener des Fabrikanten Zanetti senior habe er einen Weg eingeschlagen, den seine Mutter – eine begnadete Pianistin und früh verstorben – ihm wohl in die Wiege gelegt hatte. Auf derselben Seite stand, dass er mit nur vierundzwanzig Jahren die erste grosse Ausstellung im KKL präsentieren durfte. Dafür habe er lange gearbeitet. Er bedankte sich in einem etwas hölzernen Deutsch dafür, dass man ihn ernst nahm. Er schien nicht von einem starken Selbstbewusstsein geprägt zu sein. Auf der letzten Seite fand Thomas ein paar Pressestimmen und ein Blog. Die Namen der Berichterstatter waren ihm bis auf einen nicht geläufig. Tanja Pitzer

jedoch – die kannte er. Thomas wunderte sich, dass sie sich für Kunst interessierte. Doch nach dem Lesen ihrer Zeilen war ihm klar: Die junge Dame, die man unter dem Kürzel *Tapi* kannte, verstand weniger von Kunst, als vielmehr davon, jemanden in die Pfanne zu hauen. Ihre Kritik stand in keinem Verhältnis zur Arbeit des Künstlers. Sie schrieb so, dass es Herr Müller links und Frau Meier rechts befriedigte, all jene, die in ihrer Trostlosigkeit aufblühten, wenn sie darüber lasen, wie grottenschlecht die Leute waren, denen sie heimlich, aber erfolglos nacheiferten. Die Diskussionen – auch diese waren abgedruckt – offenbarten die Missgunst gegenüber einem Künstler aus ihrer Mitte, der es zu etwas gebracht hatte. Thomas fragte sich, weshalb Silvano Zanetti nichts unternommen hatte, um diese Einträge zu löschen.

Kurz vor Mitternacht fuhr Thomas den Computer herunter. Was er wissen wollte, hatte er in Erfahrung gebracht. Viel war es nicht. Seine Augen schmerzten, als hätte er sie in einen Sandsack getaucht. Er schritt zum Fenster, öffnete es und sah in die Nacht hinaus. Die Strasse gegenüber schien wie ausgestorben, die Häuser zeichneten schwarze Schatten, nur hie und da durch blaues Flimmern unterbrochen.

In der Ferne vernahm er ein Martinshorn. Bei genauerem Hinhören entpuppte es sich als das der Feuerwehr. Der Klang war etwas tiefer und melodiöser als jener der Polizei. Nachdem Thomas das Fenster geschlossen hatte, kehrte er zum Pult zurück. Seine Absicht, mit dem Aufräumen seiner Pendenzen zu beginnen, endete damit, dass er diese bloss von einem Stapel auf den anderen schob. Papierkram, nichts als Papierkram von kleinen, lapidaren Fällen, die trotz ihrer Banalität immer einen enormen schriftlichen Aufwand erforderten. Irgendwann würde er mit dem Abarbeiten beginnen. Jedoch nicht heute.

Später ging er über die Treppe ins Erdgeschoss. Der Polizist, der den Nachtdienst übernommen hatte, sprach gerade ins Telefon.

Sekunden später summte Thomas' Mobiltelefon. Gleichzeitig schwirrten ein paar uniformierte Polizisten an ihm vorbei. Er wunderte sich, wo die plötzlich alle hergekommen waren.

Toni Beeler meldete sich, ein Kollege, der dem Pikedienst zugeteilt war. «Kannst du zur Spreuerbrücke kommen?»

«Ich bin nicht im Dienst.» Thomas bedauerte, dass er den Mittwochabend nicht wie vorgesehen zu Hause verbrachte.

«Es ist dringend, und ich bin froh, dass ich dich erwischt habe.»

«Sag bloss nicht, dass es wieder einmal eine Schlägerei gegeben hat.» Von denen gab es in letzter Zeit viele. Manchmal endeten sie blutig, sodass die Ordnungshüter ausrücken mussten. Oft arteten harmlose Scharmützel gelangweilter Jugendlicher so aus, dass ein ganzer Polizeiapparat zum Zuge kam. Tatbestände aufnehmen, Protokolle ausfüllen, Zeugen befragen – der Polizei ging die Arbeit nie aus.

«Du wirst es nicht glauben ...»

«Also doch eine Schlägerei.» Thomas seufzte, während er sich dem Ausgang näherte. Die Tür stand offen. Er trat in die kühle Nacht hinaus. Vom Pilatus her wehte eine unangenehme Brise. «Ich bin eigentlich nur zufällig am Arbeitsplatz. Und aufgrund einer Schlägerei wirst du mich wohl kaum stören ...» Er zögerte.

Durchs Telefon vernahm er ein schweres Atmen. «Nein, die Brücke ...» Die Verbindung wurde abrupt unterbrochen. Thomas drückte auf Wiederwahl von Beelers Nummer. Es läutete zweimal.

«Was ist mit der Brücke?»

Beeler räusperte sich. «Sie brennt lichterloh ...»

«Was zum Teufel!» Thomas rang nach den richtigen Worten.

Doch diese blieben ihm im Hals stecken. Er erinnerte sich an das Drama vom August 1993, als die Kapellbrücke in Flammen gestanden hatte. Luzerns Wahrzeichen hatte wie Zunder gebrannt und daraufhin wochenlang wie ein verkohltes Skelett in der Reuss gestanden. Der Wiederaufbau hatte viel zu reden gegeben und der Brücke, infolge des hellen Holzes, den Namen *Ikea-Brücke* verliehen.

«Wir sind im Einsatz», sagte Beeler. «Die Streife hat uns alarmiert. Es hat eine Tote gegeben.»

«Hat man Spuren beseitigen wollen?», mutmasste Thomas laut. «Eine Zigarette kann es ja diesmal nicht gewesen sein.» Aus seiner Stimme klang purer Sarkasmus. «Und Boote sind dort, so viel ich weiss, aufgrund der starken Strömung nicht angebracht. Wo steht ihr?»

«Am Mühlenplatz. Die Feuerwehr und die Ambulanz sind bereits hier.»

«Ich werde kommen.» Thomas legte auf. Dann rief er zuerst Marc Linder, den Polizeichef, an und teilte ihm mit, was er von Beeler wusste. Anschliessend verständigte er Armando und bat ihn, direkt an den Ort des Geschehens zu fahren.

***

Ein Drittel der Spreuerbrücke stand in Flammen. Dunkelrote Rauchschwaden zogen in den Nachthimmel. Die Feuerwehr versuchte vergeblich, dem Feuer Herr zu werden. Drei Wasserrohre zielten aus verschiedenen Richtungen mitten ins Inferno.

«Wenn das nicht alles so verdammt morsch wäre», äusserte sich Toni Beeler, der sich zum Feuerwehrkommandanten hinzugesellt hatte.

«Bis jetzt hat sie Blitz und Donner getrotzt», entgegnete dieser.

«Das war nicht immer so», versicherte Beeler. «Im Jahr 1566 wurde das Bauwerk durch einen Orkan und Hochwasser fast vollständig zerstört. In den Jahren danach wieder aufgebaut. Zwischen 1626 bis 1635 entstanden dann die Gemälde...»

Der Kommandant sah ihn mit zusammengekniffenen Augen an, irgendwie überrascht darüber, dass ein einfacher Polizist über so viel geschichtliches Wissen verfügte.

«Die Staatsanwaltschaft wird es sicher interessieren», meinte Thomas, der die letzten Wortfetzen mitbekommen hatte, bei seinem Eintreffen. «Kramer ist mein Name.» Er reichte dem Kommandanten die Hand.

«Pius Kathriner», stellte sich dieser vor. Er war ein grosser, stattlicher Mann mit einem Stiernacken, einem vierkantigen Gesicht und borstigen Haaren.

«Wie konnte das passieren, dass die Brücke beinahe in Vollbrand steht?»

«Wenn wir dies wüssten. Dieser Stadtteil muss um diese Zeit wie ausgestorben sein. Meine Männer sind seit zehn Minuten im Einsatz. Als wir ankamen, standen das Dach und die Streben bereits in Flammen. Aber Sie erinnern sich: Bei der Kapellbrücke ging das auch verdammt schnell.»

Ein Krankenwagen und zwei Streifenwagen hatten neben dem Geländer zur Reuss geparkt. Sie alle waren unmittelbar nach dem Alarm hier eingetroffen. Die Männer stellten Holzlatten auf, spannten Kunststoffbänder und riegelten den Platz weiträumig ab. Auf der gegenüberliegenden Flussseite in der Pfistergasse geschah das Gleiche beim Brückenkopf.

Allmählich füllte sich der Mühlenplatz mit Gaffern. Ein paar Besserwisser redeten wild durcheinander. Spekulationen kursierten unter den ganz Gescheiten; jemand behauptete, ein Blitz habe eingeschlagen. Ein anderer vermutete einen Kurzschluss. Eine hochgewachsene Frau löste sich aus der Menge, überging die Absperrbänder und schritt auf die drei Männer zu.

«Was suchst *du* denn hier?» Thomas tat überrascht, als er seine Sekretärin erkannte.

«Ich sass in der Pizzeria gegenüber. Traf mich da mit einem alten Bekannten.»

Thomas sah auf seine Armbanduhr. «Um diese Zeit?»

«Wir haben dort gegessen, geredet und die Zeit vergessen. Du weisst ja, wie das ist.»

«Und hast du etwas bemerkt?»

«Nicht mehr als alle anderen, die vor Ort waren.» Sie zögerte: «Zufällig ist mein Bekannter Arzt. Er ist jetzt bei der Toten. Er hat sie mit einem der Feuerwehrmänner von der Brücke heruntergeholt. Sonst wäre sie ein Raub der Flammen geworden.» Sie sah dabei Kathriner an, der dies bestätigte.

Bevor Thomas dem etwas entgegensetzen konnte, fuhr sie fort: «Er lebt nicht auf dem Mond. Er wird sich vorsehen, irgendwelche Spuren zu verwischen, die für uns nützlich sein könnten. Er weiss, dass ich bei der Polizei arbeite.»

«Habe ich etwas gesagt?» Thomas schüttelte den Kopf.

Sie starrten jetzt in Richtung Brücke, in deren Dachbalken die Flammen leckten. Im Gebälk ächzte es, als es krachend und funkensprühend auseinanderbrach. «Schade um die schönen Gemälde vom Totentanz», bedauerte Elsbeth. «Ich nehme an, das sind die Originale.»

«Ein Skandal ist das», enervierte sich Kathriner. «Irgendjemand hat es auf die Reussbrücken abgesehen. Es kann ja nicht sein, dass innerhalb weniger Jahre zwei Brücken in Luzern brennen.»

Der Mühlenplatz füllte sich weiter mit Schaulustigen. Es schien, als kämen sie aus allen Löchern hervor. In den umliegenden Häusern gingen die Lichter an. Fenster wurden aufgerissen, und Menschen lehnten über die Simse.

Wenig später traf auch Armando ein. Seit seine Nora Zwillinge erwartete, traf man ihn jetzt öfter zu Hause an. Er hatte auch schon Kurse für Kleinkinderziehung besucht und begleitete Nora zweimal pro Woche zum Schwangerschaftsturnen. Mittlerweile hatte auch er einen ansehnlichen Bauch bekommen. Aus solidarischen Gründen, behauptete er, wenn man ihn auf seine körperliche Veränderung ansprach. Er wolle schliesslich wissen, wie sich das anfühlt. Dass er sich um seine schwangere Freundin dermassen kümmerte, hätte ihm niemand zugetraut, zumal er bekannt dafür war, seine Frauen ständig zu wechseln.

«Wisst ihr, wem der Hund dort hinten gehört?» Armando zeigte in die Dunkelheit, wo man ausser einem undefinierbaren Schatten nichts erkennen konnte. «Er sitzt da und fletscht die Zähne. Ich habe mich nicht getraut, ihn anzufassen. Aber ich glaube, er trägt eine Leine.»

«Ein herrenloser Hund? Was ist mit ihm?» Thomas winkte seinem Kollegen zu.

«Vielleicht gehört er der Toten», mutmasste Elsbeth. «Ich erinnere mich, dass er wie ein Verrückter gebellt hat. Leider ist das niemandem richtig aufgefallen. Der Platz war zuerst wie ausgestorben. Kein Wunder, bei dieser Kälte. Die Brücke brannte schon lichterloh, als sich die ersten Leute draussen versammelten.»

«Wem ist denn die Tote aufgefallen?», wollte Thomas wissen. Elsbeth sah ihn verständnislos an. «Dem Arzt.»

«Ach ja, du hast es bereits erwähnt», entgegnete Thomas etwas abwesend. «Hat dein Arzt auch einen Namen?»

«Frederik Gantenbein. Ich ging mit ihm zum Brückenaufgang. Dann sahen wir sie liegen. Frederik reagierte sofort.» Elsbeth nickte mit dem Kopf in Richtung Ambulanzwagen, der im Kegel einer Strassenlaterne stand. «Wie gesagt, er ist jetzt dort drüben.»

«Wie ist sie gestorben? Kann man von einem Verbrechen ausgehen?»

«So weit sind wir noch nicht», äusserte sich Toni. Auf seinem schweissnassen Gesicht spiegelte sich der Widerschein des Feuers. «Sie weist keinerlei äussere Verletzungen auf.»

Thomas nahm Armando zur Seite. «Ich will, dass du eine Bestandesaufnahme machst. Ich nehme an, Guido wird auch bald eintreffen. Dr. Lohmeyer habe ich auf dem Weg hierher informiert. Er ist unterwegs.» Er hauchte in seine kalten Hände. «Weisst du, ob es Zeugen gibt?»

«Ich glaube nicht. Wir alle waren überrascht, alle, die sich im Restaurant befanden. Der Hund muss schon ziemlich lange gebellt haben. Vage erinnere ich mich jetzt daran. Aber du weisst, wie das ist. Heutzutage reagierte niemand mehr. Lärm während der Nacht ist alltagstauglich geworden. Vielleicht gibt es Zeugen aus den Wohnungen.»

«Dann klappert mal die Zeugen ab. Notiert die Namen, Adressen und Handynummern.»

Ein mässiger Wind trieb Rauchschwaden über den Platz. Es roch nach verkohltem Holz. Thomas' Blicke durchbohrten die Schwärze auf dem Fluss, der mit roten Sprenkeln übersät war. Plötzlich sah er, wie sich eine Gestalt vom Geländer löste. Sie musste geraume Zeit dort gestanden haben. «Wer ist das?»

«Wer?» Elsbeth runzelte die Stirn.

«Na, die Person dort hinter der Feuerwehr. Verdammt!» Thomas eilte zum Brückenaufgang. Der Unbekannte kehrte ihm den Rücken zu. Thomas spürte, Wut in sich aufkommen und den Drang zuzuschlagen. Es ärgerte ihn, wenn die Leute bei einem Unfall ihre Maulaffen feilhielten. Katastrophentourismus nannte er es. Mit geballter Faust trat er auf die Person zu.

Fliegerjacke und Lederstiefel wandten sich um. «Herr Kramer. Unsere Wege kreuzen sich immer wieder.» Tanja Pitzer lächelte spitzbübisch, während sie den Zoom bei der Kamera einstellte, die sie aufgrund des fehlenden Stativs auf dem Geländer abgestützt hatte.

«Woher haben Sie die Nachricht so schnell erhalten?»

«Das ist Berufsgeheimnis.» Sie gab sich kokett. Sie schoss provokativ noch ein paar Bilder. «So ein schönes Feuerwerk sieht man nicht alle Tage. Hat nicht die Kapellbrücke mal gebrannt?»

«Da dürften Sie noch in den Windeln gelegen haben», bemerkte Thomas schlagfertig.

«Mag sein. Trotzdem könnte es Parallelen geben.»

Thomas entnahm seiner Jackentasche seine Visitenkarte. Nach Diskutieren war ihm nicht zumute. «Ich lade Sie vor. Morgen um neun Uhr will ich Sie in der Kripo sehen.»

«Oh, ist das eine offizielle Einladung? Womit habe ich das verdient?» Tanja liess den Fotoapparat über ihrer Brust pendeln. «Ich hoffe, Sie können es mir erklären.»

«Ich lade Sie als Zeugin vor.» Wenn Thomas jemanden nicht ausstehen konnte, dann war das Tanja Pitzer, die Lokalredakteurin der Boulevardzeitung *Blick*. Sie tat immer so, als wüsste sie alles besser und lange im Voraus. Sie hatte ein unglaubliches Gespür für Menschen, was sie jedoch skrupellos und eigennützig auszumerzen wusste.

«Als Zeugin? Aber Sie irren sich. Ich habe nichts und niemanden gesehen.»

«Morgen um neun.» Thomas überlegte. «Ich warne Sie: Sollte morgen irgendetwas Erfundenes über den Brand in der Zeitung stehen...»

«Ja, was dann? Wollen Sie mich deswegen anzeigen? In unserem Land herrscht immer noch Meinungsfreiheit, und die

Presse, lieber Herr Kramer, geniesst die in besonderem Masse.» Tanja wandte sich um und schritt an der Seite des kleinen Kraftwerks flussaufwärts. Von da aus schoss sie noch ein paar Bilder.

«Aber nicht, wenn die laufenden Ermittlungen gestört werden ...» Doch das hatte Tanja Pitzer nicht mehr gehört.

Thomas näherte sich dem Brückeneingang, der durch ein Löschfahrzeug halbwegs versperrt war. Zwei behelmte Feuerwehrmänner standen unter einer Strebe, wo die Brücke einen Dreissiggradwinkel hatte, und zielten mit dem Wasserschlauch in die Flammen. Trotz der Wassermenge schien sich das Feuer ungezügelt durchs Gebälk zu fressen. Der Wind verhinderte ein Vorankommen der Löscharbeiten. Thomas sah die Bilder in Russ und Rauch verschwinden. Allmählich kroch die Hitze in seine Richtung.

Plötzlich ein lauter Knall. Dann eine Stichflamme, die in den Nachthimmel schoss, als wäre der Leibhaftige soeben aus der Hölle gefahren.

Thomas schreckte aus seinen Gedanken. Bevor er realisierte, was geschah, spürte er eine Druckwelle, die ihn unsanft nach hinten katapultierte, direkt auf das Löschfahrzeug zu. Während er auf die Karosserie prallte, sah er, wie die Männer, die sich vor ihm aufgehalten hatten, in hohem Bogen auf ihn zugeflogen kamen. Der unter Hochdruck stehende Wasserschlauch verbog sich wie eine wütend gewordene Schlange. Sofort schossen noch mehr Flammen gen Himmel. Schreie wechselten sich ab mit lauten Rufen. Ein Martinshorn setzte ein. Die kleine Kapelle in der Brückenmitte schien es in den Himmel zu jagen. Ein Sekundenbruchteil war es, in dem Thomas einer Bilderflut ausgesetzt war, woran er sich später jedoch nicht mehr erinnern konnte. Er spürte einen infernalischen Schmerz. Dann wurde es schwarz vor seinen Augen.

Es herrschte Chaos. Der gesamte Mühlenplatz war in Aufruhr. Pius Kathriner kam angerannt. «Was war das?», rief er. «Herr Kramer! ... Remo! ... Sepp!» Er war ausser sich. «Holt die Sanitäter. Es gibt Verletzte! Verdammte Scheisse!» Er griff nach seinem Funkgerät, drückte Knöpfe. «Müller, bleib drüben! Sichert den Zugang für alle!» Gebannt schaute er zur Brückenmitte, dessen übrig gebliebener Teil auseinanderbrach. Versengte Hölzer kippten in die Reuss, die mit lautem Getöse aufschlugen und dann flussabwärts trieben. Das spitze Türmchen der Kapelle tauchte wie ein Mahnmal noch einmal auf, bevor es vom Sog des Wassers nach unten gezogen wurde und in den Fluten verschwand.

Dann herrschte kurz Totenstille.

Einer der Feuerwehrmänner kam über den Brückenstummel gehumpelt. Man sah ihm den Schock von Weitem an.

«Bist du verletzt?» Kathriner lief ihm entgegen.

«Alles in Ordnung.» Dank seiner feuerfesten und gepolsterten Montur hatte er nichts abbekommen. «Es sieht ganz danach aus, als hätte man zusätzlich einen Sprengsatz montiert», sagte er ausser Atem an den Feuerwehrkommandanten gewandt. «Wir konnten nicht davon ausgehen, dass ...» Er zeigte auf seinen Kollegen, den es schlimmer erwischt hatte. Er lag vor dem Löschfahrzeug und blutete aus der Nase. Ihn hatte es auf den Ermittlerchef geworfen. Allerdings schaffte er es, sich ohne fremde Hilfe aufzurappeln. Auch Thomas lag auf dem Boden. Doch er rührte sich nicht mehr.

Kathriner wurde nervös. Er wich den Sanitätern aus, die mit Koffer, Defibrilliergerät und Bahre heranrannten. «Ich werde meine Männer zurückrufen. Ich kann kein Risiko eingehen. Vielleicht ist die ganze Brücke vermint.» Er griff erneut zu seinem Funkgerät und befahl, die Löscharbeit aus grösserer Entfernung zu vollziehen und vor allem das Übergreifen von

Feuer auf die umliegenden Häuser zu verhindern. «Die Brücke muss sofort verlassen werden. Ich wiederhole: Niemand darf sich auf der Brücke aufhalten. Das ist ein Befehl. Ende der Durchsage.»

Der Rest der Brücke loderte erneut auf. Von beiden Seiten zischte Wasser aus den Schläuchen, nun aus weiterer Distanz. Die Männer auf dem Fluss, die mit dem an Tauen gesicherten Löschboot an die Brücke herangefahren waren, zogen sich indes zurück. Es war zu unberechenbar.

«So etwas hat es in meiner ganzen Laufbahn noch nie gegeben», brüllte Kathriner. «Wo sind wir denn? Im Nahen Osten?»

Tanja Pitzer tauchte plötzlich auf und beantwortete die Frage, indem sie sich an seine Seite stellte. «Es sieht ganz danach aus, als hätten wir es hier mit einem Irren zu tun.»

Kathriner wirkte verdattert. «Wer sind *Sie* denn?»

«Tanja Pitzer vom Blick. Kann ich Ihnen ein paar Fragen stellen?» Es schien sie nicht zu stören, dass die Sanitäter sich um die Verletzten kümmerten. Der Feuerwehrmann erhob sich und presste sich ein Taschentuch auf die Nase, während Thomas auf die Bahre gelegt wurde. Tanja Pitzer fotografierte weiter.

«Verdammt, ich hätte ihm einen Helm geben sollen», enervierte sich Kathriner, und an Tanja gewandt: «Ziehen Sie lieber Leine, bevor ich Sie wegen unbefugten Zutritts verhafte.»

Als Elsbeth und Armando bei ihm eintrafen, schnauzte er diese gleich an: «Wir tun unsere Arbeit und ihr tut eure! Brände sind gefährlich. Ich trage die Verantwortung, Es sollte klar sein, dass sich niemand unnötig dem Herd nähert, schon gar nicht ein Laie. Und was tut euer Chef? Er missachtet sämtliche Regeln.»

Die beiden starrten den Kommandanten konsterniert an. Elsbeth beugte sich über die Bahre, auf der Thomas lag.

«Mensch, Tom!» Sie musste sich auf Armando stützen. Unwillkürlich lösten sich Tränen aus ihren Augen.

«Er ist mit dem Kopf aufgeschlagen. Eine vorübergehende Bewusstlosigkeit. Wir müssen ihn zur Beobachtung ins Krankenhaus bringen.» Lohmeyer kümmerte sich gleich selbst um den Verletzten. Er sprach beruhigend auf ihn ein.

Allmählich kam Thomas zu sich. Er bemerkte die Manschette an seinem linken Arm und Lohmeyer, der den Blutdruck mass. «Glück gehabt», begrüsste er ihn. «Das hätte ins Auge gehen können. Wissen Sie, wie Sie heissen?»

Thomas griff sich an den Hinterkopf, der ihm höllisch wehtat. Er grübelte, ob ihm sein Name einfallen würde. «Ist das ein Scherz?», wunderte er sich. Aber es fiel ihm schwer, sich an seinen Namen zu erinnern. Er fragte nicht, was geschehen war. Irgendjemand würde es ihm später sagen. Als er die brennende Brücke aus der Ferne erblickte, dämmerte es ihm langsam. Das taube Gefühl in den Ohren erinnerte ihn nur vage an das Geschehen. Da war ein Knall gewesen, dann Schwärze – und jetzt lag er auf dem Schragen. Und ja, er hiess Thomas Kramer. Wie lächerlich, dass er danach gefragt worden war.

Die Tote. Natürlich, ihretwegen war er hier. «Können Sie mir etwas über die Tote auf der Brücke sagen?»

«Kramer, wie er leibt und lebt.» Lohmeyer rang sich ein Lächeln ab. «Sie ist noch keine zwei Stunden tot. Die Leichenstarre ist noch nicht eingetreten. Lediglich ihre Augenlider weisen die typischen Merkmale einer beginnenden Starre auf.» Lohmeyer hatte die Angewohnheit, laut zu denken. «Doch aufgrund der Temperaturen kann ich es noch nicht genau sagen. Wir werden sie in die Gerichtsmedizin bringen und die Obduktion abwarten.»

«Todesursache?» Thomas merkte, wie viel Mühe es ihn kostete, einen geraden Satz zu sprechen.

«Wahrscheinlich Herzstillstand. Doch das ist reine Spekulation.» Lohmeyer streifte die Manschette von Thomas' Arm ab. «Sie sind konditionell gut beieinander. Bei diesem Sturz hätte sich ein anderer wohl sämtliche Knochen gebrochen. Wie fühlen Sie sich?»

«Gut wäre übertrieben», gab Thomas zu. «Wurde sie umgebracht?»

«Das weiss ich noch nicht. Das endgültige Resultat wird uns der Pathologe liefern.»

Elsbeth kletterte in den Ambulanzwagen. Sie hatte die Pumps ausgezogen und stand nun vor der Bahre. «Tom, ich muss dir jetzt einen Rüffel erteilen. Was hast du dir nur dabei gedacht?» Sie wischte sich die Tränen ab.

Thomas war gerührt. «Vielleicht klärst du mich auf, was genau geschehen ist.»

«Eine Explosion im Gebälk. Der Kommandant hat die Sprengsatzspezialisten aufgeboten. Er will kein weiteres Risiko mehr eingehen. Er vermutet, dass noch mehr Sprengsätze angebracht sind.»

«Verdammt, was geht hier ab?» Thomas griff sich erneut an den Kopf. Er hatte rasende Schmerzen. «Die Brücke befindet sich doch nicht jenseits unserer Welt. Irgendjemand muss es doch mitbekommen haben, dass da etwas installiert wurde.» Er wandte sich an Lohmeyer. «Ich muss hier raus. Verabreichen Sie mir etwas von Ihren Wunderpillen, damit sich mein Kopf beruhigt.»

«Ich kann Ihnen nur Ruhe verordnen. Sie haben eine starke Gehirnerschütterung erlitten. Sie sollten jetzt liegen bleiben.» Lohmeyer tätschelte ihm den Arm. «Ich werde Sie ins Krankenhaus verfrachten lassen. Anbinden kann ich Sie ja nicht.» Er warf Elsbeth einen fragenden Blick zu. «Ist es überhaupt Ihr Fall?»

Elsbeth hob die Schultern. «Das wird sich im Verlaufe der Ermittlungen herausstellen.» Sie wandte sich an Thomas: «Sei vernünftig. Armando hat alles im Griff. Zudem ist die Sondereinheit unterwegs. Wir haben Linder darüber informiert, was mit dir geschehen ist. Er wird hier bald eintreffen. Du braust dir also keine Sorgen zu machen.»

«Weiss es Isabelle schon?» Thomas durfte sich nicht vorstellen, wie sehr sie sich um ihn Sorgen machen würde, wüsste sie, in welche Gefahr er sich begeben hatte.

«Leider noch nicht. Aber Lucille ist kontaktiert. Sie wird es wohl weiterleiten.» Elsbeth nickte Thomas zu. «Sieh zu, dass du wieder auf die Beine kommst. Das ist jetzt wichtiger.»

Er schloss die Augen. Eine plötzliche Müdigkeit war über ihn gekommen. Lohmeyer reichte ihm jetzt ein Schmerzmittel in Form einer Infusionslösung. Es kam der Zeitpunkt, an dem Thomas alles gleichgültig wurde.

Donnerstag, 9. Mai

Das Kantonsspital thronte wie ein brauner Monolith hinter der Museggmauer in den Frühlingshimmel. Thomas hatte es nie verstanden, wie man ein solches Gebäude in die Landschaft stellen konnte. Es war weder schön noch modern – ein grober Klotz, dem es an Ausstrahlung fehlte und in dem er sich schwerlich vorstellen konnte, sich von irgendeiner Krankheit zu erholen. Im Gegenteil. Doch nun war er selber da. Auch im Innern gewann er den Eindruck, dass alles schon ziemlich alt war – eine Sünde der Sechzigerjahre, die in letzter Zeit zwar renoviert, aber nicht verschönert worden war.

Wider Erwarten hatte er eine ruhige und schmerzfreie Nacht verbracht. Dass er hier war, hatte er nicht verhindern können. Lohmeyer hatte darauf bestanden, nachdem Thomas nach dem unglücklichen Sturz speiübel geworden war. Der Arzt hatte kein Risiko eingehen wollen. Thomas befand sich allein im Zimmer. Das zweite Bett war leer und unberührt. Auf dem Tischchen neben seinem Bett stand ein Tablett mit dem Frühstück, das er unangetastet liess. Er verspürte keinen Hunger. An der gegenüberliegenden Wand war ein Fernseher angebracht, aus dem ihn eine morgendliche Serenade berieselte – auf dem schwarzen Bildschirm. In der Nacht nach seiner Einlieferung hatte er durch verschiedene Programme gezappt, trotz seiner Kopfschmerzen, und feststellen müssen, dass die Kanäle beschränkt zu empfangen waren. Sie machten es einem wirklich nicht leicht.

In der nächsten halben Stunde wurde das Tablett entfernt, die Putzfrau wischte Staub auf, der nicht vorhanden war, und eine Krankenschwester mass den Blutdruck. Thomas liess alles kommentarlos mit sich geschehen. Nach Reden war ihm nicht zumute.

Danach war Arztvisite. Dabei wurde bestätigt, was schon Lohmeyer diagnostiziert hatte, dass er sich eine Gehirnerschütterung zugezogen hatte. Doch sie war weit weniger schlimm als zuerst angenommen. Vier Ärzte standen um das Bett herum. Nur einer sprach, ein anderer skizzierte den Krankheitsverlauf. Eine Gehirnerschütterung sei eine ernst zu nehmende Sache, versicherte der Arzt, ein Hüne von einem Mann und Deutscher. Sein Gesicht war reglos wie eine Maske. Er wollte ihn noch einen Tag zur Beobachtung hierbehalten. Ein paar aufmunternde Worte, der Wunsch zur schnellen Genesung – dann verschwanden die weissen Männer genauso geräuschlos, wie sie eingetroffen waren. Thomas fragte sich, was das Theater soeben gewesen war. *Ein* Arzt hätte ihm genügt.

Isabelle stand Punkt neun Uhr im Zimmer, gerade als Thomas sich daran erinnerte, Tanja Pitzer zu sich ins Büro bestellt zu haben.

«Was machst du auch für Sachen, Schatz», sagte sie, bevor sie die Tür hinter sich zugezogen hatte. Sie legte Blumen auf die Bettdecke, und «Schatz» hatte sie ihm seit Langem nicht mehr gesagt. Und schon gar nicht in dieser Tonart.

«Was ein Unfall bewirken kann ... ist unglaublich», scherzte er und betrachtete den Strauss, der mehrheitlich aus orangenen Blüten mit gelben Sprenkeln bestand. «Für Friedhofsblumen ist es noch zu früh.»

«Offensichtlich geht es dir besser.» Isabelle packte die Blumen aus und drückte sie einer jungen Krankenschwester in die Hand mit der Bitte, eine geeignete Vase zu besorgen.

«Hast du mir die Luzerner Zeitung auch mitgebracht?»

«Ich wäre keine gute Ehefrau, wenn ich diese vergessen hätte.»

Dünkte es ihn nur, oder war Isabelle heute zynischer als an anderen Tagen? Sie kramte in ihrer übergrossen Handtasche und beförderte die *NLZ* zutage. «Den Blick habe ich auch dabei. Du bist nicht zu übersehen.»

Thomas sah auf die Schlagzeilen. Er las laut, weil dies im Moment die einzige Möglichkeit war, seine diffusen Gedanken zu kontrollieren. «*Kramer bei Recherche zu weit gegangen.*» Und im Kleingedruckten: «*Übereifriger Chef des Ermittlungsdienstes von herumfliegenden Balken an Kopf getroffen.*» Darunter ein Foto: *er* liegend auf der Bahre. Thomas stiess Luft aus. «Diese Teufelsbrut! Ich kann mich nicht erinnern, dass mich ein Balken getroffen hat.» Er überlegte sich, ob Tanja ihm auf diese Weise seine Zurückweisung heimzahlen wollte. Er blätterte auf die erste Doppelseite um. Ein Bild der brennenden Spreuerbrücke nahm mehr als die Hälfte des oberen Teils ein. Tanja hatte sogar die Tote erwähnt, die man, kurz bevor die Brücke zum Raub der Flammen geworden war, gerade noch rechtzeitig heruntergeholt hatte. «*Ist ein Mord vertuscht worden? Die Polizei gibt sich bedeckt.*» Unter dem grossen befand sich ein kleines Bild, auf dem die Kapellbrücke in Vollbrand zu sehen war. «*Gibt es Parallelen?*»

Thomas schlug mit der flachen Hand aufs Papier. «Ich hätte es mir denken können. Sie geniesst die Meinungsfreiheit in all ihren Facetten.»

«Du sollst dich nicht so aufregen», sagte Isabelle und nahm der zurückgekehrten Krankenschwester die Vase aus der Hand. Sie stellte sie auf die Kommode neben das Bett. «Ich hoffe, dass man dich noch eine Weile in Gewahrsam hält. Wenn du dich dermassen aufführst, wirst du bestimmt chronische Kopfschmerzen behalten.»

«Hast du Stefan schon erreichen können?» Thomas legte den *Blick* weg und griff nach der *NLZ*. Auch die Redakteure der Luzerner Zeitung hatten dem Brand der Spreuerbrücke die Titelseite gewidmet. Sie hielten sich jedoch mit Spekulationen zurück.

Isabelle fuhr sich mit der Hand ins Gesicht. «Stefan weiss es. Er wird bestimmt vorbeikommen.» Und wenig später: «Es wird nicht dein Fall sein, oder täusche ich mich?» In ihrer Stimme lag Misstrauen.

«Nur sofern die Tote nicht im Zusammenhang mit dem Brand steht», beruhigte Thomas sie.

«Das weiss man noch nicht?»

«Du erinnerst mich daran, dass ich Dr. Wagner von der Gerichtsmedizin anrufen muss. Könntest du mir mal das Telefon reichen?»

Isabelle stellte sich ostentativ vor den Apparat. «Du bist krankgeschrieben.»

Thomas stiess erneut Luft aus. Würden ihre mütterlichen Urinstinkte wieder einmal die Überhand gewinnen? Jetzt, da Stefan nicht mehr zu Hause wohnte, musste sie ein anderes Opfer finden. Hatte sie soeben eines in ihm gefunden?

«Isabelle, hör zu», sagte er mit einem überraschend ruhigen Klang in der Stimme. «Der Arzt hat mir bestätigt, welch grosses Glück ich hatte. Tatsache ist, dass es mir gut geht. Machen wir es einfach nicht schlimmer. So ... und jetzt gib mir das Telefon!»

Isabelle schulterte die Tasche und stellte den Blumenstrauss auf den Fenstersims, sodass es Thomas möglich war, selber nach dem Telefon zu greifen. Während er die Nummer des *IRM* – des Instituts für Rechtsmedizin in Zürich – wählte, sah er aus dem Fenster. Gestochen scharf stach das Château Gütsch aus dem zarten Grün des aufkeimenden Waldes. Seit einem halben Jahr stand das Hotel leer. Man munkelte, dass ein deutscher Chirurg das Gebäude kaufen wolle, um daraus eine Schönheitsklinik zu machen. Ein tiefblauer Himmel wölbte sich über die Stadt. Es war der Wonnemonat Mai. Vorläufig keine Fahrradtouren mehr, keine Kraftübungen. Er solle sich schonen, hatte der Arzt ihm empfohlen. Solche Unfälle seien nicht zu unterschätzen. Auch wenn es den Anschein nach Fremdeinwirkung mache, sei dies eine Warnung des Körpers. Was der Kopf nicht verstehe, äussere sich physisch.

Leider war Dr. Wagner nicht erreichbar. Thomas hinterliess eine Nachricht, dass er ihn über sein Mobiltelefon zurückrufen solle.

Jemand klopfte. Die Türe ging auf, und der zweite Blumenstrauss schob sich an diesem Morgen ins Krankenzimmer: Orangefarbene Blüten mit gelben Sprenkeln. Es schien, als hätte die krankenhausinterne Blumenboutique gerade ein Frühlingsangebot im Sortiment.

Thomas mochte den generösen Zug an Armando, dass er ihn nicht gleich mit Vorwürfen torpedierte. Armando grüsste Isabelle und griff nach einem Stuhl. «Darf ich mich setzen?»

«Nur zu. Ich nehme an, du hast die ganze Nacht gearbeitet.»

«Linder hat uns keine Ruhe gelassen. Nachdem man dich abtransportiert hatte, tauchte er zusammen mit Galliker auf.»

«Ich werde dann mal gehen», unterbrach Isabelle das Gespräch. Sie küsste Thomas auf die Stirn. «Du kannst mich anrufen, wenn du weisst, wann man dich entlässt.» Und an Armando gewandt: «Grüsse Nora von mir.»

Thomas nahm den Faden auf. «Hat man herausgefunden, wer die Tote ist?»

«Wir konnten den Hund einfangen. Dank der Hundemarke wurde die Besitzerin rasch ausfindig gemacht. Jetzt rate mal, wen wir da vor uns hatten.»

«Mach es nicht so spannend.» Thomas zog sich am Triangel über dem Bett hoch.

«Natascha de Bruyne.»

Thomas schnitt vor Erstaunen eine Grimasse. «*Die* Natascha de Bruyne?»

«Luzerns Enfant terrible – die Schriftstellerin. Sie wäre in einer Woche fünfundsiebzig geworden.»

Thomas stiess einen zischenden Laut aus. «Doch ein vertuschter Mord?», dachte er laut.

«Soweit ich mich erinnere, eckte sie mit ihren Kolumnen in der NLZ ziemlich an.»

«Aber das ist doch kein Grund, jemanden umzubringen. Zudem erscheinen ihre Kolumnen seit dreissig Jahren in der Zeitung. Man hätte sie schon früher mundtot machen können.»

«Es hat schon weit weniger Gründe gegeben, um einen Mord zu begehen. Auf jeden Fall sind wir da in ein Wespennest getreten. Ihr bevorzugtes Thema waren die Missstände im Helvetia-Park. Unter den Randständigen genoss sie sehr viel Sympathie. Honorare aus Lesungen flossen zum Grossteil in die Gassenküche. Sie wurde deswegen von den Verantwortlichen geehrt.» Armando hielt kurz inne. «Doch die Stadtregierung sieht das anders.»

Thomas sank wieder ins Kissen. «Wir sollten den Bericht aus der Gerichtsmedizin abwarten, bevor wir uns verrückt machen.» Er starrte an die weisse Decke. «Was wurde aus der Brücke?»

«Die Spezialeinheit für Sprengstoff hat die Brückenruine nach zusätzlichem Sprengstoff abgesucht. Es ist bei dem einen geblieben.»

Thomas räusperte sich. «Für den Tod einer Schriftstellerin war das ein zu grosser Aufwand, findest du nicht auch?»

«Die Erfahrung zeigt uns, dass es einen Kriminellen noch nie gekümmert hat, welche Auswirkungen sein Tun hat.»

«Hat man die Angehörigen schon verständigen können?»

«Tom, soviel ich weiss, hat Frau de Bruyne keine Angehörigen. Ihr einziger Verwandter ist ihr Hund.»

«Aber sie muss doch eine Ansprechperson gehabt haben. In

ihrem Verlag zum Beispiel.»

«Die Dame hat sich immer äusserst bedeckt gegeben, wenn es um ihre Person ging.»

«Hast du etwas zum Notieren da?» Thomas war nicht zufrieden. «Recherchiere mal in ihrem Verlag. Ihr letztes Buch ist mir noch sehr präsent. Isabelle hat es gekauft. Deswegen hat es heftige Diskussionen zwischen uns gegeben.»

«Und worum ging es da?»

«Um ihr bevorzugtes Thema ... um Menschen in Not in unserer perfektionierten Stadt.»

Armando griff sich an den Kopf. «Sie ist wohl vielerorts damit angeeckt. Vielleicht hat sich doch ein übereifriger Politiker von ihr angegriffen gefühlt.»

«Wir sind doch nicht im Wilden Westen.» Thomas schüttelte schniefend den Kopf. «Du weisst, was zu tun ist. Elsbeth soll sich nach den Archivbeständen bei der *NLZ* erkundigen, oder sie muss in der Bibliothek nach einschlägigen Berichten suchen.» Und nach einer Pause. «Spätestens morgen werde ich hier draussen sein, das verspreche ich dir. Die ganze Angelegenheit ist zu brisant, um tatenlos herumzuliegen.»

Endlich meldete sich Dr. Wagner aus Zürich. Thomas kannte ihn von einem Besuch in der Rechtsmedizin. Seit mehr als zwanzig Jahren stand er in der Universität in Zürich im Dienste der Toten. Er war Leiter der forensischen Medizin und beschäftigte ein Dutzend Assistenzärzte.

«Nach der Legalinspektion können wir Fremdeinwirkung ausschliessen», informierte er. «Die Leiche weist äusserlich lediglich ein paar Hautabschürfungen im Bereich der Handgelenke auf. Diese dürften pre mortem vom Sturz auf den Boden stammen. Die anschliessende erste Obduktion hat ergeben, dass die Frau wahrscheinlich an einem Hirnschlag gestorben ist.»

«Hätte der Frau geholfen werden können, wenn sie rechtzeitig gefunden worden wäre?», fragte Thomas.
«Kommt darauf an, wie lange sie dort gelegen hat.» Wagner machte eine lange Pause. «Das ist nur ein Zwischenbericht. Die genaue Analyse kann ich Ihnen spätestens morgen liefern.» Thomas legte nachdenklich auf. Würde dieser Fall sein Fall werden? Es blieben viele Fragen offen. Für den Brand allerdings war nun der Fahndungsdienst zuständig, die Fachgruppe für Brandermittlung. Trotzdem hatte der Tod von Natascha de Bruyne seine Neugierde geweckt. Warum war sie um diese fortgeschrittene Zeit auf der Spreuerbrücke unterwegs gewesen? Eine fünfundsiebzigjährige Frau! Soweit sich Thomas erinnerte, hatte sie in Emmenbrücke gewohnt. Trotz seiner Meinung, es gäbe keine Zufälle, musste er davon ausgehen, dass es doch welche gab. An etwas Übersinnliches wollte er nicht glauben.

Nach dem Mittagessen, das aus einer faden Suppe und einem etwas würzigeren Gulasch mit Beilage bestand, beschloss Thomas, das Krankenhaus zu verlassen. Er zog sich an, nahm die beiden Blumensträusse aus der Vase und verliess das Zimmer, nachdem er sich bei der zuständigen Stationsschwester abgemeldet hatte. Diese versuchte vergebens, ihn durch Drohgebärden von seinem Abgang abzuhalten. «Herr Kramer, ich muss das dem Arzt melden. Sie können nicht einfach gehen. Wenn etwas passiert, kann das Krankenhauspersonal keine Verantwortung übernehmen.»
«Machen Sie sich keine Sorgen. Ich werde mich bei meinem Hausarzt melden», versprach er, dachte jedoch nicht im Traum daran, das Versprechen zu halten.
«Sie müssen noch unterschreiben.» Die Schwester hielt ihm ein Blatt Papier hin.

Noch etwas benommen fuhr Thomas mit dem Aufzug ins Erdgeschoss. In der Cafeteria herrschte Hochbetrieb. Thomas stiess beinahe mit einem Rollator zusammen, als er auf den Ausgang zusteuerte. Um den Lenker hatten sich zwei Gichthände gekrallt. Der Mann, dem sie gehörten, peilte in Pantoffeln und Morgenmantel den Kiosk an.

Die Sonne strahlte aus einem wolkenlosen Himmel. Die Temperaturen waren frühlingshaft mild. Auf dem Weg zur Bushaltestelle rief Thomas seinen Sohn an und teilte ihm seine Abmeldung mit. «Damit du nicht auf die Idee kommst, mich hier zu besuchen», witzelte er.

Nach einigen scheuen Anfragen zu seinem Gesundheitszustand kam Stefan nochmals auf Zanetti zu sprechen. «Lucille sagte mir, dass du dich um einige Informationen bemüht hast, was Silvano betrifft. Wenn du etwas Persönliches von ihm erfahren möchtest, kann ich dir gern über ihn Auskunft geben.»

«Das heisst, er ist also noch nicht wieder aufgetaucht?»

«Nein, und wir machen uns wirklich grosse Sorgen um ihn. Am Samstag um elf wäre die zivile Trauung, und danach sollte das Hochzeitsfest stattfinden. Es kommt mir wie in einem billigen Hollywoodstreifen vor. Das ist nicht Silvanos Art. Niemals würde er seine Verlobte im Ungewissen lassen.»

«Es sind keine Meldungen über Unfälle oder Verbrechen eingegangen, die nur den kleinsten Hinweis auf das Verschwinden deines Freundes hinweisen.»

«Vielleicht hat man ihn entführt.»

«Muss ich davon ausgehen, dass dich mein Job für uferlose Fantasien beflügelt? Was gäbe es denn bei ihm zu holen?»

«Sein Vater ist gut situiert.»

«Weisst du etwas über einen Anruf?»

«Nein...» Stefan zögerte. «Ihm muss etwas zugestossen

sein. Vielleicht ist er irgendwo hinuntergestürzt.»
Thomas erreichte die Bushaltestelle und war froh, sich auf die Bank setzen zu können. Sein Schädel brummte, die Ohren schienen das Taubheitsgefühl noch nicht verloren zu haben.
«Ich werde um zwei Uhr im Büro sein. Bitte teile der Verlobten deines Freundes mit, dass ich sie dort erwarte.»
Er hörte Stefan durchs Telefon ausatmen. «Das heisst, dass du den Fall annimmst?»
«Noch ist es kein Fall», berichtigte Thomas und warf einen Blick über die Strasse, wo gerade ein Krankenwagen lospreschte. Blaulicht und Martinshorn lenkten ihn einen Moment ab.
«Danke Dad», kam es kleinlaut zurück.

***

Er hatte sie zärtlich Néné genannt, wie die Bayern ihre Herzogin Helene. Das letzte Mal vor sechs Tagen, bevor er am späten Vormittag das Haus verlassen hatte und nicht wieder zurückgekehrt war. Die junge Frau stand in Thomas' Büro. «Mein Name ist Nadine Burger», sagte sie. «Ich bin angemeldet.» Sie stiess die Türe mit dem rechten Fuss hinter sich zu.
Thomas hatte sie trotz Stefans Anruf erst nur widerwillig zu sich kommen lassen. Auf seinem Pult stapelten sich Pendenzen, die wichtiger waren als ein Mann, der kurz vor der Hochzeit verschwunden war. Bis heute hatte nichts darauf hingewiesen, dass er einem Verbrechen zum Opfer gefallen wäre. Trotzdem liess ihn das Schicksal des verschwundenen Künstlers nicht mehr los. Da er sich aus gesundheitlichen Gründen zurückhalten musste, kam ihm der Besuch der jungen Frau doch nicht ungelegen. Zumindest konnte er sich bei der Anhörung auf seinem Sessel ausruhen.
«Sie können mich Néné nennen», lächelte sie jetzt, als sie

darauf wartete, dass der Chef des Ermittlungsdienstes sie zum Sitzen einlud.

Sie warf ihre lange Mähne schwungvoll über ihre Schultern. Das Blond wirkte fast weiss. Zudem sah sie unverschämt gut aus. Weder Make-up noch Lippenstift verfälschten ihre Schönheit. Ihre Augen waren grau – Thomas hätte sie silbergrau genannt, hätte man ihn danach gefragt – und liefen spitz zur Seite hin aus in einem ebenmässigen Gesicht.

«Setzen Sie sich doch», bat Thomas und öffnete auf seinem Rechner die erforderliche Datei. Bereits am Vorabend hatte er sich einige Notizen über Zanetti gemacht. Routine, wie so oft. Er warf immer wieder einen Blick auf sein Gegenüber. Spätestens jetzt hätte ihm auffallen müssen, wie jung Néné war. Sie trommelte mit ihrer linken Hand nervös auf die Tischplatte. Thomas bemerkte ihre zerkauten Nägel, was nicht zu ihrem sonstigen Erscheinungsbild passte. Er schätzte sie keine zwanzig. Er nahm Notizblock und Schreibstift zur Hand, installierte den Stimmenrekorder und drückte die Ein-Taste. «Einvernahme zum Verschwinden von Silvano Zanetti, Donnerstag, 9. Mai 2008, 14.10 Uhr. Anwesend Nadine Burger und Thomas Kramer.» Er wandte sich an Néné und bat sie vorerst um ihre Personalien. «Wann haben Sie Ihren Verlobten zum letzten Mal gesehen?»

Néné kniff die Augen zusammen, während sie verstohlen auf das Aufnahmegerät sah. «Am Freitag war's, gegen Mittag. Ich wollte mit ihm zusammen zu Mittag essen. Aber er sagte, dass er noch ins Atelier fahre, um die letzten Vorbereitungen für die Ausstellung im KKL zu treffen.»

«Wo befindet sich dieses?»

Néné teilte die Adresse mit. «Er sagte, dass er die Figuren noch polieren müsse.»

«Besitzen Sie einen Zweitschlüssel zum Atelier?»

«Ich hatte einen. Aber Silvano bat mich, ihn ihm auszuhändigen, weil die Speditionsfirma des KKL im Verlauf dieser Woche die Skulpturen abholen würde. Weil er nicht genau wusste, wann sie vorbeikommen und er nicht immer im Atelier war, hat er den Schlüssel den Spediteuren übergeben.»

«Einfach so?»

«Silvano ist manchmal etwas zu vertrauensselig.» Néné neigte den Kopf zur Seite und zog ihre Schultern hoch.

«Und Sie selber waren nicht im Atelier?»

«Sicher war ich dort. Aber ich stand vor einer verschlossenen Tür.»

«Wann haben Sie ihn zum letzten Mal angerufen?»

«Kurz, bevor ich hierher kam, versuchte ich es noch einmal. Doch da kommt immer nur der Anrufbeantworter.»

Thomas stenografierte, während er weitere Fragen stellte. «Leidet Ihr Verlobter an gesundheitlichen Problemen? Hatte er schon Schwächeanfälle?»

«Nein, er ist kerngesund, wenn auch nicht der kräftigste.»

«Kennen Sie seinen Bruder?»

«Sergio?»

«Ja, oder gibt es noch mehr Geschwister?»

«Ich kenne nur Sergio.»

«Und seinen Vater?»

«Den muss ich fast zwangsläufig kennen. Er wird ja bald mein Schwiegervater...» Néné schluckte leer. Sie wischte sich ein paar Tränen aus dem Gesicht.

Thomas sah auf den Bildschirm. «Hier steht, dass seine Mutter verstorben sei...»

«...Ja», unterbrach Néné ihn, «aber Silvanos Vater hat noch einmal geheiratet.»

«Gibt es aus dieser Ehe Kinder?»

«Nein.»

«Treibt ihr Verlobter Sport?»
«Dazu hat er keine Zeit.»
«Gibt es Wege oder Strassen, die er gewohnheitsgemäss abgeht.»
«Ja, aber geben Sie sich keine Mühe, diese habe ich alle schon abgesucht. Ich kann nicht tatenlos darauf warten, bis Silvano wieder auftaucht...» Erneut schossen Tränen aus ihren Augen. «Sorry... es kommt einfach so über mich.»
Thomas reichte ihr ein Taschentuch. «Gibt es Freunde, bei denen er sein könnte?»
«Ich habe alle seine Freunde angerufen. Keiner weiss etwas über Silvanos Verbleib.»
«War er in einem Reisebüro? Hat er vielleicht die Hochzeitsreise gebucht?»
Néné richtete sich kerzengerade auf. «Nein!» Ihre Stimme hatte einen lauteren Klang angenommen. «Die Hochzeitsreise wollten wir im November machen. Wir haben sie schon geplant. Und nein, Silvano hat mit Bestimmtheit keine Reise für sich allein gebucht.»
«Entschuldigen Sie dir Frage. Aber ich muss jede Möglichkeit in Erwägung ziehen. Fehlen Koffer, Kleider, Zahnbürste?»
«Sie gehen davon aus, dass er einfach abgehauen ist?» Néné schluchzte. «Nein, es fehlt nichts. Und ich kenne ihn viel zu gut, als dass er mir so etwas antun könnte. Auch wenn er manchmal Ausraster hat, diese richten sich ausnahmslos gegen seine Skulpturen...» Sie rang sich ein Lächeln ab. «Er ist ein Künstler, und Künstler sind mit ihrer Arbeit selten zufrieden.»
«Wurde er von irgendjemandem belästigt?»
«Nein, davon hätte er mir erzählt.»
Thomas überflog seine Notizen. «Er verliess also am Freitag vor dem Mittag Ihre gemeinsame Wohnung, ist das richtig?»

Ein scheues Ja.
«Wie spät war es?»
«Halb zwölf schätzungsweise.»
«Und Sie sind sicher, dass er den Weg zu seinem Atelier eingeschlagen hat?»
«So hat er es mir mitgeteilt. Warum hätte er es nicht tun sollen?»
Thomas schob ein weisses A4-Blatt über den Tisch. «Bitte skizzieren Sie den Weg von Ihrer Wohnadresse bis zum Atelier. Lassen Sie kein Detail aus.»
«Hören Sie, das sind keine zweihundert Meter.» Néné nahm den Schreibstift und kritzelte ein paar Linien, Punkte und Kreise auf das Blatt und beschriftete sie.
«Keine zweihundert Meter? Aber Sie sagten doch, dass er gefahren sei.»
«Mit dem Fahrrad. Manchmal hat er ausserhalb zu tun, darum nimmt er es mit. Das Fahrrad ist auch verschwunden.»
Thomas erhob sich schwer atmend. «Wir werden sehen, was wir tun können.»
«Ich erwarte zumindest eine Vermisstenanzeige in den Medien.» Auch Néné erhob sich. «Bitte Herr Kramer, suchen Sie ihn, bevor es zu spät ist ...»
«Wissen Sie, ob die Skulpturen Ihres Verlobten trotzdem ausgestellt werden?»
«Das ist anzunehmen. Im Atelier sind sie auf jeden Fall nicht mehr. Ich habe durch die Fensterscheiben gesehen. Sie sind weg.»
Thomas drückte den Aus-Knopf. Dann notierte er: *dringend KKL anrufen.*
Er begleitete Néné zur Tür.

Die Kopfschmerzen waren zurück. Thomas erinnerte sich,

dass er es versäumt hatte, die Tabletten einzunehmen. Er suchte nach der Packung, fand sie in der Jackentasche und verleibte sich zwei von ihnen ein.

Später besuchte ihn Elsbeth, als sie von seiner Rückkehr erfahren hatte. Nachdem sie ihren Chef eine geraume Zeit mit mitfühlenden Worten überhäuft hatte, legte sie ihm ein Dossier hin. «Hier sind die jüngsten Zeitungsberichte von Natascha de Bruyne.» Sie hob die Augenbrauen. «Tanja Pitzer war heute Morgen hier.»

«Und?» Er schob die Blätter auseinander, überflog die Berichte, ohne richtig hinzusehen.

«Nichts und. Sie ging dann wieder, nachdem wir ihr gesagt hatten, dass du verhindert seiest.»

«Das heisst, ihr habt sie nicht befragt?» Thomas schüttelte den Kopf.

«Worüber? Ist uns etwas entgangen?»

«Ach ja, das konntet ihr nicht wissen. Ich habe sie gestern vorgeladen.» Thomas schaute auf die Uhr. «In einer halben Stunde ist Rapport. Ich möchte, dass alle zugegen sind.»

«Die Presse war da.» Elsbeth verzog ihren Mund zu einer Grimasse. «Das Schweizer Fernsehen will eine Stellungnahme.»

«Ach das Schweizer Fernsehen», spöttelte Thomas. «Da sind sie immer schnell zur Stelle. Du hast sie hoffentlich weiterverwiesen.»

«Schon erledigt. Pius Kathriner hat Rede und Antwort gestanden.»

«Bleibt uns wenigstens dies erspart.»

«Du täuschst dich. Sie sind gerade bei unserem Pressesprecher.»

Thomas fuhr herum. «Scheint hier gerade etwas aus dem Ruder zu laufen? Wer hat grünes Licht gegeben?»

Elsbeth hob die Schultern. «Linder. Seit dem Morgen hetzt

er durch die Räume. Soll ich ihn zum Rapport einladen?»
«Kommt nicht infrage!» Mit dem neuen Polizeichef hatte sich Thomas noch nicht richtig anfreunden können. Freiwillig suchte er keine Gespräche mit ihm. Wenn es ging, lieferte er ihm die Informationen per E-Mail oder liess die Akten von Elsbeth überbringen. Seit dem letzten Mord, der Thomas nach Ascona geführt hatte, stand etwas Unausgesprochenes zwischen ihnen. Thomas verspürte kein Bedürfnis, ihn darauf anzusprechen.
Elsbeth kehrte auf dem Absatz um und schritt zur Tür.
«Fünfzehn Uhr?»
«Im Grossraumbüro.» Thomas lehnte sich zurück. Es fehlte noch, dass er sich aufgrund einer Gehirnerschütterung gehen liess. Reiss dich zusammen!, schalt er sich. Du bist gesund!

***

Sein gesamtes Team war anwesend. Auch Benno Fischer – sonst immer zu spät – sass an seinem Platz, vor sich einen Berg Fotografien. Benno hatte Augenringe. Jedermann wusste, dass er eine etwas lockere Einstellung hatte, wenn es um das weibliche Geschlecht ging. Seit der Scheidung im letzten Jahr war er mit einer jungen Frau liiert, die seine Tochter hätte sein können. Ein burschikoses Mädchen, das Bennos Leidenschaft teilte. Sie waren beide fussballverrückt. Diese Beziehung hielt Benno jedoch nicht davon ab, seine Fühler nach anderen Frauen auszustrecken. Seine neue Freiheit wusste er auszuschöpfen. Er gehörte nicht unbedingt zu den schönen Männern. Er war von mittelgrossem Wuchs, hatte farblich undefinierbare Haare, etwas zwischen braun und blond, mehr schütter als voll. Sein Gesicht war über das ganze Jahr weiss, und der Schnurrbart bedeckte eine Narbe. Manche behaupteten, eine operierte Hasenscharte. Nicht einmal die Augen waren etwas Besonderes, grau-blau – Schweizer Durchschnitt. Wahrscheinlich verfügte er über innere Qualitäten, die Frauenherzen zum Beben brachten.

Thomas stellte sich ans Tischende vor die Leinwand, von der ihm ausser einem Bild des Feuers Leere entgegengähnte. Offensichtlich war es niemandem eingefallen, den Brand der Spreuerbrücke im Zusammenhang mit einem Mord zu sehen. Während seiner Abwesenheit schien dies nicht von Belang gewesen zu sein, zumal die Brandermittler ihren Job taten und es bis anhin weder Indizien noch ein Motiv zu einem Mord gegeben hatte. Dennoch blieb vieles undurchsichtig.

«Wir haben den ersten Bericht aus der Rechtsmedizin», eröffnete Thomas die Sitzung, und er informierte sein Team darüber, was Wagner ihm mitgeteilt hatte. «Todesursache Hirnschlag. Der Tod muss circa zwei Stunden vor dem Entdecken des Feuers eingetreten sein. Unklar ist, warum die Brücke zu dieser Zeit von niemandem betreten worden ist...»

«Vielleicht hat der bissige Kläffer alle Spaziergänger vertrieben», mutmasste Armando. «Ich hatte auf jeden Fall grosse Mühe, dieses Biest einzufangen.»

«Vielleicht hat man die Frau einfach ignoriert», nahm Lucille an.

«Sie muss aber die gesamte Zeit auf der Brücke gelegen haben», sagte Elsbeth. «Würdest du an einer Frau vorbeigehen, die am Boden liegt?»

«Wenn ich wüsste, dass es die de Bruyne ist?» Armando zog eine Schnute.

«Bartolini, ich warne dich!» Wenn Thomas ihn mit dem Nachnamen ansprach, bedeutete das nichts Gutes. «Du hast hoffentlich die erforderlichen Unterlagen auftreiben können.»

«Ihre Kolumnen zum Beispiel. Kein Mitglied der Luzerner

Obrigkeit ist in den letzten Jahren glimpflich davongekommen. Die Autorin hat zu jedem gefällten Entscheid ihren Senf dazugegeben. Sie nannte es Polarisierung, wenn man sie darauf ansprach.» Armando schob Thomas eine Klarsichtmappe zu. «Hat mich einen halben Tag gekostet. Die Suchmaschine hat so ziemlich alles über sie ausgespuckt. Auch ihre wochenlangen Kolumnen über den Brand der Kapellbrücke am 18. August 1993. Ich habe sie überflogen. Aber da ist nichts drin, was uns weiterhilft. Ihre zynischen Bemerkungen galten damals dem Stadtpräsidenten. Diese Spekulationen kennen wir ja.»

«Welche Spekulationen?» Lucille reckte den Hals. «Kann mich jemand aufklären?»

Armando lehnte sich zurück und schlug das linke über das rechte Bein. «Aber dass die Kapellbrücke gebrannt hat, weisst du ...» Er hüstelte: «Ach ja, da warst du keine siebzehn ...»

«Achtzehn», korrigierte Lucille. Als sie Thomas' düsteren Blick einheimste, hielt sie sich zurück.

«Nun, um bei der Kapellbrücke zu bleiben», fuhr Armando fort, «Die Brandursache wurde nie ganz geklärt. Lange hiess es, dass ein brennender Zigarettenstummel von einem Passanten in ein darunterliegendes Boot geworfen worden sei und daraufhin das Boot Feuer gefangen habe.»

«Und das sind die Spekulationen, von denen du soeben gesprochen hast?» Lucille verzog ihre Mundwinkel und an Thomas gewandt: «Das interessiert mich, zumal hier von Parallelen geredet wird.»

«Wer redet hier von Parallelen?» Thomas stellte die Frage ruhig, obwohl die Galle in ihm hochkam. «Nur weil die Medien darüber spekulieren, heisst das noch lange nicht, dass wir auf demselben Gleis fahren. Und Himmeldonnerwetter noch einmal: Wir stehen hier eindeutig vor einem Fall, der mit dem anderen nichts zu tun hat. An der Kapellbrücke hat man damals

keine Sprengsätze gefunden.»
Elsbeth sah ihn besorgt an.
Ja, ja, er hätte sich zusammenreissen sollen. Doch letztendlich waren es weder die Spreuerbrücke noch der vermisste Künstler, die ihm an der Substanz nagten. Der Schwindel nahm zwischendurch eine Dimension an, dass er sich fragen musste, ob das Fortfahren seiner Arbeit richtig war.
«Aber eine vorsätzlich weggeworfene Kippe?» Lucille liess nicht locker.
Thomas richtete sich an alle. «Seid vorsichtig, wenn ihr das Wort *vorsätzlich* in den Mund nehmt. Der Fall wurde damals als geklärt ad acta gelegt.»
Armando ignorierte Thomas' Einwand und kam in Fahrt. «Was willst du damit sagen?» Er beugte sich mit dem Oberkörper über den Tisch und fixierte seine Kollegin mit starrem Blick.
«Es könnte doch ein nettes kleines Feuerchen gegeben haben... als Touristenattraktion sozusagen.»
«Lucille» sagte Armando, «das eben sind die Spekulationen, die im Umlauf waren. 1993 haperte es mit den Sommertouristen. Die Umsätze in der Hotellerie und Gastronomie gingen massiv zurück. Nach dem Brand nahmen vor allem die Touristenströme aus dem asiatischen Raum zu. Es gab Hochzeitspaare, die liessen sich vor dem versengten Skelett ablichten. Die Kapellbrücke war plötzlich in aller Munde. Rund um den Globus schrieb die Stadt Luzern Geschichte. Und von da an ging es mit dem Tourismus stetig bergauf. Die kleine Stadt Luzern kam ganz gross raus. In die gesamte Welt hinaus wurden Ansichtskarten geschickt, auf denen die brennende Kapellbrücke zu sehen war. Die Druckereien kamen nicht aus der Arbeit heraus. Die Bestürzung war gross. Selbst im hintersten Kaff der Mongolei erfuhr man von dieser Katastrophe.»

«Das war wirklich eindrücklich», äusserte sich nun Guido.
«So ist es», mischte sich Elsbeth ein. «Jetzt bahnt sich wieder eine Krise in der Tourismusbranche an. Da muss man sich etwas einfallen lassen.» Sie schob Thomas eine Klarsichtmappe über den Tisch zu. «Dies hat mir Pius Kathriner übermittelt.»

Thomas unterbrach die Unterhaltung. «Bleiben wir bei den Fakten. Die Spreuerbrücke wurde zwar angezündet, doch sehe ich bisweilen keinen Zusammenhang. Und der Brand der Kapellbrücke liegt fast fünfzehn Jahre in der Vergangenheit. Kehren wir in die Gegenwart zurück und gehen wir die aktuellen Probleme an.» Er sah die Blätter durch. «Hier steht, dass ein einziger Sprengsatz sichergestellt wurde. Zudem sei Brandbeschleuniger benutzt worden. Es geht hier nicht bloss um einen Sachschaden, sondern um die Absicht, jemanden umzubringen. Wir können von Glück reden, dass nicht weitere Personen zu Schaden gekommen sind. Da es sich bei der Toten jedoch nicht um ein unmittelbares Opfer des Brandes handelt, dürfte für uns der Fall vom Tisch sein. Zumindest solange, bis neue Erkenntnisse vonseiten des Fahndungsdienstes und von Dr. Wagner vorliegen.»

«Du zählst dich wohl nicht zu den Opfern», startete Elsbeth den Versuch, Thomas auf seine eigenen Verletzungen hinzuweisen.

«Wie ihr seht, geht es mir gut.» Thomas verdrängte seine erneut aufkeimenden Kopfschmerzen. «Zudem bin ich nicht ganz unschuldig an der ganzen Sache», gab er zu. Er konnte davon ausgehen, dass er vom Feuerwehrkommandanten noch Besuch oder zumindest einen Verweis erhalten würde. Er hatte eindeutig die Sicherheitsvorschriften missachtet. Er blickte in die Runde. «Sonst noch etwas?» Als niemand etwas erwiderte, fuhr er fort: «Wie sieht es mit einer Pressekonferenz aus?»

Er wandte sich an den Mediensprecher Marc Furrer. «Du hast ja schon Besuch erhalten, wie mir zu Ohren gekommen ist.» «Das ist richtig.» Marc richtete sich auf. Er hatte den Stuhl so weit vom Tisch nach hinten geschoben, dass er mühelos seine Beine von sich strecken konnte. Er hinterliess einen müden Eindruck. In letzter Zeit war er infolge gehäufter Delikte gefordert gewesen. Die Redakteure gelangten immer zuerst an ihn, wenn es in Luzern und Umgebung Unfälle gab oder es zu kriminellen Handlungen kam. Manchmal kam es ihm vor, als wäre er dazu da, die Zeitungen mit seinen Berichten zu füllen, mehrheitlich die letzte Seite. «Die Leute aus dem Leutschenbach waren bei mir. Ich hatte sie nicht bestellt», betonte er und liess die Schultern hängen. Marc hatte zur selben Zeit wie Armando die Arbeit bei der Kripo aufgenommen, nachdem ihn der Job als Chefredakteur bei einer lokalen Zeitung unterfordert hatte. Er hatte die MAZ absolviert und galt in der Regel als schnell und zuverlässig. Dass er in den vergangenen Wochen nicht sehr konzentriert gewesen war, lag daran, dass er wieder einmal solo war. Er war keine vierzig, sein Aussehen eher gewöhnungsbedürftig: Kahlrasur und Nickelbrille – er wäre glatt als Hochschulprofessor durchgegangen.

«Leider mussten sie unerledigter Dinge von mir gehen»; fuhr er fort. «Ich versprach ihnen, dass ich mich heute kurz vor den Nachrichten bei ihnen melden würde, um eine fundierte Information abzugeben.»

«Gut, dann wird Armando die Medienkonferenz heute Abend leiten», schloss Thomas. «Besprich sie aber vorher mit dem Feuerwehrkommandanten Kathriner. Was das Technische angeht, weiss er hier wohl mehr zu berichten. Mich braucht ihr nicht dazu.» Er sah in die Runde. «Und bitte kein Aufheben um meine Person.»

***

Als Thomas das Gebäude an der Kasimir-Pfyffer-Strasse verliess, war es achtzehn Uhr, und er hatte noch nichts gegessen. Die Schmerztabletten waren ihm auf den nüchternen Magen geschlagen. Zu den Kopfschmerzen kam jetzt also noch Übelkeit hinzu. Er holte sich beim Notencafé ein Sandwich und setzte sich damit in seinen Wagen. Auf dem Weg in die Altstadt rief er Isabelle an und erklärte ihr, dass er noch etwas zu erledigen habe, bevor er nach Hause kommen würde. Sie hatte natürlich tausend Einwände parat, um ihn vor unnötigen Fahrten abzuhalten. «Vor weniger als vierundzwanzig Stunden hattest du einen Unfall. Du solltest eigentlich vernünftig genug sein und dich ins Bett legen, wenn du schon aus dem Krankenhaus abhaust.» Sie beschwerte sich, dass sie sich ziemlich dämlich vorgekommen sei, als sie heute Nachmittag vor einem leeren Krankenbett gestanden habe. «Und wo sind die schönen Blumen geblieben?»

«Ein Strauss steht beim Empfang bei der Polizei, der andere in meinem Büro», sagte Thomas.

«Du hättest wenigstens einen mit nach Hause bringen können.»

Er liess Isabelles Vorwurf stehen und beendete unvermittelt das Gespräch .

Er fuhr in die Nähe der Franziskaner-Kirche und stellte den Wagen in ein leeres Parkfeld. Der Weg führte ihn direkt in die Altstadt, am Hotel *Wilden Mann* vorbei. Er mochte die lauschigen Plätze in der Nähe der Reuss, an denen die Zeit stehengeblieben war. Er überquerte die Münzgasse, aus der das Odeur des Mittelalters zu strömen schien. Hier hatte er schon einmal ein Rittermahl genossen, von Holztellern gegessen und aus Zinnbechern getrunken – eine Idee der Hoteldirektion des

Wilden Mann. Isabelle hatte sich sogar als Burgfräulein kostümiert. Das waren noch Zeiten gewesen... Er gelangte zum Reusssteg und folgte dem Flusslauf bis zur Schleuse, durch die sich in tobender Gischt das Wasser zwängte. In den Bergen hatte die Schneeschmelze eingesetzt. Er blieb stehen und beobachtete ein Schwanenpaar, das sich vergebens gegen die Strömung wehrte. Offensichtlich hatten sich die weissen Vögel hierher verirrt. Er wollte nicht zur Brücke sehen. Wollte die Erinnerung an ihre Unversehrtheit möglichst lange in seinem Gedächtnis behalten. Als Kind hatte er auf ihr gespielt, oft erst nach dem Eindunkeln. Zusammen mit seinen Freunden waren sie Räuber und Gendarm gewesen oder Krieger des Mittelalters. Sie hatten sich nahe an die Hölzer gelehnt, durch Lucken auf die Flussschnellen gesehen und mit aus Holz gebastelten Gewehren geschossen. Und wenn er am Sonntag mit seinen Eltern durch die Altstadt spaziert war, hatten sie ihm von dem Gemäldezyklus des Totentanzes erzählt. Fasziniert und abgeschreckt zugleich hatte Thomas die Bilder betrachtet; auf jedem war der Tod in seiner unheimlichen Gestalt – in der Form eines Skeletts – zu sehen gewesen, angesichts immer wiederkehrender Seuchen.

Er ging weiter das Geländer entlang. Jetzt sah er auf die verkohlten Überreste der altertümlichen Brücke. Die Mitte des Steges war weggesprengt. Beidseitig ragten verbrannte Streben über die tosenden Flussschnellen, wo zwei schwarz verfärbte Steinpflöcke wie Knochen dem Wasser trotzten. Auf dem Mühlenplatz war Normalität eingekehrt. Einzig die polizeilichen Absperrbänder, die grossräumig angebracht waren, zeugten von dem Unglück und hielten die Gaffer davon ab, sich zu nahe an die Brandruinen zu begeben.

Thomas bahnte sich einen Weg durch die Menschenmenge, die sich in der Nähe des Brückenzugangs aufhielt. Rot-weisse

Bretter versperrten die Treppe. Der Geruch nach verbranntem Holz lag in der Luft, das Geräusch der Auslöser der Fotoapparate. Thomas blickte in verstörte asiatische Gesichter. Er verstand nicht, was geredet wurde, doch der Klang der Stimmen verriet ihre Bestürzung. Luzern hatte einen Schaden zu tragen, der kaum in kürzester Zeit wieder gutgemacht werden konnte. Vielleicht würde man die Brücke sogar abreissen.

«Herr Kramer?»

Thomas hörte nichts. In seine eigenen Gedanken versunken stand er da und sah über die Köpfe der Menschen hinweg. Er war in einer anderen Welt. Er war nicht sicher, ob es seine war. Er fühlte sich zurückversetzt in eine längst vergangene Zeit, in der man die Spreuerbrücke errichtet hatte. Bilder aus seinem Tagtraum reihten sich aneinander – sie liefen wie ein Film in ihm ab. Er sah den Klerus im Auftrag der Stadtväter Hölzer herantragen, er hörte ihn Nägel in die Bretter schlagen. Die Sinneseindrücke überfluteten ihn.

«Herr Kramer?»

Erst jetzt wandte er sich um. Die Bilder – gerade noch hell und klar in seinem Kopf ersichtlich – lösten sich auf. Er blickte unvermittelt in zwei dunkle Augen.

«Ich war heute Vormittag bei Ihnen im Büro, doch da waren Sie nicht.» Klang es wie ein Vorwurf? «Wie geht es Ihnen?»

Dass Tanja Pitzer durchaus auch feinfühlige Züge besass, hätte er der Journalistin nicht zugetraut. Sie bedauerte seinen Unfall; sie wirkte gar untröstlich.

«Ich würde Ihnen gerne zum Brand von gestern noch ein paar Fragen stellen.» Tanja zeigte ihm, dass sie ihm in der jetzigen Situation überlegen war. Sie war für ihre Arbeit unterwegs; Thomas hatte Feierabend. Zudem wollten die Kopfschmerzen kein Ende nehmen.

Obwohl er ihren jüngsten Bericht in der Boulevardzeitung

gern angeprangert hätte, hielt er sich zurück. Es war ihm nicht danach, sich mit Tanja in eine Diskussion einzulassen.

Er war verletzlich. In dieser Situation hätte er sich als Angriffsfläche geradezu angeboten. Obwohl gebürtiger Entlebucher, war er ein Luzerner – in jeder Hinsicht. Sein Herz schlug für diese Stadt am Vierwaldstättersee. Sie war seine Heimat, sein Lebenselixier. Hier fühlte er sich wohl. Wenn er weg gewesen war, so kam er immer gern hierhin zurück. Luzern galt als sichere Stadt, wenn man sie mit den Städten rund um den Erdball verglich. Nicht umsonst strömten Jahr für Jahr Touristen aus allen Herrenländern hierher, um ihrer Schönheit zu huldigen. Schon damals – 1993 – als die Kapellbrücke, Luzerns eindrücklichstes Wahrzeichen, gebrannt hatte, fühlte es sich für viele Luzerner wie ein Lanzenstich an. Man hatte mitten ins Herz der Stadt gestochen, den Einwohnern etwas zerstört, was aus dem harmonischen Bild nicht mehr wegzudenken war.

Die zerstörte Spreuerbrücke traf Thomas genauso mitten in die Seele.

«Herr Kramer?» Tanja holte ihn abermals aus seinen Gedanken in die Wirklichkeit. «Man hat also Sprengsätze montiert. Können Sie mir etwas dazu sagen?»

«Ich muss Sie einmal mehr auf die Pressekonferenz verweisen. Zu den laufenden Ermittlungen kann ich Ihnen nichts sagen. Wenn Sie sich beeilen, werden Sie pünktlich eintreffen, wenn unser Pressesprecher informiert.»

Tanja stellte sich frontal vor ihn. Teufelsweib, dachte er, sie lässt einfach nicht locker. Schon kam die erwartete Frage: «Natascha de Bruyne dürfte einigen Luzernern ein Dorn im Auge gewesen sein. Ist es möglich, dass man sie liquidiert hat? Ich kenne Sie doch, Herr Kramer, Sie glauben zuallerletzt an Zufälle.»

Er schniefte. «Bevor der definitive Bericht aus der Gerichtsmedizin nicht eingetroffen ist, kann ich leider nichts darüber berichten.»

«Frau de Bruyne pflegte stets ihren Abendspaziergang durch die Altstadt zu tun. Man könnte sie doch beobachtet haben.» Tanja gab nicht auf.

«Dann wissen Sie mehr als ich.»

«Gut, Herr Kramer, das war jetzt ein Versuch. Ich kannte Frau de Bruynes Gepflogenheiten auch nicht. Aber es mutet sonderbar an, dass die Dame stirbt, bevor ihr neues Buch auf den Markt kommt.»

«Von welchem Buch sprechen Sie?» Thomas' Antennen waren ausgefahren.

«Ach ja», lächelte Tanja. «Würden Sie unsere Zeitung lesen, wüssten Sie, dass Natascha de Bruyne in ungefähr drei Wochen mit ihrem neuesten Knüller daherkommen wollte. Ich habe die Dame interviewt. Sie hat mir Einblick in ihr Schaffen gewährt und ein paar Delikatessen aus dem Manuskript vorgelegt. Ein Teil davon wurde erst kürzlich veröffentlicht. Die Luzerner Obrigkeit kommt nicht gerade gut davon. Ich bin der Sache nachgegangen. Alles, was sie niedergeschrieben hat, ist fundiert und kann bewiesen werden. Sie hat sich sogar durch eine Anwältin abgesichert.» Tanja verzog ihren Mund zu einem spitzbübischen Lächeln. «Die alte Dame war clever. Viele Luzernerinnen und Luzerner finden es mutig, dass sie einen Einblick hinter die Kulissen gewährt. Die Stadt zeigt sich nach aussen stets mit dem fröhlichen Sonntagsgesicht. Hinter ihrer Schminke sieht es anders aus. Dieser Maske wollte die Schriftstellerin auf den Leib rücken. Es hätte tausend Gründe gegeben, die Dame zum Schweigen zu bringen.»

«Wir sollten uns in meinem Büro treffen», schlug Thomas vor. Es war ihm nicht geheuer, sich auf dem öffentlichen Platz mit der Journalistin zu unterhalten, zumal ringsherum etliche Ohren gespitzt waren.

«Sie möchten, dass ich mein Insiderwissen preisgebe?» Tanja blies Luft aus. «Das geht aber nicht ohne ein Gegengeschäft.»

«Ich bin nicht erpressbar.»

«Na dann, Herr Kramer, dann teilt sich hier unser Weg. Sie können mich anrufen, wenn Sie es sich anders überlegt haben.» Genauso wie sie aufgetaucht war, verschwand Tanja in der Menge der Schaulustigen.

Thomas musste sich zusammenreissen, um nicht ungehalten zu reagieren. Was wusste Tanja? Hätte er auf den Deal eingehen sollen? Was hätte er sich damit vergeben? Doch getreu seines Grundsatzes, zuallerletzt einer Boulevardzeitung sein Wissen anzuvertrauen, versuchte er, sich zu beruhigen. Er griff nach seinem Mobiltelefon und wählte Elsbeths Nummer.

«Drei Dinge solltest du für mich klären», sagte er, als sie sich gemeldet hatte. «Erstens will ich wissen, wie Natascha de Bruynes Anwältin heisst. Zweitens, suche den Bericht über ihr neues Buch aus den Onlineausgaben des *Blick*. Und drittens besorge mir eine Kopie des Manuskripts. Die müsstest du beim Verlag bekommen.»

«Bei welchem Verlag?», hörte er Elsbeth durchs Telefon seufzen.

«Soviel ich weiss, war sie beim Salzmeer-Verlag.»

Elsbeth bekam einen Lachkrampf. «Der heisst Satzmehr ... Mehr mit H und hat weder mit Salz noch mit Meer zu tun.»

Erschöpft drückte Thomas die Austaste. Sein Schädel vibrierte. Der dumpfe Schmerz im Hinterkopf fühlte sich heftiger an denn je. Er suchte nach Tabletten, fand sie in der Aussentasche seiner Jacke, steckte zwei in den Mund und würgte sie ohne Flüssigkeit hinunter. Dann machte er sich auf den Weg zurück zum Parkplatz.

***

Mit Stefans Besuch am späten Abend hatte er nicht gerechnet. Auf dessen Gesicht zeichnete sich Freude ab. Er musste gehört haben, dass Thomas halbwegs mit den Recherchen um seinen vermissten Freund begonnen hatte.

Auch Isabelle war zugegen. Eben erst nach Hause gekommen, bürstete sie sich ihr Haar im Badezimmer aus, wo Thomas sie antraf. Ihre Wangen waren gerötet, um ihren Mund spielte ein sanftes Lächeln. Sie kam ihm irgendwie verändert vor. Nach den Vorwürfen am frühen Abend schien sie jetzt wie ausgewechselt. Doch das waren vielleicht noch die Auswirkungen ihres Urlaubs im Februar. Andererseits ... Thomas beobachtete sie eine Weile und wurde nicht schlüssig.

«Und, einen anstrengenden Tag gehabt?» Isabelles Augen blieben auf dem Spiegel haften.

Thomas erzählte ihr im Staccato die Geschehnisse des Tages. Auf die Details kam er nicht zu sprechen, ausser auf den Brand, weil die Emotionen noch immer in ihm hochkamen. Isabelle allerdings rüttelte es kaum auf. Das hatte er schon im Krankenhaus bemerkt. «Und was hast du so getrieben?», scherzte er und fixierte seine Frau im Spiegel, die ihn jedoch keines Blickes würdigte. Wich sie ihm aus?

«Habe eine alte Freundin wiedergesehen.»

«Dieselbe wie gestern?»

«Ja, es gab so vieles zu erzählen. Du weisst schon, wenn zwei Frauen sich treffen ...»

«Wer ist sie denn?»

«Daniela Trechsler. Du kennst sie nicht.»

Thomas konnte sein mulmiges Gefühl nicht zuordnen. Um weitere Fragen wäre er nicht verlegen gewesen, wenn Stefan ihn mit seinen nicht belästigt hätte. Ihn interessierte mehr als alles andere, was sein Vater in der Zwischenzeit herausgefunden hatte.

«Wir arbeiten daran», sagte Thomas nur, um von seinem Versäumnis abzulenken. Er hatte es verpasst, bei den Organisatoren der Ausstellung im KKL nachzufragen.

«Morgen findet die Vernissage statt», meinte Stefan, und es sollte beiläufig klingen. «Am Nachmittag um drei werden die Tore geöffnet. Es würde vielleicht nicht schaden, wenn du dir Silvanos Skulpturen aus der Nähe ansehen würdest. Es wäre eine gute Gelegenheit, um dir ein Bild von ihm zu machen. Seine Eltern werden auch dort sein.»

«Seine Stiefmutter», korrigierte Thomas. «Frau Zanetti Nummer zwei.»

Stefan verzog die Mundwinkel zu einem schiefen Grinsen. «Du irrst dich. Es ist die Nummer drei.»

Freitag, 10. Mai

Grosse Menschenansammlungen lagen Thomas nicht besonders. Und wenn die Temperatur im zweistelligen Bereich lag, wie das heute an diesem Maitag der Fall war, mied er es grundsätzlich, sich in der Masse zu bewegen. Stefans Einladung zur Vernissage kam ihm trotzdem nicht ungelegen. Konnte er sich doch ein wenig umsehen und umhören. Wie er von seinem Sohn erfahren hatte, war die halbe Luzerner Schickeria dazu eingeladen. Zu dieser zählte sich wohl auch Dunja Neumann, die Anwältin, auf die er gleich beim Eingang stiess. Stefan machte sie miteinander bekannt. Er stellte sie als Rechtsbeistand der Familie Zanetti vor. Dunja war nicht alleine gekommen. Den Mann an ihrer Seite kannte Thomas aus der Zeitung.

«Eduardo Zanetti», stellte sich dieser vor. Seine Stimme klang tief und passte nicht zum Übrigen. Er war ein korpulenter Mann, sah aus wie siebzig; er konnte aber auch erst sechzig sein – sein Alter war schwer zu schätzen. Sein aufgedunsenes Gesicht verriet einen ungezügelten Umgang mit Alkohol und wohl noch einigen anderen Gelüsten. Sein Blick verlor sich unter buschigen Augenbrauen, die Wangen erinnerten an einen Hamster. «Schön, dass ich Sie mal persönlich kennenlerne.» Er schüttelte Thomas die Hand. Der Griff war wider Erwarten warm und angenehm. «Es ist immer wieder ein gutes Gefühl, wenn man bei der Polizei Freunde hat.»

Ob er dies auf seinen vermissten Sohn bezog, fand Thomas nicht heraus. Doch da kam auch schon die erwartete Frage. «Hat sich etwas im Zusammenhang um das Verschwinden meines Sohnes getan? Nun, Sie wissen, dass er morgen eigentlich hat heiraten wollen. Obwohl ... das hat nicht erste Priorität.» Zanetti machte eine ausschweifende Handbewegung Richtung

Foyer. «Jesses, bin ich stolz auf meinen Jüngsten. Er hat uns allen bewiesen, was in ihm steckt. Er ist wie meine zweite Frau – Gott hab sie selig –, die leider nicht mehr unter uns weilt. Aber überzeugen Sie sich selber, geschätzter Herr Kramer, in was für einer Welt Silvano lebt. Er ist ein Verrückter, um es gelinde auszudrücken. Darum würde es mich auch nicht wundern, wenn er sich einfach aus dem Staub gemacht hat.»

Thomas dachte, in dem Senior einen Komplizen gefunden zu haben. Offensichtlich sah er im Verschwinden seines Sohnes den Streich eines Spätpubertierenden.

«Ich könnte mir durchaus vorstellen, dass er plötzlich hier auftaucht und sich inszeniert. Wer weiss, was in Köpfen von Künstlern vorgeht. Man kann sie weder greifen noch begreifen. Silvano war schon immer ein Sonderling. Ein liebenswerter Sonderling allerdings. Er konnte niemandem ein Haar krümmen.» Zanetti vergewisserte sich, dass Thomas ihm die nötige Aufmerksamkeit schenkte, indem er ihn am Arm berührte. «Ich habe gehört, dass Natascha de Bruyne zu Tode gekommen ist?» Und als Thomas nichts erwiderte: «Ein bedauerlicher Verlust für die Stadt. Haben Sie schon Näheres herausgefunden?»

Thomas hielt sich bedeckt, sagte nur gerade das, was zumutbar war, und liess sich von Zanettis Fragen nicht beirren. Dieser schien ein immenses Interesse an der verstorbenen Autorin zu haben – beinahe mehr als am Verschwinden seines Sohnes. Dunja Neumann erlöste Thomas von der peinlichen Situation. Sie wandte sich an ihren Begleiter: «Wir sollten Ihre Frau suchen. Bestimmt ist sie schon eingetroffen.» Sie hängte sich bei Zanetti ein und zog ihn von Thomas weg. «Sie entschuldigen uns.»

Thomas sah den beiden nach, wie sie sich unter die anderen Gäste mischten. Dann liess er sich von Stefan in die Nähe der

Garderobe führen. Von hier aus hatte man einen guten Blick auf den Eingang zur Galerie.

Eine Vertretung des Stadtrates war da und ebenso der Direktor der Hirslanden Klinik mit Ärzten, von denen Thomas einen persönlich gut kannte. Auch die Ärzte des Kantonspitals waren vertreten. Thomas erkannte den deutschen Arzt, der ihn am Morgen nach dem Unfall gesprochen hatte. Doch dieser schien sein Gesicht bereits vergessen zu haben. Sie waren mit ihren Frauen erschienen, zumindest mit einer weiblichen Begleitung. Eine weitere Gruppe bildeten Pärchen, denen man den Reichtum anzusehen glaubte. Die Herren waren dunkel gekleidet, die Damen fielen aufgrund ihrer Designerkleider auf. Coco Chanel gemischt mit Versace schien bei den Damen der Renner dieses Frühlings zu sein. Dass einige von ihnen nicht mehr zu den Jüngsten zählten, sah man daran, dass sie entweder zu stark geschminkt waren oder unnatürlich aufgeplusterte Lippen und Wangen hatten – eine Eigenart, die man in letzter Zeit vermehrt in den oberen Gefilden beobachtete. Die Damen machten auf extrem jung. Es schien, als hätten sie nebst der Reinigungsfrau und dem Personaltrainer gleich auch den Schönheitschirurgen im Haushalt engagiert. Sie hielten Champagnergläser in der Hand und naschten mit spitzen Fingern von den leckeren Häppchen, die in Schalen vor den Eingängen zur Galerie auf Tischen bereitgestellt waren. Zwischen den Leuten schwirrten ein paar Journalisten mit ihren Fotoapparaten umher, und die Schwarzgekleideten entlarvten sich als Werber, zumal Thomas Pankraz Schindler wiedererkannte. Auch er – in schwarzer Kluft. Er hatte graue, zu einem Pferdeschwanz zusammengebundene Haare und einen Schnauzer, der an Charles d'Artagnan erinnerte.

Pünktlich zur vorgemerkten Zeit schlossen die Türsteher die Glaspforten. Man ging zum offiziellen Teil über. Die Galerie wurde geöffnet. Die Menge strömte in den nüchternen, lichtdurchfluteten ersten Raum, in dem einige Bilder hingen und auf Sockeln Skulpturen standen. Thomas bewunderte die zum Teil undefinierbaren Gemälde, die zwar farbenfroh, jedoch abstrakt gezeichnet waren. Rechtsseitig, die Wand entlang, waren kleinere Bilder aufgehängt. Die Rahmen fehlten, die Zeichnungen erinnerten ihn an Kohleskizzen. Er beobachtete ein junges Paar, das auf eine grossflächige rote Leinwand zugesteuert war und sich jetzt in eine rege Diskussion vertiefte. Er hörte die Frau sagen, das Bild sei ein Porträt. Ihr Mann dagegen verglich das Gemälde mit einer Provokation, schon deswegen, dass man überhaupt darüber zu diskutieren wagte. Thomas sah nichts als Rot. Doch er verstand zu wenig von solcher Kunst.

Zusammen mit Stefan ergatterte er einen Platz in der Nähe zum nächsten Durchgang. Die Kuratorin – eine elegant gekleidete Frau mittleren Alters – trat auf ein Podest und prüfte mit der rechten Hand die Höhe des Mikrofons vor ihrem Stehpult. In der linken Hand hielt sie einen Stoss Kärtchen – ihr Memorandum. Mit dem ersten krächzenden Ton des Verstärkers wurde es still im Saal.

Thomas konzentrierte sich indes auf die vielen Gesichter um ihn herum, von denen er die wenigsten kannte. Dies hier war eine andere Welt als seine. Er hatte Zeit, jede Person einzeln zu studieren, während die Kuratorin ihre Gäste mit ausgesuchten Worten begrüsste. Bis sie in hierarchischer Reihenfolge den hintersten und letzten wichtigen Besucher begrüsst hatte, verging eine Ewigkeit. Sie verlor ein paar wenige Sätze über die Kunsthochschule, die 1877 von Seraphin Weingartner gegründet worden und somit die älteste Kunsthochschule der Schweiz sei. Danach kam sie auf die eigentlichen Akteure dieser Ausstellung zu sprechen. Die Kuratorin rief zwei Künstlerinnen an ihr Stehpult.

Zwei schmächtige, exotisch anmutende Mädchen trippelten händchenhaltend auf das Rednerpult zu. Sie blieben im Schatten der Kuratorin stehen. Zwei dunkle Augenpaare waren auf sie gerichtet. Lange seidige Haare umspielten ihr Gesicht. Es war in der Mitte gescheitelt. Ein schmales Band reichte bis in die Stirn. Sie sahen aus wie zwei Hippies und glichen einander, als wären sie geklont. Sie trugen beide jeweils ein bis knapp zu den Knöcheln reichendes Blümchenkleid. Die hochhackigen Schuhe dazu liessen den Verdacht zu, dass sie nicht sehr oft in solchen gingen.

Die Kuratorin wandte sich an ihre Gäste. «Mercedes und Conzuelo da Silva Perez», stellte sie die beiden jungen Frauen vor. «Sie sind zwei vielversprechende Talente, die an der Hochschule Luzern für Design und Kunst studieren. Sie stammen ursprünglich aus Spanien, leben aber seit zweiter Generation in unserem Land.»

«Da sieht man wieder einmal, was wir den Ausländern zu verdanken haben», unterbrach jemand unverschämt die Rede. «Richtig gute Gene sind das ...»

«Und dann auch noch Zwillinge», meinte ein anderer.

Die Kuratorin quittierte dies mit einem starren Lächeln, liess sich jedoch nicht aus der Fassung bringen. «Ihre Kunstwerke, welche Aquarelle, Gouachen sowie Messingfiguren einschliessen, sind eine Gemeinschaftsarbeit der beiden Schwestern.» Sie verzog ihren Mund zu jenem süffisanten Lächeln, das sie sich für solche Augenblicke antrainiert hatte. «Sie haben es richtig erraten, meine Damen und Herren. Mercedes und Conzuelo sind eineiige Zwillinge. Ihre Arbeit ist dennoch Pol und Gegenpol. Ihre Stärken liegen darin, dass sie immer eine ähnliche, wenn nicht sogar gleiche Arbeit beginnen. Nach der Halbzeit tauschen sie ihre Werke und beenden das jeweils andere.» Ihr Lächeln hatte an Intensität noch gewonnen, als sie die Gäste auf die Prospekte hinwies, die zugleich Grösse und Preis der zu kaufenden Werke beinhalteten. «Es freut uns überdies, dass die beiden bereits diverse Preise mit nach Hause nehmen konnten, so auch den Förderpreis der Stadt Luzern für bildende Kunst.» Kurz suchten ihre Augen die Gäste nach dem Verantwortlichen ab. Doch dieser schien nirgends zu sein. «Die beiden Künstlerinnen würden sich bestimmt sehr freuen, wenn sie im Anschluss Ihre diesbezüglichen Fragen beantworten dürfen.»

Nach einem lang andauernden Applaus kam sie auf einen weiteren Aussteller zu sprechen, der infolge Krankheitsfall und widrigen Umständen seine Gemälde leider nicht habe liefern können. «Ich bedaure dies sehr, zumal wir es mit Mandarin Niradnam mit einem besonders begnadeten Künstler zu tun gehabt hätten.» Sie machte eine Kunstpause.

«Mandarin klingt chinesisch», äusserte sich ein Mann in Thomas' Nähe. «Und wie heisst er mit Nachnamen?»

«Lies den Vornamen im Spiegel, dann weisst du's», belehrte ihn seine Frau, eine magersüchtige Mittdreissigerin mit Pagenfrisur und Reifenlippen.

«Ein Künstlername?»

«Ein Synonym für ... nun ist mir der Name entglitten.» Sie stiess einen spitzen Schrei aus. «Aber er ist eine Koryphäe, soviel ich weiss. Schade, dass er nicht da ist. Er hat mehrere Namen ...»

Die Kuratorin fuhr fort: «Ich freue mich aber umso mehr, dass an seiner Stelle ein ebenso talentierter Künstler – ein Bildhauer aus unserer Stadt – seine Bronzeskulpturen ausstellt. Wenn Sie sich im nächsten Raum umsehen, so sind Sie mit zahlreichen Frauenakten umgeben. Jede Figur ist mit Innigkeit und Akribie gestaltet worden, in sitzender, liegender oder stehender Position und ...» sie hüstelte jetzt. «Überzeugen Sie sich selbst.»

«Wer ihm wohl Modell gestanden haben mag?», tönte es aus einer der hinteren Reihen.

Jemand räusperte sich: «Das sind Bronzefiguren. Da steht man nicht Modell. Dazu reicht ein Foto.»

«Leider kann Silvano Zanetti heute auch nicht unter uns sein. Er ist kurzfristig verhindert. Er hat uns jedoch sein bisher jüngstes – sein speziellstes – Werk zukommen lassen. Wenn Sie sich nach links drehen, sehen Sie eine mit einem Laken bedeckte Figur, die wir gern in Ihrer geschätzten Anwesenheit enthüllen werden ... Ich gestehe, dass ich auf Wunsch des Künstlers die Skulptur noch nicht gesehen habe.»

Ein Raunen ging durch die Gäste. Thomas und Stefan sahen einander fragend an.

«Hast du das gewusst? Der Kerl will sich tatsächlich inszenieren. Sein Vater muss ihn ziemlich gut kennen.»

«Das kann nicht sein», zweifelte Stefan. «Das hätte er mir gesagt. Ich bin sein engster Freund. Und Néné wüsste mit Sicherheit auch davon. Nein, da geht etwas nicht mit rechten Dingen zu.»

«Vielleicht hat dein Freund unbekannte Schattenseiten, von denen du nichts weisst. Lassen wir uns überraschen.» Thomas hielt den Zeigefinger an den Mund.

Die Kuratorin gab einem Mann, der neben der bedeckten Skulptur stand, ein Zeichen. Von irgendwoher erklang sanft eine Harfe. Bei den Gästen kehrte sofort wieder Ruhe ein. Einzig Zanetti senior quälte sich mit einem schiefen Lächeln auf den Hamsterwangen und nicht sehr leise in Thomas' Nähe. «Was habe ich Ihnen gesagt? Der Junge ist genial.»

In seinem Schlepptau befanden sich eine phosphorgebleichte Russin und Néné. Die beiden Frauen schienen sich in ihrer Haarfarbe einen Wettkampf zu liefern. Néné traute ihrem zukünftigen Schwiegervater jedoch nicht recht. «Papa, ich habe kein gutes Gefühl.»

«Papperlapapp!» Zanetti stiess Néné in die Seite. «Du wirst schon sehen.»

Die Harfenklänge nahmen an Intensität zu. In die Klänge mischte sich der dumpfe Zusatz eines Instrumentes, das sich wie ein Schlagidiophon anhörte. Thomas verspürte einen stechenden Kopfschmerz.

Das weisse Laken glitt von der Skulptur. Ein «Ah» und «Oh» begleiteten es, bis das Tuch auf dem Boden angekommen war. Vor den entzückten sowie geschockten Gästen präsentierte sich geballte Manneskraft. Sprachlos waren sie alle. Selbst die Kuratorin musste sich einen Moment an ihrem Pult abstützen.

«Der sieht aus wie Silvano!» Néné schwankte von ihrem Schwiegervater weg und lief Sergio Zanetti, der mittlerweile auch eingetroffen war, direkt in die Arme. Thomas beobachtete, wie beide ob diesem Zusammenstoss verdattert reagierten.

«Nun, meine geschätzten Damen und Herren», ergriff die Kuratorin das Wort. «Ja, die Überraschung ist ihm offensichtlich gelungen. Was wir hier sehen, ist ein Abbild unseres Künstlers. Da hat er sich wohl selbst übertroffen.» Auf ihren Wangen erschien ein Hauch von Rot, als ihr Blick auf den erigierten Phallus fiel.

«Man könnte meinen, sie hätte Zanetti schon nackt gesehen», flüsterte Stefan an Thomas' Seite. Unterdrücktes Lachen aus dem Hintergrund.

«Zudem ist es mutig von ihm, uns mit dieser Art der Zurschaustellung zu konfrontieren ...» Ihre unsichere Stimme verriet, dass sie von dem, was vor ihr stand, genauso wenig Ahnung gehabt hatte wie alle hier Anwesenden.

«Ein Skandal ist es», enervierte sich ein älterer Herr, der von so einem potenten Körperteil nur noch träumen konnte. Und

an seine Frau gewandt: «Komm, Klothilde, wir gehen.»
Ein Durcheinander an Reden und Rufen herrschte, während die Kuratorin vergebens versuchte, die aufgebrachte Menge zu beruhigen. «Geschätzte Damen und Herren, glauben Sie mir, ich selbst hatte keine Ahnung von dieser Skulptur. Silvano Zanetti lieferte sie uns in einer Kiste. Meine beiden engsten Mitarbeiter ...» Ihre Stimme klang verzweifelt, bevor sie ganz unterging.
Ein Blitzgewitter von Fotoapparaten erfüllte den Raum. Aus der Menge hatten sich plötzlich ungewöhnlich viele Journalisten und Fotografen gelöst, die sich vorher mit Weisswein und Häppchen verköstigt hatten.
Thomas liess Stefan stehen und näherte sich der Bronzestatue. Was er hier zu sehen bekam, übertraf seine Vorstellungskraft. Vertiefungen und Erhebungen waren mit einer solchen Präzision ausgeführt, dass es ihm kalt den Rücken herunterrann. Jedes Härchen war so hingepinselt, dass er glaubte, es mit seinen Fingern kräuseln zu können. Ein geschmeidiger, schöner Männerkörper. Thomas las das Schildchen auf dem Sockel: *Alkibiades – Zeichen meiner Genialität*. Und dahinter ein Fragezeichen. Nun, das hätte der Künstler nicht zu setzen brauchen – unbestritten war er genial.
Silvano Zanetti war noch immer nicht zum Vorschein gekommen. Spätestens jetzt hätte er sich dem Volk zeigen müssen, um sich im Lob – oder in der Kritik – zu baden.
Allmählich näherten sich auch die anderen der Statue. Jeder wollte sich von dem überzeugen lassen, was er Weitem schon erahnt hatte. Eine solch perfekte Skulptur hatte man noch nie zuvor gesehen. «Das muss eine ganz besondere Bronzelegierung sein, womit er gearbeitet hat», äusserte sich jemand.
«Ist sie verkäuflich?», fragte eine ältere Dame scheu.
«Den Preis können Sie im Prospekt nachsehen.» Die Kurato-

rin schritt an Thomas' Seite, der sich vom Anblick der Statue nicht lösen konnte. «Renata Obrist», stellte sie sich vor. «Tja, das hat man davon, wenn man die Katze im Sack kauft. Silvano Zanetti bestand darauf, dass die Skulptur erst hier vor Ort entblättert würde. Was man für die Künstler nicht alles tut. Aber, es wird mir ein Lehrgeld sein für nächste Ausstellungen.» Es war offensichtlich, dass sie jemanden zum Reden gebrauchte.

Thomas ergriff die Gelegenheit. «Wann haben Sie sich denn mit Silvano Zanetti zum letzten Mal unterhalten?»

Renata Obrist runzelte die Stirn ob der ungewöhnlichen Frage. «Lassen Sie mich überlegen. Ich glaube, das war vor einer Woche. Er rief mich an und besprach mit mir die Lieferung der Skulpturen. Es waren insgesamt zwölf Frauenakte.» Sie hielt inne. «Wir vereinbarten, dass er mir den Schlüssel schickt, damit meine Spediteure Zutritt zur Werkstatt haben.» Sie zögerte. «Nein, warten Sie, ich erinnere mich, dass er später noch zweimal angerufen hat.»

Eine vorwitzige Fünfzigjährige mit Kurzhaarschnitt und Minirock baute sich vor den beiden auf. «Die Skulptur ist gekauft. Ab heute gehört sie mir.» Sie war im Begriff, mit ihren ringbeladenen Fingern nach dem Bronzepenis zu grapschen. «Genau mein Ding! Wie teuer?»

«Im Foyer liegt die Preisliste aus.» Renata Obrist verwies auf die Flyer. «Darin können Sie lesen, wie Sie bei einem allfälligen Interesse vorgehen müssen.»

Thomas zog die Kuratorin von der Statue und von dieser Verrückten weg. «Silvano Zanetti gilt seit einer Woche als vermisst.» Er zeigte ihr seinen Ausweis. «Thomas Kramer, Ermittlungschef für Leib und Leben.»

«Wie denn das?» Sie riss ihre Augen auf. «Er erzählte mir zwar, dass er an der Ausstellung nicht dabei sein könne, aber dass er vermisst wird – das ist neu.» Sie starrte ihn ungläubig an. «Sie glauben doch nicht etwa, dass ihm etwas zugestossen ist?»

«Während er sich mit Ihnen unterhielt, ist Ihnen irgendetwas Aussergewöhnliches aufgefallen?»

«Was hätte mir denn auffallen müssen? Nein.» Wieder runzelte sie dir Stirn. «Oder doch: Als er mich das letzte Mal anrief, hatte er eine Erkältung. Ja, er hatte eine Erkältung. Er klang ziemlich verschnupft.»

«Was ist eigentlich mit dem anderen Künstler, der abgesagt hat?»

«Keine Ahnung. Eine Macke von ihm.» Renata Obrist verdrehte ihre Augen. «Es sieht ganz danach aus, als hätte er es nicht nötig, im KKL auszustellen, nachdem er bereits im Louvre in Paris seine Werke hat zeigen können.»

«Sie haben gesagt, er sei verhindert.»

«Was hätte ich denn sonst sagen sollen? Dass er eine Mimose ist?» Die Kuratorin lachte schrill auf. «Sie können es mir glauben oder nicht, aber Künstler sind nicht einfach.»

Thomas nickte verständnisvoll. «Nennen Sie mir seinen Namen.»

Renata Obrist suchte nach einer Karte in ihrer angehängten Tasche. «Das ist seine Visitenkarte. Sie sagt alles.»

Thomas hatte schnell einen Blick darauf geworfen, bevor er abgelenkt wurde.

Zanetti senior bahnte sich – zusammen mit seiner Frau – einen Weg zu den beiden. Er zwängte sich zwischen Thomas und Renata Obrist. «Ich kann Ihnen versichern, dass mein Sohn Sie von irgendeiner Ecke aus beobachtet und sich ins Fäustchen lacht. Ich kenne seine Spielchen. Er hat schon als Kind gern Katz und Maus gespielt. Manchmal hat er ein Aufmerksamkeitsdefizit. Er kommt ganz nach seiner Mutter –

Gott habe sie selig.» Zanetti richtete theatralisch die Augen zur Decke. «Silvano muss hier irgendwo sein.»

«Wenn dem so wäre, hätten Sie wohl kaum einen solchen Aufstand bei der Polizei gemacht», stellte Thomas fest. «Sie waren es doch, der eine Vermisstenanzeige hat aufgeben wollen.»

«Natürlich, auf Drängen meiner Schwiegertochter. Die hat sich aufgeführt wie ein aufgescheuchtes Huhn. Habe ich recht, Ludmilluschka?»

«... wie ein aufgescheuchtes Huhn», wiederholte die Frau an Zanettis Seite. Sie war nicht älter als dreissig und hatte eines dieser slawischen Gesichter, die man oft in Begleitung älterer Herren sah.

Thomas musterte sie diskret. Ludmilla sah hinreissend aus. Makellos vom Scheitel bis zu den Sohlen. Sie trug ein elegantes Abendkleid und teuren Schmuck um den Hals. Vielleicht hatte Zanetti sie aus einem Katalog oder übers Internet bestellt, genauso wie Thomas' Bekannter, der unumwunden zugegeben hatte, die Frauen aus dem Ostblock nur auf diesem Weg kennenzulernen. Er hatte bereits die dritte Russin und stand zu seiner Leidenschaft. Die Frauen seien lieb, anpassungsfähig und willig, so seine Worte. Und wenn man sie nicht mehr brauche, liesse man sich von ihnen scheiden. Sie seien schon froh, wenn sie den Schweizer Pass hätten. Thomas war es übel aufgestossen.

Zanetti riss ihn aus seinen Gedanken. «Glauben Sie mir, sie hat mir den letzten Nerv geraubt...»

«*Papa, per favore!*» Sergio Zanetti war plötzlich bei der Gruppe, wo er Thomas beim Arm nahm. «Mein Bruder soll verschwunden sein? Das ist doch Bullshit. Er ist mit meiner Frau abgehauen. Taolyn habe ich seit einer Ewigkeit nicht mehr gesehen.»

«Und Sie scheint es nicht zu stören. Haben Sie ihretwegen auch eine Vermisstenanzeige aufgegeben?» Thomas klang sarkastisch.

«Nein, warum sollte ich? Wir leben einstweilen getrennt.»

«Darüber müssen Sie mich näher aufklären.» Thomas steckte Sergio ein Visitenkärtchen zu. Sein Blick blieb eine Weile an seinem Veilchen hängen.

Zanetti bemerkte es. «Das ist die letzte Erinnerung an sie.» Er lächelte gequält.

«Kommen Sie morgen in mein Büro. Ich würde mich gern näher mit Ihnen unterhalten.» Er nannte ihm die Zeit.

«Ich glaube nicht, dass ich Ihnen helfen kann, *Commissario* ...»

«Ich wäre Ihnen zu grossem Dank verpflichtet.» Thomas spürte Wut in sich aufsteigen. Gegen solche, wie Sergio Zanetti, hatte er grundsätzlich eine Abneigung.

Er suchte indessen nach Néné, um dem gelackten Typen auszuweichen und weil er ein paar Fragen an sie hatte. Er fand sie vor einer Skulptur ihres Verlobten, wo sie in Gedanken vertieft die Anatomie studierte. Er trat auf sie zu. Sie schleuderte voller Überraschung ihre blonde Mähne nach hinten. Der Duft ihres Haarsprays streifte ihn.

«Eines will mir einfach nicht in den Kopf», sagte sie, als sie Thomas erkannte. «Silvano hat mir einmal gesagt, dass er sich nicht recht getraue, Männerakte zu kreieren. Und jetzt überrascht er uns mit dem Akt, der, wenn man es genau nimmt, ein Abbild von ihm ist. Sehen Sie sich diese Frauenstatue an. Sie ist anmutig, grazil und voller Harmonie. Er hat immer gesagt, dass man einen Mann nicht annähernd so schön fertigen könne. Ich verstehe es nicht ...»

«Vielleicht hat er dazugelernt. Er hat sich weiterentwickelt.»

«Unglaublich, aber warum ist er dann nicht da? Er ist zwar

scheu, aber nicht so scheu, dass er bei dieser Vernissage nicht zugegen sein könnte. Er hat lange dafür gekämpft, dahin zu gelangen, wo er heute ist.»

«Wer hat ihn eigentlich eingeladen?»

«Die Verantwortlichen des KKL, die Kuratorin, die Kunstbeauftragten der Stadt Luzern. Es sind einige Leute, die sich für Silvanos Werke entschieden haben ...»

«... Nachdem jemand abgesagt hat», korrigierte Thomas. Néné schaute ihn mit nach unten gezogenen Mundwinkeln an. «Das sieht jetzt nach einem Glücksfall aus. Aber sind es nicht die kleinen glücklichen Zufälle, die uns letztendlich weiterbringen?»

Thomas wechselte das Thema. «Hat er denn irgendwann mal durchblicken lassen, dass er an etwas arbeitet, was eine Überraschung für Sie werden sollte?» Thomas betrachtete die Skulptur vor ihm. Auch sie war perfekt, wenn nicht ganz so präzise wie *Alkibiades*. «Oder hat er nie etwas davon verraten?»

«Wenn ich es mir überlege, hat er Andeutungen gemacht. Doch ich bezog es auf die Hochzeitsreise im November.»

«Haben Sie Ihren Verlobten oft im Atelier besucht? Haben Sie ihm bei der Arbeit zugeschaut?»

«Nein, das will er nicht.» Sie sprach von ihrem Verlobten, als wäre er präsent. «Er mag es, ungestört zu sein. Ich werde immer erst mit dem Resultat konfrontiert.» Néné schniefte. «Herr Kramer, bitte, unternehmen Sie etwas. Ich kann mich kaum noch auf den Beinen halten, wenn ich mir vorstelle, dass es Silvano schlecht geht. Vielleicht hat man ihn entführt. Glauben Sie mir, ich hätte keinen so grossen Aufstand gemacht, wenn ich wüsste, dass er nur Schabernack treibt. Das würde er mir nie antun ... nie, nie, nie ...» Tränen schossen aus ihren Augen. «Morgen wollten wir heiraten. Es sollte unser schönster Tag im Leben sein ... Was soll ich nun tun? Die ganzen Vorbereitungen in der Hausermatte...der Pfarrer...die Gäste...am liebsten würde ich auch sterben.»

Thomas griff nach ihren Schultern. Er war peinlich berührt, wusste nicht, wie er mit der Situation umgehen sollte. Trotzdem strich er ihr mitfühlend über den Kopf. «Könnte es sein, dass Ihr Verlobter etwas mit seiner Schwägerin hat?»

«Mit Taolyn?» Néné riss sich los. «Wie muss ich das verstehen, Herr Kramer.»

«Sergio hat da so eine Andeutung gemacht.»

«Der hat sie doch wohl nicht mehr alle!»

«Noch etwas, haben Sie in letzter Zeit Anrufe bekommen, E-Mails oder Briefe, die im Zusammenhang mit Silvanos Verschwinden stehen?»

«Nein, keine Forderungen, wenn Sie das meinen. Es herrscht Funkstille. Das macht es für mich ja so schwer.»

Thomas überlegte. «Kann es sein, dass Ihr Verlobter unter einer Erkältung litt, bevor er Sie am letzten Freitag verliess?»

Néné hob die Schultern.

«Hatte sich seine Stimme verändert?»

«Nein, er klang wie immer.»

Thomas legte nachdenklich den Arm um Néné. «Ich verspreche Ihnen, dass wir alles unternehmen werden, um Ihren Verlobten zu finden.» Er liess sie wieder los, nicht sicher, ob er sein Versprechen würde halten können. Dann geleitete er sie zu ihrem Schwiegervater und verabschiedete sich mit den Worten, dass sie miteinander in Kontakt bleiben würden.

Daraufhin verliess er die Galerie.

Draussen vor dem KKL blieb er eine Weile stehen. Die Wasserfontänen des Wagenbachbrunnens glitzerten in der Spätnachmittagssonne. Ein mässiger Wind trieb feinen Sprühregen über den Europa-Platz. Bei der Schifflände stand ein Raddampfer, bereit zum Auslaufen. Dahinter präsentierte sich das

Panorama der Stadt – die Museggmauer und davor die Hotels Schweizerhof, National und Palace und im Hintergrund das Hotel Montana.

Thomas warf einen Blick auf sein linkes Handgelenk. Zeit für den Rapport, zu dem er heute Abend noch einladen wollte. Vielleicht hatte Elsbeth in der Zwischenzeit ein paar Dinge über Natascha de Bruyne herausgefunden. Er wollte zumindest diese Sache zum Abschluss bringen.

Als er sich auf den Weg zur Kasimir-Pfyffer-Strasse machte, verdüsterten Wolken den Himmel über dem Pilatus. Der Wind nahm zu. Und Thomas erreichte nur knapp den Eingang bei der Kripo, ehe die ersten schweren Tropfen auf den Asphalt prasselten.

Vor seinem Büro erwartete ihn bereits Elsbeth. In der einen Hand hielt sie einen ihrer Apfelkrapfen, in der anderen einen Stapel A4-Blätter.

«Wie ich sehe, bist du fündig geworden.» Thomas schloss die Türe auf.

Elsbeth zwängte sich sofort an ihm vorbei und steuerte das Pult an, wo sie die Dokumente ablegte. «War Knochenarbeit. Vor allem beim Verlag. Doch jetzt pass auf: Mit dem Satzmehr-Verlag hatte de Bruyne nichts mehr zu tun. Scheinbar haben sie sich in gegenseitigem Einvernehmen getrennt, was immer das heissen mag. Ich habe noch ein wenig weiter recherchiert. Die Inhaberin von Satzmehr ist die Frau von Pankraz Schindler – du kennst ihn von unserem letzten Fall.»

Thomas rang sich bloss ein Nicken ab. Über diese Blamage wollte er nicht reden.

«Satzmehr hat sich praktisch von einem Tag auf den anderen zum Topverlag entwickelt, was weiter nicht verwunderlich ist. Die Bücher, die sie herausgeben, sind nicht besser und nicht schlechter als die Bücher anderer Verlage. Aber Jill Schindler hat Beziehungen zu den Medien. Ihr Schwager ist ein bekannter Fernsehmoderator. Deshalb erscheinen ihre Bücher unisono auf den Bestsellerlisten, haben ihre Autoren Medienpräsenz und werden regelrecht angetrieben. Schweinetöpfchen und Schweinedeckelchen», folgerte Elsbeth.

«Und was ist mit dem anderen Verlag?»

«Ihr neuer Verlag mit dem sinnigen Namen Abiszet-Verlag wollte partout nicht mit dem Manuskript herausrücken. Sie würden den Durchsuchungsbefehl der Staatsanwaltschaft abwarten, wenn es denn so weit käme. Dafür habe ich das Interview von Tanja Pitzer. Die hat es faustdick hinter den Ohren. Was die nicht alles aus der Schriftstellerin herausgepresst hat.»

«Und, hat es irgendeine Relevanz für uns?» Thomas setzte sich auf seinen Drehstuhl.

«Nichts von Bedeutung, was den jüngsten Zeitungsbericht betrifft. Wir wissen jetzt lediglich, womit sich die Dame ihren Lebensabend verschönert hat, was ihre Leibspeise war und welche Schwachpunkte in der Luzerner Stadtpolitik zu verbessern wären. In dieser Reihenfolge.»

«Welche Schwachpunkte?»

«Du musst sie selber lesen. Oder du räumst mir dafür mehr Zeit ein.»

«Hm...» Thomas drehte den Stuhl und blickte aus dem Fenster. «Hast du von unseren Kollegen von der Brandermittlung schon etwas Neues gehört?»

«Es gäbe Verzögerungen. Wir können aber sicher morgen damit rechnen.»

Thomas griff sich instinktiv an den Hinterkopf, weil sich erneut Schmerzen bemerkbar machten.

«Du solltest dich erholen», rügte ihn Elsbeth. «Wir können

morgen weitermachen.»

Thomas ging nicht darauf ein. «Ich will um halb sechs eine Teamsitzung.» Er zögerte. «Hast du die Anwältin der de Bruyne ausfindig gemacht?»

Elsbeth suchte die entsprechenden Notizen. «Sie heisst Dunja Neumann.»

«Was? Ausgerechnet *sie* ist die Anwältin von de Bruyne? Allein in der Stadt Luzern gibt es über zweihundert Anwaltskanzleien.»

«Ich verstehe deine Aufregung nicht.»

«Sie ist auch Zanettis Anwältin, vom Vater des Verschwundenen.»

«Nichts anderes als ein weiterer bemerkenswerter Zufall. Oder vielleicht ist sie einfach die Beste.» Elsbeth grinste ihren Chef an. Sie tippte auf ihre Armbanduhr. «Wenn du vor Feierabend einen Rapport abhalten willst, dann sollten wir uns beeilen. Soll ich schon mal die Leute zusammenrufen?»

«Mach das!» Thomas widmete sich den Dokumenten auf seinem Pult. Nachdem Elsbeth das Büro verlassen hatte, griff er zum Telefon und wählte Isabelles Nummer. Doch sie war weder zu Hause auf dem Festnetzanschluss noch auf ihrem Mobiltelefon zu erreichen. Nachdenklich blickte er auf den Blumenstrauss, den er vom Krankenhaus hierher gerettet hatte. Er wusste nicht, ob es derjenige von Isabelle oder derjenige von Armando war.

***

Sein gesamtes Team war zugegen: Armando, Lucille, Guido, Leo, Benno, Marc – und Elsbeth, die das Protokoll schrieb. Thomas begrüsste sie und eröffnete die Sitzung. «Obwohl wir bis zum heutigen Zeitpunkt nicht von einem Verbrechen ausgehen können, möchte ich das Verschwinden eines Künstlers thematisieren.» Er zog ein Foto aus der Brieftasche, wandte sich um und heftete es an die Pinnwand. «Sein Name ist Silvano Zanetti, geboren am 25. Februar 1984. Er ist der Sohn des Elektroinstallateurs Eduardo Zanetti. Gemäss der Verlobten Néné ...» Thomas schlug ein Dokument auf und suchte nach ihrem richtigen Namen. «Gemäss Nadine Burger wird er seit Freitag, den 3. Mai, vermisst. Morgen wollten sie im kleinen Familienkreis ihre Hochzeit feiern.» Thomas heftete ein Kärtchen mit dem Namen *Nadine Burger* neben Silvanos Foto. Er wiederholte den Vorgang mit weiteren Notizen, die er vorbereitet hatte. «Eduardo Zanetti. Er ist mit Ludmilla, geborene Komarowa in dritter Ehe verheiratet ...» Er setzte die Namen unter Silvanos Bild.

«Übersetzt heisst das Stechmücke», amüsierte sich Armando.

«Was, du kannst russisch?», fragte Elsbeth.

«Das ist ukrainisch.»

Thomas bestrafte die beiden mit eiskaltem Blick. «Silvano hat einen um drei Jahre älteren Bruder – Sergio. Dieser ist mit einer Thailänderin verheiratet.» Thomas setzte das Kärtchen mit den Namen *Taolyn, geborene Lee* neben dasjenige von Sergio. «Die Mutter der beiden ist vor zwölf Jahren gestorben. Sie hiess Patricia, eine geborene Ferro. Dann gibt es Zanettis erste Ehefrau, von der wir jedoch nur die beiden Vornamen kennen: Clara Eugenia. Ob sie nach der Scheidung wieder ihren Mädchennamen angenommen hat, ist bis dato nicht bekannt». Thomas wandte sich an sein Team. «Ich habe ein paar Vorladungen für Montag, allenfalls auch Besuche.» Er reichte Lucille und Armando eine Liste. «Namen und Zeitangaben sind vermerkt. Ich werde die Fragen, die ihr stellen sollt, übermitteln, sobald ich sie weiss. Mit Sergio Zanetti werde ich mich selber unterhalten. Er scheint mir ein Windhund zu sein.» Kurz wechselte er mit Lucille Blicke. Sie nickte einvernehmlich.

«Und jetzt zum Brand der Spreuerbrücke.» Er stellte sich vor eine andere Pinnwand, die mit Bildern und Texten überdeckt war. Seit dem letzten Rapport hatte man einiges an Material zusammengetragen. «Leider haben wir den Abschlussbericht der Brandermittler noch nicht erhalten. Obwohl es bis jetzt nicht den Anschein hat, dass es unser Fall wird, möchte ich die Ermittlungen nicht ganz auf Eis legen, zumindest was die Vita der Verstorbenen betrifft. Es kann sein, dass wir etwas übersehen haben.»

«Aber ich dachte, die Todesursache sei geklärt?» Lucille warf Elsbeth einen raschen Blick zu. Diese hob nur die Schultern.

Armando nahm ihr die Antwort ab. «Angenommen, Frau de Bruyne geht mit ihrem Hund über die Spreuerbrücke und begegnet jemandem, den sie kennt, der im Begriff ist, den Brand zu legen. Sie erschrickt dermassen, dass sie einen Herzinfarkt bekommt ...»

«Sie starb aber an einem Hirnschlag, wie wir wissen», korrigierte Lucille.

«Egal, auf jeden Fall ist sie auf der Brücke zu Tode gekommen, die dann gebrannt hat. Also müsste ich mich doch täuschen, wenn das nicht unser Fall wäre ...»

«Das ist noch offen, Armando.»

«Dann ist es nicht ein Brand mit Todesfolge, sondern ein Tod mit Brandfolge ...» Armando lachte über seinen eigenen Scherz.

«Wir rekonstruieren», meinte Thomas kopfschüttelnd, der Armandos Ansinnen nicht nachvollziehen konnte. Manchmal benahm er sich recht kindisch. «Natascha de Bruyne starb zwischen einundzwanzig und dreiundzwanzig Uhr. Wir müssen davon ausgehen, dass sich in dieser Zeit niemand sonst auf der Brücke aufgehalten hat, was aber nicht sehr plausibel ist. Wir müssen deshalb einen Zeugenaufruf starten.» Er wandte sich an Marc Furrer. «Ich bitte dich, den entsprechenden Text an die Luzerner Zeitung zu übermitteln. Und vergiss den Regionalsender nicht. Wir müssen wissen, was sich auf der Brücke abgespielt hat.» Thomas blickte in die Runde. «Wo habt ihr eigentlich den Hund der Verstorbenen hingebracht?»

«Ins Tierheim», sagte Armando. «Der wird uns auch nichts erzählen können...» Er grinste hinter vorgehaltener Hand. «Der arme Köter wird es wahrscheinlich auch nicht mehr lange machen. *Povero cane*. Ich habe schon von Hunden gehört, die nach dem Ableben ihre Herrchens eingegangen sind.»

«Bartolini, ich bitte dich!» Thomas wandte sich an Elsbeth. «Ich muss mit deinem Freund sprechen, mit Dr. ... Wie heisst er?»

«Er ist nicht mein Freund», korrigierte Elsbeth schnell und heimste einige anzügliche Bemerkungen ein. «Er heisst Frederik Gantenbein.»

«Ich möchte eine detaillierte Aussage von ihm. Vielleicht hat er ja etwas bemerkt. Lucille, bitte übernimm du das.»

Elsbeth intervenierte beleidigt. «Das kann doch ich übernehmen. Zudem weiss er nicht mehr als ich. Wir waren die gesamte Zeit zusammen.»

Thomas streifte sie mit einem feindseligen Blick. «Ich brauche dich wohl nicht darüber aufzuklären, dass das nicht geht... auch wenn er nicht dein Freund ist.» Er zögerte. «Ich glaube, du hast auch so noch genug zu tun.»

***

Es regnete. Am Sonnenberg herrschte eine trübe Stimmung.

Thomas fuhr seinen Wagen in die Garage. Von da aus gelangte er über eine Treppe in den Eingangsbereich im ersten Geschoss. Die Lichter waren aus, die Fenster geschlossen, und das Nachtessen stand nicht auf dem Tisch. Nach dem langen ereignisreichen Tag, den er, bevor er ins KKL gefahren war, mehrheitlich im Büro verbracht hatte, hätte er sich gewünscht, sich einfach hinzusetzen und nichts mehr zu tun. Da ihm nicht nach Kochen zumute war, holte er sich eine Flasche Mineralwasser aus dem Kühlschrank und setzte sich damit ins Wohnzimmer. In einem Früchtekorb lagen zwei Äpfel, die über den ärgsten Hunger hinweghalfen.

Wo war Isabelle?

Erneut versuchte Thomas, sie auf dem Mobiltelefon zu erreichen. Doch ausser der Mitteilung, dass der gewünschte Teilnehmer verhindert sei, den Anruf persönlich entgegenzunehmen, vernahm er nichts. Er unterliess es, eine Nachricht aufs Band zu sprechen.

Nervös zappte er sich durch verschiedene Fernsehprogramme. Bei der Tagesschau auf dem Schweizer Kanal blieb er hängen. Gerade wurde über die Vernissage im KKL berichtet. Die beiden jungen Künstlerinnen im Gespräch mit Renata Obrist, was wohl hinter den Kulissen stattgefunden hatte. Man sah ihre Bilder und ein paar von ihren Messingfiguren. Dann schweifte die Kamera ab zu Zanettis Frauenakte. Ein Bild des Künstlers wurde eingeblendet, jedoch mit keinem Wort erwähnt, dass er am Nachmittag nicht zugegen gewesen war. *Alkibiades* wurde vom Bauchnabel an aufwärts gezeigt. Thomas hätte sich gewundert, wenn man den Bronzepenis zu sehen bekommen hätte. Das Schweizer Fernsehen hatte in letzter Zeit amerikanische Züge angenommen. Ein nackter Mann hätte womöglich bei Kindern unter sechzehn Jahren einen seelischen Schaden anrichten können. Die Bilder aus dem

Krieg im Kongo dagegen, die danach gezeigt wurden, schienen unzensiert. Er wollte weiterzappen, als ihn eine etwas ungewöhnliche Nachricht davon abhielt. *Seit rund drei Wochen verschwinden im Eigenthal und Umgebung Jungschweine aus Stallungen. Die Bauern sind äusserst besorgt, weil die vier betroffenen Mutterschweine infolge Milchüberschuss geschlachtet werden müssen. Man geht davon aus, dass es sich um einen Lausbubenstreich handelt. Sachdienliche Mitteilungen werden beim zuständigen Veterinäramt entgegengenommen ...*

Nach dem Wetterbericht hielt es Thomas nicht mehr aus. Er schluckte zwei Schmerztabletten und versuchte, Isabelle noch einmal auf dem Mobiltelefon zu erreichen. Vergebens. Um acht hatte er die Jacke angezogen und war auf dem Weg in die Garage. Da hörte er ein Auto vor dem Haus anhalten. Er öffnete das Garagentor. Isabelle stieg gerade aus einem Taxi. Als sie ihn erblickte, erhellten sich kurz ihre Gesichtszüge. Sie begrüsste ihn, schritt auf die Eingangstür zu und schloss auf. Thomas folgte ihr über die Treppe. «Hast du dein Handy nie in Betrieb?»

«Ist das jetzt ein Vorwurf?» Isabelle sah ihn amüsiert an.

«Ich finde es sonderbar, weil du ja weisst, dass es mir nicht besonders gut geht.»

«Nach deiner Bettflucht aus dem Krankenhaus konnte ich davon ausgehen, dass du wieder wohlauf bist.» Sie trat in den Korridor. «Oder täusche ich mich?»

«Ich hätte gern mit dir zu Abend gegessen.»

«Im Kühlschrank hat es noch Reste von Pasta. Du hättest sie aufwärmen können.» Sie zog den Mantel aus und hängte ihn an die Garderobe. Sie trug ein eng anliegendes kobaltblaues Kleid, das neu zu sein schien. Thomas sah sie erstaunt an. Die Farbe stand ihr gut. «Und, hast du dich schon wieder mit dieser Freundin getroffen?»

«Ich war auswärts essen.»
«Es wäre schön, wenn ich sie auch einmal kennenlernen würde.»
«Du bist ja nie zugegen.» Isabelle verschwand im Badezimmer. Er hörte, wie sie sich die Hände wusch.
Thomas blieb vor der Tür stehen. «Wie wäre es am Wochenende?»
«Da bin ich bereits verabredet.» Isabelle erschien unter dem Türrahmen. «Wir wollen zusammen ins Allgäu fahren.»
«Ins Allgäu?» Thomas' Kehle wurde ganz trocken. «Warum ins Allgäu?»
«Weil es dort dieses wunderschöne Schloss von König Ludwig den Vierzehnten gibt.» Isabelle huschte an ihm vorbei ins Schlafzimmer. «Weisst du, wie oft ich dich schon gefragt habe, ob wir einmal das Schloss Neuschwanstein besuchen würden? Nie hattest du Zeit. Ich dachte mir, dass ich dies selbst in die Hand nehmen sollte…»
«Warum hast du mir nie etwas gesagt? Ich hätte mich nach dir richten können.»
«Leere Worte, mein Lieber.»
«Aber wir hatten doch wunderschöne Ferien zusammen.»
«Das ist richtig. Nur reichen mir drei Wochen nicht, wenn ich damit rechnen muss, dass ich dich die restlichen neunundvierzig im Jahr nur sporadisch zu sehen bekomme.»
«Jetzt bist du ungerecht. Als ich befördert wurde, hast du gewusst, was auf mich zukommen würde.»
«Nein, ehrlich gesagt nicht. Ich habe damit gerechnet, dass du zu den Bürozeiten arbeitest. Aber du ermittelst weiter wie deine Untergebenen. Dabei bist du kein Ermittler mehr.»
Thomas schwieg. Die Schmerztabletten begannen zu wirken. In seinem Kopf breitete sich ein Nebel aus. Er überlegte, ob er sich auf eine weitere Diskussion mit Isabelle einlassen

oder nochmals ins KKL fahren sollte, was er eigentlich vorgehabt hatte. Isabelle nahm ihm die Entscheidung ab. Sie hatte ein frisches Nachthemd geholt und ging erneut ins Badezimmer. «Ich werde mir jetzt ein Bad einlaufen lassen. Danach gehe ich ins Bett. Ich bin müde.»
Typisch für sie. Wenn sich ein Konflikt anbahnte – und dies tat es offensichtlich –, zog sie sich zurück. Thomas blieb eine Weile im Raum stehen. Irgendetwas schien gerade schiefzulaufen. Hatte er etwas falsch gemacht, dass sie dermassen garstig zu ihm war? Er wollte nicht darüber nachdenken. Vielleicht hatte sie gerade ihre letzten Tage oder sonst welche klimakterischen Anzeichen. Vielleicht würde er morgen mit ihr reden können. Er atmete hörbar aus und begab sich erneut auf den Weg zur Garage.

***

Die Nacht hatte sich wie eine Glocke über die Landschaft gelegt.
Thomas fuhr zum Bahnhof nach Luzern und parkte den Wagen in der Nähe des KKL. Er überschritt den Europa-Platz und peilte den vorderen Eingang an. Ein paar mit weissen Tüchern gedeckte Stehtische waren nach draussen gestellt worden, an denen sich jedoch niemand mehr aufhielt. Dagegen lehnte eine Gruppe von Leuten an dem Geländer in der Nähe des künstlichen Teiches.
Auf dem Weg in die Galerie beggneten ihm zwei Männer in dunkelgrauen Anzügen, die er schon an der Vernissage gesehen hatte. Sie schienen sternhagelvoll zu sein. Thomas schaute auf die Uhr. Es war kurz nach neun. Um zehn, wusste er, würden die Tore schliessen. Er hatte genügend Zeit, um sich in den Räumen noch einmal umzusehen. Vielleicht war in der

Zwischenzeit Silvano Zanetti zum Vorschein gekommen. Thomas war auf alles gefasst. Beim Eingang kollidierte er beinahe mit einem Rollstuhlfahrer, der etwas unbeholfen sein Vehikel steuerte.

Renata Obrist unterhielt sich in erstaunlicher Frische mit einem Ehepaar vor dem Sockel mit *Alkibiades*. Als sie Thomas erblickte, liess sie die Leute mit einer Entschuldigung zurück und kam lächelnd auf ihn zu. «Noch keinen Feierabend?»

«Diese Figur zieht mich magisch an», sagte Thomas und nickte dem Ehepaar zu, das zu einer anderen Skulptur aufbrach. «Wer solches mit seinen eigenen Händen erschafft, ist wahrlich begnadet.»

«Der Preis klettert in die Höhe.»

«Sie versteigern die Figur?»

«Silvano wollte es so, falls es mehrere Interessenten geben würde.» Renata Obrist winkte einer Gruppe von Leuten zu, die sich verabschiedete. «Es handelt sich hierbei um eine briefliche Versteigerung. Dem Meistbietenden gehört die Skulptur. Niemand aber weiss, was die anderen bieten.»

«Ist das legal?», fragte Thomas.

«Es gibt kein Gesetz, das dies verbietet.»

«Als hätte er gewusst, dass diese so begehrt ist.»

«Vor allem bei den weiblichen Besuchern ab vierzig.» Die Kuratorin unterdrückte ein Schmunzeln. «Sie liegt bereits im fünfstelligen Bereich...»

«Wann hat er Ihnen denn mitgeteilt, dass die Figur versteigert werden soll?»

«Beim letzten Anruf. Er schien es eilig zu haben. Oder er wollte aufgrund seiner havarierten Stimme nicht weiterreden.» Renata Obrist winkte ab. «Ich habe seit bald fünfzehn Jahren mit Künstlern zu tun. Glauben Sie mir, mit der Zeit kennt man ihre Marotten, vor allem auch ihre Unschlüssigkeit. Dann sind sie mal himmelhoch jauchzend, dann wieder zu Tode betrübt. Da lässt man sich nicht mehr auf eine Diskussion ein. Man akzeptiert es einfach.»

Sie wurden vom Rollstuhlfahrer abgelenkt, der abrupt in ihrer Nähe eine Vollbremse zog. «Oh pardon», entschuldigte er sich. «Anatol Romosch», stellte er sich dann vor.

Thomas betrachtete ihn skeptisch. Er fühlte eine Schranke zwischen sich und dem Mann mit der Behinderung wachsen. Er wusste nicht recht, wie er auf ihn reagieren sollte. Romosch hingegen schien guter Dinge zu sein. «Ich bin zwar nicht eingeladen ...» Er zwinkerte Renata Obrist zu. «Aber Sie werden sicher ein Auge zudrücken. Ich bin begeisterter Kunstsammler und ein ebenso guter Kunstkritiker. Wenn Sie Fragen haben – ich kann sie beantworten.» Er lächelte.

Als niemand etwas sagte, fuhr er fort: «Ich bin eben erst angekommen. Die Tür stand offen. Da war niemand. Also habe ich mir erlaubt, einfach mal vorbeizuschauen – eine *Deformation professionelle*.»

Thomas und die Kuratorin wechselten Blicke. Romosch sah die beiden abwechselnd an. «Ein Hobby von mir, seit mich ein Auto angefahren hat. Liegt bereits zehn Jahre zurück.» Er nickte mit dem Kopf Richtung Statue. «Diese kann ich mir zwar nicht leisten. Ich bin IV-Rentner mit einem bescheidenen Einkommen», betonte er. «Aber es interessiert mich, wer sie schlussendlich ergattert. Eine bemerkenswerte Arbeit, nicht?» Er versuchte, seinen Oberkörper aufrechtzuhalten. Mit der rechten Hand fuhr er in seine widerspenstigen und etwas zu lang geratenen schwarzen Haare. Sein Gesicht wirkte blass und wurde von dunklen Augen so sehr beherrscht, dass man zwangsläufig in sie sehen musste. Die Augenbrauen waren gezupft und waren über dem Nasenbein trotzdem aneinandergewachsen – eine eindrückliche Physiognomie.

«Bemerkenswert», wiederholte Thomas und schnupperte. Irgendein undefinierbarer Geruch ging von Romosch aus. Er konnte diesen nicht zuordnen. Aber er wusste, dass er ihn schon einmal gerochen hatte. Die Erinnerungen daran wollten jedoch kein Bild erzeugen. «Sie entschuldigen uns.» Er wandte sich ab, machte ein paar Schritte rückwärts auf die Kuratorin zu.

«Falls Sie Silvano Zanetti zu Gesicht bekommen sollten, bitte ich Sie, mir dies sofort mitzuteilen.» Thomas griff nach ihrer Hand. «Wir sind noch immer auf der Suche nach ihm. Und falls Ihnen noch irgendetwas in diesem Zusammenhang einfallen sollte, kontaktieren Sie mich umgehend.»

«Ich werde mich selbstverständlich melden», versprach Renata Obrist. Sie verabschiedete sich und ging zum Ausgang. Thomas sah ihr nach, während sie auf eine Ansammlung von Besuchern stiess. Nachdenklich kehrte er zur Statue zurück. Romosch hatte ihn kommen sehen und fuhr gleich auf ihn los. «Die geht Ihnen nicht aus dem Kopf, nicht?» Und als Thomas nichts erwiderte: «Sie können sie ja kaufen.»

«Die wird versteigert», sagte Thomas, obwohl er sich nicht auf ein Gespräch hatte einlassen wollen. «Der Meistbietende bekommt sie.»

«Oh, das wusste ich nicht.» Romosch drehte den Rollstuhl einmal um die eigene Achse. Thomas wunderte sich, wie kompliziert er mit dem Gefährt umging. Seine beiden Arme wirkten spastisch. Doch dies konnte vom Unfall herrühren. Er vermied es, ihn danach zu fragen. Stattdessen wandte er sich zum Gehen um.

«Wir werden uns bestimmt noch einmal sehen, nicht?» Romosch lachte ihm hinterher. «Man trifft sich immer zweimal.»

Samstag, 11. Mai

Der Tag präsentierte sich von seiner schönsten Seite. Der Himmel erstrahlte in einem gewaschenen Blau. Nach dem Regen der vergangenen Nacht überflutete eine warme Frühlingssonne Felder und Wälder, und die Temperaturen waren schon am Morgen angenehm mild.

Thomas traf Lucille beim Kaffeeautomaten, wo sie einen Kaffee herausdrückte.

«Heute keinen Thermoskrug dabei?»

«Habe verschlafen», antwortete sie kurz. «Gestern war ein langer Tag.»

«Kann vorkommen», lächelte Thomas und erinnerte sich, dass der gestrige Tag auch für ihn ermüdend gewesen war. Er hatte im Gästezimmer geschlafen, nachdem sich Isabelle über beide Betthälften breitgemacht hatte. Er hatte sie nicht wecken wollen. In der Garderobe hatte er ihre Handtasche liegen sehen und sich zurückhalten können, darin nach Indizien zu suchen, die ihm ein wenig Licht in ihr einstweilen unmögliches Verhalten gebracht hätte. Was war bloss in sie gefahren? Lange war er davon ausgegangen, dass nach dem Urlaub in der Karibik zwischen ihnen alles wie früher war. Er hatte ihr nichts über seinen Ausrutscher erzählt. Oftmals war er ins Grübeln vertieft gewesen, wenn er an Tiziana dachte. Doch Isabelle hatte nichts von allem gemerkt. Sie hatte seine zeitweise Unaufmerksamkeit ihr gegenüber seiner Überarbeitung zugeschrieben.

Kurz nach acht hatte er sich mit Sergio Zanetti verabredet, jedoch nicht damit gerechnet, dass er seine Anwältin mitbringen würde. Thomas stiess es übel auf, als er Dunja Neumann auf sich zukommen sah, noch ehe er sein Büro aufschliessen konnte. Andererseits, überlegte er sich, hätte er vielleicht Gelegenheit, sie auf Natascha de Bruyne anzusprechen.

Zanetti mochte er nicht ausstehen. Er konnte sich noch weniger vorstellen, dass seine zukünftige Schwiegertochter mit ihm etwas zu tun gehabt hatte. Wie er daherkam – mit offenem Hemd und dieser Goldkette um den Hals. Irgendwie schien er in den Neunzigerjahren stehengeblieben zu sein oder versuchte verzweifelt, etwas aus dieser Zeit zu retten.

«*Commissario*», sagte er, als er bereits vor der Tür stand.

«Bei uns heisst das nicht Kommissar.» Thomas stiess die Tür auf. Er liess Zanetti eintreten und reichte Dunja Neumann die Hand. «Ich ging nicht davon aus, dass wir uns so bald wiedersehen.»

«Ich tue nur meinen Job.» Dunja Neumann verzog ihren Mund, worauf sich auf ihrem makellosen Gesicht ein schiefes Grinsen abzeichnete. «Das Verschwinden um den Sohn meines Klienten wirft so viele Fragen auf, die auch Herrn Zanetti junior betreffen.»

«Ich verstehe. Dann sind Sie wegen Zanetti senior hier?»

«Das ist richtig. Doch ich vertrete auch seine Söhne in dieser Sache.» Dunja Neumann legte ihren Mantel ab. Sie sah Zanetti kurz an. «Nur in dieser Sache.» Dann blickte sie Thomas an, um abzuschätzen, ob er womöglich von etwas anderem eine Ahnung haben könnte. Sie setzte sich vor das Pult. «Silvano gilt nun über eine Woche als vermisst. Es ist für die Familie nicht nachvollziehbar, wie wenig vonseiten der Polizei getan wird.» Sie entnahm einer Mappe Dokumente und legte sie vor sich hin. «Mein Klient hat bei Ihnen sicher einen ungünstigen Eindruck erweckt, als er davon ausging, dass sich sein Sohn einen Scherz erlaubt hätte. Er ist aber zutiefst erschüttert über sein Verschwinden. Sein immer lächelndes Gesicht täuscht über seinen Gram hinweg. Er will, dass jetzt endlich etwas unternommen wird. Ich weiss nicht, weshalb die Polizei noch keine Fahndung herausgegeben hat. Weder im Radio noch im Fernsehen gibt es einen Aufruf. Können Sie mir erklären, weshalb?»

Thomas räusperte sich. Das konnte ja heiter werden. «Bevor ich auf Ihre Frage zurückkomme, würde ich mich gern mit Herrn Zanetti unterhalten.» Thomas wandte sich an den Italiener, der seelenruhig in der Nase bohrte. «Sie sagten, dass Ihre Frau mit Ihrem Bruder ein intimes Verhältnis pflege und dass Sie sich sicher seien, dass die beiden zusammen abgehauen sind. Ist das richtig?»

Zanetti blinzelte durch halb geschlossene Augen, liess die Hände sinken. Die Anwältin schwieg nachdenklich. Damit hatte sie wohl nicht gerechnet.

«Wo könnten sie denn Ihrer Meinung nach hingefahren sein?»

«Wenn ich das wüsste, wäre ich nicht hier.» Zanetti fuhr sich mit beiden Händen in die pomadisierten Haare. «Auf jeden Fall sind ihre Reisetasche und ihre Kosmetika weg.»

Thomas suchte den Blickkontakt zu Dunja Neumann. Er fand nicht heraus, woran sie gerade dachte, als sie die Stirn krauste. «Solange solche Verdächtigungen im Raum stehen, können wir keine Fahndung herausgeben. Es handelt sich hier um erwachsene Leute, die wahrscheinlich gemeinsam verreist sind.»

«Ja, nachdem bekannt wurde, dass Silvano heute hätte heiraten sollen.» Dunja Neumann schüttelte den Kopf. «Ich gehe davon aus, und das meint übrigens auch mein Klient Zanetti senior, dass Taolyn aufgrund der ehelichen Zerwürfnisse weggezogen ist. Silvano hingegen gilt als vermisst.» Sie warf schnell Sergio einen Blick zu. «Das sind doch blosse Vermutungen, die Sie da anstellen. Das eine hat mit dem anderen nichts zu tun.»

Thomas stiess Luft aus. Er wunderte sich, wie wenig sich die beiden vor ihrem Besuch in seinem Büro miteinander abgesprochen hatten. «Wie soll ich weitermachen, wenn Sie sich nicht einig sind?»

Dunja Neumann wandte sich an Zanetti. «Bitte warten Sie draussen vor der Tür auf mich.» In Ihrer Stimme schwang unterdrückter Zorn.

«Ich bin noch nicht fertig», unterbrach Thomas und sah Zanetti an. «Wann haben Sie Ihren Bruder zum letzten Mal gesehen?»

Er überlegte. «Ich weiss es nicht genau. Ich weiss aber, wann ich Taolyn zum letzten Mal gesehen habe. Und als mich Néné angerufen und mir erzählt hat, dass Silvano verschwunden sei, habe ich mir einiges zusammengereimt ...»

«Vermutungen sind uns keine Hilfe», belehrte ihn Thomas. «Wie ist Ihr Verhältnis zu Ihrem Bruder im Allgemeinen?»

«Kein sehr freundschaftliches.»

Dunja Neumann legte die Hand auf Zanettis Arme. «Sie müssen nicht darauf antworten.»

«Was soll das? Ich habe keinen Grund, etwas zu beschönigen.»

«Ich bitte Sie!» Sie wurde fast eindringlich laut. «Sehen Sie sich vor. Falls Ihrem Bruder etwas zugestossen ist, könnten seine engsten Mitmenschen in Verdacht geraten.»

Thomas nickte widerwillig. «Unsere Ermittler würden in erster Linie das familiäre Umfeld überprüfen.» Er machte ein paar Notizen. «Gut, wenn es nichts gibt, was Sie mir zum Verschwinden Ihres Bruders berichten können, beenden wir hier die Befragung.» Und an Dunja Neumann gewandt. «Sie muss ich bitten, sich mit Lucille Mathieu in Verbindung zu setzen. Wir würden Sie gern zu einem anderen Fall befragen.» Er reichte der kurz verdatterten Anwältin Lucilles Kärtchen. «Melden Sie sich heute noch bei ihr.»

«Darf ich fragen, in welcher Angelegenheit?»

Thomas schrieb etwas auf einen Zettel. Er reichte ihn ihr über den Tisch hinweg.

Sie las. «Sie ist tot?» Auf ihrem Gesicht zeichnete sich ein vages Entsetzen ab. «Das ist ja furchtbar.» Sie erhob sich, griff nach dem Mantel und zog ihn an.

«Ich nehme an, das wissen Sie bereits.»

Sie erblasste. «Ja leider. Ich habe es gestern Morgen von einem meiner Klienten erfahren.»

«Von Eduardo Zanetti?» Thomas ertappte sich dabei, wie er die Anwältin mit zusammengekniffenen Augen taxierte.

Dunja Neumann zögerte erst. «Er hat nichts mit ihrem Tod zu tun», sagte sie völlig zusammenhanglos. Schnippisch griff sie nach ihren Unterlagen, die sie nicht gebraucht hatte. «Sie haben mir noch immer nicht gesagt, wie Sie jetzt weiter verfahren.»

«Ich kann Sie beruhigen», sagte Thomas. «Wir haben mit den Ermittlungen begonnen.»

«Dann sind wir ja beruhigt, *Commissario*?» Sergio kam sich wohl sehr wichtig vor.

«Sie werden von uns hören.» Thomas geleitete die beiden zur Tür.

Als sie weg waren, meldete er sich bei Lucille und teilte ihr Dunja Neumanns Besuch mit. «Ich möchte, dass du mit ihr einen Termin vereinbarst. Solange wir von der Rechtsmedizin nicht genau wissen, was den Tod von Natascha de Bruyne ausgelöst hat, möchte ich alles über sie erfahren. Kannst du das machen?»

«Ja, Chef.» Lucille schniefte durchs Telefon. «Wann muss

das sein?»

«Möglichst noch bis heute Abend.»

«Alles klar. Sonst noch etwas?»

Thomas griff in seine Jackeninnentasche, wo er die Visitenkarte des verhinderten Künstlers eingesteckt hatte. «Ich wäre froh, wenn du Elsbeth damit beauftragen könntest, die Namen Johannes Maria Ebersold und Mandarin Niradnam zu googeln. Er hat zwei Namen und ist der Künstler, der anstelle von Silvano Zanetti im KKL hätte ausstellen sollen. Und sag ihr, sie soll versuchen, sich mit ihm in Verbindung zu setzen. Ich will wissen, weshalb er kurzfristig abgesagt hat.»

***

Eugenie lebte auf der Alp unterhalb des Pilatus. Seit bald dreissig Jahren besass sie hier ein kleines Haus, in dem es zwar fliessendes Wasser, jedoch keine Zentralheizung gab. Während der kalten Jahreszeit musste sie den Ofen mit Brennholz füttern und heisses Wasser im Bainmarie zubereiten. Auf der Hangseite des Hauses stapelten sich darum Holzscheite bis unter das Dach. Eugenie hatte während des Sommers und im Herbst genügend Zeit, die Scheite zu schlagen. Um den täglichen Bedarf an Speisen zu decken, hielt sie sich zwei Ziegen, die ihr Milch lieferten und ein Duzend Hühner. Einmal im Monat stieg sie nach Kriens hinunter und kaufte Lebensmittel ein.

Die Sonne hatte den Weg über die Rigi gefunden und warf die ersten Strahlen in Eugenies Kräutergarten. Mit dem Mai wurde es auch hier oben wieder milder. Sie würde wieder allerhand anpflanzen können. Vor allem Kräuter, aus denen sie dann Tee machen würde. Während sie auf der Bank sass und sich von der Sonne wärmen liess, blickte sie über die hellgrünen Wiesen, die Felsbrocken im Gelände, die Tannen. Die Aussicht reichte bis hinunter zum Baldegger- und zum Hallwilersee. Bei klarem Wetter sah sie sogar den Atomreaktor von Beznau. Manchmal kehrten Wanderer bei ihr ein und kauften handgestrickte Pullover und Mützen, die sie über den Winter gefertigt hatte. Von diesen Einnahmen konnte sie gut leben. Mehr brauchte sie nicht. Sie hatte die Natur und ihre Haustiere. Und sie hatte Melchior, den Angestellten der Pilatusbahnen.

Melchior wohnte in Horw. Einen seiner freien Tage in der Woche benutzte er dazu, Eugenie zu besuchen und ihr Früchte und Zeitungen zu bringen. Da Eugenie weder Radio noch Fernseher oder Telefon besass, informierte sie sich durch Lesen über das aktuelle Weltgeschehen. Mit ihren fünfundsechzig Jahren war sie erstaunlich fit im Kopf, obwohl sie kaum geistige Impulse erhielt. Melchior war dazu nicht geeignet. Er war ein Mann, dem das Handwerkliche besser lag als intellektueller Austausch. An diesem Morgen war er früher da als sonst.

«Guten Morgen, meine Wohlgeborene.» Seine Standardbegrüssung, weil er wusste, wie sehr Eugenie es mochte, wenn man ihr wie ein Hund zu Füssen lag. Er legte einen Bund Zeitungen auf die Bank und setzte sich dann hin. Er war ein Baumstamm von einem Mann, braun gebrannt und urchig, fünfundvierzig Jahre alt und alleinstehend. Eugenie hatte er vor vielen Jahren kennengelernt. Ihre Wege hatten sich danach wiederholt gekreuzt. Irgendwann waren sie zusammengekommen und waren ein Paar geworden. Melchior wusste, dass er ihr Sohnersatz war, manchmal auch ihr Liebhaber. Er kannte seine Rollen in ihrem Leben und spielte sie artig mit. Früher hatte er noch regelmässig ihre ungezähmte Lust befriedigen müssen. Diese hatte jedoch seit ein paar Jahren abgenommen, was Melchior nur recht sein konnte. Sie war alt und schrumpelig geworden und hatte den Reiz verloren.

«Und, was tut sich in der Welt?» Sie nahm die Zeitungen auf und suchte nach derjenigen mit dem ältesten Datum. Ihr Blick fiel auf das Titelblatt der Luzerner Zeitung. Ein Aufschrei des Entsetzens: «Haben die keine neuen Themen mehr als den Brand der Kapellbrücke?»

«Das ist nicht die Kapellbrücke», korrigierte Melchior. «Die Spreuerbrücke hat gebrannt.»

Sie nahm Gottes Namen in den Mund, obwohl sie mit ihm haderte. «Wann?»

«Letzten Mittwoch.»

Eugenie blähte ihre Nasenflügel, während sie den Artikel dazu las. Ihre Augen wurden immer grösser. «Natascha ist gestorben? Aber doch nicht etwa verbrannt. Das wäre ja ...»

Melchior unterbrach sie. «Man hat sie von der brennenden Brücke geholt, als sie bereits tot war. Du musst den Text zu Ende lesen.»

«Aber das ist ja furchtbar. Natascha!» Eugenie erinnerte sich gut an den Tag, als die damals fünfundvierzigjährige Schriftstellerin zu ihr auf den Berg gekommen war. Eugenie hatte sich kaum in der Hütte fertig eingerichtet, als Natascha mit Notizblock und Schreibstift vor ihr stand. Sie habe von der Verrückten gehört, die sich unterhalb des Pilatus eingenistet habe, waren ihre Worte gewesen. Sie hatte nie ein Blatt vor den Mund genommen und sie mit Fragen torpediert, deren Antworten eine Woche darauf in der Luzerner Zeitung zu lesen waren. Später wurde Eugenie in einem ihrer Bücher als die *Drachenfrau* verewigt. Zwischen den beiden Frauen war eine herzliche Freundschaft entstanden, die in den letzten Jahren allerdings abgenommen hatte. Natascha vertrug die Höhe nicht mehr.

«Weisst du, wie viel ich ihr zu verdanken habe?» Eugenie legte die Zeitung beiseite. «Ihretwegen ist mein Eremitendasein salonfähig geworden. Ihretwegen sind die Leute zu mir gekommen und kaufen heute meine Ware.» Sie erhob sich so schnell, dass Melchior erschrocken zusammenfuhr. «Ich bin sicher, man hat sie umgebracht! Sie war kerngesund und ihr Geist wach.» Sie blickte ihr Gegenüber mit zusammengekniffenen Augen an. «Ich muss nach Luzern zur Polizei. Ich werde eine Aussage machen.»

«Bist du dir sicher?»

«Sehr sicher. Sie hat mir vor ein paar Jahren etwas anvertraut, dem sie auf der Spur war. Vielleicht ist sie weitergekommen in dieser Sache. Vielleicht wurde es plötzlich gefährlich für sie.» Eugenie schüttelte wild den Kopf. «Die stirbt nicht einfach so. Nicht Natascha!»

«Aber sie sei an einem Hirnschlag gestorben, haben die Medien berichtet.» Melchior sah sie verständnislos an. «Sie sei keiner Gewalttat zum Opfer gefallen.»

«Das sagen die immer, wenn sie nicht mehr weiterwissen. Sie war erst fünfundsiebzig.»

«Ich nehme an, die Polizei arbeitet in ihren Ermittlungen seriös, auch wenn es um eine Fünfundsiebzigjährige geht», meinte Melchior ein wenig verdattert.

«Das werden wir ja sehen.» Eugenie verschwand in ihrem Haus.

Während Melchior draussen wartete, hörte er sie im Innern hantieren und lamentieren. Wenig später erschien sie mit einer Schuhschachtel unter der Tür. «Ich werde jetzt zu Fuss zur Krienseregg gehen und von da aus mit der Bahn runter ins Dorf fahren. Die Schachtel nehme ich mit.»

«Weisst du denn überhaupt, wo sich die Kripo befindet?»

«Oh ja, das weiss ich.» Und nach einer Weile des Überlegens:

«Es ist meine Pflicht, Licht ins Dunkel zu bringen.»
«Es ist Samstag.»
«Ich nehme an, dass der Bereitschaftsdienst immer zugegen ist.» Sie stampfte auf, um ihrer Aussage Kraft zu verleihen.
«Ich gehe da jetzt runter!»
Melchior überraschte nichts mehr. Er kannte ihre Ungeduld.

***

Den gesamten Rest des Vormittags hatte Thomas in seinem Büro verbracht und alles, was er bislang über die Familie Zanetti herausgefunden hatte, zusammengetragen. Kurz vor dem Mittag hatte er auch die Fragebogen für seine Mitarbeiter ausgearbeitet und gleich per Mail übermittelt. Am Montag würden sie mit den Befragungen beginnen. Er stand auf und schritt zum Fenster. Der Blick zum Himmel bestätigte ihm den Wetterbericht, der für das Wochenende eine stabile Hochdrucklage gemeldet hatte. Zurück am Schreibtisch, griff er nach dem Telefon und stellte die Nummer von zu Hause ein. Nachdem er den Samstagmorgen für die Kripo aufgewendet hatte, wollte er Isabelle einen Kinoabend oder für den Sonntag eine Wanderung vorschlagen. Er wünschte, dass sich das Verhältnis zwischen ihnen stabilisierte. Er nahm sich vor, in Zukunft am Samstag nur noch halbtags zu arbeiten.
Isabelle meldete sich nicht. Er versuchte eine Verbindung auf dem Mobiltelefon. Auch die blieb unbeantwortet. Konnte es sein, dass sie schon heute ins Allgäu gefahren war? Oder wann, hatte sie gesagt, würde sie dorthin fahren? Thomas stiess es übel auf. Anstatt im Notencafe zu essen, holte er vom Kaffeeautomaten einen doppelten Espresso und schälte das Sandwich, das er wie jeden Morgen von zu Hause mitnahm,

aus dem Zellophanpapier.

Später widmete er sich dann weiterhin den Pendenzen. Er musste noch viel Administratives erledigen. Seit er Chef des Ermittlungsdienstes war, landete so ziemlich alles auf seinem Pult. Zum Glück hatte er Elsbeth, die ihn schreibkräftig unterstützte. Er setzte sich hin, stellte die Ellenbogen auf und stützte mit beiden Händen sein Kinn. Seine Augen waren auf die Papierflut gerichtet, ohne sie wahrzunehmen. Er schaute durch die Buchstaben hindurch. Die Kopfschmerzen hatten sich zwar verringert, aber ein latenter Schwindel war zurückgeblieben. Thomas schrieb es nicht allein dem Unfall zu. Es sass tiefer.

Während er darüber grübelte, warum Isabelle sich nicht meldete, ging die Tür auf, und Elsbeth erschien unter dem Türrahmen. «Da ist jemand, der dich dringend sprechen will.»

Hinter Elsbeth tauchte eine Gestalt auf, die Thomas auf den ersten Blick beinahe mit einem Cowboy verwechselte. Seine Sinne hatten sich nicht getäuscht. Eine bodenständige Frau baute sich vor seinem Pult auf, egal, wie sehr Elsbeth sie daran zu hindern versuchte. Sie trug ein kariertes Hemd, verblasste Jeans, und ihre Füsse steckten in Stiefeln, die bis zu den Waden reichten. In der rechten Hand trug sie eine Schachtel.

«Mein Name ist Eugenie», stellte sie sich vor.

Thomas bat sie, sich zu setzen, nachdem er Elsbeth ein Zeichen gegeben hatte, dass sie das Büro verlassen soll. Elsbeth verdrehte amüsiert die Augen.

Thomas nahm Schreibstift und Notizblatt zur Hand. «Eugenie – und wie weiter?»

«Nichts weiter. Einfach Eugenie. Ich habe meinen Nachnamen vergessen, nachdem man diesen so ziemlich durch den Dreck gezogen hat. Aber das sind fünfunddreissig Jahre her. Fragen Sie mich nicht. Ich weiss ihn wirklich nicht mehr.» Sie verzog ihr gebräuntes, von tiefen Furchen geprägtes Gesicht zu einer Grimasse und stellte die Schuhschachtel ungefragt auf den Tisch. «Ich habe gelesen, dass Natascha de Bruyne an einem Hirnschlag gestorben sei. Ich kann Ihnen schon mal versichern, dass dem nicht so ist.»

«Aha», sagte Thomas leicht verwundert.

«Sie ist einem Komplott zum Opfer gefallen.» Sie hob den Deckel des Kartons und entnahm der Schachtel ein Heft. «Am 16. Oktober 1993 hat mir Natascha diese Einträge mit den Worten hinterlassen, dass ich damit zur Polizei gehen müsse, falls sie einmal tot aufgefunden würde.»

Thomas überlegte. «Das war vor vierzehneinhalb Jahren.»

«Ja und? Jetzt ist sie tot. Verbrannt!» Eugenie fixierte Thomas mit starrem Blick.

«Sie ist nicht verbrannt. Natascha de Bruyne ist eines natürlichen Todes gestorben.»

«Das glauben Sie doch selber nicht.»

«Wissen Sie, was darin steht?» Thomas deutete auf die Schachtel.

«Klar weiss ich das. Eugenie wollte weiterrecherchieren, bis sie genug Beweise hatte.»

«Beweise wofür?»

Das Telefon klingelte. Eugenie blieb die Antwort schuldig. Thomas beugte sich über den Apparat und las die Nummer auf dem Display. Es wäre zu schön gewesen, wenn sich Isabelle gemeldet hätte. Er erkannte Dr. Wagners Nummer. Thomas griff nach dem Hörer, während er Eugenie ein Zeichen gab zu warten. Er drehte den Bürostuhl und wandte sich ab.

«Wir haben den pathologischen Befund von Natascha de Bruyne. Soll ich Ihnen diesen mailen?»

«Tun Sie das. Aber klären Sie mich vorher mündlich auf.»

Wagner räusperte sich. «Jetzt ist es hundertprozentig: Sie

ist infolge einer Apoplexie gestorben. Sie litt unter einer akuten Arteriosklerose. Zudem haben wir eine Thrombose in der Halsarterie festgestellt. Eine unabsehbare dramatische Kettenreaktion. Sie muss innert Sekunden tot gewesen sein.»
«Also keine Fremdeinwirkung.»
«Die ist definitiv auszuschliessen.»
«Auch nicht durch eine physische Ursache hervorgerufen?»
«Wie meinen Sie das?»
Thomas räusperte sich. «Ich meine, dass sie vor Schreck…»
Er hielt inne, wusste, wie absurd das klang.
Wagner lachte. «Nein, nichts dergleichen. Sie ist gestorben, weil sie ein medizinisches Problem hatte. Sie hätte auch in ihrem Bett sterben können.»
«Sie können mir den Bericht schicken.» Thomas atmete auf, bedankte sich und drehte den Bürostuhl um. Als er den Telefonhörer zurücklegte, stellte er fest, dass Eugenie mitsamt dem Heft und der Schachtel verschwunden war.

Wie von der Tarantel gestochen, sprang er auf. Er rannte zur Tür, riss diese auf und blickte in den Korridor. Ausser einem Kollegen, der einen Kaffee aus dem Automaten drückte, war niemand zu sehen.

«Ist da nicht soeben eine Frau vorbeigegangen?», herrschte Thomas den Polizisten an.

«Sie meinten den Cowboy?» Der Polizist hob die Schultern, sah in Thomas' verdattertes Gesicht – dann mussten sie beide laut herauslachen.

Eugenie war im gesamten Haus nicht mehr zu finden. Marion, die auch am Samstag am Empfang die Stellung hielt, meinte, sie sei die Treppe runtergerannt und wie eine Gestörte nach draussen verschwunden.

«Ich dachte zuerst, ich müsste den Alarmknopf und die automatische Türsicherung betätigen. Aber es ging alles so schnell», berichtete sie mit hochrotem Kopf.

«Hat sie etwas gesagt?», fragte Thomas.

«Gesagt? Geflucht hat sie, dass sie damit zur Zeitung gehen würde. Doch das war dann alles.»

«Du weisst also nicht, zu welcher Zeitung?»

Marion zog die Schultern hoch. «Ich wusste ja nicht einmal, worum es überhaupt ging.»

«Hat sie sich denn nicht angemeldet?»

«Das ging alles so verdammt schnell», verteidigte sich Marion. «Die war schon auf der Treppe, als ich sie zurückhalten wollte. Ich sah dann, dass Elsbeth mit ihr sprach.»

Thomas stiess verärgert Luft aus. Obwohl mit dem natürlichen Tod von Natascha de Bruyne der Fall für ihn abgeschlossen war, liess er ihm trotzdem keine Ruhe. Von welchen Beweismitteln war die Rede gewesen? Und warum hatte sie so schnell die Kripo verlassen? Das hätte nicht passieren dürfen. Ausser dem Namen Eugenie kannte er nichts von ihr. Weder woher sie stammte noch den Wohnort. Irgendwo hatte er diesen eher seltenen Frauennamen schon einmal gelesen.

Zurück im Büro, zitierte er Elsbeth zu sich. Er drückte ihr seine Notizen in die Hand.

«Bitte suche heraus, ob du im Zusammenhang mit Natascha de Bruyne den Namen Eugenie findest. Sie müsste eine Freundin der Verstorbenen sein. Leider ist sie mir entwischt.»

«Wenn du mir die Bemerkung erlaubst, die hatte nicht alle Tassen im Schrank. Auf dem Weg ins Obergeschoss hat sie mich von hinten angerempelt und nach dem Chef verlangt.»

«Und dann kam natürlich nur ich infrage», schmunzelte Thomas.

«Was hätte ich denn tun sollen?»

«Das nächste Mal rufst du mich zuerst an.»

«Na hör mal, es gelang mir nicht, sie von ihrem Vorhaben abzuhalten.» Und nach einer Weile: «Hat sie auch einen Nachnamen?»

Thomas winkte ab. «Leider nein. Ich zähle auf deinen Scharfsinn.»

Als er wieder alleine war, versuchte er zum wiederholten Mal, Isabelle zu erreichen. Es blieb beim Versuch. Langsam machte er sich Sorgen. Stefan wollte er nicht damit behelligen. Der hatte schon genug eigene Probleme um die Ohren. Silvanos Verschwinden musste ihn arg getroffen haben. Thomas war nie zuvor aufgefallen, dass Stefan eine so intensive Männerfreundschaft pflegte. Er wusste überhaupt wenig über seinen Sohn. Seit dieser mit Lucille zusammengezogen war, sahen sie sich seltener denn je. Vielleicht musste Thomas sein Leben und seine Arbeit überdenken. Doch dies schien schwierig zu sein. Beruf und Privatleben überlappten sich. Er schaffte es nicht, einfach einen Knopf zu drücken und auf lautlos zu stellen, wenn er dem Berufsalltag den Rücken zukehrte. Die Gedanken waren immer da und liessen ihn auch nachts nicht in Ruhe. Dann grübelte er über eine Logik, die sich jedoch nie einstellte. Gewalttaten entzogen sich jeglicher Logik. Weder war der Tod Routine noch geschahen Morde nach einem bestimmten Muster. Ausser die Serienmorde von letztem Jahr. Diese waren in der Kriminalgeschichte der Luzerner Polizei einmalig gewesen.

Thomas blickte betrübt auf sein Pult, auf dem sich bearbeitete und unbearbeitete Akten chaotisch ineinandergeschoben hatten. Wie oft hatte er das Durcheinander seines Vorgängers angeprangert; jetzt erging es ihm gleich. Er nahm sich vor, Ordnung, zumindest ein System zu schaffen, das ihm erlaubte, mehr Zeit für die wesentlichen Dinge zu haben. Zum Beispiel einen freien Samstagnachmittag mit Isabelle. Er schaute auf die Uhr. Der Nachmittag war bereits fortgeschritten. Isabelle war nicht auffindbar. Diese Tatsache nahm ihm die Entscheidung ab.

Bis kurz vor sechs räumte er auf. Zwischendurch musste er sich setzen, weil sich Kopfschmerzen bemerkbar machten und ihm schwindelte. Vielleicht war es doch kein sehr kluger Entschluss gewesen, das Krankenhaus ohne Einwilligung des Arztes zu verlassen. Und was hatte Isabelle gesagt? Der Schmerz könne chronisch werden. Thomas rief Elsbeth an und stellte fest, dass sie das Wochenende bereits angetreten hatte. Im ganzen Haus schien zudem eine Ruhe eingekehrt zu sein, die ihm gespenstisch vorkam.

Nach dem zehnten Kaffee an diesem Tag beschloss Thomas, noch einmal zum KKL zu fahren. Er hinterliess eine Notiz auf seinem Pult, falls Elsbeth am Montag vor ihm im Büro sein sollte. Sie besass einen Zweitschlüssel.

***

Den Weg zum Bahnhof ging Thomas zu Fuss. Die frische Luft würde ihm den Kopf auslüften, obwohl er unter frischer Luft etwas anderes verstand. Bereits beim ersten Zebrastreifen musste er warten, weil die Ampel auf Rot stand. Er liess sich von den Abgasen einnebeln. Er staunte, wie viele Autos unterwegs waren, und malte sich dabei aus, wohin die Lenker wohl fuhren, während er hinter die getönten Scheiben ihrer Wagen blickte und in den teilnahmslosen Gesichtern ihre Gedanken zu lesen versuchte. Die junge Frau, die den Spiegel heruntergeklappt hatte, zog sich jetzt die Lippen nach. Oder die Frau mit dem Mobiltelefon am Ohr. Ob sie wohl ihre Verspätung mitteilte? Der alte Mann, der nervös auf das Lenkrad trommelte. Thomas wunderte sich, dass er in diesem fortgeschrittenen Alter noch am Steuer sass. Endlich wurde es grün.

Thomas zwängte sich durch die Gasse zwischen einem ausgedienten Offroader und einem Mercedes, an dessen Stern sich beinahe seine Jacke verfangen hätte. Gehupe von irgendwoher. Anfahren, bremsen, ein kratzendes Geräusch einer falsch betätigten Kupplung: der immer wiederkehrende Wahnsinn eines Samstagabends.

Beim Pilatusplatz hetzte er bei Gelb über die Strasse und gelangte zum Hotel Astoria. Zwei mit laufenden Motoren stehende Cars versperrten den Vorplatz. Eine Horde Asiaten grapschte nach ihren Koffern. Orientierungslos wirbelten sie durcheinander, bis jemand einen Schirm in die Höhe hob und die Richtung wies. Innerhalb weniger Augenblicke hatte der Hotelschlund sie verschluckt. Die Pilatusstrasse, die zum Bahnhof führte, glich einer Zahnradschiene, in die sich Autos verzurrt hatten. Zwischendurch bahnten sich Trolleybusse ihren Weg.

Die Auslagen der Geschäfte waren hell beleuchtet, die Türen zu. Vor den Cafés sassen die Mutigen und trotzten der Kälte, die aus dem Norden kam.

Thomas gelangte über die Rolltreppe zur Bahnhofsunterführung. Gleich links nach der Treppe lag das Buchparadies. Er kannte die Filialleiterin, weil Isabelle sie ihm vor Weihnachten des letzten Jahres vorgestellt hatte. Isabelle kaufte alle ihre Bücher hier. «Edith Buser versteht ihren Job», hatte sie gesagt. «Wenn du über Bücher Bescheid wissen musst, dann frage sie. Sie wird dir über alles Auskunft geben können.»

Thomas hatte Glück. Während er die Buchhandlung betrat, erblickte er die Frau an der Kasse.

«Frau Buser?»

Sie sah ihn fragend an.

«Wir haben uns erst einmal gesehen», half Thomas nach.
«Sie kennen sicher meine Frau Isabelle Kramer.»
Ihr fein geschnittenes Gesicht erhellte sich. «Jetzt erinnere ich mich wieder. Sind Sie nicht Chef des Ermittlungsdienstes?» Sie streckte die rechte Hand aus. «Herr Kramer, was kann ich für Sie tun? Suchen Sie ein bestimmtes Buch?»
Die Psychologie hinter der abwesenden Ehefrau. Ob es diesen Titel gab? Thomas lachte innerlich. So weit hatte Isabelle ihn mit ihrer Absenz schon getrieben. Ob er Edith Buser fragen sollte, ob sie etwas vom Verbleib seiner Frau wusste? Er strich die Idee aus seinem Kopf.
«Haben Sie auch Kunstbücher?»
«Sie meinen Bücher von bildenden Künstlern?» Als Thomas nichts erwiderte, sagte sie: «Von denen habe ich einige wenige im Sortiment. Picasso zum Beispiel, Monet und Van Gogh. Ich glaube sogar eines von Hansruedi Giger.»
«Ich suche eigentlich eher ein Buch, in dem die verschiedenen Techniken beschrieben sind ... zum Beispiel die Erstellung von Bronzefiguren.»
«Oh, Sie möchten sich in der Herstellung von Bronzefiguren probieren?» Sie lächelte ihn an, und Thomas wusste nicht, ob sie es ernst meinte. «Sicher haben Sie die Ausstellung im KKL gesehen. Der junge Zanetti hat dort seine Skulpturen ausgestellt. Alles Frauenakte. Sie sind so präzise geformt, dass man meint, vor einem lebendigen Körper zu stehen. Und mittendrin steht der Mann, sein bisher bestes Werk.»
«Ich war gestern zur Vernissage geladen», verriet Thomas und bedauerte, dass sie einander nicht begegnet waren.
«Ich war nur kurz dort», verriet Edith Buser. «Ich hätte gern mit Silvano gesprochen. Doch wie Sie sicher wissen, war er verhindert.»
«Kennen Sie ihn persönlich?»

«Ich kenne seinen Vater gut und habe die Mutter auch gekannt. Leider ist sie verstorben.»
«Ich habe gehört, sie sei Pianistin gewesen.»
«Bevor sie ihre beiden Söhne geboren hat, hatte sie viele Einladungen zu den grossen Konzerten in Europa. Man hat sie gern gebucht.»
«Und gemalt oder Skulpturen hergestellt hat sie auch?» Es war mehr eine Feststellung als eine Frage, um sicher zu gehen, dass sich die Gerüchte im Umlauf bestätigten. Doch Edith Buser verneinte.
«Sie hat diese Kunst zwar bewundert, jedoch nicht beherrscht. Zudem fehlte ihr die Zeit.» Sie legte die Stirn in Falten. «Aber, soweit ich mich erinnere, hat ihr Mann, Eduardo Zanetti, früher gemalt. Zudem hat er eine wunderbare Hand für aussergewöhnliche Skulpturen, die jedoch immer im Zusammenhang mit den Elektroinstallationen standen. Ich erinnere mich an eine ganz gelungene Figur. Eduardo nannte sie sein Prototyp oder Robo-Prototyp, so genau weiss ich es nicht mehr. Er sah aus wie ein futuristischer Transformer. Er war lange Zeit sein Maskottchen auf den Messen, an denen seine Firma ausstellte.» Sie lächelte. «Jetzt bin ich vom Thema abgeschweift. Sie wollten ein Buch über Bronzestatuen, richtig?» Sie betätigte den Computer. «Ich müsste es bestellen. Am Lager haben wir nichts Vergleichbares.»
Thomas bedankte sich. «Ich habe es mir anders überlegt. Ich werde mich im KKL umhören. Vielleicht kann man mir dort weiterhelfen.» Er beendete das Gespräch, weil ein Kunde in den Laden getreten war und Frau Buser gleich in Beschlag nahm.
«Ich bin in Eile», sagte dieser. «Können Sie mir einen spannenden Luzerner Krimi empfehlen? ...»
Thomas verliess die Buchhandlung. In Gedanken versunken

durchschritt er die Unterführung. Wie hatte er nur übersehen können, dass Zanetti senior ein ebensolches Talent hatte wie sein Sohn? Zu diesem Zeitpunkt wusste er jedoch nicht, ob dieses Faktum von Bedeutung war.

***

Die Galerie war in warmes Licht getaucht. Die Bilder an den Wänden wirkten genauso mystifiziert wie die Skulpturen, die lange Schatten auf den Boden warfen. Nur wenige Besucher hielten sich in den stillen Räumen auf. Die Euphorie der Vernissage war verklungen. Es gab keine Getränke und keine Häppchen mehr – nur noch nackte Kunst. Thomas steuerte Zanettis Statuen an. Die sitzende Mädchenfigur hatte es ihm ganz besonders angetan. Die Muse sass auf einem Sockel, keusch, mit nebeneinander gestellten Beinen, die Scham unter den Händen verborgen, die auf ihrem Schoss lagen. Den Kopf leicht zur Seite geneigt, als wäre es ihr nicht recht gewesen, dass der Künstler sie in dieser Blösse betrachtete. Aber vielleicht war es gerade diese Unschuld an ihr, was ihn veranlasst hatte, sie als Modell zu wählen. Die Augen schienen auf ihr Gegenüber gerichtet zu sein, als wollte sie ihm sagen, dass sie ihm voll und ganz vertraute. Die Nasenflügel waren leicht nach innen gedrückt, als müsste sie die Luft anhalten oder den Bauch einziehen. Der Bauch war flach wie Mädchenbäuche im Allgemeinen sind. Ihre Brüste dagegen sprossen in kaum erkenntlicher Erhebung dem Betrachter entgegen, zwei feste Knospen, die die ausgewachsene Pracht nur erahnen liessen. Der Künstler verstand etwas von der weiblichen Anatomie.

Thomas wandte sich einer anderen Skulptur zu, einer Frau mittleren Alters. Ihre Rundungen waren ausgeprägt. Ihre Sitzposition entspannt. Sie hatte die Beine leicht gespreizt, die

Hände hinter dem Kopf verschränkt. Ihre Brüste waren voll und sinnlich. Neben ihr sah er eine stehende ebenso feminine Gestalt. Die Hände hatte sie auf die Hüfte gestützt. Ihr Kopf war gesenkt, als würde sie ihre eigenen Füsse betrachten. Thomas ging weiter zur nächsten Skulptur. Die eingefallene, von einem Rundrücken geprägte Figur, stellte eine alternde Frau dar. Ihre Haut war gefurcht und in Falten geworfen, die Straffheit ihres Körpers hatte einer Unförmigkeit Platz gemacht, die jedoch auf ihre Weise sehr ästhetisch wirkte. Die Metamorphose, die der Kunstschöpfer offensichtlich darstellen wollte – vom unberührten Mädchen bis hin zur Greisin – schien geglückt und liess den Betrachter nicht unbeeindruckt zurück. Die Statuen, so verschieden in ihren Ausführungen, liessen dennoch keinen Zweifel zu, dass sie von ein und demselben Künstler gefertigt worden waren.

Thomas wandte sich ab und der einzigen männlichen Skulptur zu. *Alkibiades* schien über seinen Harem zu wachen. Und als würde es nicht nur in der Natur des Mannes, sondern auch dieser kalten Materie liegen, waren die Augen auf das sitzende Mädchen gerichtet. Es schien keine Gier in seinen Augen zu sein, obwohl seine Erregung nicht zu übersehen war.

Ob sich Zanetti mit diesem Werk tatsächlich selbst übertroffen hatte, stand in den Sternen. Man konnte ihn nicht danach fragen. Thomas betrachtete mit der Innigkeit eines Laien, der dem Künstler mit Respekt und Hochachtung begegnete, wäre er zugegen gewesen, jede Faser dieses Bronzekörpers. Die zartesten Äderchen, mit blossem Auge kaum zu sehen, schienen wie dreidimensional hingezeichnet. Jedes Härchen stand filigran ab, als hätte man es wegpusten können. Thomas fuhr mit seinen Fingern darüber. Er spürte keinen Widerstand. Die Härchen waren eine Illusion. Zu gern hätte er gewusst, wie lange Zanetti daran gearbeitet hatte. Das Datum der jüngsten Frauenfigur lag einen halben Monat zurück. Unvorstellbar, dass *Alkibiades* in nur zwei Wochen entstanden war. Vielleicht hatte er parallel dazu an ihm gearbeitet. Es blieb ein Rätsel.

Zeichen meiner Genialität! Das musste man nicht schreiben. Das sah man. Doch: Irgendetwas war anders. Je intensiver Thomas sich mit der Bronzestatue auseinandersetzte, je länger er sie betrachtete, umso stärker trat die Frage in den Vordergrund, ob der Künstler nicht doch ein anderer gewesen war. Die Frauenfiguren waren innerhalb von sechs Jahren entstanden, wenn er die Jahreszahlen im Prospekt miteinander verglich. Sechs Jahre, in denen keine einzige Figur sich von der anderen in deren Beschaffenheit abhob oder wesentlich unterschied. Da war kaum eine Entwicklung zu sehen. Die jüngste Figur war in ihrer Art vollendet und schön. Aber das war auch die älteste. Die Unterschiede waren lediglich in der Art, wie sie standen, sassen oder lagen oder welches Lebensalter sie hatten, zu erkennen. Während Thomas über seine Feststellung grübelte, näherte sich ihm die Kuratorin Renata Obrist. «Was für eine Überraschung, Herr Kramer. Habe ich in Ihnen einen neuen Kunstinteressierten gefunden?» Doch dann wurde sie ernst. «Ich nehme an, Sie sind wegen Silvano hier.»

«Ja und nein. Ich versuche, mir ein Bild des Vermissten zu machen. Zudem fasziniert mich seine Arbeit.» Er formte die Augen zu zwei Schlitzen. «Doch je länger ich den Männerkörper mit den Frauenkörpern vergleiche, umso mehr kommt in mir der Verdacht auf, dass sie nicht ein und denselben Ursprung haben.»

Renata Obrist setzte ein Lächeln auf. «Auch bildende Künstler entwickeln sich in ihrer Arbeitstechnik. Es sind nicht nur die Schriftsteller, die mit ihrer Sprache experimentieren. Die

Kontinuität macht es schlussendlich aus, dass sie besser werden.»

«Sehen Sie», unterbrach Thomas sie. «Genau das will mir nicht in den Kopf. In den letzten sechs Jahren hat sich Zanettis Kunst kaum verändert. Die Akte ähneln sich in ihrer Art. Ich bin mir auch sicher, dass sie in der Herstellung gleich sind. Und dann vergleiche ich die männliche Figur mit ihnen und komme nicht auf denselben Nenner. Dieser Quantensprung ist nicht nachvollziehbar.»

«Künstler ticken anders als wir.» Renata Obrist schien am Ende ihres Lateins angekommen zu sein.

Thomas nahm sie am Arm. «Es würde mich sehr interessieren, wie so eine Bronzefigur hergestellt wird. Haben Sie eine Ahnung?»

«Das ist ein langer Prozess», meinte die Kuratorin, nicht bereit, Thomas eine präzise Vorgehensweise zu schildern. Sie schlug ihm vor, Zanettis Atelier zu besuchen und ihm bei der Arbeit über die Schultern zu blicken.

«Genau», erwiderte Thomas leicht irritiert. «Dazu müsste der junge Mann erst einmal zum Vorschein kommen.»

«Ach so, das habe ich ganz vergessen.» Renata Obrist' Lächeln war ein wenig gequält. «Sie entschuldigen mich. Ich muss mich nun um die Geschäfte kümmern. Ich bin ja nicht zum Vergnügen hier.» Sie sah auf die Uhr an ihrem linken Handgelenk. «Zudem wird in einer Viertelstunde eine Gruppe von Kaufinteressierten hier eintreffen. Sie entschuldigen mich», wiederholte sie und verabschiedete sich überschwänglich, bevor sie Richtung Eingang schritt.

Thomas sah ihr zuerst nach, dann widmete er sich wieder der Skulptur. Wenn nicht Samstag gewesen wäre, hätte er die Techniker aufgeboten, *Alkibiades* ins Labor zu bringen. Er verschob es auf Montag.

Feierabend. Er würde ihn jetzt antreten. Er holte sein Mobiltelefon aus der Jackentasche. Die Nachricht auf dem Display war vor weniger als einer Minute abgeschickt worden. Isabelle hatte ihm eine SMS geschrieben. Eine SMS! Das hatte sie noch nie getan. Er öffnete die Nachricht. *Brauchst keine Rücksicht auf mich zu nehmen. Bin in Füssen. Hdl.* Was meinte sie mit *Füssen*? Und was bedeutete *Hdl*? Er erinnerte sich, dass Stefan manchmal solche Kürzel verwendet hatte, wenn er sich per SMS mit seinen Freunden unterhielt. Würde er Stefan nach der Bedeutung fragen müssen? Aber konnte er sich eine solche Blösse geben? Bin in Füssen. Wo war Füssen? Thomas liess es sein, sich weiterhin den Kopf zu zermartern, der ihn ohnehin schmerzte. Als er auf den Ausgang zuschreiten wollte, sah er den Rollstuhlfahrer von gestern, der sich mit seinem Gefährt ziemlich abmühte. Thomas versteckte sich hinter einer Frauenskulptur. Er wollte diesem Romosch auf keinen Fall begegnen.

Montag, 13. Mai

Den Sonntag hatte Thomas allein – meistens schlafend – im Garten verbracht, nachdem Isabelle am Vorabend diese Nachricht gesendet hatte. Sie daraufhin anzurufen, liess ihm sein Stolz nicht zu. Und eine SMS wollte er ihr schon gar nicht schicken. Es gab Regeln, die er a priori nicht brechen wollte. Er gehörte der Generation an, die handgeschriebene Briefe zur Post gebracht hatte. Lange hatten er und Isabelle mit Tinte ihre Liebesschwüre ausgetauscht. Vor dreissig Jahren hatte es noch keine E-Mails gegeben. Und Mobiltelefone hatte man sich nicht einmal im Traum vorstellen können. Was war bloss mit Isabelle geschehen, dass sie sich wie ein verspäteter Backfisch aufführte. *Hdl*! Zum Teufel!

Er hatte im Gästezimmer geschlafen. Am Morgen war Isabelle zurück, jedoch noch nicht wach gewesen. Er hatte es unterlassen, sie aufzuwecken. Er wusste, dass sie an diesem Montag einen halben freien Tag geniessen wollte.

Elsbeth hatte ihm den Bericht zu Eugenie bereits auf das Pult gelegt. Auf sie war Verlass. Er setzte sich. Den Kaffee, den er sich aus dem Automaten geholt hatte, liess er vorerst stehen. Er schlug die Mappe auf. Elsbeth hatte gründlich recherchiert und, wie es schien, Erfolg gehabt.

Clara Eugenia! Ihr lediger Name Roggenmoser stand schwarz auf weiss, genauso wie der Name ihres Ex-Ehegatten. Und das machte ihn stutzig. Nur, welchen Namen sie im Moment benutzte, war nicht ersichtlich. Sie war im März 1945 geboren, war also einiges jünger als die verstorbene de Bruyne. Die Wohngemeinde war mit Kriens eingetragen, ein Strassenname fehlte. Es hiess aber, dass sie seit rund dreissig Jahren als sogenannte Eremitin auf der Fräkmüntegg lebte. Fast genauso lange war sie von Eduardo Zanetti geschieden. Sie hatten einen gemein-

samen Sohn. Dessen Name war jedoch nicht bekannt.
Thomas griff nach dem Kaffee, der in der Zwischenzeit kalt geworden war. Zanetti hatte also drei Söhne. Es gab noch einen Sohn, der um einiges älter sein musste als Sergio. Aber warum hatte die Familie ihn nicht erwähnt? Warum wusste Néné nichts von ihm? Er stellte die Kaffeetasse zurück. Vielleicht war er gestorben und das der Grund, weshalb die Mutter sich auf den Berg zurückgezogen hatte.

Interessierte es ihn überhaupt, das Geheimnis einer Familienchronik zu lüften? Spann er seine Gedanken zu weit? Letztendlich ging es immer noch um das Verschwinden von Silvano Zanetti, und es ging parallel dazu um Natascha de Bruyne. Und beides waren keine Fälle, die ihn und sein Team primär betrafen. Bis anhin gab es eine Tote ohne Fremdeinwirkung. Und es gab einen Verschwundenen, der kaum einem Verbrechen zum Opfer gefallen war. Es machte den Anschein, als hätte sich der Künstler tatsächlich versteckt – aus welchem Grund auch immer. Trotzdem blieb ein schaler Nachgeschmack zurück. Da war auf einmal so vieles, das aufeinanderzuprallen schien. Von Zufall konnte hier wohl nicht die Rede sein. Thomas griff zum Telefon und beauftragte Elsbeth, bis neun Uhr zum Rapport im Grossraumbüro zu laden. Er war sich jetzt sicher, dass er aktiv werden musste. Er würde mit den Skulpturen beginnen.

Ermittler und Techniker warteten bereits, als Thomas die Tür zum Büro aufstiess. Er begrüsste sein Team, während er zur Leinwand schritt, auf die ein Beamer ein etwas verzerrtes Bild warf.

«Seit wann haben wir einen Beamer?» Thomas sah in die Runde.

«Seit der Hellraumprojektor ausgestiegen ist», beantwortete

Armando die Frage. «Wir sind jetzt endlich auch auf dem neuesten technischen Stand.»

«Und wer kann so ein Teil ausser mir bedienen?» Thomas schmunzelte.

«Wir haben doch alle Kurse gemacht», sagte Guido.

Da wurde Thomas bewusst, dass er sich seit Antritt der Chefstelle von seiner Truppe ziemlich distanziert hatte. Früher wäre so etwas nicht vorgekommen. Er hatte immer Bescheid gewusst, was gerade ablief.

«Alle haben jetzt solche Beamer», versicherte Elsbeth. «Die wurden vor etwa einer Woche in die Räume gestellt. Anweisung von ganz oben.» Sie lächelte. «Wir werden langsam modern ...»

«Gut, fahren wir fort.» Thomas betätigte den Aus-Knopf. «Vorerst brauchen wir den nicht. Zudem bin ich, wenn ich ehrlich bin, nicht darauf vorbereitet.» Er schaute an die beiden Pinnwände, an denen Bilder und Notizen hingen, und vergewisserte sich, dass nichts fehlte. Dann teilte er Blätter aus.

«Die Befragungen der einzelnen Familienmitglieder werden wie besprochen durchgeführt.» Er blieb vor Guido stehen. «Die Galerie im KKL öffnet ihre Tore um zwölf Uhr. Es werden kaum viele Besucher vor Ort sein. Ich möchte, dass sich der Technische Dienst Zanettis Skulpturen annimmt. Untersucht die weiblichen und die eine männliche. Und bitte vorsichtig, damit nichts beschädigt wird. Untersucht sie gründlich. Stellt fest, ob sie aus demselben Material hergestellt wurden, nehmt Fingerabdrücke, prüft die Legierungen. Vielleicht sollten wir für diesen Zweck einen Kunstverständigen zuziehen.» Thomas wandte sich an Elsbeth. «Bitte übernimm du das.»

«*Porca miseria!*» Armando enervierte sich. «Was hast du vor, Tom? Der Kurator wird keine sehr grosse Freude daran haben.»

«Die Kuratorin», korrigierte Thomas. «Nein, wird sie nicht.

Aber wenn alles gut läuft, werden wir mit der Arbeit fertig sein, bevor der Hauptharst vorbeikommt.»

Leo Brunner fragte: «Müssen wir die Aktion im KKL durchführen?»

«Sie zu uns ins Labor zu holen, wäre ein zu grosser Aufwand und fast nicht ausführbar.» Somit war auch diese Frage geklärt. Er wandte sich an Armando, schob ihm ein Dossier zu. «Wir müssen uns diese geheimnisvolle Eugenie näher ansehen. Ich überlasse sie dir. Clara Eugenia ... Zanetti oder Roggenmoser.» Er erklärte ihm, wo sie wohnte. «Ich gehe davon aus, dass sie auf den Berg zurückgekehrt ist, nachdem sie hier ziemlich was veranstaltet hat.»

«Was heisst das im Klartext?», wunderte sich Armando.

«Vielleicht solltest du deine Wanderschuhe auf ihre Tauglichkeit prüfen.»

«Ist jetzt aber nicht dein Ernst.» Armando schmollte.

Thomas wandte sich ab und Guido zu. «Ich werde auch vor Ort sein.» Er hielt einen Moment lang inne. Dann drehte er sich nach Elsbeth um. «Hast du schon etwas erreicht?»

«Du meinst in Bezug auf Ebersold?»

Thomas nickte.

«Ein facettenreicher Künstler – das jedenfalls habe ich aus dem Internet. Reist mit seinen Bildern und Skulpturen durch ganz Europa. Lebt vorwiegend in Hotelzimmern, hat aber hier in der Gegend einen stillgelegten Hof, wo er arbeitet. Meistens über den Sommer.»

«Er macht Skulpturen?»

Elsbeth schmunzelte. «Ja, auch er macht Skulpturen. Eine davon steht sogar im *Museo del Prado* in Madrid. Er hat Michelangelos Davide kopiert.»

«Hast du seine Adresse?»

«Ja, die habe ich.»

«Weisst du, wo er sich jetzt aufhält?»
«Ich habe seine Telefonnummer. Du kannst ihn anrufen.»
Elsbeth überreichte ihm eine Notiz.
Thomas griff nach seinem Mobiltelefon. Er stellte die Nummer ein. Nach dreimaligem Klingeln meldete sich Ebersold. «*Im Moment bin ich nicht erreichbar. Wenn Sie eine Nachricht haben, reden Sie mit dem Anrufbeantworter. Er wird es mir dann ausrichten...*»
Wenigstens hatte er Humor. Thomas unterliess es, etwas auf Band zu sprechen.

***

Am späten Vormittag fuhren auf dem Europa-Platz ein beschrifteter Polizeiwagen sowie der weisse Camion des Technischen Dienstes vor. Sie parkten vor dem Wagenbachbrunnen, direkt vor einer Ansammlung von Menschen in festlicher Robe. Vor dem Eingang zum KKL waren wieder die runden mit weissen Tüchern drapierten Tische hingestellt. Der sonnige und milde Tag hatte es dem Veranstalter erlaubt, den Apero draussen zu servieren.

Während Thomas den Wagen verliess, erkannte er an einem der Stehtische den alten Zanetti, und er wunderte sich, weil er wusste, dass Lucille um halb zwölf ein Treffen mit ihm vereinbart hatte. Offensichtlich fand hier etwas statt, von dem er keine Ahnung gehabt hatte.

Guido und Leo hoben einen Koffer aus dem Camion und trugen ihn zum Eingang.

Aus der Gruppe löste sich die Kuratorin. Sie trug ein bodenlanges schwarzes Kleid und eine Hochsteckfrisur. Thomas hätte sie beinahe nicht erkannt. Sie kam direkt auf ihn zu, in ihrer Hand hielt sie ein Glas Champagner. «Herr Kramer, gehören diese Astronauten zu Ihnen?» Sie nickte in Richtung Guido und Leo.

«Sie sind unsere Techniker. Wir werden Ihre Skulpturen untersuchen.»

«Und was rechtfertigt diese Aktion?» Renata Obrist schwankte. Thomas führte es daraufhin zurück, dass sie beschwipst war.

«Eine vorsorgliche Massnahme. Wenn alles gut verläuft, sind wir mit der Untersuchung der Skulpturen schnell durch.»

«Hören Sie mal, Herr Kramer, das geht nicht. Erstens hat man mich darüber nicht orientiert, und zweitens habe ich Gäste hier, die sich die Ausstellung gleich ansehen werden. Es sind auch potenzielle Käufer darunter. Sie können die Skulpturen nicht in Beschlag nehmen. Mir entgeht sonst ein ...» Sie zögerte, «... ein gutes Geschäft. Ich brauche den Prototypen für die Versteigerung ...» Sie schwankte wieder. Thomas stützte sie instinktiv. «Zudem wirft das kein sehr gutes Bild auf die Ausstellung.»

Er beruhigte sie. «Lassen Sie uns unsere Arbeit tun. Ich verspreche Ihnen, dass alles ruhig vonstattengeht. Bis Ihre Gäste in der Galerie sind, haben wir die Skulpturen inspiziert.» Er hielt kurz inne. «Ich wusste nicht, dass Sie heute schon wieder eine Veranstaltung haben.»

«Wir bemühen uns sehr darum, dass die Werke junger, noch nicht sehr bekannter Luzerner Künstler nicht als Stiefmütterchen wahrgenommen werden. Der Stadtrat ist da und einige wohlhabende Luzerner, die von Kunst durchweg etwas verstehen. Auch die Presse wird vor Ort sein. Darum kann ich mir Ihren Auftritt, Herr Kramer, unter keinen Umständen leisten.»

«Aber die Vernissage fand am letzten Freitag statt. Warum ...»

«... Das hier ist wichtiger», unterbrach ihn Renata Obrist, «und könnte für unsere Künstler zukunftsweisend sein.» Sie

wandte sich um. «Ich muss wieder zu meinen Gästen.»
Thomas sah ihr nach. Sie stellte sich neben eine Gruppe von Männern, die er als die Herren Stadträte erkannte. Einer von ihnen warf ihm einen kritischen Blick zu. Er sagte etwas, worauf sich die Köpfe der anderen in seine Richtung drehten. Thomas kümmerte es nicht weiter. Er machte sich auf den Weg zur Galerie.

Er musste an einem Wachposten vorbeigehen. Er zeigte ihm den Ausweis. «Die Statuen sind für die nächste halbe Stunde beschlagnahmt», sagte er, obwohl die Zeitspanne, die die Techniker für ihre Aktion brauchen würden, nicht voraussehbar war.

Der junge Mann, vielleicht ein Student, machte ein verdriessliches Gesicht, liess Thomas jedoch gewähren. Allein der Respekt ihm gegenüber hielt ihn davon ab zu intervenieren.

«Die Dame ist ziemlich gewichtig», stellten die beiden Techniker fest, während sie versuchten, sie vom Sockel zu rücken.

«Bitte keine unnötige Akrobatik», bat Thomas sie. «Wir wollen lediglich die Materialeigenschaft prüfen. Dazu braucht ihr sie nicht zu bewegen. Vielleicht sollten wir auf den Kunstexperten warten. Elsbeth hat einen bestellt. Er müsste gleich hier sein.»

Die Techniker spekulierten über die Unterschiede der Skulpturen, doch sie verstanden wenig von Bronze und ihrer Zusammensetzung. Mittlerweile pinselten sie die erste Skulptur nach Fingerabdrücken ab.

«Ich habe keine Ahnung, was du dir davon versprichst», hänselte Leo. «Wir suchen die Nadel im Heuhaufen. Wir haben keine Vergleiche – also ist diese Übung für die Katz.»

Auf dem Korridor schwang die Aufzugstür auf. Ein Rollstuhl scheppterte über die Schwelle. Thomas bekam ihn erst zu sehen, als er in die Galerie fuhr. Er traute seinen Augen nicht. Anatol Romosch steuerte direkt auf ihn zu. Er grinste über sein blasses Gesicht. «Was habe ich gesagt?»

«*Was* haben Sie gesagt?» Thomas brauchte eine Weile, um seine Fassung wiederzufinden.

«Dass man sich immer zweimal sieht.» Romosch streckte die Hand zum Gruss aus. Er hatte eine sehnige Hand mit dünnen langen Fingern. Ein Schwall des sonderbaren Geruchs, der Thomas schon bei seiner ersten Begegnung mit dem Behinderten aufgefallen war, streifte ihn einen Moment, bevor er sich wieder verflüchtigte. «Ich bin Ihr Experte. Wo sind die Babys, die ich begutachten soll?» Er fuhr an Guido vorbei. Vor den Skulpturen blieb er unvermittelt stehen. «Wo soll ich beginnen?»

«Wir müssen wissen, ob alle Statuen aus demselben Material sind.»

Romosch verdrehte seine schwarzen Augen. «In diesem Licht kann man den Unterschied sehen. Doch die Farben der Bronze weichen nur unwesentlich ab. Der Zahn der Zeit nagt an Bronze genauso wie an uns.» Wenn er lachte, entblösste er ein erstaunlich starkes Gebiss.

Thomas hätte ihn gern gefragt, ob er der einzige Kunstexperte in Luzern sei, liess es dann aber sein. Er war froh, überhaupt einen zu haben.

Romosch hüstelte. «Dann lassen Sie mich jetzt meine Arbeit tun.» Er griff hinter den Sitz des Rollstuhls, wo eine lederne Tasche befestigt war. «Könnten Sie mir diese öffnen?», wandte er sich an Leo.

Trotz der anfänglichen Zweifel gefiel Thomas seine effiziente Art und dass es keiner langen Erklärungen bedurfte. Romosch wusste, was er zu tun hatte.

In der Tasche lagen Vinylhandschuhe, eine Lampe, eine Feile, Pinzetten in verschiedener Dicke und Länge, Staubtücher und

eine Serie Fläschchen mit chemischen Substanzen, Watte, Pipetten und ein Kunststoffbecher.
«Darf ich?» Romosch näherte sich einer weiblichen Figur. Er streifte sich Handschuhe über. «Reichen Sie mir mal das *Hexacyanoferrat*...» Kurz blickte er auf, als müsste er abwägen, ob man ihm traute. Leo suchte nach dem Fläschchen mit der entsprechenden Aufschrift. Er betrachtete es mit der Skepsis des Technikers und schraubte es dann auf. Romosch tröpfelte ein wenig vom Inhalt auf Watte. Er rollte so nahe wie möglich an die Skulptur heran. Er wischte mit dem Wattepad über deren linken Unterarm. Auf die Reaktion brauchte er nicht lange zu warten. Die Watte verfärbte sich rasch braun. «Eindeutig eine herkömmliche Legierung. Mindestens sechzig Prozent Kupfer. Ich nehme an, das haben Sie auch am Gewicht festgestellt.»

Thomas blickte auf den behandelten Teil der Skulptur, wo er eine Veränderung vermutete, eine Farbabweichung infolge der chemischen Substanzen. Die Fläche war unversehrt. «Mich würde interessieren, wie man so eine Bronzeskulptur herstellt.»

Über Romoschs Gesicht huschte ein wissendes Lächeln, während er versuchte, verständlich zu erklären wie: «Mit Positiven und Negativen. Der Künstler modelliert zuerst eine Figur. In diesem Fall eine lebensgrosse. Dafür verwendet er meistens Wachs. Er muss also ein gutes Gespür für Proportionen haben. Das gefertigte Modell wird anschliessend mit einer mehrschichtigen Masse aus Silikon bedeckt. Sobald diese Schichten ausgehärtet sind, werden Stützschalen aus Gips angelegt. Ich überspringe hier meine Erläuterungen, weil es für einen Laien kaum nachvollziehbar ist...» Romosch grinste vielsagend. «Ich hoffe jedoch, dass Sie mir bis dahin folgen konnten. Zuletzt ist das gesamte Modell vom Silikon-Negativ umhüllt.»

Thomas konnte mit dem Fachjargon tatsächlich nicht viel anfangen, doch er nickte einvernehmlich. Auch alle anderen, die um den Rollstuhl herumstanden.

«Nun werden die Gipsschalen getrennt und das Silikon aufgeschnitten ...» Thomas unterbrach ihn. «Wir können es uns plastisch vorstellen.» Er warf einen Blick auf seine Armbanduhr. «Könnte es sein, dass der Künstler auch lebende Modelle eingipst?»

«Wie meinen Sie das?» Romosch schaute ihn verunsichert an.

«Wenn ich mir die perfekten Statuen ansehe, dann könnte man doch davon ausgehen. Er gipst sie mit der Aussparung von Nase und Mund ein, wartet, bis die Masse erkaltet und schneidet sie dann hälftig auf.» Thomas zog die Schultern hoch. «Als Laie habe ich mir das immer so vorgestellt.»

Romosch lächelte. «Ich gehe eher davon aus, dass der Künstler ein überaus perfektes Augenmass hat. Nein, die Figuren werden immer auf dieselbe Art vorgeformt – auch die grossen. Und stellen Sie sich vor, er würde beim Aufschneiden zu tief gehen ... Oh Gott, oh Götterchen.» Er hielt sich die Hand vor den Mund.

Thomas gab sich fürs Erste zufrieden. «Könnten Sie nun die männliche Skulptur untersuchen?»

Über Romoschs Gesicht huschte ein dunkler Schatten, während er auf *Alkibiades* Phallus starrte. «Ein potentes Stück», äusserte er sich und vollzog die gleiche Probe mit dem Mann. Er wählte wiederum den Unterarm.

Danach legte er die Watte auf seine Knie. Sie verfärbte sich. «Sie ist gelb, sehen Sie? Das heisst, es handelt sich hier um eine komplett andere Legierung.»

«Könnte diese Legierung im Gewicht schwerer sein als die herkömmliche?», fragte Leo, der dem Prozedere skeptisch zugeschaut hatte.

«Das wäre möglich. Aber um die Legierung in ihrer Zusammensetzung genau zu analysieren, müssten wir die Figur wiegen. Ausserdem könnte der Körper im Innenteil gefüllt sein.»

«Wie denn das?» Thomas fuhr herum. «Kann man das hier feststellen? Die Skulptur klingt jedoch nicht viel anders als die weibliche.»

«Um das herauszufinden, müsste man die Skulptur aufbrechen.»

«Sie machen mich neugierig, Herr Romosch», gab Thomas zu. «Haben Sie eine Waage vor Ort?»

«Nein, leider nicht. Wie auch?» Thomas blickte immer wieder ungeduldig auf die Uhr. Vielleicht hielt Renata Obrist ihre Gaste draussen zurück, damit er hier drin seine Arbeit beenden konnte. «Noch einmal: Sie gehen also davon aus, dass die weiblichen Skulpturen von der Beschaffenheit und der Legierung von der männlichen Skulptur abweichen?»

Romosch packte sein Werkzeug in die Tasche. «Das sehe ich mit blossem Auge.»

«Dann haben Sie einen aussergewöhnlich scharfen Blick», meinte Guido.

«Das ist reine Routine.» Romosch hob die Schultern. «Nun, ich habe meinen Job erfüllt.» Er wandte sich an Thomas. «Was Sie mit den Skulpturen anstellen, ist Ihre Sache, Herr Kramer. Aber ich würde Ihnen raten, nicht so viel Aufheben um sie zu machen. Soviel ich weiss, ist dieser *Alkibiades* eine Stange Geld wert.» Romosch liess das Fläschchen ebenfalls in der Tasche verschwinden. «Brauchen Sie mich noch?»

«Danke, das war's dann.» Thomas beauftragte Leo, Romosch zum Aufzug zu begleiten, und an Guido gewandt. «Untersucht die Skulpturen weiter auf Fingerabdrücke.»

«Ist das dein Ernst?»

«Es ist ein Anfang.»
Als er mit den drei Technikern alleine war, traf er einen folgenschweren Entschluss.

In diesem Moment kam Eduardo Zanetti auf ihn zu. «Jesses, Herr Kramer, können Sie mir bitte schön erklären, was Ihr Auftritt gerade sollte? Ich habe für diese Veranstaltung ziemlich was hingeblättert. Und jetzt vergraulen Sie mir die Gäste. Das wird ein Nachspiel haben. Kennen Sie Frau Neumann? Die Dame, die mich hierhin begleitet hat? Sie ist meine Anwältin ...»

«Ihr Sohn ist noch immer vermisst. Wir haben Grund zu der Annahme, dass sein Verschwinden mit den Skulpturen zu tun hat», erklärte Thomas, was er soeben aus der Luft gegriffen hatte. Er sah, wie Zanetti leer schluckte.

«Das hätten Sie aber nach der Veranstaltung tun können. Sie bringen mich in Bedrängnis.» Zanetti zog eine Schnute. «Das wird Konsequenzen haben, Herr Kramer. Ihr Bemühen in Ehren, aber das muss ich mir nicht gefallen lassen.»

«Ich wusste selbstverständlich nicht, dass Ihnen die Gäste wichtiger sind als Ihr Sohn.» Thomas biss sich auf die Zunge. Verdammt, er hätte sich zurückhalten müssen. «In diesem Zusammenhang hätte ich noch ein paar Fragen an Sie.» Ohne Zanettis Erwiderung abzuwarten, fragte Thomas, ob er von den Freunden seines Sohnes Kenntnis habe und wer ihn in den letzten Tagen im Atelier aufgesucht haben könnte.

Zanetti wirkte abwesend. «Jesses nein, das müssen Sie Néné fragen. Silvano wohnt nicht mehr bei mir. Und den Überblick, was er in seinem Atelier tut und wen er da reinlässt, habe ich schon gar nicht.»

Tatterig verliess er den Raum.

Thomas hatte damit rechnen müssen, dass Marc Linder ihn anrufen würde. Die Nachricht um das polizeiliche Aufgebot im KKL hatte schnell die Runde gemacht und auch den Chef der Kriminalpolizei erreicht. Er schien ausser sich, als er Thomas auf dem Mobiltelefon zu sprechen bekam.
«Kramer, was fällt Ihnen ein? Was rechtfertigt dieses Ansinnen? Der Stadtrat hat mich bereits orientiert. Wenn Sie mir Ihren Einsatz nicht sofort begründen, wird das Konsequenzen nach sich ziehen.»
Konsequenzen! Wie leicht kam das Wort über die Lippen. Doch umgesetzt wurde es selten.
«Was haben Sie sich dabei gedacht? Und warum stürmen Sie die Bastille ohne richterlichen Beschluss?»
Thomas grinste über diesen Vergleich, wurde aber sofort wieder ernst. «Ich habe Indizien, dass Silvano Zanetti entweder entführt oder sonst einem Verbrechen zum Opfer gefallen ist.» Er staunte über seine Ausrede, die ihm ganz spontan eingefallen war.
«Wie denn das?»
«Ich habe Ohren und Augen offen.»
«Aha, Ihr Bauchgefühl», kam es lasch zurück. «Diese Masche zieht bei mir nicht. Ich will konkrete Anhaltspunkte. Und wo sind die?»
«Ich habe drei Menschen getroffen, die den Vermissten gut zu kennen glauben. Ich habe mir ...»
«... etwas zusammengezimmert», unterbrach Linder ihn. «Sie stören eine für die Stadt wichtige Veranstaltung. Sie fahren mit dem Panzerwagen ins KKL.»
Er hat einen trockenen Humor, dachte Thomas. Laut sagte er: «Lassen Sie mich meine Arbeit erledigen, die ich für angebracht halte. Ich weiss, was zu tun ist.»
«Ich habe alle diese Vorkommnisse ins Psychogramm einge-

tragen», drohte Linder. «Wir werden uns darüber noch unterhalten müssen.»

«Ich verstehe.» Thomas räusperte sich. «Solche Psychogramme haben Ihnen in der Vergangenheit einen guten Dienst erwiesen. Wenn Sie mir die Bemerkung erlauben, wir leben in der Gegenwart.»

Er wusste, dass er nach dieser Aussage mit Konsequenzen zu rechnen hatte.

***

Lucille war nervös. Seit einer Viertelstunde war der Besuch von Zanetti senior überfällig. Weder hatte er sie angerufen noch eine Nachricht hinterlegt, dass er den Termin nicht einhalten könne. Bereits um ein Uhr hatte sie den nächsten Termin mit Ludmilla Zanetti, und sie fragte sich, ob sich das Ehepaar untereinander so abgesprochen hatte, gemeinsam hier einzutreffen. Soweit Lucille im Bilde war, hatte Ludmilla Schwierigkeiten mit der deutschen Sprache.

Sie griff nach dem Telefon, rief Armando an und erkundigte sich bei ihm nach Zanettis Verbleib. «Zu Hause ist er nicht. Weder er noch seine Frau sind erreichbar. Bist *du* wenigstens weitergekommen?»

«Néné Burger hat soeben das Büro verlassen. Doch ihre Variante kennen wir bereits. Ich mache jetzt Mittagspause.» Und nach einem Zögern. «Am Nachmittag bin ich auf der Fräkmüntegg.»

«Warum denn das?»

«Auftrag von Tom. Elsbeth hat Zanettis erste Frau gefunden. Sie soll in einer Hütte unterhalb des Pilatus wohnen. Möchtest du mitkommen? Wir könnten gemeinsam eine schöne Wanderung machen. Das Wetter soll halten.»

«Witzbold! Ich habe am Nachmittag bereits eine weitere Befragung.»

«Kannst du diese nicht an Elsbeth delegieren?» Armando war es zuwider, allein Richtung Pilatus zu fahren.

«Du hast Nerven. Ich weiss nicht, ob Elsbeth auf die Schnelle für mich einspringen kann. Zudem dürfte dies Tom nicht recht sein, oder ...» Sie musterte den Azubi, der ihr gegenüber am Computer sass, ein geschniegeltes braves Bürschchen mit Kurzhaarschnitt und beidseitigen Piercings in den Ohren. Er arbeitete seit Januar in ihrem Büro. Er war eigentlich ein Praktikant, der die Polizeischule noch vor sich hatte. Doch Lucille bezweifelte, dass Roman Grüter es bis zum Ende der Ausbildungszeit durchhalten würde. Sie selbst konnte sich dem KV-Abgänger zu wenig widmen – dazu fehlte ihr die Zeit. Es war Linders Idee gewesen, den jungen Mann in ihre Obhut zu geben, als er erfahren hatte, dass sie früher einmal Primarlehrerin gewesen war.

«Bist du noch dran?» Armando riss sie aus ihren Gedanken.

«Gut, ich werde mit dir kommen», sagte sie, nachdem sie sich entschieden hatte, Roman dafür einzuspannen, die angemeldeten Personen in Elsbeths Büro zu beordern. Auf das Ehepaar Zanetti wollte sie nicht mehr warten. «Brauche ich dazu diese albernen Wanderstöcke?»

Armando lachte so laut, dass Lucille erschrocken den Telefonhörer von ihrem Ohr fernhalten musste.

«Nein, nein, diese werden nur von denjenigen gebraucht, die in ihrem Leben auch sonst nicht ohne Halt auskommen.»

Sie verabredeten sich vor dem Hauptportal.

Lucille kritzelte stichworthaltige Notizen auf ein Blatt Papier und schob dieses Roman zu. «Ich werde heute Nachmittag weg sein. Sollte mich jemand suchen, kannst du ihn zu Frau Rotenfluh schicken.» Sie hätte ihm gern noch gesagt, dass er endlich seinen Allerwertesten heben und ein wenig mehr Eigeninitiative übernehmen solle.

«Und wenn es etwas Dringendes ist?»

«Dann wirst du sicher selber damit fertig.»

Roman verzog seinen Mund zu einem Grinsen. Lucille fand nicht heraus, was hinter seiner Stirn vor sich ging. Vielleicht überlegte er sich gerade, sich einen entspannten Nachmittag zu machen und sich im Internet mit seinen *Facebook*-Freunden zu treffen. Sie hätte es ihm durchaus zugetraut.

***

Wie Bälle hüpften die Gondeln der Krienseregg-Fräkmüntegg-bahn über die Masten. Lucille sass talwärts und sah die Gemeinden Kriens und Horw sowie die Stadt Luzern zu einem Spielzeugdorf schrumpfen. Ein leichter Dunst hatte sich über die Landschaft gelegt. Armando dokumentierte den Anblick mit Erinnerungsfetzen. Früher sei alles viel ländlicher gewesen. An den Hängen habe man rodeln können, dort wo in der Zwischenzeit alles überbaut war.

«Hast du dir denn überlegt umzuziehen, wenn deine Kinder geboren sind?», fragte Lucille, die sich einen Schal umband. Ein kühler Luftzug streifte sie durch das Kippfenster.

«Ein Haus im Grünen wäre toll», sagte Armando nachdenklich. «Aber mit dem, was ich verdiene, kann ich mir solches nicht leisten. Vorläufig werden wir in der Stadtwohnung bleiben. Wenn die Zwillinge dann mal in den Kindergarten kommen, werden wir es uns wohl überlegen müssen. Allenfalls könnten wir zu meinen Eltern ziehen, die in Sarnen eine Gartenwohnung gemietet haben. Sie freuen sich sehr auf ihre Enkel.» Er senkte verlegen den Kopf. «Kinder krempeln einem das Leben ganz schön um.»

Lucille nickte schweigend. Wenn sie die Fehlgeburt im letzten Jahr nicht gehabt hätte, wäre sie jetzt Mutter von einem einen Monat alten Baby gewesen. Ein tiefer Seufzer entwich ihrer Brust.

«Ist etwas?» Armando blickte sie sorgenvoll an.

«Nein, nein, ich denke gerade daran, dass man im Leben nicht immer alles planen kann ...» Und sie dachte, dass sie ihr Kind verloren hatte, während sich Armando auf zwei freuen konnte. Kurz machte sich ein grober Kloss in ihrem Hals bemerkbar. Sie wischte sich eine Träne weg, die es ihr aus dem rechten Auge gedrückt hatte. «Ich glaube, ich vertrage die Höhe nicht.» Sie versuchte zu lächeln.

«Das Ohr zu?» Armando griff mit Daumen und Zeigefinger an seine Nase und presste den Mund zu, um zu demonstrieren, was er meinte. Sein Kopf lief rot an. «Kaugummi hilft auch.»

Lucilles Anspannung löste sich. Während er weitere Grimassen schnitt und allerlei gute Ratschläge erteilte, schaffte er es immerhin, sie aufzumuntern.

Die Mittelstation hatten sie hinter sich. Über eine längere Zeit trug die Gondel sie über eine flache Ebene. Armando konnte es nicht unterlassen, Lucille von seinen Kindheitstagen zu erzählen, als er mit der Schule und den Skiern von der Fräkmüntegg zur Mittelstation unterwegs gewesen war und dass er auf diesem flachen Gelände die Skier habe buckeln müssen.

Im Wald stieg das Gelände steil an. Die Gondel berührte Tannen, bevor sie zum wiederholten Mal über einen Mast hüpfte. Unter ihnen öffnete sich jetzt eine Wiese, auf der vereinzelt Chalets und Speicher standen.

«Da unten müsste es sein», rätselte Armando. «Siehst du die Hütte dort?» In der Umzäunung davor waren zwei Ziegen zu erkennen. «Idyllisch. Aber ich würde überschnappen, müsste ich dort leben.»

«Hat Tom irgendetwas über sie berichtet, nachdem sie ihn im Büro getroffen hat?»

«Wir wissen lediglich das, was Elsbeth aus dem Internet hat. Sie ist ja wieder abgehauen.»

Sie fuhren jetzt in die Station ein. Ein zügiger Wind streifte sie beim Ausgang. Beide liessen ihren Blick eine Weile über das graue Felsmassiv des Pilatus schweifen, das sich vor ihnen erhob und mit Schneeresten bedeckt war. Um den Gipfel zogen ein paar Schleierwolken.

«Wir befinden uns jetzt auf über tausendvierhundert Metern über Meer. Hier verläuft die Grenze zwischen den Kantonen Luzern und Nidwalden.» Armando zeigte zum Gipfel und an die Steilwand, an der sich zwei Gondeln der Pilatusbahnen kreuzten. «Warst du schon mal oben?»

«Nein, zu meiner Schande muss ich gestehen, dass ich den Berg immer nur aus der Ferne angesehen habe. Es ist eindrücklich, hier zu stehen.» Lucille wandte sich zum Tal hin. «Und erst die Aussicht.» Tief unter ihnen war ein Teil des Vierwaldstättersees in die begrünten Hügel gebettet. Zur rechten Seite hin hob sich dunkel der Lopper ab.

«Es wäre doch schade gewesen, wenn du nicht mitgekommen wärst. Das nächste Mal musst du unbedingt bis ganz nach oben fahren. Von dort hast du bei klarem Wetter eine Aussicht bis in die Berner Alpen.» Armando las die Route, die sie gehen mussten, auf einem Wegweiser. «Hier lang.» Er schritt voraus. «Wir müssen auf der Luzerner Seite runter.»

Der Abstieg auf die Alp führte durch den Wald. Das Gehölz war noch nass vom letzten Schnee, der Weg rutschig. Es roch nach feuchtem Boden. Weiter unten öffnete sich eine Ebene. Die rechtsseitig von Steinen und Felsbrocken zerfurchten Hänge schimmerten im Sonnenlicht.

Sie gelangten zu dem kleinen Haus, das sie aus der Gondel

hatten sehen können. Es hatte einen Stock und war aus grauen klobigen Granitblöcken gefügt. Die beiden Ziegen befanden sich im Gehege aus Maschendraht, zusammen mit etwa einem Dutzend Hühnern.

«Was treibt einen an, in dieser Abgeschiedenheit zu leben?» Lucille näherte sich vorsichtig der Tür. Diese war nur angelehnt. Aus dem Innern duftete es nach frischem Brot. Noch bevor Lucille anklopfen konnte, trat Eugenie vor das Haus. Sie trug blaue Latzleinenhosen, darunter ein kariertes Hemd in Rottönen. Ihre Füsse steckten in abgesteppten Cowboystiefeln. Sie stemmte die Hände in die Seite und warf ihren Kopf zurück. «Was wollt ihr!»

Die beiden Polizisten blickten einander nur an.

«Ich rieche, dass ihr Bullen seid.»

Eugenie überraschte mit ihrer Deftigkeit. Sie schien geprägt von Wind und Wetter, und das jahrelange Einsiedlertum hatte sie im Umgang mit den Mitmenschen grob gemacht. Sie schien weder richtig Frau noch richtig Mann zu sein, was ihr Äusseres betraf. Die langen zu einem losen Zopf geflochtenen Haare zeichneten ihre Gesichtszüge kaum weich. Ein Androgyn, hätte Armando sie genannt, hätte er die Frechheit gehabt, ihr Erscheinungsbild zu kommentieren. Doch er hielt sich zurück. Thomas' Beschreibung zufolge war sie eine bodenständige Frau, doch er hatte nicht erwähnt, dass sie ein Urgestein war.

«Hat euch Kramer zu mir geschickt?», spöttelte sie. «Hätte er mir die gebührende Aufmerksamkeit geschenkt, hättet ihr euch den Weg zu mir sparen können.» Ihre Gesichtszüge wurden sanfter. «Na dann, kommt rein.» Sie ging voraus in eine dunkle Küche, in der der anheimelnde Geruch frischen Brotes sehr intensiv war. Ein Streifen Sonnenlicht fiel durch eines der Fenster und wirbelte Staub auf. «Setzt euch hin. Wenn ihr wollt, könnt ihr mit mir vespern.»

Lucille und Armando schauten sich um. Dass die Küche auch zum Wohnen und Schlafen diente, sahen sie erst jetzt. An der hinteren Wand gab es eine Chaiselongue, darauf zerwühltes Bettzeug. Daneben eine Kommode, auf der eine Waschschüssel und ein Krug mit defektem Henkel standen. Ein Tuch war achtlos über einen schuhschachtelgrossen Karton geworfen. Ein Gusseisenherd mit verschiedenen Töpfen nahm die rechte Wand ein. Der Tisch befand sich an der Fensterseite, die sich zum Hang hin öffnete.

Eugenie holte Teller und Gläser aus dem Schrank. Sie stellte das Geschirr auf den Tisch und reichte aufgeschnittenes, noch warmes Brot, Wurst auf einem Brett und Butter dazu. «Das ist Geissenbutter. Hoffentlich schmeckt die euch.»

Armando und Lucille setzten sich und liessen sich bedienen. Armando genoss den sauren Most, den Eugenie dazu servierte. Lucille dagegen fand, dass sie nicht zum Vergnügen hier seien. Sie bat ihren Kollegen, die Fragen zu stellen, deretwegen sie hierhergekommen waren, indem sie ihm in einem unbeobachteten Moment ins Ohr flüsterte.

«Frau Zanetti», begann Armando und wartete auf eine Reaktion. Als diese ausblieb, fuhr er fort: «Oder Frau Roggenmoser? Welchen Namen Sie heute benutzen, ist uns leider nicht bekannt.»

Eugenie hob die Schultern. «Der Nachname tut nichts zur Sache.»

«Sie waren Eduardo Zanettis erste Frau und haben mit ihm zusammen einen Sohn.»

«Meine Vergangenheit ist schon längst passé. Und ich war nicht meinetwegen bei eurem Chef, sondern wegen Natascha. Also verstehe ich nicht, weshalb ihr versucht, mich auszuhorchen.» Eugenie griff nach dem Glas und trank es halb leer. «Wollt ihr nicht erfahren, was in dem Karton ist?» Sie drehte

den Kopf und nickte Richtung Kommode an der hinteren Wand.
«Alles der Reihe nach.» Lucille kam Armando zu Hilfe. «Auf den Inhalt der Schachtel werden wir sofort zu sprechen kommen, wenn Sie uns verraten, wer Sie wirklich sind.»
«Wollen Sie das?» Auf Eugenies Gesicht erschien ein verzerrtes Lächeln. «Ich bin eine Hexe – eine Druide – die Drachenfrau, ha.» Sie erwartete eine Reaktion. Als diese ausblieb, fuhr sie fort: «Ich lebe seit nunmehr dreissig Jahren auf der Alp. Meine Vergangenheit habe ich aus dem Gedächtnis gestrichen. Warum sollte ich ausgerechnet euch etwas darüber erzählen?»
«Sie können uns etwas über Ihren Sohn sagen. Warum weiss in Luzern niemand von dessen Existenz?»
«Warum interessiert euch mein Sohn?» Eugenie schritt zum Fenster, das zur Talseite lag. Sie hob einen Vorhang und deutete durch das halb beschlagene Glas nach draussen. «Seht ihr das Kreuz?»
Lucille und Armando mussten sich erheben. Durch die Scheibe wurde der obere Teil eines Kreuzes sichtbar. Sie blickten sich unvermittelt an, als ahnten sie, welch schreckliche Tragödie sie erwarten würde. Mittlerweile war dieser Frau alles zuzutrauen.
«Im letzten Herbst habe ich ihn begraben.»
Ihren Sohn? Lucille lag die Frage auf der Zunge. Es lief ihr eiskalt über den Rücken.
Armando kam ihr zuvor. «Wen?»
Eugenie liess den Vorhang sinken. «Dean Martin.»
«Dean ... was?»
Eugenie klopfte sich auf die Schenkel, augenscheinlich befriedigt darüber, dass sie ihr Vis-à-vis hatte verblüffen können. «Meinen Hund. Vierzehn Jahre alt ist er geworden. Er

starb vor Altersschwäche.» Sie schniefte laut. «Meinen Sohn habe ich seit einer Ewigkeit nicht mehr gesehen.» Verbitterung lag jetzt in ihrer Stimme. «Er ist alt genug, um zu wissen, was er tut.»

Auch Lucille und Armando sagten kein Wort mehr. Lautlos assen sie vom Brot und der Wurst. Die Ziegenmilchbutter liessen sie jedoch stehen.

Nach einer kleinen Ewigkeit, in der sie nur die alte Stubenuhr an der Wand ticken hörten, brach Lucille die Stille. Sie wandte sich an Armando und bat ihn, nach draussen zu gehen. Zuerst schaute er seine Kollegin irritiert an, begriff dann, erhob sich und ging vors Haus. Lucille nahm sich vor, von Frau zu Frau zu reden.

Eugenie legte seufzend die Arme über den Tisch. Lucille ergriff ihre Hände. Sie räumte ihrem Gegenüber genügend Zeit ein, liess dann aber wieder eine Schweigeminute verstreichen.

«Ich glaube, Sie müssten mich jetzt über ein paar Dinge aufklären», begann Lucille und sah, wie Eugenie in sich zusammensackte. Der Stolz war aus ihren Augen verschwunden und machte einer tiefen Traurigkeit Platz.

«Sie haben den Namen Zanetti erwähnt?» Eugenie kam von alleine darauf zu sprechen, nachdem sie sich vergewissert hatte, dass Armando ausser Hörweite war. «Er war einmal mein Mann, da liegen Sie richtig. Doch sieben Monate nach der Hochzeit haben sich unsere Wege getrennt, unmittelbar nach der Geburt unseres Sohnes.»

«Weswegen?» Lucille spürte, dass die Frau bereit war, mehr über ihre Vergangenheit preiszugeben, als ihr lieb war. Dass sie geradezu darauf gewartet hatte, in ihre Vergangenheit Einblick zu gewähren. Es war ihr wohl ein Bedürfnis.

«Zanettis Mutter hat gerechnet.» Eugenie verzog ihren Mund zu einer unschönen Schnute. «Sie gehörte zu diesen

Obererzkatholischen, die das Miteinanderschlafen erst nach dem vollzogenen Ehegelübde gestatten. Sie hat also gerechnet. Und Eduardo ist vor ihr auf die Knie gegangen. Hat ihr beteuert, dass wir vor der Hochzeit nichts miteinander gehabt hätten. Er hat mich verleumdet und sie mir damit den Stempel aufgedrückt...» Eugenie wandte sich ab. «Aber ich schwöre, dass es Eduardos Sohn ist. Er hat es abgestritten. Sie können sich vielleicht vorstellen, wie mir zumute gewesen war, als er mich mit unserem Kind im Stich liess. Ich fiel in eine tiefe Identitätskrise, musste versorgt werden. Man steckte mich in die Klapse, und mein Sohn kam ins Kinderheim.» Sie seufzte schwer. «Ich will jetzt nicht mehr darüber sprechen. Ich habe für meine Sünden gebüsst. Gott hat es nicht gut gemeint mit mir. Er hat mir alles genommen. Aber ich....» Sie breitete die Arme aus und machte eine allumfassende Bewegung. «Ich lasse mich von niemandem mehr unterkriegen.»

Lucille wirkte erschüttert. «Sie wollten uns etwas über Natascha de Bruyne erzählen?»

«Ja, sie war eine gute Freundin von mir.» Eugenie richtete sich auf. «Sie hat mir Halt gegeben, als ich den Boden unter den Füssen verloren hatte.» Sie stand jetzt auf, schritt zur Kommode und nahm den Karton entgegen. Sie stellte ihn auf den Tisch, nachdem sie das Vesperbrett zur Seite geschoben hatte. Sie hob den Deckel an. Es störte sie nicht, als Armando in die Stube trat. «Ich wiederhole, was ich schon eurem Chef mitgeteilt habe.» Dabei musterte sie den Polizisten mit zugekniffenen Augen. «Natascha ist keinen natürlichen Tod gestorben. Sie wurde umgebracht. Wenn ihr ihre Notizen gelesen habt, wisst ihr weshalb. Sie war auf einer Spur. Davon muss irgendjemand Wind bekommen haben.» Eugenie gestikulierte abwertend. «Ihr könnt alles mitnehmen. Es nützt mir jetzt nichts mehr.»

«Hatten Sie denn keinen Einfluss darauf?», fragte Armando.
«Wie denn? Es war Ende 1993, als sie mir die Berichte übergab. Sie sagte mir, dass ich sie wohl lesen dürfe, aber meinen Mund halten müsse, bis sie genug Beweise habe... Und ich musste ihr versprechen, damit zur Polizei zu gehen, falls ihr etwas zustossen sollte.»

«Hat sie denn danach einmal erwähnt, dass sie diese Beweise gefunden habe?», fragte Lucille.

«Das weiss ich nicht. Mir hat sie auf jeden Fall nichts erzählt. Aber so, wie ich Natascha gekannt habe, hat sie sich dafür ins Zeug gelegt. Sie verabscheute Ungerechtigkeiten... Aus diesem Grund sind wir uns auch nähergekommen. Sie hat ein Buch geschrieben, in dem ich vorkomme. Meinen Namen hat sie nicht erwähnt, aber wer mich kennt, weiss, wen sie gemeint hat...»

«Die Drachenfrau», sagte Armando. «Ich habe davon gehört.»

«Die Drachenfrau, die ihr Junges verstossen hat... das ist jetzt ein paar Jahre her. Ich schwöre aber, dass ich mein Kind nicht verstossen habe. Man hat es mir weggenommen. Und derjenige, den Natascha damit gemeint hat – ich meine die Ursache des ganzen Übels... Er hat es bis heute nicht gemerkt. Er lebt in Saus und Braus mit seiner Russenzofe und tut so, als ginge ihn das alles nichts an.»

Lucille wechselte mit Armando Blicke. «Eduardo Zanetti?»
«Wer denn sonst?»

«Dann wissen Sie noch gar nicht, dass sein jüngster Sohn vermisst wird?»

Eugenie hob die Schultern. Es schien, als zögerte sie. «Nein, das wusste ich nicht. Ich kenne die Söhne aus seiner zweiten Ehe nicht persönlich.»

«Aber seine Frau, die Ukrainerin ist, kennen Sie?»

«Er hat sich mit ihr ja ziemlich lächerlich gemacht. Typ Sugar-Daddy, wenn ihr versteht, was ich meine. Das ist bis zu mir auf den Berg gedrungen. Er ist mindestens doppelt so alt wie sie ...» Eugenie winkte ab.

Lucille hätte mehr erwartet, zumindest, dass sich Eugenie über den verdienten Schicksalsschlag ihres Ex-Mannes äusserte, dass sie es ihm gönnen würde. Doch sie hüllte sich fortan in Schweigen.

Lucille und Armando gingen trotzdem davon aus, dass sie es ehrlich meinte. Sie drängten nun zum Aufbruch. Armando packte den Schuhkarton. Lucille reichte Eugenie die Hand und bedankte sich für ihre Gastfreundschaft. «Was immer in den Berichten von Frau de Bruyne steht, wir wissen zu hundert Prozent, dass sie nicht umgebracht worden ist. Die Rechtsmedizin hat uns dies so bestätigt.»

Eugenie winkte ab. «Ich muss es wohl glauben. Aber es fällt mir schwer.»

***

Elsbeth hatte das Ehepaar Zanetti zur Befragung in ihrem Büro gehabt. Viel war dabei nicht herausgekommen. Die Stimmung war bedrückt gewesen, weil es beide nicht geschafft hatten, pünktlich zur vereinbarten Zeit zu erscheinen, und dann war ihr der Jungschnösel Grüter so frech gekommen, dass sie zwei Apfelkrapfen verzehren musste, um ihre Nerven zu beruhigen. Dazu kam, dass Thomas sie gebeten hatte, einen Kunstversierten zu suchen, der es schaffen würde, noch heute nach Luzern zu kommen. Im Internet war sie auf Anatol Romosch gestossen. Er hatte eine eigene, einstweilen etwas sonderbare, selbst gebastelte Website, auf der er für seine Dienstleistungen warb. Die einzigen Verbindungen zu ihm waren eine E-

Mail-Adresse und eine Mobiltelefonnummer. Weder seine Wohn- noch seine Arbeitsadresse war ersichtlich. Ganz geheuer war ihr nicht dabei gewesen. Doch er schien der einzige Luzerner Kunstexperte zu sein, der etwas von Bronze verstand. Und als dann dieser Romosch mit dem Taxi angefahren gekommen war, man ihm beim Aus- und Umsteigen in einen Streifenwagen hatte behilflich sein müssen, schwand Elsbeths letzte Zuversicht. Sie war sich auf einmal nicht mehr sicher, dass sie den richtigen Experten gewählt hatte. Doch sie schrieb es ihrer schlechten Laune zu, dass sie so reagierte. Ihr Völlegefühl im Magen machte ihr das Denken auch nicht leichter.

Renata Obrists Anruf trug keine Besserung zu ihrem Wohlbefinden bei.

Die Dame war äusserst aufgebracht gewesen. Sie habe die männliche Skulptur verkauft. Der Wert sei um ein Vielfaches höher, als sie aus einer Auktion erwartet hatte. Sie habe sich entschieden, die Skulptur aus den Händen zu geben. Und weil Silvano Zanetti nicht da sei, müsse sie sich entscheiden, was zu tun wäre. Sie forderte Elsbeth auf, sofort zu veranlassen, die Techniker zurückzupfeifen, als ob dies in ihrer Befugnis gestanden hätte.

Später waren dann Armando und Lucille eingetroffen und hatten ihr einen Karton aufs Pult gestellt, mit der Begründung, sofort einen Termin mit Thomas zu vereinbaren. Die sich in der Schachtel befindlichen Berichte hätten oberste Priorität. Als Elsbeth alleine war, überflog sie die verschiedenen Artikel und Textstellen, die offensichtlich aus Natascha de Bruynes Feder stammten.

Elsbeth stellte Thomas' Mobiltelefonnummer ein. Er hielt sich noch immer im KKL auf und half den Technikern, was sie wiederum nicht nachvollziehen konnte. Sie liess man allein im Büro zurück, und Thomas stand wahrscheinlich nur im Weg.

«Tom, ich habe keine Nerven mehr», beklagte sie sich, als sich ihr Chef nach dem vierten Klingelton endlich gemeldet hatte. «Hier herrscht das reinste Chaos. Ich fühle mich wie im Irrenhaus.»

«Was ist denn passiert?» Thomas gab sich betont lässig.

«Erstens will die Frau Kuratorin, dass ihr jetzt endlich fertig werdet, und zweitens befinden sich auf meinem Pult Dokumente, die den Brand der Kapellbrücke in ein anderes Licht rücken. Ich weiss wirklich nicht mehr, was ich glauben soll und was nicht. Und vor allem weiss ich nicht, wie ich die Prioritäten setzen muss.»

«Du meinst bestimmt die Spreuerbrücke», korrigierte er sie.

«Ich habe die Berichte nur überflogen. Aber es geht eindeutig um die Kapellbrücke.»

Thomas bat sie, alles Erforderliche für eine Teamsitzung zu veranlassen. «In einer halben Stunde in unserem Konferenzraum», sagte er. «Aber die Kapellbrücke lassen wir vorerst aus dem Spiel.»

***

Später sassen sie im Grossraumbüro und hatten sich mit Kaffee eingedeckt. Mit Verspätung traf dann auch Guido Amrein ein. Er warf sein Aktenbündel auf den Tisch. «Die männliche Statue ist lupenrein. Keine Fingerabdrücke, nicht die kleinste Spur von irgendetwas. Jemand muss sie nach dem Bearbeiten mit einem Hochruckreiniger gesäubert haben. Tut das ein Künstler?»

«Wenn ich meine Figuren im KKL ausstellen könnte, würde ich sie auch waschen.» Elsbeths schlechte Laune hatte sich noch nicht gelegt. Es schien, als müsste sie dies die gesamte Belegschaft spüren lassen. In ihrer Stimme schwang unterdrückter Ärger.

«Nach deinen Figuren haben wir nicht gefragt», fauchte Armando sie an. «Oder verschweigst du uns etwas?»

Lucille kicherte hinter vorgehaltener Hand.

Thomas wies die drei zurecht. «Schäkern könnt ihr nachher. Ich will, dass man heute Abend noch Zanettis Atelier versiegelt. Morgen will ich die Techniker vor Ort sehen.» Er wandte sich an Guido. «Wie sieht es mit den weiblichen Skulpturen aus?»

«Wir haben alle nach Fingerabdrücken abgesucht. Auf beiden wimmelt es davon. Wir haben aufgehört, sie herauszukristallisieren. Das ist hoffnungslos. Heutzutage wird alles begrapscht.»

«Nur *Alkibiades* nicht», entglitt es Thomas verwundert. Er überging Guidos Intervention. «Ich will, dass ihr im Atelier nach Reinigungsmitteln und nach Rückständen von Bronze sucht. Stellt alles auf den Kopf.» Thomas sprach Lucille und Armando an. «Als Nächstes will ich die Aussagen von Silvanos Familie, Vater, Stiefmutter, Bruder, Schwägerin... Dann von der Verlobten, von nahen Freunden, Bekannten, Arbeitskollegen, sofern es welche gibt, und von seinen Kunden...» Thomas überlegte, dass auch sein Sohn involviert war. Aber das musste niemand wissen. Er machte eine nachhaltige Pause. «Hört euch in der Nachbarschaft um. Ich will die letzten Minuten vor Silvanos Verschwinden rekonstruieren.» Er blickte in die Runde. «Bis morgen Abend gleiche Zeit will ich alles auf dem Tisch haben. Sonst noch etwas?»

Niemand meldete sich. Thomas beschloss daher, Feierabend zu machen.

***

Er fuhr gleich nach Hause. Er wählte eine Umfahrungsstrasse, da die Hauptstrasse verstopft war. Nicht zum ersten Mal wurde in der Nähe der Brauerei Eichhof der Boden aufgerissen. Das Nadelöhr hielt eine ganze Blechlawine zurück. In den letzten dreissig Jahren habe der Verkehr um eine Million Autos zugenommen, hatte er einmal gelesen. Mit dem Resultat sah er sich täglich konfrontiert. Manchmal benutzte er die öffentlichen Verkehrsmittel, um zur Kasimir-Pfyffer-Strasse hin und wieder zurück zu gelangen. Doch das Umsteigen raubte ihm wertvolle Zeit. Zudem verabscheute er das dichte Gedränge der Pendler.

Die Sitzung war wider Erwarten schneller vorüber gewesen als angenommen. Alles, was der Karton von Eugenie enthalten hatte, musste zuerst gelesen und analysiert werden. Dazu hatte Thomas Elsbeth und den Azubi beauftragt. Er war der Meinung gewesen, dass es nicht primär an ihrer Abteilung lag, längst Verstaubtes hervorzuholen. Auch wenn es um den Brand der Kapellbrücke ging. Sie hatten es indirekt mit dem Brandanschlag auf die Spreuerbrücke zu tun. Das reichte.

Als Thomas zur Garageneinfahrt einbog, versperrte ihm ein schnittiges rotes Cabriolet den Weg. Thomas fuhr es heiss und kalt über den Rücken. War das eventuell Isabelles Wochenendargument? Oder besass Isabelles Freundin einen solchen Flitzer? Er stellte seinen Wagen direkt hinter ihn. Er stieg aus und steuerte den Haupteingang an, wobei sein Blick an der Karosse hängen blieb. Alfa Romeo Spider, Baujahr 1986. Hundertfünfundzwanzig PS mit nachgerüstetem Katalysator.

Isabelle begrüsste ihn freudig auf der Schwelle zur Küche, als wäre nichts geschehen. Nachdem Thomas sich vergewissert hatte, dass sich ausser ihnen niemand im Haus aufhielt, konnte er sich nicht mehr zurückhalten. Die Frustrationen der letzten Tage bahnten sich einen Weg über seine Stimme. Er fuhr

Isabelle ungehalten an. «Was fällt dir ein, mich fast drei Tage im Ungewissen zu lassen!»
Isabelles noch heiteres Gesicht verwandelte sich in eine Grimasse, der man das Unverständnis ansah. «Ich hatte dir gesagt, dass ich ins Allgäu fahre. Zudem schickte ich eine SMS.»
«Eine SMS!» Thomas lief rot an. «Seit wann schickst du mir eine SMS!»
«Hast du das nicht auch schon getan?»
«Wann? Ich erinnere mich nicht.»
«Im Februar war's. Soll ich sie dir zeigen?»
Thomas starrte sie an. Daran hatte er nicht mehr gedacht, doch wusste er sofort, welche SMS sie meinte. Musste er davon ausgehen, dass sie ihm aus demselben Grund eine SMS übermittelt hatte? Wie kam sie dazu, diese SMS zu speichern? Aus einem vorsätzlichen Grund? Ein mulmiges Gefühl befiel ihn. Er wandte sich ab. «Ich habe mir Sorgen gemacht...» Und nach einem Zögern: «Wem gehört diese Karre vor dem Haus?»
«Vielleicht schon bald mir.» Isabelle blieb vollkommen ruhig.
«Was meinst du damit?»
«Eine günstige Occasion. Nachdem dein Golf schon längst überfällig ist, habe ich mir gedacht, dass wenigstens ich mir ein zeitgemässes Auto zulege.»
«Zeitgemäss? Der vor der Tür ist mindestens zwanzig Jahre alt.»
«Er ist aber sehr gepflegt.» Isabelle schmunzelte. «Immerhin verdiene ich in der Bank genug, dass ein Zweitwagen durchaus drin ist.»
Thomas ging zum Kühlschrank und riss die Tür auf. Er schaute auf die Regale und fand nichts, was er hätte kochen oder zumindest aufwärmen können. «Kunststück, wenn du bei den Lebensmitteln sparst», stellte er erbost fest. Er glaubte, der ganze Mageninhalt – wenn denn noch etwas drin war –

kröche die Speiseröhre hoch. Er wandte sich brüsk um. «Eine solche Investition müssten wir besprechen. Du kannst doch nicht einfach einen eigenen Wagen kaufen.»
«Er ist noch nicht gekauft», beschwichtigte Isabelle. «Zudem wollte ich es tatsächlich mit dir besprechen. Ich weiss nicht, weshalb du dich wie eine Furie aufführst.» Thomas liess sich erschöpft auf einen Stuhl fallen. «Was habe ich falsch gemacht, dass du so komisch bist. Wir hatten doch...» Nein, er wollte die Ferien nicht mehr erwähnen. Diese schienen plötzlich in weite Ferne zu rücken. Und doch musste er an die Karibik-Wochen denken. Er war der festen Überzeugung gewesen, dass sie sich wieder gefunden hatten. Sie hatten sogar mehrmals miteinander geschlafen. Unspektakulär, aber immerhin. Nichts hatte darauf hingewiesen, dass Isabelle nichts mehr von ihm wissen wollte.

Während sie ein einfaches Abendessen auf den Tisch zauberte – Käse, Aufschnitt und Brot –, vermied er es weiterzudiskutieren und merkte erst viel später, dass er Isabelles Taktik angenommen hatte: jeglichen Differenzen geschickt aus dem Weg zu gehen.

Nach dem Nachtessen haderte er noch lange in seinem Büro, wo auch das Gästebett stand. *Sie verabredet sich am Abend. Sie sagt nicht genau, mit wem. Sie verbringt das Wochenende im Allgäu. Sie schickt mir eine SMS. Sie will einen Sportwagen kaufen. Seit Neuestem schminkt sie sich wieder. Sie lässt ihre Haare wachsen. Sie verschweigt mir etwas...*

Hatte sie einen Liebhaber?

Dienstag, 14. Mai

Mitte Mai und der Zweitletzte der vier Eisheiligen erschien auf dem Kalender. Dem Namen tat er keine Ehre. Es war fast schon vorsommerlich warm.

Nachdem Isabelle das Haus bereits früh verlassen hatte, beschloss Thomas, Renata Obrist einen Besuch abzustatten. Er wusste, dass sie jeweils eine Stunde vor der Türöffnung in der Galerie anzutreffen war. Zudem wollte er sich vergewissern, dass die weiteren Untersuchungen an den Skulpturen ohne Zwischenfall erfolgreich verlaufen waren. Die Techniker hatten bis spät in die Nacht hinein gearbeitet und die Fingerabdrücke mit denjenigen in der Datenbank verglichen. Da er wusste, dass die Spediteure beim Ein- und Auspacken Handschuhe getragen hatten, erhoffte er sich, wenigstens hier auf verwertbares Material zu stossen. Doch konnte er auch davon ausgehen, dass die Besucher nicht nur mit den Augen gesehen hatten.

Die Kuratorin lud ihn im Restaurant *RED*, das zum KKL gehörte, gleich zu Kaffee und Gipfel ein. Durch die Glasfront hatte man den Europa-Platz im Blick, die Schiffsanlegestellen und den See mit dem unverkennbaren Panorama im Hintergrund. Die Museggmauer lag noch im Schatten. An den Tischen sassen fast ausschliesslich Asiaten. Neben der Bar zwei Europäer, die vor einer Stange Bier in einer Zeitung blätterten.

Renata Obrist liess zuerst eine wenig zimperliche Tirade los, was die Untersuchung der Bronzestatuen betraf. «Ich verstehe nicht, warum man einen derartigen Auflauf an Technikern hat veranstalten müssen. Wenn sie wenigstens in Anzug und Krawatte gearbeitet hätten, könnte ich diese Peinlichkeit wegstecken. Aber nein, sie mussten ja unbedingt diese weissen Anzüge tragen. Ich bin froh, dass die Luzerner Zeitung

keine Kenntnis davon hatte. Der Journalist war verhindert. Er hat sich kurzfristig abgemeldet.» Sie mässigte sich jedoch zusehends, was der überaus positiven Geschäftsentwicklung zu verdanken war. Sie kam von selbst darauf zu sprechen.
«*Alkibiades* wurde gestern verkauft.» Über ihre erhitzten Wangen legte sich ein feines Rot, das Thomas schon bei anderer Gelegenheit aufgefallen war. Eine komische Eigenart ihres Gesichts.
«Die Auktion ist beendet?» Thomas kniff die Augen zusammen.
«Ich habe sie beendet, nachdem ich das letzte Gebot gesehen hatte. Bevor es dem Bieter in den Sinn kommen sollte, es sich noch einmal zu überlegen, habe ich ihm nun den Zuschlag gegeben.» Renata Obrist beugte sich über den Tisch. «Unter uns gesagt, manchmal tut Nachhilfe Not ...»
«Aber Sie hätten die Skulptur doch einfach reservieren können», meinte Thomas.
«Nein, die Herrschaften bestanden darauf, sie gleich in ihre Villa zu bringen.» Sie schmunzelte ein wenig. «Heute wurde die Skulptur abgeholt und an den verdienten Platz gebracht.»
«Wohin, wenn ich fragen darf?»
«Sie dürfen wohl fragen, doch verraten werde ich es nicht.» Sie rührte schmunzelnd in der Kaffeetasse. «Solche Tage sind wie ein Sechser im Lotto.»
Auf Thomas' Frage hin, wie viel denn die Statue letztendlich gebracht habe, wollte sie sich nicht konkret äussern. «Der Betrag liegt im fünfstelligen oberen Bereich», sagte sie nur.
«Und wer bekommt das Geld, wenn Silvano Zanetti unauffindbar bleibt?» Die Frage war ihm einfach so herausgerutscht, und er nahm nicht an, dass Renata Obrist sie beantworten würde. Er hätte andere Gelegenheiten gehabt, dies herauszufinden. Doch er hatte sich getäuscht.

«Ich nehme an, sein Vater, sein Bruder – oder es wird zwischen ihnen aufgeteilt ... oder eingefroren.»

Und Néné geht leer aus, dachte Thomas, weil sie noch nicht Silvanos rechtmässig angetraute Ehefrau war.

«Aber ich hoffe immer noch, dass sich Silvano eines Tages doch noch zeigen wird. Der Junge steht ja erst am Anfang seiner Karriere.»

Thomas verdächtigte sie, dass es ihr im Grunde genommen egal war, was mit ihm passiert war. Die verkaufte Statue war ihr wichtiger, zumal sie von den fünfzig Prozent des Verkauferlöses, die ins KKL flossen, ein Fünftel für sich abzweigen konnte. Thomas brauchte nur über den Daumen zu rechnen, wie viel das war.

Sie wurden jäh unterbrochen, als Thomas' Mobiltelefon surrte. Er holte das Gerät aus seiner Jackentasche. Er drückte auf den grünen Leuchtknopf und meldete sich.

«*Qui* Armando.» Er schniefte laut ins Telefon. «*Basta così!* Jetzt haben wir den Salat.»

«Wovon sprichst du?», wunderte sich Thomas. Wenn Armando ins Italienisch fiel, erregte ihn irgendetwas. «Beruhige dich erst einmal. Was ist los?»

«Es ist etwas Schreckliches geschehen.» Armando gab Thomas eine Adresse an. «Du musst *subito* dahin fahren.»

«Kannst du mir sagen, worum es geht?»

«Nein, das kann ich nicht ... Es ist unbeschreiblich.» Armando pausierte, während Thomas ihn tief atmen hörte.

Er schaffte es nicht, mehr Informationen aus ihm herauszuholen. An seinem Ohr hörte er ein nervöses Piepsen, das ihm bestätigte, dass er aufgelegt hatte. Thomas wusste, dass es ernst war.

«Ein Notfall», entschuldigte er sich bei Renata Obrist. «Ich bin froh, wenn bei Ihrer Ausstellung alles wieder im grünen

Bereich ist.» Er erhob sich. «Ich muss Sie jetzt leider allein lassen.» Er bedankte sich für den Kaffee.

«Sie können von Glück reden, dass ich mich zurückhalte, Herr Kramer. Was Sie sich gestern erlaubt haben, war nicht ganz die feine Art.» Renata Obrist lächelte ihm gekünstelt nach.

***

Thomas fuhr die Haldenstrasse entlang Richtung Verkehrshaus und Hotel Seeburg nach Meggen. Der See zur rechten Seite glitzerte in der Morgensonne, als hätte jemand eine Tüte Diamanten auf ihm ausgeleert. Vereinzelt zogen Segelschiffe ihre Runden, ein Raddampfer glitt wie schwerelos über das leicht gekräuselte Wasser. Der Pilatus thronte majestätisch über der Stadt. Um seinen Gipfel hatten sich Wolkenschlieren gelegt.

Die Villa im viktorianischen Stil lag am rechten Hang, verborgen hinter aufspriessenden Bäumen und hellem Blätterwerk. Ein fragiles Grün legte sich wie ein Tüllvorhang über die Landschaft und tauchte alles in eine unwirkliche Szenerie. Thomas passierte ein schmiedeisernes Tor und gelangte auf einen Vorplatz, wo bereits ein Streifenwagen, der weisse Camion des Technischen Dienstes und Lohmeyers Limousine standen. Thomas parkte unmittelbar vor der Treppe, die zu einem halb verglasten Eingang führte. Zwei eindrückliche Säulen stützten ein Dach über der Tür. Zu beiden Seiten lagen aus Stein gehauene, patinierte Löwen. Lucille erwartete ihn bereits auf der Schwelle. Thomas hatte sie noch nie so blass gesehen. «Im Wohnzimmer ist eine Leiche...», sagte sie mit belegter Stimme. «Dich erwartet nichts Schönes...» Dann wandte sie sich zur Seeseite hin, hastete an die Brüstung und übergab sich.

Thomas folgte ihr. Er reichte ihr ein Taschentuch.

«Danke.» Lucille griff danach, nachdem sie sich leer gekotzt hatte. «Tut mir leid, aber das, was ich in der Wohnung gesehen habe, ist kaum verkraftbar ... nicht so etwas.»

«Weiss man schon, wer?» Thomas folgte Stimmen, die er kannte. Lucille blieb ihm die Antwort schuldig. Von irgendwoher tönte ununterbrochen Hundebellen. Thomas gelangte in ein Entree, das mit weiteren Löwen geschmückt war. Das Wohnzimmer wirkte auf den ersten Blick überladen.

Lohmeyer war anwesend und die in sterile Anzüge gekleideten Techniker. Guido war daran, aus seiner mitgebrachten Tasche die benötigten Werkzeuge zu holen. Leo reihte diese auf einem ausgebreiteten Wachstuch aus. Von einem Opfer war bislang nichts zu sehen.

«Da bist du ja endlich, *maledetto*.» Armando fluchte, was sein Repertoire an schrecklichen Ausdrücken hergab. «Ihr Hund hat sie angefallen. Jetzt haben wir die Sauerei.»

Thomas registrierte den süsslich penetranten Verwesungsgeruch, der sich innerhalb kurzer Zeit in seine Schleimhäute ätzte.

«Und wo ist der Hund jetzt?»

«Wir haben ihn in eines der Zimmer im oberen Stock eingesperrt. Er ist wie von Sinnen.»

«Darum dieses Gekläffe.»

«Ich glaube, ich habe meinen Beruf verfehlt. Ich hätte Hundeseelsorger werden sollen...» Armando lachte gekünstelt, und Thomas ahnte, dass er unter einer extremen Belastung stand.

Thomas vergewisserte sich, wo sich die Hausbewohnerin befand. Sie lehnte an dem messingfarbenen Treppengeländer, das in die obere Etage führte. Das Gesicht der etwa sechzigjährigen Frau hatte bestimmt einmal sehr gepflegt ausgesehen.

Doch jetzt war das Make-up verwischt, der Lippenstift verschmiert, und der Eyeliner wirkte beinahe monströs und machte kaum einen Unterschied zu den schwarzen Iriden. Zudem war ihr Gesicht so weiss wie eine zu Graf Dracula geschminkte Maske. Sie trug einen schwarzen Rock, die graue Bluse war aufgerissen und brachte einen schwarzen mit Spitzen besetzten Büstenhalter zum Vorschein. Die Frau selber war völlig von der Rolle. Thomas bemerkte, wie ihr Körper zitterte. Neben ihr stand die Polizeipsychologin Flavia Braun und redete beruhigend auf sie ein, derweil das Hundegekläff nicht enden wollte.

«Die Spurensicherung ist bald so weit.» Armando schien nervös. Er packte Thomas am Arm und zog ihn unsanft zu einer Nische, die vom Eingang her nicht ersichtlich gewesen war.

Thomas blieb wie angewurzelt stehen. Vor ihm sah er einen umgestürzten Philodendron. Die speerförmigen Blätter und feuchte klumpende Erde waren über den Boden verteilt. Inmitten des Naturteppichs lag der zerbrochene Bronzekörper von *Alkibiades*. Der Kopf war zur Hälfte abgetrennt – irgendetwas Undefinierbares hing über den ausgefransten Hals, der Brustkorb glich einem aufgeschlitzten Riesenpaket, in dem die Überreste eines menschlichen Körpers auszumachen waren, zumindest brauchte es nicht allzu viel Fantasie, um zu erkennen, worum es sich handelte. Blutige Innereien quollen aus dem Leib, da und dort ein gräulicher Darmstrang. Thomas griff instinktiv nach einem Taschentuch und hielt es sich vor die Nase. Dieser Geruch! Es war, als zögen Filmsequenzen in Sekundenschnelle an ihm vorbei. Das letzte Mal hatten ihn im November vergangenen Jahres solche Halluzinationen gequält.

Die Techniker und Dr. Lohmeyer hatten sich Masken übergestülpt. Thomas wich einen Schritt zurück, um dem Arzt Platz zu machen. «Kein sehr schöner Anblick», äusserte sich Lohmeyer und kauerte sich nieder. Er hatte sein Diktafon eingeschaltet und kommentierte: «Erstbeurteilung zum Leichenfund vom Dienstag, 14. Mai 2008, 08.53 Uhr. Nach ersten Erkenntnissen handelt es sich hier um eine männliche Leiche. Ob er pre oder post mortem in die Skulptur eingeschlossen worden ist, kann ich noch nicht sagen. Es dürfte sich jedoch bei der Skulptur um eine ungewöhnliche Legierung handeln. Sie dürfte anders als Bronze äusserst zerbrechlich sein.... Der Kopf wurde durch den Sturz fast vollständig vom Rumpf getrennt.... Das Opfer liegt auf dem Rücken. Der Vorderteil des Torsos ist vom Brustbein an abwärts entzweit.... Herzmuskel, ein Teil des linken Lungenflügels sowie der Magensack sind freigelegt, ebenso ein Teil der Gedärme.... Verwesung ist untypisch nicht weit fortgeschritten. Augenscheinlich müsste der Leichnam erst wenige Stunden in der Statue gewesen sein. Keine Anzeichen von Madenbefall. Doch anhand des Geruchs muss davon ausgegangen werden, dass das Opfer bereits mehrere Tage tot ist ... Hundebiss nicht ausgeschlossen ... Ende.»

Thomas wandte sich ab und Armando zu. «Hast du den Tatbestand schon aufgenommen?» Hinter ihm blitzte es; er vernahm den Auslöser eines Fotoapparates. Benno war pünktlich erschienen. Er stellte nummerierte Kärtchen auf und schoss Bilder. Auch er mit einer Maske vor Nase und Mund.

«Ist alles auf Band.» Armando hielt triumphierend sein Diktafon in die Höhe. «Mit Madame Suchard konnte ich mich auch bereits unterhalten, bevor sie in eine Art Schockzustand gefallen ist. Sie erzählte mir, dass heute Morgen um acht Uhr die Skulptur aus dem KKL geliefert worden sei. Die Spediteure hätten sie unmittelbar nach dem Ausladen in die Wohnzimmerecke gestellt.»

Thomas nickte gedankenverloren und sah sich um. Ein fünfstelliger Betrag im oberen Bereich. So sah Reichtum also aus, wenn man sich eine Skulptur für diesen exorbitanten Preis leisten konnte. Das Wohnzimmer war mit teuren Möbeln und Gegenständen ausgestattet. Alles in einem Repro-Barockstil – von dem pompösen Sofa, den beiden goldfarbenen Ohrensesseln und dem schweren Tisch bis hin zur Esszimmerecke, in der ein Zwölfertisch und aufwendig gezimmerte Stühle standen. Das Damasttischtuch schimmerte in edler Seide. Darauf befand sich ein Gesteck mit weissen Rosen. Allein die Vase musste ein Vermögen wert sein. An den Sprossenfenstern hingen schwere Draperien in harmonischen Farben, in akkuraten Abständen Bilder berühmter Maler an den Wänden. Thomas erkannte einen Chagall. Überall standen zudem Büsten vergangener Komponisten. Beethoven und Liszt. Beim Treppenaufgang thronte Mozart.

«Und weshalb ist sie umgefallen?» Er musste einen Schritt weiter nach hinten tun, weil der Geruch noch abscheulicher geworden war. Er bemerkte, dass der Sockel fehlte. «Kann jemand die Fenster öffnen?», rief er an Lucille gewandt, die sich in der Zwischenzeit erholt hatte. Die Leichenblässe auf ihrem Gesicht war geblieben.

«Madame Suchard hat einen Bernhardiner, ein Riesending.»

«Und was *ist* mit dem Hund?»

«Er habe sich kolossal aufgeführt. Er sei sonst ein liebes Schosshündchen ...» Armando hüstelte. «Er habe die Statue wie wahnsinnig angebellt. Der Hund muss irgendetwas gerochen haben. Madame Suchard sagte, er habe dann auf einmal einen solchen Satz gemacht, dass die Skulptur mitsamt dem davorstehenden Blumentopf auf die Seite kippte. Ich glaube, der Hund hat schön was abbekommen. Sie meinte, er habe sogar davon gefressen ... Als sie ihn wegzog, sei er über sie hergefallen. Darum sieht sie so desolat aus. Zum Glück hat er ihr nicht ins Gesicht gebissen ...» Er hielt inne. «Vielleicht hat er ja Tollwut. Lucille hat den Tierarzt aufgeboten.»

«Verdammt!» Thomas kniff die Augen zusammen. «Wir hatten die Skulptur untersucht. Uns ist nichts aufgefallen ...»

«Wir konnten ja nicht ahnen, welch makabren Inhalt sie enthält.»

«Darauf wäre ich zuletzt gekommen.»

«Ist Silvano Zanetti deswegen abgehauen?» Armando räusperte sich.

Thomas sah ihn stirnrunzelnd an. «Ich glaube, der Tote in der Skulptur *ist* Silvano Zanetti.»

Madame Suchard hatte sich in der Zwischenzeit allmählich gefasst. Sie hatte sich, nachdem Flavia Braun sie ins Badezimmer begleitet hatte, gewaschen und frisch angezogen. Jetzt sass sie in der Küche auf der Sitzbank in einem hellen Plüschtrainer und hatte die Hände verschränkt auf die Tischplatte vor sich hingelegt. Kaum etwas deutete darauf hin, dass sie vor knapp zwei Stunden aus ihrem perfekten auf Hochglanz polierten Alltag herausgerissen worden war. Thomas vermutete, dass Flavia ihr mehr als die erlaubte Dosis eines Beruhigungsmittels verabreicht hatte. Madame Suchard dämmerte blöd lächelnd vor sich hin.

Thomas hatte Lucille an seine Seite gerufen. Er wollte, dass sie Madame Suchard die Fragen stellte. Er würde sich im Hintergrund halten.

Lucille hatte sich ebenfalls an den Tisch gesetzt, das Aufnahmegerät installiert und Block sowie Schreibstift bereitgelegt. Sie gab Datum, Ort und den Grund der Befragung ein und begann mit derselben, nachdem sie von Thomas ein Zeichen erhalten hatte.

Dass Madame Suchard mit *Madame* angesprochen werden wollte, hatte sie schon verdeutlicht, als Armando sie nach seinem Eintreffen befragt hatte. Dass sie aus der Westschweiz stammte, liess keine Zweifel offen. Sie habe vor siebenunddreissig Jahren ihren Mann, einen gebürtigen Genfer, geheiratet, einen Architekten der noblen Gilde, und habe fast ebenso viele Jahre mit ihm zusammengelebt, bis ein Krebsleiden ihn vor einem Jahr dahingerafft habe. «Seither wohne ich mit meinem Filou allein hier.»

Lucille notierte. Mit *Filou* meinte sie sicher den Hund. Als die lückenlosen Personalien aufgenommen waren, fragte die Polizistin alles, was sie zum Kauf der Skulptur wissen musste.

«Wie sind Sie darauf gekommen, dass Zanettis Skulptur...» Sie warf Thomas einen unsicheren Blick zu. Als dieser nichts erwiderte und ihr nur einvernehmlich zunickte, fuhr sie fort: «... dass diese Skulptur zu verkaufen ist?»

«Zum ersten Mal sah ich sie während der Vernissage. Und ich habe mich sofort verliebt in sie...» Madame Suchard stockte. «... Nicht das, was Sie meinen.» Über ihre Wangen huschte eine zarte Röte. «Ich mag edle Kunst. Diese Skulptur sah ich als *die* Perfektion an. Ich konnte gar nicht anders.»

«Wollten Sie nicht zuerst eine Expertise einholen? Waren Sie sich sicher, dass die Skulptur in ihrer Beschaffenheit das war, was Sie von ihr erwarteten?»

Madame Suchard lehnte ihren Oberkörper über den Tisch. «Hören Sie, *Mademoiselle*, entweder gefällt mir etwas, oder es gefällt mir nicht. Aber das können Sie vielleicht nicht nachvollziehen. Ich habe ein Schreiben des Künstlers, das die Echtheit dieser Statue bescheinigt.» Sie griff in ihre Plüschjacke. «Ich habe geahnt, dass Sie mich danach fragen.» Sie faltete einen Zettel auseinander. «Hier steht, dass es sich um Bronze handelt.» Sie überlegte. «Seit mein Mann gestorben ist, habe ich mich auf kalte Materie beschränkt. Schauen Sie sich im Haus um. Ausser meinem Hund und den Pflanzen ist hier alles tot.» Sie seufzte tief. «Haben Sie schon mal etwas verloren, wonach Sie meinten, nicht mehr weiterleben zu wollen?» Lucille fuhr sich hektisch mit den Händen an die Stirn. Sie sagte nichts. Sie griff nach der Bescheinigung. «Diese nehme ich vorderhand mit.» Sie kniff die Augen zusammen. «Sie haben also für die Skulptur eine sogenannte Briefersteigerung gemacht?»

«Korrekt.» Madame Suchard lehnte sich wieder zurück, schloss die Augen, und es schien, als müsste sie sich für die nächsten Sätze sammeln. «Wenn ich etwas haben will, kriege ich es. Ich habe Geld, meine Liebe, viel Geld. Was nützt es mir? Wenn ich einem Künstler eine Freude machen kann, dann tue ich es.»

«Es ist anzunehmen, dass dieser Künstler jedoch nicht mehr lebt.»

Madame Suchards Blick schien durch Lucille hindurchzugehen. Offenbar kapierte sie erst jetzt, dass ihre so teuer erworbene Figur ruiniert auf dem Wohnzimmerboden lag und nicht mehr Kunst, sondern schauerliches Grab ihrer angebeteten Muse war. Sie wurde plötzlich kalkweiss im Gesicht. Flavia, die unter der Tür Stellung bezogen hatte, trat ausholenden Schrittes auf Madame Suchard zu und konnte sie gerade noch auffangen, bevor sie auf den Boden gekippt wäre. «Ich glaube, wir müssen hier unterbrechen», sagte sie überflüssig und stützte die Dame, die einer Ohnmacht nahe war.

Lucille drückte den Aus-Knopf. Sie blickte schnell zu Thomas, der ihr zunickte. «Ich werde wohl im KKL weitermachen», schlug sie vor.

«Noch sind wir nicht sicher, ob er es ist.» Thomas sah auf die Uhr. «Wir werden uns auf der Kripo sehen. Ich würde sagen, dass wir gegen Abend so weit wären. Ich fahre schon mal vor.» Nachdenklich kehrte er ins Wohnzimmer zurück, wo die Techniker daran waren, den grausigen Fund mitsamt den bronzenen Überresten steril und luftdicht zu verpacken. In der Zwischenzeit war der Leichenwagen eingetroffen. Armando, der das Ganze beaufsichtig hatte, trat neben Thomas. «Was hältst du davon?» Thomas sah ihn ernst an. «Dass es endgültig unser Fall ist.»

Später trafen Marc Linder und Anton Galliker zusammen in der Villa ein. Die beiden Männer inspizierten den Fundort, und Linder stellte die obligaten Fragen – nicht Thomas, sondern Armando, der bereitwillig Auskunft gab.

Galliker indessen nahm Thomas zur Seite. «Ich dachte, wir hätten diese Gräueltaten nach dem vorletzten Fall hinter uns», sagte der Amtstatthalter mit besorgter Miene. Seit einem halben Jahr hatte er einiges an Gewicht verloren. Die überschüssige Haut lappte über den Hemdkragen. «Haben Sie eine Ahnung, wer der Tote ist?»

«Mit aller Wahrscheinlichkeit handelt es sich um den vermissten Künstler Silvano Zanetti. Die Gewissheit werden wir jedoch erst nach einem *DNS*-Abgleich haben. Ich erwarte den Bericht noch heute. Das hat mir zumindest Dr. Wagner des *IRM* versprochen.»

Galliker nahm Thomas am Arm. «Kann ich mich auf Sie verlassen, dass von den Ermittlungen möglichst wenig an die Öffentlichkeit gelangt?»

«Ich verspreche Ihnen, dass wir erst an die Öffentlichkeit gehen, wenn zu hundert Prozent erwiesen ist, wer der oder die Tote ist.»

«Ich appelliere an Ihre Diskretion.» Galliker kratzte sich ungeniert am rechten Ohr. Etwas Gelbes rieselte auf die Schulter.

«Wir können uns kein weiteres Desaster mehr erlauben. Es ist schon desaströs genug, wenn in Luzern solche Verbrechen verübt werden. Ich hatte heute früh ein Gespräch mit unserer Regierungsrätin Telma Herzog. Sie gehörte auch zu den geladenen Gästen im KKL von vergangenem Montag. Sie konnte es überhaupt nicht nachvollziehen, was da in der Galerie geschah. Sie fragte mich, ob Sie für diese Aktion über einen richterlichen Beschluss verfügt hätten. Ich musste sie anlügen.»

Galliker seufzte nachhaltig. «Ich halte grosse Stücke auf Sie, Herr Kramer. Aber ich bitte Sie, sich an unsere Vorschriften zu halten.» Er klopfte ihm kameradschaftlich auf die Schultern, was Thomas misstrauisch zur Kenntnis nahm.

«Ich mache mir Vorwürfe, dass mir im KKL nichts aufgefallen ist.»

«Wie weit seid ihr eigentlich mit der Spreuerbrücke?», wich Galliker aus.

«Für unsere Truppe dürfte dies vom Tisch sein», sagte Thomas vorsichtig. «Wo die Fahndungsgruppe steht, entzieht sich meinem Wissen. Darüber wird Ihnen Herr Linder Auskunft geben.»

«Ich habe da so etwas durchsickern hören, was mit dem Brand der Kapellbrücke zu tun hat.»

Thomas rieb sich die Nase. «Ach das... wir haben lediglich etwas in die Hände bekommen, was im Zusammenhang mit der Toten auf der Spreuerbrücke stehen könnte. Wir sind noch nicht so weit. Sollte es sich aber herausstellen, dass es relevant ist, werden wir dies auf jeden Fall weiterleiten.»

«Sie wissen also noch nicht, worum es in diesen Berichten geht?»

Thomas musterte Galliker mit zusammengekniffenen Augen. «Nein, noch nicht.» Er fragte sich, warum Galliker darauf bestand, dies zu erfahren. Und warum wusste er, dass es sich um Berichte handelte? «Ich werde Sie auf dem Laufenden halten», versprach Thomas und wandte sich Linder zu, den er zwar nicht mochte, der ihm jedoch in der jetzigen Situation wie gerufen kam.

***

Über den Mittag und während des ganzen Nachmittags verschanzte sich Thomas in seinem Büro, um endlich die administrativen Pendenzen abzuarbeiten. Zwischendurch war er mit Guido in Kontakt. Die Spurensicherung hatte ganze vier Stunden gedauert. Am frühen Abend bekam Thomas von Dr. Wagner den erwarteten ersten Bericht. Obwohl der noch nicht allzu viel aussagte, rief Thomas zum Rapport. Sein gesamtes Team war nun lückenlos anwesend.

«Die sterblichen Überreste befinden sich zurzeit in der Pathologie der Gerichtsmedizin. Wir haben einen ersten Abgleich erhalten. Gemäss der *DNS* handelt es sich beim Toten um den vermissten Silvano Zanetti.»

«Das war absehbar», bemerkte Armando.

«Das war überhaupt nicht absehbar», intervenierte Lucille. «Wer denkt denn an so etwas?»

Thomas bedachte die beiden mit einem tadelnden Blick. «Wir müssen davon ausgehen, dass Zanetti zwischen Freitag, dem 3., und Donnerstag, dem 9. Mai, umgebracht wurde. Wie wir von seiner Verlobten wissen, verliess Silvano Zanetti am Freitag kurz vor Mittag die gemeinsame Wohnung Richtung Atelier. Ob er dort jemals angekommen ist, bleibt ein Rätsel. Scheinbar ist auch sein Fahrrad verschwunden.» Thomas übergab absichtlich Lucille das Wort, obwohl Armando in der Hierarchie höher stand als sie. «Ich nehme an, du hast dir über das Täterprofil schon ein paar Gedanken gemacht.»

Lucille nahm einen Stift zur Hand und stellte sich vor die Pinnwand, auf der die Fotografien des Fundortes zu sehen waren – vor allem dieser schändlich zugerichtete Leichnam. Um diese Bilder auszuhalten, brauchte es eine gewisse Kaltschnäuzigkeit oder eine aufgezwungene Distanz, was jedoch nicht immer sehr einfach war. Auf Lucilles Lippen erschien ein Anflug von Verkniffenheit. «Da müsste ich jedoch innert kürzester Zeit ein Profil erstellt haben, zumal wir bis anhin nicht sicher waren, ob es sich bei dem Leichnam tatsächlich um Silvano Zanetti handelt.» Als Thomas nichts erwiderte, hüstelte sie verlegen. Sie sagte nicht, dass sie eine Beruhigungstablette hatte schlucken müssen. «Der Täter ist meines Erachtens zwischen dreissig und sechzig Jahre alt», fuhr sie fort. «Da statistisch belegt ist, dass die meisten Tötungsdelikte aus Eifersucht oder Habgier geschehen, gehe ich davon aus, dass unser Täter auch in dieses Bild passt.»

«Er könnte ein verkannter Künstler sein, der sich aus irgendeinem Grund an der Familie Zanetti rächen will», mischte sich Armando ein. «Oder er richtet das Augenmerk auf Néné, weil er sie gerne haben möchte und sie Silvano nicht gönnt. Auf jeden Fall versteht er etwas von Skulpturen ...»

«Was mir jedoch nicht in den Kopf will», unterbrach Elsbeth, «ist, wie er es schaffte, den Körper in diese Form zu bringen. Vor allem in dieser kurzen Zeit. Die Herstellung einer solchen Bronzeskulptur dauert ein Zigfaches an Stunden. Ich habe mich übers Internet schlaugemacht. Es ist nicht ganz einfach.»

«Er könnte alles schon vorgeformt, quasi wie eine Schale hergestellt und ihn dann hineingelegt haben», mutmasste Armando.

«Meine Güte», prustete Elsbeth los. «Du hast wohl überhaupt keine Ahnung von Bronze ... Und wie, bitteschön, hat er die Figur so bearbeitet, dass quasi Zanettis Ebenbild entstand?»

«Bevor wir uns mit Spekulationen verrückt machen», forderte Thomas, «müssen wir die Resultate der forensischen Technik abwarten.» Er lenkte das Gespräch in die andere Richtung zurück. «Lucille, du meinst also, dass der Täter älter ist als dreissig. Wie kommst du zu dieser Hypothese?»

«Du verunsicherst mich», meinte Lucille. «Ich versuche doch bloss, das Ganze einzugrenzen.»

«Wer hätte denn deiner Meinung nach Grund, Silvano Zanetti umzubringen – auf eine solch grausame Art?»

Lucille schluckte leer. Wollte Thomas sie in eine Falle locken oder sie vor den anderen blossstellen, nachdem was er heute Morgen gesehen hatte? Wollte er sie aufgrund seines Wissens um ihre vergangene Liaison mit dem Bruder des Opfers auf die Probe stellen? Sie räusperte sich. «Es könnte ja auch ganz anders gewesen sein», nahm sie ihrer vorhergehenden Meinung die Aussagekraft.

«Sollten wir nicht lieber Frau Dr. Blum hinzuziehen?», schlug Elsbeth vor, die dem Treiben nicht länger zusehen wollte.

«Damit warten wir noch», meinte Thomas. «Wie also fahren wir fort? Vorschläge, Lucille?»

Die Polizistin streckte ihre Rücken durch. Sie wusste nun, dass Thomas sie einer Prüfung unterzog. Die war auch längst schon überfällig. Vielleicht würde sie in Zukunft als ebenbürtige Mitarbeiterin behandelt und nicht als Besenwagen, wie Elsbeth das erst kürzlich treffend formuliert hatte. Andererseits hätte dieser Zwischenfall nicht geschehen dürfen. Starke Nerven waren eine Voraussetzung für ihren Job. «Wiederaufnahme der Befragungen im Umfeld des Toten, Checken der Lebensläufe und Vorstrafenregister, zwischenmenschliche Zusammenhänge eruieren ... wer warum Gründe gehabt hätte, das Opfer zu eliminieren ... und wer vor allem das nötige Material besitzt, um die Leiche dermassen zu ... präparieren.»

«Wer übernimmt das Überbringen der Nachricht?» Thomas liess seine Blicke über die Sitzreihe schweifen.

«Das übernehme ich», sagte Lucille beherzt mit einem Seitenblick auf Armando. «Oder wollen wir das gemeinsam tun?» Sie musste Punkte sammeln und beweisen, dass sie stark genug war.

Doch Armando winkte ab. «Warum ist die Skulptur überhaupt auseinandergebrochen?», warf er die Frage in die Runde.

«Es könnte sich wirklich um eine veränderte Legierung handeln, die nicht so stark ist wie Bronze», meinte Elsbeth. «Wenn der Anteil an Zinn höher ist, ist die Wahrscheinlichkeit gross, dass sie bei unsachgemässem Behandeln auseinanderbricht.» Sie zeigte auf ein Foto, auf dem die zerbrochene Statue zu sehen war. «Madame Suchard hat sie ja nicht einmal auf einem Sockel platziert. Die Skulptur war deshalb nicht stabil genug ...» Sie rieb sich nachdenklich die Nase. «Vielleicht war es ja gar keine Bronzeskulptur.»

«Vielleicht war sie aus Messing», vermutete Lucille.

«Das hätten wir gesehen», verteidigte Guido seine Fähigkeiten.

«Gut, wollen wir es dabei belassen», sagte Thomas. «Ihr wisst, was zu tun ist.» Und an Guido gewandt: «Ich will, dass ihr morgen im Atelier weitermacht.»

Allmählich leerte sich der Raum. Zurück blieb einzig Thomas. Er überlegte sich, dass er Silvanos Tod seinem Sohn mitteilen musste, was ihm gleichzeitig Sorgen bereitete.

Er rief auf dessen Mobiltelefon an und erreichte ihn, als er auf dem Wag nach Hause war.

«Hey, Dad, schön von dir zu hören.» Stefans Stimme klang dennoch nicht so erfreut wie üblich. Ob ihm von dem Mord

schon etwas zu Ohren gekommen war?» «Hast du für mich neue Nachrichten? – Gute Nachrichten?» Da war es schon.
«Können wir uns heute Abend sehen?»
«Du, ich habe mich mit Lucille verabredet. Ich weiss nicht, ob sie so erfreut ist, wenn ich sie versetze.»
«Sie wird noch unterwegs sein.» Thomas wusste, dass sie sich auf dem Weg zu Zanetti senior befand. «Hat sie dir nichts mitgeteilt?»
«Nein.» Er zauderte: «Wo treffen wir uns?»
«Wie wäre es mit dem Restaurant 1871? Wir könnten dort eine Kleinigkeit essen, wenn du möchtest.»
«Ich bin schon mit einer Kleinigkeit Flüssigem zufrieden», gab sich Stefan bescheiden. «Hast du schon etwas von Silvano gehört?»
«Ich möchte mich mit dir über Isabelle unterhalten.»
«Ach, Mum.» Stefan lachte heraus. «Ich weiss, sie macht jetzt auf jung. Wenn ich sie nicht gut genug kennen würde, wäre ich der Meinung, sie sei verliebt.»
Thomas fand es alles andere als witzig. Er blickte auf die Uhr. «In einer halben Stunde im 1871?»
«Klaro, werde da sein.»

***

Es war einer jener Abende, an denen man am liebsten draussen weilte und das mystifizierte Licht auf sich einwirken liess, das sich seit dem Sonnenuntergang hinter dem Pilatus über den Vierwaldstättersee legte. Der Himmel veränderte stetig seine Farbe: von hellen Blautönen bis zu dunklem Violett. Noch bevor die Nacht ganz hereinbrach, gingen ringsherum die Lichter an.

Thomas war etwas früher als verabredet vor dem Hotel National eingetroffen. Er hatte seinen Wagen ins Parkhaus gegenüber abgestellt. Er flanierte den Quai entlang. Zwischendurch blieb er stehen und schaute auf die beleuchtete Fassade des Hotels, welche ein wenig noch von der Verspieltheit vergangener Zeiten hergab. Er kehrte auf den Parkplatz vor das Hauptportal zurück, um sich zu vergewissern, welche baulichen Veränderungen man in letzter Zeit vorgenommen hatte. Er erinnerte sich an das Verlegen des Teppichs im Eingangsbereich. Er stammte von Cartier, einem Künstler, der aufgrund seiner sexistischen Darstellungen in den 1980er-Jahren viel zu reden gegeben hatte. Ob dieser Teppich noch existierte? Vieles war einer sanften Renovation unterzogen worden. Dennoch erahnte Thomas das Fluidum der Belle Époque.

Da sah er sie!

Der rote Alfa Romeo fuhr gemütlich die Haldenstrasse entlang. Isabelle sass am Steuer. Sie hatte ein Kopftuch um; doch es war unverkennbar sie. Ein lachendes Gesicht, das sich in Richtung ihres Begleiters wandte in dem Moment, als die Strassenlampen es erhellten. Der Typ auf dem Beifahrersitz war in Stefans Alter. Thomas fuhr es in alle Knochen. Verdattert sah er dem Alfa nach, bis er nur noch die Schlusslichter ausmachen konnte. Er spürte, wie die Kraft aus seinem Körper schwand. Er kehrte zurück auf den Nationalquai, schleppte sich über die Kieselsteine wie ein gebrochener Mann. Isabelle im Cabrio. Isabelle – die sonst fror – fuhr im Cabrio. In dieser Jahreszeit, bei diesen kühlen Temperaturen. Mit Daniela Trechsler. Sie hatte ihm verheimlicht, dass sie *Daniel* hiess.

Thomas näherte sich der Treppe, die zum Restaurant führte, nahm trotz seiner schwabbeligen Knie zwei Stufen auf einmal und gelangte in einen offenen Raum, in dem Arkadenbögen dominierten. *Ich kann mich auch getäuscht haben.* Graumelierte Marmorsäulen und stuckverzierte Abschlüsse zeugten von einer pompösen Zeit. *Nein, ich habe mich nicht getäuscht. Ich habe Isabelle gesehen.* Der Boden war mit Platten in einem schwarz-weissen Waffelmuster ausgelegt. Die Tischordnung dagegen war schlicht und neuzeitlich.

Thomas setzte sich auf einen roten Sessel, während er etwas vor sich hinfaselte. Der Kellner, der an einem der Nebentische schmutziges Geschirr abräumte, beobachtete ihn irritiert. Thomas sah auf. Ihre Blicke trafen sich. Thomas meinte zu wissen, was der Kellner über ihn dachte. Er räusperte sich.

Etwas drohte einzustürzen, in dem er sich bis anhin in Sicherheit gewiegt hatte. Etwas zerbrach. Wie durch einen Schleier sah er Stefan durch den Vordereingang auf ihn zukommen. Aufgrund seiner froh gelaunten Art konnte er davon ausgehen, dass er noch nichts von Silvanos Tod erfahren hatte. War es relevant? Er wollte damit noch abwarten. Stefan sah gut aus, musste er neidlos eingestehen. Einen kurzen Moment vergass er das beklemmende Gefühl in seiner Brust. Stefan trug noch immer die dunkelgraue Kleidung, die er auch am Bankschalter trug, ein weisses Hemd und eine Krawatte in hellen Tönen. Stefan setzte sich, und beide bestellten eine Karaffe Weisswein. Der Kellner von vorhin nahm die Bestellung auf und musterte Thomas, als hätte er es mit einem Ausserirdischen zu tun.

«Bedrückt dich etwas?» Stefan schälte sich aus der Jacke und lockerte die Krawatte. «Es ist ungewöhnlich, wenn du mich auswärts einlädst.»

Thomas sah ihn an. Sein Sohn hatte Isabelles sanften Blick. Wieder schauderte ihn. Sollte er Stefan auf Isabelle ansprechen, bevor er mit der Hiobsbotschaft um Silvano herausrückte?

«Dad?» Stefan riss ihn aus seinen Gedanken. «Irgendetwas ist los ... ist es wegen Silvano?»

«Hast du gewusst, dass deine Mum ... mit einem jungen

Mann unterwegs ist?» Er hätte sich am liebsten die Zunge abgebissen. Trotzdem fuhr er fort. «Sie will einen eigenen Wagen kaufen.»

Stefan schmunzelte. «Ich kann dies gut nachvollziehen. Deinen Golf könntest du nämlich schon längst ins Museum stellen.» Auf den jungen Mann kam er nicht zu sprechen.

«Sie hätte es mit mir besprechen können.»

«Ich dachte, das habe sie getan? Zumindest versucht ...»

«Weisst du mehr als ich?»

Der Kellner kehrte an den Tisch zurück und brachte den Wein.

«Hat sie den Wagen nun gekauft, oder nicht?»

«Warum ist das so wichtig?» Stefans Schmunzeln nahm an Intensität noch zu. «Ich glaube, sie fährt noch immer probe.»

Ja, mit diesem jungen Typen! Doch das dachte Thomas nur. Er griff nach dem Glas und prostete seinem Sohn zu. Ohne es zu überlegen, goss er den Wein in sich. Stefan sah ihn erstaunt an. «Durstiges Wetter ...» Dann hielt er inne. «Was ist mit Silvano?»

Als hätte er es geahnt. Thomas stellte das Glas zurück. «Man hat ihn gefunden.» Mit dieser Aussage verdrängte er sein eigenes Elend.

«Wie gefunden?» Stefan runzelte die Stirn.

Während Thomas von dieser Tragödie erzählte, sah er, wie Stefan immer blasser wurde. Selbst sein Zittern entging ihm nicht. «Stefan, ich muss alles von dir wissen, was du im Zusammenhang mit Silvano weisst», endete er. «Du könntest für uns ein wichtiger Zeuge sein. Wann hast du ihn zum letzten Mal gesehen, und was ist dir aufgefallen? Warst du schon einmal in seinem Atelier?»

«Erinnerst du dich an den Tag, als ich dich bat, nach Silvano zu suchen? Vielleicht wäre er noch am Leben, wenn du mich

ernst genommen hättest...»
Thomas sah nachdenklich auf seine Hände und die Fingernägel, die nicht besonders schön noch Spuren seines pubertären Nagelbeissens aufwiesen. Stefan trank das Weinglas leer. Als er es zurückstellte, meinte er mit glasigem Blick, dass er sich nicht mehr genau erinnern möge, wann er Silvano das letzte Mal gesehen habe. «Wir haben meistens miteinander telefoniert.» Er wirkte müde. «Und ins Atelier hat er mich höchsten dreimal eingeladen. Aber das ist auch schon eine Weile her. Auf jeden Fall gab es da erst elf Statuen. Wir machten noch Witze darüber. Er sagte, dass die elf Feen beendet seien. Bei der zwölften würde er sich etwas einfallen lassen. Aber wie du ja selbst gesehen hast, ist seine letzte Frauenskulptur nicht anders als die Vorgängerinnen, ausser dass sie eine Alte ist.» Er hielt inne. «Hätte man ihn retten können, wenn du eine Suchaktion gestartet hättest, nachdem ich dich mit seinem Verschwinden konfrontiert hatte?» Stefan blieb hartnäckig.

«Wir wissen es noch nicht.» Thomas verwies auf die Gerichtsmedizin. «Hat er dir erzählt, dass er sich bedroht fühlte?»

«Nein, hat er nicht. Er war einstweilen etwas hyperaktiv...» Stefan lächelte schwach. «Man hätte sich vielleicht vor ihm in Acht nehmen sollen. Manchmal war er wankelmütig.»

«Du meinst, er war mal euphorisch...»

«... dann wieder am Boden zerstört», ergänzte Stefan. «Ein Künstler eben. Das andere kennst du bereits.»

«Was erzählte er über seinen Bruder?»

«Ich weiss nur so viel, dass er ihn nicht besonders mochte. Sie sind sehr verschieden. Für Silvano bedeutete Materielles nicht so viel wie für Sergio. Er lebte für Néné und seine Kunst.»

«Weisst du, was Sergio gelernt hat?»

«Elektroinstallateur. Aber er hat es bis anhin nicht so weit

gebracht wie sein Vater. Eduardo ist immerhin Ingenieur.»
«... Und hatte früher diese Elektroinstallationsskulpturen geformt?»
«Du weisst davon?» Stefans Lächeln misslang. «Silvano nahm seinen Vater immer hoch. Aber Unternehmer und Künstler verträgt sich etwa so gut wie Eis und heisser Kaffee.»
«Hast du denn diese Skulpturen mal gesehen?»
«Auf Bildern. Aber wie ich von Silvano weiss, sind diese Gebilde alle verschrottet worden.» Er verfiel wieder ins Grübeln: «Wurde Silvano bei lebendigem Leib ...?» Er schaffte es nicht weiterzusprechen.
«Die Pathologen werden es herausfinden.»
«Ich möchte es nicht wissen.»
Die Weinkaraffe war schnell leer. Thomas bestellte eine weitere. Durch die betäubende Wirkung zu viel Alkohols war alles ein wenig leichter zu ertragen.

Mittwoch, 15. Mai

Das Haus lag im Villenviertel in bester Hanglage in der Gemeinde Horw. In der zweitletzten Reihe unterhalb eines Hotels, das in ein Baugerüst verkleidet war. Die Aussicht reichte von der Rigi bis zum Pilatus. Von der Terrasse aus konnte man sogar auf den Vierwaldstättersee sehen, der einen seiner Arme in die Bucht von Hergiswil und Stansstad wand.

Nachdem Eduardo Zanetti die Nachricht vom Tod seines Sohnes erreicht hatte, blieb er die ganze Nacht wach. Er liess die Vergangenheit Revue passieren. Dabei trank er eine Flasche Bourbon, die ihm dabei half, die vielen Bilder aus seinem Gedächtnis abzurufen. Sie stammten aus einer Zeit voller Zärtlichkeit und Schönheit. Kurz nachdem er die Konzertpianistin Patricia Ferro geheiratet hatte, waren sie in dieses Haus hier eingezogen. Mit viel Liebe zum Detail hatte Patricia ihr Heim eingerichtet. Nicht nur die Möbel, auch die Trouvaillen, die sie von ihren unzähligen Reisen mitgebracht hatte, waren von erlesener Anmut. Viel Freude hatten ihnen ihre Söhne bereitet. Ein Jahr nach der Hochzeit war Sergio, drei Jahre nach ihm Silvano zur Welt gekommen. Mit den beiden Kindern war das Haus fröhlich und lebendig gewesen.

Eduardo wischte sich eine Träne weg, die sich von seinem linken Auge in Richtung Mundwinkel bewegt hatte. Er bezeichnete sich als reichen Mann. Er hatte von der Pike auf gelernt, hatte früh dann seine eigene Firma gegründet und Erfolg gehabt. Mit Patricia hatte er eine Musterehe geführt. Die beiden Söhne gediehen unter der Obhut seiner Frau. Während der Erstgeborene zwar den Charakter eines verwöhnten Burschen entwickelt, in der Schule eher zu den Faulen gehört und sich mit Vaters Reichtum gebrüstet hatte, waren bei Silvano dagegen bald schon die Wesenszüge seiner Mutter hervorgetreten. Er war der Sanftere von beiden gewesen, der Hellsichtigere und – was Eduardo fand – auch der Verrücktere. Dass er sich der Bildhauerei verpflichtet hatte, war Eduardo zuerst sauer aufgestossen, hatte er doch für seine Söhne anderes vorgehabt. Doch Patricia hatte ihn von seinen ehrgeizigen Plänen abgehalten und ihm nahegelegt, seine eigenen verpassten Träume nicht auf die Söhne projizieren zu wollen. Er hatte lange daran genagt, zumal er das, was er aufgebaut hatte, gern seinem jüngsten Sohn übergeben hätte. Sergio traute er es nicht zu, sein kleines Imperium aufrechtzuerhalten. Sergio war ein Windhund und hatte grosses Talent, mehr auszugeben, als er besass. Ohne Skrupel. In der Not hatte er den Vater im Rücken und die Gewissheit, dass sein Erzeuger ihn nicht im Stich liess.

Der Morgen dämmerte. Ein bleiernes Licht legte sich um die Hügel. Der See lag in einem Schleier aus frühlingshaftem Dunst. Eduardo hatte den Platz vom Wohnzimmer auf die Terrasse verlegt, wo er gegen die Rigi schaute und dem Tag entgegensah. Der erste Tag, an dem er bewusst wahrnahm, dass sein Sohn von ihm gegangen war – endgültig gegangen war. Am Abend zuvor hatte Lucille Mathieu plötzlich vor seiner Tür gestanden. Es war schon spät gewesen. Er hatte geduscht, einen Bademantel angezogen und sich auf einen gemütlichen Abend eingestellt. Als es geklingelt hatte, war er zuerst verärgert gewesen. Die Abende, an denen seine Frau Ludmilla ausging, waren für ihn eine willkommene Abwechslung. An diesen Abenden konnte er in der Vergangenheit schwelgen – mit einem Glas Rotwein und den Fotoalben, die er regelmässig ansah. Vor der Tür hatte Lucille Mathieu gestanden. Die Polizistin hatte ihn nur ansehen müssen. Er hatte es sofort begriffen. Später hatte sie ihm ausführlich davon erzählt, wo und wie man seinen Sohn gefunden habe. Er hatte die Nachricht aufgenommen, als hätte er im Fernseher einen Film angesehen. Es hatte nicht ihn betroffen. Nicht ihn. Es war unmöglich, dass er nach seiner geliebten Frau jetzt auch noch seinen Jüngsten verloren hatte.

Lucille war nicht lange geblieben. Sie hatte noch gefragt, ob sie den polizeipsychologischen Dienst aufbieten solle. Er aber hatte abgewinkt. Ihm blieb ja noch Ludmilla, die an diesem Abend zwar mit ihrer Freundin in einer Bar war. Aber wenn sie nach Hause kam, würde sie sich seiner annehmen. Wenig später war sie aufgetaucht, war stumm geblieben, denn viel gab es nicht zu reden. Eduardo war in ihre Arme gesunken und hatte haltlos geweint.

Er hatte die ganze Nacht geweint.

Eltern akzeptieren es nie, wenn ihr Kind stirbt. Man sagt, dass die Zeit die Wunden heilt, dass irgendwann einmal alles in Vergessenheit gerät. Doch Verdrängung ist nicht gleich Vergessen. Und nicht nur eine Narbe, auch eine riesengrosse Lücke bleibt zurück.

Eduardo Zanetti hatte sich noch nicht aus dem Haus gewagt aus Angst, dass er ganz durchdrehen würde. Es nützte auch nichts, dass Ludmilla ihn zu beruhigen versuchte. Im Gegenteil: Eduardo wurde ausfällig, beschimpfte seine dritte Frau und dass sie keine Ahnung habe, was in ihm vorgehe. Sie habe ihn wie eine Kuh gemolken. Sie wolle immer nur schöne Kleider, Schmuck und Ferien. Das sei ihr wichtiger als alles andere. In ihrem Kopf sei nichts als Luft. Sie solle sich zum Teufel scheren. Und wieder hatte er wie ein verwundertes Tier geheult.

Ludmilla versuchte, ihn weiter zu trösten, was ihr jedoch misslang. Eduardo führte sich auf wie eine Elefantenherde im Porzellanladen. Eine weitere Whiskyflasche war bis zur Hälfte geleert.

Vor dem Mittag rief Ludmilla in ihrer Not Dunja Neumann an. «Ich weiss nicht, was ich mit Edi machen soll. Er ist so verzweifelt.»

Dunja Neumann versprach, sofort zu ihnen zu fahren. Sie habe noch einiges mit der Familie zu besprechen.

Er hatte sich in den Sessel vor dem Kachelofen gesetzt. Ludmilla behielt ihn im Auge. Er sass da und starrte Löcher in den Boden. Als sie ihm auf einem Tablett Tee brachte, starrte er weiter. Doch plötzlich holte er mit der rechten Hand aus und schlug ihr das Tablett aus der Hand. Ludmilla wich erschrocken zurück. Der heisse Tee hatte ihr die Hand verbrüht. Sie sagte nichts.

Ludmilla räumte auf. Sie trug das zerbrochene Geschirr in die Küche, wischte den Boden feucht auf, trocknete ihn danach. Eduardo starrte. Er hatte sich noch keinen Zentimeter bewegt.

Im Hausflur läutete es dreimal kurz. Ludmilla ging öffnen und liess Dunja Neumann eintreten.

«Wie geht es ihm?» Sie blickte auf den Verband an Ludmillas Hand, dann inspizierte sie kurz den Wohnraum. Möbel, Teppich und Vorhänge bestanden aus erlesenen Materialien. Eine B&O-Anlage mit dem dazugehörigen Fernsehgerät dominierte die seitliche Wand. Eine exotische Wucherpflanze nahm die Hälfte der Vorderfront ein.

«Es geht ihm sehr schlecht. Er hat heute noch nichts zu sich genommen.»

Dunja entging nicht Ludmillas Zittern. «Gehen Sie in Ihr Zimmer. Ich mache das schon», sagte sie, als sie Zanetti auf dem Stuhl vor dem Kachelofen sitzen sah. Sie schaute sich um. Das Wohnzimmer war aufgeräumt und blitzblank geputzt. Sogar an den Fenstern schien es kein Stäubchen zu haben. Der Blick in die Ferne war ungetrübt klar. Dunja bemerkte die Ro-

sen auf dem Esstisch. Sie mussten frisch geschnitten sein. Langsam näherte sie sich ihrem Klienten. «Ich bin jetzt hier.» Sie legte Zanetti die Hand auf die Schulter. Er blieb ruhig. «Vielleicht sollten Sie etwas essen.»
«Einen Teufel werde ich.» Erst jetzt wandte er den Blick vom Boden zu seiner Anwältin. «Ich habe gestern meinen Sohn verloren. Und Sie denken ans Essen.» Er winkte ab. «Nein, sagen Sie jetzt nicht, das Leben gehe weiter. Das Leben steht seit gestern still. Bis anhin hatte ich die Hoffnung nicht aufgegeben, dass Silvano uns alle an der Nase herumführt, wie er das früher oft getan hat.» Zanetti wies mit dem Kopf an die Wand neben dem Kachelofen. «Sehen Sie die Uhr dort? Sie tickt nicht mehr. Seit gestern tickt sie nicht mehr. Die Zeit ist stehen geblieben. Das Leben geht nicht mehr weiter. Das verstehen Sie doch.»

Dunja musste sich eingestehen, dass ihr Vorhaben bereits jetzt zum Scheitern verurteilt war. Nie hätte sie gedacht, dass dieser Verlust Zanetti so sehr aus der Fassung bringen würde. Ihn, den sie oft als beherrschten Mann erlebt hatte. Erst jetzt wurde ihr bewusst, dass hinter der harten Schale ein sehr verletzlicher Kern steckte. Oft hatte sie den alten Herrn bewundert, mit welch diplomatischem Geschick er den Widersachern begegnet war, welche Ruhe er ausstrahlte. Er schien sogar die Marotten seines Ältesten im Griff zu haben. Nichts konnte ihn aus der Fassung bringen. Sein fröhliches Gemüt schien über alles erhaben. Als seine zweite Frau gestorben war, hatte er zwar getrauert, doch jedem tröstend zugesprochen, dem ihr Tod nahegegangen war. Sie sei jetzt im Himmel und würde vor dem Herrgott Piano spielen, hatte er gesagt, stets mit einem sanften Lächeln auf den Lippen. Umso geschockter war sie jetzt. Was ging jetzt in seinem Kopf vor? War es überhaupt für Aussenstehende nachvollziehbar, was in seiner Seele gerade geschah? Gerne hätte Dunja ihm das Gesicht gestreichelt. Doch fürchtete sie sich davor, dass er bei ihr genauso ausfällig wurde wie vorher bei Ludmilla.

Am späteren Vormittag traf Sergio ein – mit seiner Frau. Taolyn war Vietnamesin und – anders als die Mehrheit der asiatischen Frauen – gross gewachsen. Sie überragte Sergio um einen halben Kopf. Sie war schlank, fast dünn und trug einen rassigen Kurzhaarschnitt, was ihre Aussergewöhnlichkeit unterstrich. Ihre Augen glichen Reiskörnern auf einem makellosen Gesicht.

Dunja hätte sie zuletzt erwartet. Doch vielleicht würde sie nun über einige Ungereimtheiten aufgeklärt werden. Sie schien denn auch ziemlich verlegen, als sie Dunja die Hand zum Gruss ausstreckte. «Es tut mir leid, dass ich Ihnen solche Umstände bereitet habe. Ich hatte von all dem keine Ahnung.» Ihr Blick schweifte ab zu Eduardo. «Es tut mir so leid.» Wieder sah sie Dunja an. «Aber ich hatte nichts mit Silvano zu tun, das müssen Sie mir glauben. Mein Mann hat da irgendetwas durcheinandergebracht.»

Es erstaunte Dunja, mit welcher Feinheit Taolyn die Worte wählte. Nicht der kleinste Groll ging von ihr aus. Wie auch schon bei Ludmilla. Die beiden Frauen hatten etwas Bemerkenswertes, fand sie.

Dunja nahm sie zur Seite. «Sie müssen sich bei der Polizei melden.» Sie reichte ihr Kramers Visitenkarte. «Er erwartet Sie.»

«Aber Sie glauben doch nicht, dass ich etwas mit dem Verschwinden meines Schwagers zu tun habe. Fragen Sie meinen Mann. Er müsste es am besten wissen. Was er mir anhängt, ist nicht fair.»

«Was ich glaube, ist nicht wichtig. Sagen Sie einfach die Wahrheit, dann haben Sie nichts zu befürchten.»

«Sergio hat Sie um Rat gefragt, nicht wahr?»
«Sind Sie deswegen weggegangen?»
«Was hätte ich denn tun sollen? Ich brauchte Luft, um mich zu beruhigen. Es ist ja nicht das erste Mal, dass er gesetzeswidrig geworden ist...» Sie hielt die Hand halb vor ihren Mund. «Ehrlich gesagt, ich konnte nicht mehr...»

***

Isabelle hantierte in der Küche, als Thomas aus dem Badezimmer kam. Er war verkatert wie das letzte Mal in Ascona. Er schlich ins Zimmer, zog sich dort an und begab sich dann zur Garage. Er hatte weder den Mut noch Lust, mit Isabelle zusammenzutreffen. Er wusste, wie kindisch das war und dass ein klarendes Gespräch mehr gebracht hätte als eisernes Schweigen. Doch er war nicht bereit, über das zu reden, was ihn im Innersten wurmte. Ein anderer Mann in Isabelles Leben? Nicht vorstellbar. Und warum tat sie so geheimnisvoll und andererseits so offensichtlich? Einfach ignorieren, schalt er sich. Vielleicht würde sie von alleine merken, wie beleidigt und verletzt er war.

Thomas fuhr direkt zu Zanettis Atelier, weil er wusste, dass die Techniker bereits am Vortag mit ihrer Arbeit begonnen hatten. Er parkte im City-Parkhaus und ging den Weg zu Fuss.

Silvanos Werkstatt lag in einem farbigen Haus in der Steinenstrasse. Thomas erinnerte sich, dass er in seinem letzten Fall ganz in der Nähe zu tun gehabt hatte. Nicht nur die Häuserzeile, sondern auch das Dahinter schien von Kreativen geprägt zu sein. Die Fassaden waren zum Teil mit Schriftzügen versehen; eine Wand mit einem farbigen Graffito übermalt. Es sollte wahrscheinlich eine Palmeninsel darstellen, die etwas misslungen wirkte. In den Fenstern hingen Draperien. Vor den Eingängen standen Buchsbäume in verschnörkelten Töpfen, über einem Glockenzug war eine aus Stoffen und Bürsten gefertigte Hexe angebracht. Auf dem Platz davor vermittelten ein Bistrotisch und drei Stühle eine behagliche Atmosphäre. Eine Gestalt mit ungepflegten Haaren und einem Joint zwischen den Lippen sass da und wollte nicht richtig in das Bild passen. Er gehörte wahrscheinlich zu dem Typen, der abseits an einen Baumstamm lehnte und genauso vergeistigt in die Welt blickte.

Der Camion des Technischen Dienstes versperrte halb den Eingang zum Atelier.

Thomas gelangte durch eine schmale Tür in einen Raum, der wider Erwarten von erstaunlichem Ausmass war. An der gegenüberliegenden Wand reichten Gestelle bis unter die Decke. Die Regale waren vollgepackt mit Kisten, Säcken, fertigen und halb fertigen Figuren aus Bronze, Messing und Stein. Linksseitig verdeckten Steinstatuen verstaubte blinde Fenster. Dort, wo die Bronzeskulpturen gestanden haben mussten, war der Boden etwas heller und weniger schmutzig. Thomas zählte insgesamt zwölf solche Flecken.

«Fällt dir etwas auf?» Armando erschien unter dem Durchgang zu einem kleineren Raum, der mit einer Kochnische ausgestattet war.

«Ich sehe mir gerade diese Stellen an...» Thomas wies auf den Boden. «Ich gehe davon aus, dass *Alkibiades* nicht hier produziert wurde.»

Er durchstreifte den Raum und besah sich den Tisch in der Mitte, auf dem eine Vielzahl an Werkzeug sowie eine aufgerissene Papiertüte lagen. Daraus schimmerte etwas, das wie Mehl aussah. «Was ist das?»

«Zement», antwortete Armando. «Im Keller haben wir einen Zementmischer gefunden. Es scheint, als hätte Silvano noch mit anderen Materialien experimentiert als nur mit Kupfer und Zinn.»

«Offenbar auch mit Stein.» Thomas zeigte auf die Figuren vor dem Gestell. «Sind die Techniker schon fertig?»

«Sie befinden sich im Keller.» Armando öffnete eine Tür neben der Küche. Eine steile, breite Treppe führte ins Untergeschoss. Eine kompliziert aussehende Konstruktion erhärtete die Vermutung, dass man die gegossenen Statuen vom Keller nach oben transportieren konnte. Am oberen und unteren Treppenabsatz waren Rollen befestigt, die durch ein Seil miteinander verbunden waren. Auf halber Höhe lag ein Podest in der Arretierung.

Der nach einer undefinierbaren Essenz riechende Raum war durch Halogenlampen hell erleuchtet. Guido, Leo und sein Team suchten nach Spuren, die auf ein Verbrechen hinwiesen. Nebst dem Zementmischer gab es verschiedene Gestelle und Vorrichtungen. Ein riesiger Behälter aus einem feuerfesten Material diente wohl für die Legierungen. An der hinteren Wand war ein Ofen eingelassen. Davor, auf einer Ablage, stapelten sich verschiedene Roste.

«Oben war nichts, das uns weiterhelfen würde», meinte Guido, als er Thomas auf dem untersten Treppenabsatz erblickte. «Wir haben schon gestern alles akribisch durchsucht, Verdächtiges mitgenommen und im Labor ausgewertet. Hier wurde gearbeitet – aber nicht gemordet. Und so, wie es bis jetzt im Keller den Anschein macht, werden wir auch da nichts finden.»

Thomas stieg wieder nach oben. Er ertappte Armando dabei, wie er einen kleinen Frauenakt in der Hand hielt und näher betrachtete. «Wir müssen die Nachbarn vernehmen. Dazu müsstest du ein paar Leute aufbieten. Du kannst ja schon mal den Anfang machen.»

Armando stellte die Statue an ihren angestammten Platz zurück. «Ich habe Lucille bereits informiert. Sie dürfte demnächst eintreffen.» Er blickte nachdenklich vor sich hin. «Das muss ein ganz Durchgeknallter sein, der so etwas tut... Meinst du, er fährt fort damit?»

«Hoffen wir, dass es bei dem einen Opfer bleibt.» Thomas wandte sich dem Ausgang zu. «Ich fahre ins Büro.» Er drehte sich noch einmal um und sah Armando an. «Kopfarbeit. Vielleicht hilft mir mein Verstand. Aus dem Bauch heraus komme ich zu keinem klaren Bild. Elsbeth wird mich zudem mit weiteren Informationen füttern.» Er blieb stehen. «Wenn ich nur wüsste, was für ein Motiv dahintersteckt. Was ist bei diesem jungen Mann zu holen?»

«Ein schweres Erbe», mutmasste Armando.

«Und wer erbt, wenn er nicht mehr lebt? Seine Verlobte kann es wohl nicht sein.»

«Vielleicht wollte jemand verhindern, dass es so weit kommt.»

«Du solltest den alten Zanetti nochmals befragen.» Thomas wandte sich ab.

Vor der Tür wäre er beinahe mit einer Frau zusammengestossen. Knapp streifte er deren Arm.

«Herr Kramer, was für eine Überraschung!» Ein Mausgesicht strahlte ihm entgegen. Die borstigen Haare, die er in Erinnerung hatte, waren etwas länger, trugen jedoch nichts zum besseren Aussehen bei. «Britta Hunkeler, wissen Sie noch, wer ich bin?»

«Ich erinnere mich», sagte er leicht beschämt.

«Andy hat sich jetzt einer Selbsthilfegruppe angeschlossen», fuhr sie ungefragt fort. «Seit März arbeitet er in einer geschützten Werkstatt. Vielleicht hat er eine Chance, dass er doch noch auf einen normalen Weg gerät.» Britta Hunkelers Stirn legte sich in Falten. «Die Polizei scheint hier Dauerpräsenz zu haben.»

«Wie meinen Sie das?»

«Schon gestern Abend war hier einiges los. Geht es um Silvano?»

«Sie kannten ihn?»

«Natürlich. Alle, die hier leben, haben ihn gekannt. Er hat mir sogar mal eine Statue geschenkt, so eine Minifrauenfigur.» Sie gestikulierte. «Er hat gesagt, dass er noch genug davon habe. Zum Verkaufen sei sie nicht geeignet. Ja, manchmal haben auch die kleinen Leute ein wenig Glück.» Sie lächelte und entblösste dabei ihr Mausgebiss.

«Erinnern Sie sich, wann Sie Silvano zum letzten Mal gesehen haben?»

«Ich weiss nicht genau, vielleicht vorletzte Woche. Ich kann nicht dauernd am Fenster stehen und die Nachbarn beobachten. Ich habe immer viel zu tun. Ich arbeite für einen Versandhandel. Schon vergessen?» Wieder wedelte sie mit ihren Händen.

Thomas reichte ihr seine Karte. «Es kann sein, dass Sie von unseren Leuten befragt werden. Stehen Sie bitte zu unserer Verfügung.» Er wandte sich zum Gehen.

«Warum? Weiss man schon etwas Näheres? Er ist doch verschwunden, oder?»

«Das wird bestimmt heute oder morgen in der Zeitung stehen.» Thomas entfernte sich von der Frau, als er von Armando ins Haus zurückgerufen wurde.

«Wir haben ein Fahrrad gefunden.»

«Zanettis Fahrrad?»

«Ist anzunehmen. Ich hatte soeben einen Zeugen aus der Nachbarschaft am Telefon. Er hat mir bis inklusive auf die ka-

putte Lenkstange jedes Detail beschrieben.»
«Dann muss der Täter hier gewesen sein», folgerte Thomas.
«Oder Silvano hat das Rad absichtlich im Keller versteckt.»
«Was jedoch nicht sehr glaubhaft klingt.» Thomas kratzte sich am Hinterkopf. «Spuren?»
«Die werden noch ausgewertet.»
Thomas verabschiedete sich zum zweiten Mal.

Als er die Steinenstrasse entlang bis zum City-Parking ging, versuchte er, die Eindrücke der vergangenen Tage aneinanderzureihen. Er zog die Luft tief in seine Lungen. Er roch den Frühling – die aufkeimenden Blüten und Blätter an den Bäumen. Er roch aber auch den Tod. Der Serienmord im letzten November hatte ihn einiges an Substanz gekostet. Obwohl er es gegenüber den anderen nicht hatte zugeben wollen; tief in seinem Innern sah es anders aus. Nach dem Lösen des Falles hatte er sich oft die Frage gestellt, ob er sich mit dem Job doch nicht zu viel aufbürdete. Mit dem Aufstieg in einen höheren Posten hatte er geglaubt, allmählich über alles hinwegzukommen. Die Straftaten hatten sich im normalen Bereich bewegt. Einzig der Fall des Schmutzigen Donnerstag hatte ihn noch einmal so richtig durchgeschüttelt. Vor allem, weil es ihn persönlich sehr getroffen hatte. Danach hatte es keine Mordopfer mehr gegeben. War mit dem Fall Silvano Zanetti das Grauen zurückgekehrt?

Er kam im City-Parking an, bezahlte am Automaten und blieb stehen. Er wusste nicht mehr, auf welchem Stockwerk er den Wagen abgestellt hatte. So lief er die Auffahrt hinauf, kam sich idiotisch vor, wich einem Auto aus und sah, dass die Dame hinter dem Lenkrad ihm einen Vogel zeigte. So weit war er also schon.

Später fuhr er zurück in die Kasimir-Pfyffer-Strasse. Vor seinem Büro erwartete ihn Elsbeth. Sie ass einen Apfelkrap-

fen. Die Dokumente hatte sie unter den rechten Arm geklemmt. In der Hand hielt sie eine Papiertüte – wie Thomas vermutete – mit dem restlichen Gebäck. Elsbeth wirkte grösser als sonst, was Thomas veranlasste, auf ihre Schuhe zu blicken. Sie trug High Heels. «Ausnahmsweise», wie sie schmunzelnd sagte. «Bin heute eingeladen.»
Sicher von Gantenbein, dachte Thomas. Kurz ein Gedanke an Lucille, die ihn zur Toten auf der Spreuerbrücke befragt hatte. Sie hatte nichts wesentlich Neues herausgefunden.
Thomas schloss die Tür auf. Elsbeth trat vor ihm ins Büro, schritt zügig zum Pult und legte den Stapel ab. Mit dem nun freien Arm fuhr sie sich über die Stirn. «Wir haben einiges zusammengetragen, was für die Rekonstruktion der letzten Stunden von Silvanos Leben hilfreich sein könnte. Nun, viel es nicht.»
«Dann lass mal sehen.» Während Thomas sich auf den Bürostuhl setzte, zog er die Jacke aus und legte diese auf die Lehne. Er sah auf die Blätter, überflog die Zeilen. «Die Künstler scheinen ein ganz undurchsichtiger Haufen zu sein», stellte er fest. «Ich will wissen, ob jemand von der Kunsthochschule mit Silvano Zanetti Kontakt gepflegt und wer mit ähnlichen Materialien wie er gearbeitet hat.»
Elsbeth nickte, während sie Notizen machte. «Ich habe nun auch die Auswertungen der Schriften von Eugenies Karton. Sie hat alles von Hand geschrieben und nicht immer sehr leserlich. Die schlimmsten Stellen habe ich getippt und ausgedruckt. Willst du zuerst diese durchsehen?»
«Sind sie wichtig für uns?», fragte Thomas abwesend und zeigte auf die Papiertüte. «Hast du eventuell einen Krapfen zu viel? Ich hatte noch kein Frühstück heute. Mein Magen knurrt.»
«Bediene dich.» Sie schob ihm die Tüte über den Tisch. «Na-

tascha de Bruyne bezichtigt darin ...»

«Das hat für uns keine Relevanz», fuhr Thomas heftig dazwischen. «Wir haben einen Toten, der auf bestialische Weise ermordet wurde. Ich möchte mich nun diesem Fall widmen und ihn so bald wie möglich aufklären.»

Elsbeth blickte ihren Chef verständnislos an. «Dann verstehe ich nicht, weshalb wir den Inhalt des Kartons haben lesen müssen. Künstliche Arbeitsbeschaffung?»

«Noch einmal: Es ist nicht unser Fall. Und was vor bald fünfzehn Jahren geschehen ist, geht zumindest unsere Abteilung nichts an.»

«Ich dachte, es hätte dich interessiert.» Elsbeth wandte sich schmollend ab. «Sonst noch etwas?»

«Ich brauche einen Kaffee.»

«Verstanden.» Elsbeth zog ihre Schultern hoch. «Wann ist der Rapport?»

«Nach dem Mittag. Bis dahin wissen wir von unseren Technikern hoffentlich mehr. Dr. Wagner wird mir den pathologischen Befund bis zu dieser Zeit auch zugeschickt haben.»

Elsbeth brachte ihm den Kaffee. «Einen doppelten», sagte sie, «der wird dich aufmöbeln und deine schlechte Laune vertreiben.»

Thomas vertiefte sich in die Berichte. Immer wieder schweiften seine Gedanken ab. Silvano war also ins Atelier gefahren. Nénés Aussage und das Fahrrad bestätigten dies. Aber warum hatte er es im Keller versteckt? Oder hatte der Mörder es versteckt? Hatte jemand Silvano aufgelauert? Thomas griff zum Telefon und wählte Nénés Nummer.

Es war zu erwarten, dass sie – kaum hatte er sich gemeldet – in ein heftiges Schluchzen ausbrach. Sie habe es erst heute Morgen erfahren. Eduardo habe es nicht für nötig gehalten, sie schon gestern zu benachrichtigen. Sie verzeihe ihm jedoch, weil sie wisse, wie er sich fühlen muss. Wieder weinte sie.

«Ich will Sie nicht lange aufhalten», sagte Thomas. «Sie müssen mir nur etwas sagen: Hat Ihr Verlobter die Tür abgeschlossen, wenn er in der Werkstatt arbeitete?»

«Ja, soviel ich weiss. Er mochte es nicht, wenn man ihm bei der Arbeit zusah. Nur ab und zu durfte man seinem Schaffen beiwohnen.»

«Hat er auch Fremde reingelassen während der Arbeit?»

«Diese mussten sich vorher immer anmelden. Er war sehr strikt.»

«Hat er diese Anmeldungen irgendwo notiert?»

«Auf seinem Handy, soviel ich weiss. Aber das ist auch weg.»

Thomas verabschiedete sich. Danach rief er Renata Obrist an.

«Ich habe soeben erfahren, was mit Silvano geschehen ist. Das ist ja schrecklich. Wer tut denn so etwas?» Es hörte sich so an, als hätte sie auch diesen Satz aus ihrem Reden-Repertoire hervorgeholt wie alle die Sätze, die sie in den Raum warf. Thomas musste davon ausgehen, dass sie selbst für eine solche Situation ihre Sprachnotizen angelegt hatte. Es wirkte irgendwie gekünstelt.

«Ich muss von Ihnen noch Folgendes wissen», begann er und wartete die Interventionen auf der anderen Seite erst gar nicht ab. «Wann genau haben Ihre Spediteure die Skulpturen für die Ausstellung aus Zanettis Atelier abgeholt?»

«Ich muss nachsehen», kam es wenig freundlich zurück. Thomas hörte Papierrascheln. «Silvano hat uns den Schlüssel am Dienstag, 30. April, ausgehändigt. Die Skulpturen wurden am Donnerstagabend darauf abgeholt.»

«Waren es zwölf oder dreizehn Skulpturen?»

«Zwölf. Die dreizehnte wurde nachgeliefert. Silvano rief

mich ja deswegen noch an. Es war an dem Tag, als er so stark erkältet war.»

«Erinnern Sie sich, welches Datum der Tag hatte?»

Wieder raschelte Papier. «Zwei Tage vor der Vernissage. Der 8. Mai war's.»

«Sind Sie sicher, dass es Silvano war, der Sie angerufen hat? Haben Sie sich eventuell von der Stimme täuschen lassen?», fragte er, obwohl er wusste, dass es definitiv nicht Silvano hatte sein können, der sie angerufen hatte.

«Ich erinnere mich nur, dass er ziemlich komisch geklungen hat. Zudem hat es auf der Leitung andauernd geknackt.»

«Wo wurde die Skulptur abgeholt?»

«Sie wurde nicht abgeholt. Sie stand verpackt vor dem Lieferanteneingang des KKL.»

«Ohne Absender?»

«Doch mit Absender, mit der Adresse des Ateliers.»

«Existiert die Kiste noch?»

«Nein, soviel ich weiss, wurde die Skulptur in dieser Kiste zum Kunden gebracht. Danach haben die Spediteure sie wohl entsorgt.»

«Wo könnte diese Kiste denn entsorgt worden sein?»

«Ich nehme an, irgendwo unterwegs zwischen Meggen und Luzern.»

«Teilen Sie mir die Handynummer dieser Spediteure mit», bat Thomas.

Renata Obrist rückte sie schniefend heraus.

Thomas bedankte und verabschiedete sich und brach die Verbindung ab. Er wählte die neue Nummer der Spedition. Doch nach dem Anruf war er nicht viel klüger. Die Kisten seien im Werkhof entsorgt worden, teilte man ihm mit. Doch man wisse nicht, wohin sie dann gebracht worden waren. Thomas stiess Luft aus. Es durfte nicht sein, dass er die Arbeit seines

Teams übernahm. Dennoch erkundigte er sich telefonisch bei verschiedenen Entsorgungsstellen, was mit Holzkisten geschehen war, die am Vortag vorbeigebracht worden waren. Überall erhielt er eine ähnliche Antwort. Diese würden in Mulden gekippt und in die Weiterverwertung gebracht. Thomas musste davon ausgehen, dass er die Nadel im Heuhaufen suchte.

Bis zum Mittagessen blieb noch Zeit. Er überflog Elsbeths Dossier. Er stiess auf die Notizen von Natascha de Bruyne. Obwohl er sich nicht vorstellen konnte, dass es etwas enthielt, das wichtig für ihn hätte sein können, war seine Neugier geweckt. Er suchte den Bericht aus dem Jahr 1993. Für de Bruyne war der Brand der Kapellbrücke offensichtlich ein immer wiederkehrendes Thema gewesen. Die Schriftstellerin hatte sich nicht damit abgefunden, dass die Brandursache zwar nicht geklärt, jedoch von Brandstiftung weit entfernt gewesen war. Thomas fand Zeitungsausschnitte nicht nur der lokalen Presse, sondern auch solche von chinesischen und japanischen Blättern. Die Ausgabedaten waren jeweils fett unterstrichen, von de Bruyne übersetzt. Er wunderte sich. Auf beiden Ausgaben war der 18. August 1993 vermerkt. Wenn er davon ausging, dass die Ausgaben wie üblich mit den letzten Meldungen in der Nacht zuvor eingetragen wurden und er den Zeitunterschied von sechs, respektive sieben Stunden dazuzählte, konnte hier etwas nicht stimmen. Die Kapellbrücke hatte in der Nacht vom 17. auf den 18. August gebrannt. Die regionalen Zeitungen brachten die Meldung bereits am Morgen danach. Doch es schien eher unwahrscheinlich, dass die Chinesen und Japaner Redakteure bereits so früh davon erfahren hatten. Als die Kapellbrücke in Vollbrand stand, war es in besagten Ländern bereits morgens um neun, und die Zeitungen waren gedruckt und verteilt. Zum selben Resultat war de Bruyne gekommen. Thomas legte die Dokumente auf dem Tisch aus.

Es klopfte. Elsbeth schob sich in den Raum. Sie sah auf das Pult, dann Thomas an. «Hast du's schon gefunden?»

«Was?»

«Dass Natascha de Bruyne einigen Luzernern auf die Schlichte gekommen ist, was den Brand der Kapellbrücke betrifft.»

«Warum denn das? Das ist eine gewagte Aussage. Hat sie Namen genannt?»

«Das ist aber erst der Anfang. Gemäss Recherche der de Bruyne hat man die Kapellbrücke damals anzünden lassen.»

Thomas nun lauter: «Gibt es Namen?»

«Nur Kürzel. Man müsste dem halt nachgehen.»

«Die Brandursache wurde tatsächlich nie ganz geklärt. Doch dachte ich, dass Brandstiftung auszuschliessen war. Auf jeden Fall ist der Fall abgeschlossen. Ihn wieder aufzunehmen, ist aber nicht unsere Sache. Doch die Entscheidung liegt allein bei Galliker.»

«Du weisst hoffentlich, welche Spekulationen kursierten.»

«Wir sprachen erst kürzlich davon.» Thomas schüttelte den Kopf. «Hatte sie denn Beweise? Ich meine, solche Anschuldigungen sind so massiv, dass sie, sollten sie ausgesprochen sein, den gesamten richterlichen Apparat aktivieren würden.»

«Sie war auf der Suche nach Beweisen. Sie nahm Kontakt auf mit der *South China Morning Post* und *Oriental Daily News*. Eine Redakteurin ...» Elsbeth blätterte die Dokumente durch, bis sie darauf stiess, was sie gesucht hatte, «... ihr Name ist Xiao Mei Zhang. Sie habe ihr bestätigt, dass sie die Nachricht um den Brand der Kapellbrücke bereits am 17. August erreicht hatte. Zu einer Zeit, in der die Kapellbrücke noch gar nicht brannte.»

«Aber dann hätte de Bruyne doch zur Polizei gehen müssen.»
«Vielleicht war sie mit ihrer Recherche noch gar nicht durch, oder sie hatte zu wenig klare Beweise. Soviel ich weiss, hat de Bruyne zwar Chinesisch gesprochen, aber vielleicht hatte es Schwierigkeiten in der Verständigung gegeben. Aus irgndwelchem Grund muss sie noch gewartet haben.»
«Oder sie hat tatsächlich alles aus der Luft gegriffen», vermutete Thomas, dem das Ganze nicht geheuer war. «Schriftsteller sind einstweilen mit Fantasie gesegnet. Sonst wären sie wahrscheinlich keine Schriftsteller.» Er mutmasste weiter. «Oder vielleicht hat sie jemanden mit ihrem Wissen erpresst.»
Elsbeth räusperte sich. «Das ist nicht auszuschliessen. Denn mit Datum 25. Januar 1994 enden die Einträge plötzlich.»
«Wir müssen das Paket unseren Kollegen vom Fahndungsdienst übergeben. Ich wusste wirklich nicht, dass dies eine solche Brisanz annehmen würde. Wenn dem so ist, durfte der Brand der Spreuerbrücke kein Zufall sein. Ich vermute, dass irgendjemand Wind von de Bruynes Beweismitteln bekommen hat.» Thomas musste auf einmal an Tanja Pitzer denken, die die Dame vor ihrem Tod interviewt hatte. Hatte de Bruyne ihr Geheimnis ausgeplaudert, oder wer wusste noch davon? Eugenie? Doch diese kam schon aufgrund ihres spektakulären Auftritts nicht infrage. Wenn sie gewollt hätte, hätte sie mit dem Wissen darum bereits früher für Aufruhr sorgen können.
«Trotzdem möchte ich noch einmal mit Eugenie sprechen», meinte Thomas. Er machte sich dazu einige Notizen.
«Eugenie? Trotzdem?» Elsbeth konnte seinen Gedankensprüngen nicht ganz folgen.
«Ich will mehr über ihre Vergangenheit wissen. Zudem ist mir nicht ganz wohl bei dem Gedanken, dass sie Eduardo Zanettis erste Frau war. Warum taucht sie genau dann auf, wenn Silvano Zanetti vermisst wird? Könnte es sein, dass der Grund

nicht der Brand der Spreuerbrücke war? Hat das Ereignis nur etwas in ihr aktiviert?»

«Jetzt spinnst du deine Gedanken etwas gar zu weit.»

Thomas schniefte. «Du hast recht. Ich sollte mich noch vorbereiten.»

Sein Telefon klingelte. Elsbeth verliess das Büro. Thomas nahm den Hörer von der Gabel.

«Hier ist Taolyn Zanetti», hörte er eine zarte Stimme. «Frau Neumann hat mir mitgeteilt, dass ich mich bei Ihnen melden solle.» Sie hielt inne. Thomas hörte sie schwer seufzen.

Taolyn – die vermisste Taolyn war also allgegenwärtig und scheinbar zurück. Er erinnerte sich, dass die Vermutung kursierte, dass sie mit Silvano durchgebrannt sei. Doch dies dementierte sie sofort, als Thomas sie danach fragte. «Ich war bei einer Freundin. Ich musste mal von allem ein wenig Abstand gewinnen. Es ist nicht leicht, mit einem Mann wie Sergio zusammenzuleben. Ich habe mich nie beklagt. Aber er ist krankhaft eifersüchtig. Sieht hinter jedem Menschen, den ich ansehe, eine Konkurrenz oder einen Rivalen.»

«Haben Sie ihm ein Veilchen verpasst?» Er sah Sergio Zanetti mit dem blauen Auge vor sich.

Er hörte Taolyn durchs Telefon lachen. «Im wahrsten Sinne des Wortes. Ich habe eine Schranktür aufgemacht, in dem Moment, als er neben mir zu stehen kam. Da ist es passiert. Ich habe ihm gleich Eis aufgelegt.»

Thomas wunderte sich, wie vertrauensselig die Frau ihm gegenüber war. Er fand keinen Grund, ihr nicht zu glauben. Trotzdem blieb ein Misstrauen zurück. «Mögen Sie sich erinnern, wann Sie Ihren Schwager zum letzten Mal gesehen haben?»

«Ich habe es mir durch den Kopf gehen lassen. Es war der Donnerstag, 2. Mai, am Abend. Ich traf ihn auf dem Nachhauseweg. Ich hatte noch in der Stadt zu tun. Da fuhr er mit seinem Rad an mir vorbei. Er schien es sehr eilig zu haben. Er winkte mir nur schnell zu, fuhr dann weiter. Ich glaube, er ist aber nicht in die Strasse abgebogen, wo er wohnt. Ich habe mir weiter keine Gedanken gemacht.»

Das allerdings wirkte etwas an den Haaren herbeigezogen oder so, als hätte Taolyn gewusst, dass er sie danach fragen würde.

«Haben Sie ihn vor absehbarer Zeit gesprochen? Ist Ihnen an ihm etwas aufgefallen, oder hat er Ihnen etwas anvertraut?»

«Nein, wenn er jemandem etwas anvertraut hat, dann war das Néné. Er hat sie über alles geliebt.»

«Danke, das war's dann.» Thomas verabschiedete sich und legte auf.

Wieder keine Anhaltspunkte.

Er beschloss, den Mittag im Notencafe zu verbringen. Er gönnte sich nur eine Stunde Unterbruch. Sein Kopf hatte schon den ganzen Vormittag gehämmert; er hatte dem nur keine Beachtung geschenkt. Mit dem Wasser, das er verlangt hatte, schluckte er zwei Schmerztabletten. Er bestellte das Tagesmenü. Die Hälfte liess er jedoch stehen, was den Küchenchef veranlasste, an seinen Tisch zu kommen.

«Schmeckt es nicht?» Der Koch, ein strammer Bursche mit zurückgebundenen Haaren und Backenbart, blickte auf Thomas herab. «Bist jetzt waren Sie doch immer zufrieden. Alle Polizisten sind zufrieden mit mir ...»

«Ich kann Sie beruhigen», schmunzelte Thomas. «Es liegt nicht an Ihrem Menü.»

***

Am Nachmittag traf sich sein Team im Grossraumbüro, wo die Leinwand und zwei Pinnwände hingen. Noch waren die Bilder der brennenden Spreuerbrücke zu sehen, doch das Augenmerk fiel auf die Tatortbilder im Fall Zanetti. Die Kommentare dazu hielten sich in Grenzen. Jedermann wusste, dass die Ermordung des jungen Künstlers so schnell wie möglich aufgeklärt werden musste. Armando ging davon aus, dass es nicht der einzige Mord mit diesem Muster bleiben würde. Der Fall vom November vergangenen Jahres war allen noch sehr präsent. Die aktuelle Tat liess eine gewisse Parallele zu, was deren Brutalität betraf.

Thomas übergab gleich nach der Begrüssung das Wort an Armando, nachdem sich alle mit Kaffee eingedeckt hatten.

«Wir haben in der Zwischenzeit einige Zeugen befragen können», vermeldete der Italiener. «In der Steinenstrasse scheint jeder jeden zu kennen. Wir haben beinahe lückenlos die Fahrt von Zanettis Wohnung zum Atelier an besagtem Freitag rekonstruieren können.»

«Das ist doch schon mal ein Fortschritt», lobte Thomas.

Armando setzte den Beamer in Betrieb. «Es ist erwiesen, dass Silvano im Atelier angekommen ist. Das Fahrrad habe er jedoch wie üblich draussen hingestellt. Ohne Schloss. Jemand hätte es also ohne Weiteres entwenden können. Das Rad habe aber bis spät am Abend vor dem Atelier gestanden.»

«Hatte er Besuch an diesem Nachmittag?», unterbrach Thomas.

«Ja, das hatte er. Das haben drei Frauen unabhängig voneinander bestätigt», fuhr Armando fort. Er drückte auf die Tastatur seines Laptops. Sofort erschien ein Bild, das der Beamer auf die Leinwand warf. Es war eine Porträtzeichnung. «Wir hatten Glück: Eine der Frauen ist Grafikerin. Anhand der Beschreibung von ihr selbst und den beiden anderen hat sie dieses Bild angefertigt. Es handle sich um einen Mann zwischen fünfunddreissig und fünfzig. Blasses Gesicht, dunkle Augen, wobei sie ihn nicht genau gesehen hätten. Seine Haare und die Stirn seien unter einer Mütze versteckt gewesen.»

«Ein Alltagsgesicht», meinte Thomas. «Jeder Dritte läuft mit so einer Mütze rum.»

«Zumindest wissen wir jetzt, dass der Täter ein Mann ist», meinte Lucille, die bis anhin interessiert zugehört hatte. «Vielleicht einer, der bei Silvano die Kunst des Bronzegiessens gelernt hat. Vielleicht ist sein Name irgendwo notiert.»

«Néné meinte, dass Silvano alle seine Termine auf dem Handy gespeichert hatte. Das Handy ist jedoch verschwunden», erklärte Thomas.

«Also sind wir schon wieder in einer Sackgasse gelandet», folgerte Armando.

Thomas schüttelte den Kopf. «Kennen wir die Handynummer?»

Elsbeth legte ihm ein Dokument hin. «Da steht sie drauf.»

«Gut, vielleicht kann man sie orten.»

«Er hatte eine Prepaid-Karte.»

«*Porco* ...» Armando fuhr mit der Hand auf den Tisch. «Alle wollen immer erreichbar sein und telefonieren können, sind aber nicht bereit, im Notfall gefunden zu werden.»

«Leider ist er gefunden worden», sagte Lucille und erinnerte sich an die abscheulichen Bilder, die ihr auf den Magen geschlagen hatten.

«Ja, aber vielleicht liegt das Handy jetzt beim Mörder.»

«Vielleicht hat er ein Update auf seinem Computer gemacht.» Thomas wandte sich an Elsbeth. «Könntest du dem mal nachgehen?»

Die Tür ging auf, und der Azubi steckte den Kopf durch den Spalt. «Tschuldigung. Aber wir haben gerade das Fax aus dem

IRM erhalten.» Er stiess die Tür nun ganz auf. Etwas gehemmt schritt er an Thomas' Seite. Er überreichte ihm das Papier. «Danke, Sie können wieder gehen.» Thomas wartete, bis Roman Grüter den Raum verlassen hatte. Er wollte verhindern, den jungen Mann mit dieser schrecklichen Tat zu konfrontieren. Er vertiefte sich eine geraume Zeit in den Bericht. Sein Team beobachtete ihn schweigend.

Thomas blickte auf. «Leider haben wir noch nichts Genaues über die Vorgehensweise des Täters. Hier steht lediglich, dass das Opfer höchstwahrscheinlich noch gelebt habe, bevor es bronziert worden ist.» Thomas blickte in die Runde. «Kennt jemand den Ausdruck bronzieren?» Als niemand antwortete, las er weiter. «Hier steht, dass es keine echte Bronzelegierung sei. Der Anteil an Zinn sei zu hoch, daher auch die Beschaffenheit des Materials weich.» Thomas blickte wieder auf. «Es ist ein Wunder, dass die Skulptur gehalten hat, nachdem man sie ins KKL gebracht hatte. Eine unsachgemässe Bewegung, und man hätte den Toten schon früher gefunden.»

«Kennt sich Dr. Wagner mit Legierungen aus?», fragte Guido in die Runde. «Oder hat er jemanden zu Hilfe geholt?»

«Du hast offensichtlich nicht zugehört.» Thomas hob die Augenbrauen. «Hauptsache, wir kennen den Sachverhalt. Für den pathologischen Bericht müssen wir uns allem Anschein nach noch etwas gedulden.»

«Es dürfte zeitaufreibend sein, die zum Teil vergammelte Leiche zu sezieren», meinte Armando. «Und wie sollte der genaue Todeszeitpunkt eruiert werden? Der Verfaulungsprozess dürfte in einer Bronzeskulptur nur sehr langsam fortschreiten...»

Thomas warf ihm nur einen Augenbrauen hebenden Blick zu. «Das ist nicht unsere Angelegenheit. Dafür gibt es Profis...» Er überlegte. «Und falls Du auf dein Medizinstudium zu sprechen

kommen möchtest... diese Leier kennen wir bereits.»
Armando machte den Mund auf, sagte jedoch nichts. Dass sein Chef schlecht gelaunt war, hatte primär nicht mit diesem Fall zu tun.

In der nächsten Viertelstunde erteilte Thomas Order für den weiteren Verlauf der Ermittlungen. Er beauftragte Armando damit, diese zu leiten. «Ich will, dass von A bis Z noch einmal alles durchexerziert wird. Ich will jede Minute vor Zanettis Verschwinden rekonstruiert haben. Ihr kennt die Vorgehensweise. Wir werden uns morgen zur gleichen Zeit wieder hier treffen, wenn nichts Wichtigeres dazwischenkommt.»

Zurück in seinem Büro, musste er sich beeilen, um zu seinem Pult zu gelangen, auf dem das Telefon Sturm läutete. Er wäre beinahe gestolpert. Ausser Atem hob er den Hörer von der Station. Er meldete sich.

«Linder hier», kam es barsch zurück. «Herr Kramer, wo stecken Sie denn? Seit einer halben Stunde versuche ich vergebens, Sie zu erreichen. Ich muss Sie bitten, sofort in mein Büro zu kommen. Basil Graber ist hier. Wir haben neue Erkenntnisse zum Brand der Spreuerbrücke. Ich erwarte Sie gleich.»

Ohne dass Thomas auch nur ein Wort entgegnen konnte, wurde die Verbindung unterbrochen. Er sah auf den Hörer in seiner Hand und legte diesen dann nachdenklich zurück.

Er ging die zwei Stockwerke zu Fuss bis zu Linders Büro, das auf der Südseite lag und in dem man einen unverbauten Blick Richtung Pilatus hatte. Der Gipfel war noch weiss. In den höheren Lagen kletterte das Thermometer noch nicht sehr hoch. Basil Graber stand beim Fenster und lehnte an der Scheibe, als Thomas eintrat. Er war Chef des Fahndungsdienstes und ebenso wie Thomas dem Polizeichef direkt unterstellt. Sie hatten wenig miteinander zu tun, ausser in Fällen, die nicht klar definiert werden konnten, welcher Gruppe sie zugeteilt würden. Es war klar, dass Natascha de Bruyne nicht unmittelbares Opfer des Brandanschlags gewesen war. Doch eine gewisse Zwitterhaftigkeit blieb dennoch bestehen. Wie immer in solchen Situationen war es eine Kettenreaktion von vielen Begebenheiten gewesen.

Graber war ein schlanker Mann von erstaunlicher Grösse. Thomas wusste, dass er beim STV Luzern Basketball spielte. Ab und zu las man über einige Erfolge. Er war etwa in Armandos Alter, hatte einen Kahlkopf und graue stechende Augen mit kleinen Pupillen, die aussahen, als stünde er unter Drogen. Er hob kurz die Hand zum Gruss. Linder sass auf seinem protzigen Bürostuhl vor seinem Pult. Er verwies die beiden Männer an den runden Sitzungstisch. Er selber blieb, wo er war. «Ich kann davon ausgehen, dass die Ermittlungen im Mordfall Zanetti reibungslos laufen.»

Thomas bestätigte es ihm. «Sie werden die Berichte rechtzeitig erhalten.»

Linder nickte zufrieden, um dann auf sein eigentliches Anliegen zurückzukommen. «Es scheint, als hätten wir es bei dem Brand der Spreuerbrücke mit einem Politikum zu tun. Da kommt einiges zum Vorschein, was Jahre zurückliegt.» Er wandte sich an Graber. «Nun, wir werden uns jetzt anhören, was unser Fahndungschef herausgefunden hat.»

Nachdem sich Graber gesetzt hatte, schlug er das dicke Bündel vor sich auf, aus dem er ein Blatt nahm. Thomas sah, dass es sich um ein Geständnis handeln musste. Er kannte solche Schriften. «Wir haben den Brandstifter gefunden. Es ist einer aus dem Helvetia-Park.»

Thomas war drauf und dran zu intervenieren, doch Linder winkte ab.

«Ich weiss, das klingt jetzt überhaupt nicht glaubwürdig.

Wenn wir davon ausgehen, dass ein Sprengsatz gelegt wurde. Woher nahm er das Wissen um dessen Herstellung? Und warum ausgerechnet einer aus dem Helvetia-Park. Aber das ist eine lange Geschichte, Herr Kramer. Wenn Sie möchten, lasse ich Ihnen eine Kopie des Dossiers da.»

Thomas hasste verschlüsselte Botschaften. Warum hatte man ihn denn hierher zitiert? «Hatte nicht Natascha de Bruyne mit den Leuten aus dem Helvetia-Park zu tun?», wollte er wissen.

Linder und Graber sahen einander stirnrunzelnd an. Keiner von beiden sagte etwas.

«Wie nennt man das?» Thomas verzog den Mund zu einer Grimasse. «Ironie des Schicksals?»

Es war Graber, der das Wort ergriff. «Warum Ironie des Schicksals?»

«De Bruyne war gegenüber den Ausgesteuerten immer sehr grosszügig.»

«Davon haben wir Kenntnis. Es sieht ganz danach aus, als hätte de Bruyne mit ihrer Grosszügigkeit Kleinkriminelle gekauft.» Graber griff nach einem anderen Blatt und schob es Thomas dann zu. An den linken oberen Rand war ein Foto angeheftet. Es zeigte ein vernarbtes Männergesicht. «Delphino Hiller – er nennt sich Flipper – hat gestanden, am 8. Mai den Sprengsatz montiert und die Brücke in Brand gesteckt zu haben.»

«Und weshalb?»

«Es muss ihm ziemlich dreckig gehen. Vielleicht wäre er im Gefängnis besser aufgehoben.» Graber hob die Schultern. «Was wissen wir, was in solchen Köpfen vorgeht. Sein Gehirn schien von Alkohol und Drogen sehr benebelt zu sein.»

«Das hat er gesagt?» Thomas blieb nur ein Kopfschütteln.

«Nein, seine Argumente beruhen auf etwas ganz anderem»,

berichtigte Graber. «Aber wie gesagt, falls es Sie interessiert, lesen Sie das Dossier.»

Thomas gab sich nicht zufrieden. Wenn er nur nicht ein so verdammt komisches Gefühl gehabt hätte. Warum kollidierte er immer wieder mit dem Brand der Spreuerbrücke?

Graber lehnte sich im Stuhl zurück und fuhr sich mit beiden Händen über die Glatze. «Es gibt tatsächlich Parallelen zum Brand der Kapellbrücke 1993. Hiller hat da so Andeutungen gemacht.»

Thomas stiess Luft aus. «Dann hat er auch den Brand der Kapellbrücke gelegt?»

«Das wissen wir noch nicht», fuhr Linder nun dazwischen. «Doch es sieht ganz danach aus, als hätte Hiller mit seiner kriminellen Handlung auf den Brand der Kapellbrücke aufmerksam machen wollen. Er muss zumindest etwas wissen, was weder die Brandermittler noch der Fahndungsdienst vor knapp fünfzehn Jahren herausgefunden haben.»

«Ist das eine weitere Spekulation in diesem Gewirr?» Thomas spürte die Kopfschmerzen wieder. «Und wie hat dieser Hiller denn reagiert, als er erfuhr, dass seine Brotgeberin dabei zu Tode gekommen ist?»

«So wie man reagiert, wenn man im Delirium ist – gleichgültig.»

Damit hatte Thomas allerdings nicht gerechnet.

«Er behauptet, dass Natascha de Bruyne ihm sogar zur Hand gegangen sei.» Graber zog die Schultern hoch. «Fragen Sie mich nicht. Ich fand das Ganze auch sehr suspekt. Immerhin war sie fünfundsiebzig. Sie kann uns aber keine Bestätigung mehr liefern.»

«Erlauben Sie mir die Bemerkung, dass der alten Dame alles zuzumuten war.» Thomas sagte das, was er von Armando wusste. Er selber hatte die Schriftstellerin nicht persönlich gekannt.

Linder unterbrach die beiden. «Wir sollten hier enden.» Und an Thomas gewandt: «Der Staatsanwalt wünscht, dass von dem, was hier besprochen wurde, nichts nach aussen getragen wird. Es handelt sich hier um eine sehr delikate Angelegenheit. Bis die Sachlage geklärt ist, möchte er zudem über jeden Schritt unterrichtet werden.»

Thomas hatte dies zuallerletzt von Linder erwartet. Er ahnte jedoch, dass man ihn nur deswegen hierher zitiert hatte. «Ich glaube nicht, dass ich primär damit zu tun habe», bemerkte er und erhob sich. «Ich nehme an, das ist noch immer Sache des Fahndungsdienstes.»

«Das ist richtig», sagte Linder. «Aber ich habe ihren Bericht über den Fall Silvano Zanetti gelesen, worin Sie eine Verbindung zum Brand der Spreuerbrücke nicht mehr ausschliessen.»

«Das war eine unwesentlich kleine Notiz», gab Thomas zu. «Eine Gedankenstütze, die vorläufig nicht relevant sein dürfte. Leider hatte ich keinen Radiergummi, sonst hätte ich ihn ausradiert.»

«Ich kenne Sie mittlerweile auch», fuhr Linder fort. «Sie vernetzen die Dinge manchmal allzu schnell. Sehen Sie sich einfach vor.»

Thomas blieb nichts als ein unverständliches Nicken übrig. Was wurde hier gespielt? Und vor allem: Wovor hatte Galliker Angst, das rund fünfzehn Jahre zurücklag? Gerne hätte er Grabers Dossier jetzt gleich gelesen. Wenn er es aber zugab, war jedoch von vornherein klar, dass Linder ihn nicht mehr in Ruhe seine Arbeit machen liess.

«Ich werde Sie auf dem Laufenden halten», meinte Graber, womit das Thema für ihn erledigt war. Nachdem er Thomas eine Kopie des Dossiers in die Hand gedrückt hatte, endete er mit den Worten: «Sie müssen keinen Kommentar abgeben. Aber lesen Sie es.»

Thomas verliess Linders Büro mit einem unguten Gefühl. Vor der Tür blieb er stehen. Er atmete tief durch, verspürte wieder den Schwindel, bei dem er nicht wusste, ob er von seiner Gehirnerschütterung rührte oder seinen abstrusen Gedanken. Silvano Zanetti war einem abscheulichen Verbrechen zum Opfer gefallen. Beinahe zur selben Zeit wurde die Spreuerbrücke angezündet. Es gab eine einzige Verbindungslinie: Clara Eugenia Zanetti-Roggenmoser, die Natascha de Bruyne gut gekannt hatte, aber auch Zanetti Seniors erste Frau gewesen war. Unklar blieb, warum sie genau zu dem Zeitpunkt auftauchte, als die beiden Tragödien geschehen waren.

Donnerstag, 16. Mai

Nachdem Thomas am Abend zuvor spät nach Hause gekommen war, verbrachte er die Nacht im Gästezimmer. Mehrheitlich sass er vor dem Computer und suchte Berichte über Silvano Zanetti, die er bis anhin nicht gelesen oder beachtet hatte. Je mehr er die Suche ausweitete, auf desto mehr Artikel über den jungen Künstler stiess er. Unter normalen Bedingungen hätte er diese Arbeit an Elsbeth delegiert. Doch ihn selbst hielt sie davon ab, seinen wirren Gedanken nachzuhängen, die ihn seit vorletztem Abend beherrschten.

Isabelle hatte er noch nicht gesehen. Er vermied es, ihr zu begegnen. Sie offensichtlich auch ihm. Der rote Alfa stand zwar nicht mehr vor dem Eingang. Dies hatte jedoch nichts zu bedeuten. Vielleicht hatte sie ihn beim Freund abgestellt. Beim Freund!

Thomas klickte auf die *Facebook*-Seite von Silvano Zanetti. Tatsächlich hatte er eine beachtliche Anzahl von Anhängern, die sich damit brüsteten, mit einem Künstler befreundet zu sein. Silvano hatte es sich allem Anschein nach zum Spass gemacht, seinen Tagesablauf zu kommentieren und sich nicht gescheut, auch Intimes von sich preiszugeben – von wegen, keine Zeit. Thomas erfuhr, dass er zum Beispiel Néné gern vor dem Frühstück vernaschte. Die Kommentare seiner Freunde blieben nie aus, bewegten sich aber unter der 80-IQ-Grenze. Thomas fragte sich, wo sie alle ihre Zeit hernahmen.

Die Seite war für jedermann einsehbar. Thomas klickte eine Reihe von Fotos an, auf denen der Künstler zu sehen war. Er war ein gut aussehender Mann gewesen mit ebenmässigen Gesichtszügen und samtenen Augen. Der südeuropäische Einschlag prägte sein gesamtes Erscheinungsbild. Thomas scrollte die Namen der Freunde durch. Es waren dreihundertsiebenundsiebzig. Er stiess auf Taolyn Zanetti und ebenso auf Néné Burger. Von Sergio war nichts zu sehen. Der eigene Bruder hatte zwar ein Konto auf *Facebook*, doch dieses war verschlüsselt. Ein anderer Name fiel ihm auf. Thomas klickte darauf. Aber ausser dem Foto und der Information, dass man es hier mit einem Mann zu tun hatte, der sein Profil nur seinem engsten Freundeskreis mitteilte, erfuhr er nichts. Trotzdem sträubten sich seine Nackenhaare. Er kannte den Mann, zumindest meinte er, ihn zu kennen.

Beim Freund! Verdammt. Isabelle hatte einen jungen Freund. So, wie sie gelacht hatte. Im Cabrio – ausgerechnet. Aber wie kam sie dazu? Immerhin war sie bald fünfzig. Das grenzte mehr als nur an Lächerlichkeit. Das war in etwa so naiv, wie wenn sich Frauen mit fünfzig ein Tattoo oder ein Bauchnabelpiercing stechen liessen. Das war ein Rückfall in die Teenagerzeit. Das hatte nichts mehr mit einer reifen Frau zu tun. «Das ist bescheuert», dachte Thomas laut und hackte auf die Tastatur. Unter *Google* suchte er jetzt nach *Daniela Trechsler*. Er fand nichts heraus, was ihn weiterbrachte. Er änderte den weiblichen Namen in Daniel. Er stiess auf sieben Konten und die dazugehörigen Bilder, die wenig mit dem Typ im Alfa zu tun hatten. Thomas wechselte wieder zu *Facebook*, suchte nach Verdächtigen. Doch sein Hirngespinst nahm auch hier keine konkreten Formen an. Ich muss mit ihr reden, ging es ihm durch den Kopf. Er klickte noch einmal Silvanos Seite an, kopierte darin alle seine dreihundertsiebenundsiebzig Freunde und fügte sie in eine Word-Datei ein, die er dann abspeicherte. Er musste herausfinden, wer diese Menschen waren.

Jemand klopfte an die Tür. Thomas sah auf sein linkes Handgelenk. Halb drei. Es konnte nur Isabelle sein. Vielleicht hatte auch sie Mühe mit dem Einschlafen. Aber warum klopfte sie? Das hatte sie noch nie getan? Hatte sich zwischen ihnen

eine Schranke errichtet? Nach dem zweiten Klopfen ging die Türe auf. Isabelle erschien in einem schwarzen Spitzennachthemd, das er ihr zu Weihnachten geschenkt hatte. Es betonte ihre weiblichen Rundungen. Alles in ihm zog sich zusammen. Ein Gefühl der Ohnmacht wollte von ihm Besitz ergreifen. Isabelle trat ans Pult und warf einen Blick auf den Bildschirm. «Beschäftigt dich dein neuer Fall dermassen, dass du nicht schlafen kannst?»
Er war froh, hatte er die Dokumente geschlossen. «Du kannst offensichtlich auch nicht schlafen», entgegnete er mit belegter Stimme. Ja, warum konnte sie nicht schlafen? Zu aufgedreht? Frischverliebte brauchen keinen Schlaf, ging es ihm durch den Kopf. Sie ass nichts, sie schlief nicht – ihre Hormone spielten verrückt.

«Ich komme nicht weiter», sagte er endlich. «Und du?»

«Ich mache mir Sorgen um dich.»

Das war wohl ein Witz! Er drehte den Bürostuhl, auf dem er sass. Früher hatten sie oft nachts miteinander über seine Arbeit gesprochen. Über das beklemmende Gefühl, wenn er in einer Sackgasse gelandet war. Sie hatten dann eine Flasche Wein geöffnet und bis in den frühen Morgen hinein diskutiert.

«Du solltest dich schlafen legen. Du siehst blass aus», war das Einzige, was sie zu sagen hatte. Ein Seitenhieb. Etwas anderes hatte er zwar nicht von ihr erwartet, doch es schmerzte. Seine Gehirnerschütterung war kein Thema mehr. Vielleicht hatte er vor ihr zu wenig gejammert. Aber nein, er stand nicht mehr in ihrem Mittelpunkt.

Es störte ihn. Doch das konnte er Isabelle gegenüber nicht zugeben. Falls sie etwas mit ihm vorhatte, würde er es ihr nicht leicht machen. Inständig hoffte er, dass sie nicht auf den roten Alfa zu sprechen kam. Dass sie seine Meinung dazu brauchte, hatte sie ihm unmissverständlich mitgeteilt. Er wäre sogar bereit gewesen, diese Flause von ihr zu akzeptieren. Er hätte ihr den Segen für den Kauf gegeben, sie sogar mit einem finanziellen Beitrag unterstützt, wenn nicht plötzlich dieser Chauvinist in den Fokus geraten wäre. Sie brachte den roten Flitzer ausser Zweifel mit dem jungen Mann in Verbindung. Rote Autos wurden nur von Frauen gefahren, die ein erotisches Signal aussenden und auffallen wollten. Was fand sie an diesem Typ, was sie vielleicht an ihm vermisste? Die Kreuzfahrt in der Karibik lag mehr als zwei Monate zurück. Er hatte damit gerechnet, dass zwischen ihnen alles wieder im Lot war. Tizianas Bild war verblasst; zumindest hatte er es in eine der hintersten Seelenecken verbannen können. Nur manchmal war es zum Vorschein gekommen. Wenn er mit Isabelle geschlafen hatte, war es aufgetaucht. Er hatte nicht einmal etwas dagegen tun können. Seine Sinne hatten verrücktgespielt. Manchmal hatte er dann Isabelle etwas zu heftig angefasst, was sie wiederum mit einer Irritation ihrerseits quittierte. Dennoch: Der Sex war so gewesen, wie er am Anfang ihrer Beziehung stattgefunden hatte. Nie laut, nie absolut hemmungslos. Doch das vermisste er. Das waren dann die Momente, wo seine dunkelste Seite aufbrach. Als er Tizianas schweissgebadeten Körper sich aufbäumen sah, ihre Schreie an seinem Ohr hörte, die Fingernägel in seiner Haut spürte. Die animalische Seite dieser Frau hatte ihm bei dem einen Mal den Verstand geraubt, ihn zum leidenschaftlichen Liebhaber gemacht und bewiesen, dass seine Manneskraft noch lange nicht erschöpft war.

Andererseits: Bei Isabelle durfte er sich auch mal gehen lassen. Er musste nicht dauernd unter Starkstrom stehen und ihr schon gar nichts mehr beweisen.

Oder etwa doch?

War er ihr zu alt, zu uninteressant, zu plump geworden?

Hielt sie seinetwegen Ausschau nach Frischfleisch? Ein schrecklicher Gedanke, zumal dieser Alfa-Beifahrer kaum älter war als Stefan.

«Na, dann gehe ich mal wieder zu Bett.» Isabelle hauchte ihm einen Kuss auf die Wange. «Ich liebe dich.»

Thomas blieb wie angeklebt auf dem Stuhl sitzen. Sie hatte unbestritten ein schlechtes Gewissen. Er widmete sich wieder dem Computer. Er suchte da weiter, wo er aufgehört hatte, und rechnete damit, dass er, je weiter er in den Dschungel des Internets vordrang, umso mehr Brauchbares für seine Recherchen finden würde. Doch mit zunehmender Seitenzahl landete er bei fadenscheinigen Berichten, die mit Seriosität und Aufklärung nichts mehr zu tun hatten.

In dieser Nacht machte er kein Auge zu. Eine halbe Stunde, bevor sein Mobiltelefon ihn hätte wecken sollen, tappte er Richtung Küche. Im Entree stiess er auf Isabelles Tasche. Schlüssel und Mobiltelefon lagen daneben. Es war tabu, in ihren persönlichen Dingen zu schnüffeln. Bis anhin hatte er es nie getan, weil sie einander vertrauten. Doch jetzt meinte er, einen Grund zu haben. Er griff nach dem Telefon und drückte auf den Knöpfen, bis er auf die Adressen stiess. Er suchte nach *Daniela Trechsler* und sah, dass sie Isabelle schon mehrmals angerufen hatte. Es gab sie also – diese Daniela. Das bedeutete gar nichts. Thomas suchte weiter. Er fand ein paar Arbeitskollegen von Isabelle, ihre Eltern, jedoch niemanden, den er mit dem Alfa-Männchen hätte in Verbindung bringen können. Thomas suchte unter den Nachrichten nach einschlägigen Texten. Doch da war nichts. Verdammt! Isabelle hielt ihren Liebhaber wirklich geheim.

***

Der Morgen steckte noch in den Kinderschuhen, als Thomas das Haus verliess. Der Zeitungsausträger war verspätet. Er drückte Thomas die *Luzerner Nachrichten* in die Hand, bevor er in seinen Wagen stieg.

«Schönes Wetter heute», sagte er. «Soll schlechter werden. Ja, der Natur täte es gut, wenn Regen kommt. Schönen Tag noch.»

Thomas faltete die Zeitung auseinander. Wie erwartet, hatten die Redakteure sich im Innenteil dem toten Zanetti gewidmet. Sie schrieben, dass man den seit Tagen Vermissten nun endlich gefunden habe. Über die genaue Tat hielten sie sich jedoch bedeckt. Tanja Pitzer würde sich hinsichtlich des abscheulichen Verbrechens wohl nicht so zurückhaltend geben. Thomas fuhr aus der Garage. Er würde sich am nächsten Kiosk den *Blick* kaufen.

Über die Felder legte sich ein goldgelber Dunst. Ein frühlingshaftes Fluidum lag in der Luft. Es war ein Tag, den Thomas nicht in seinem Büro zu verbringen beabsichtigte. Er nahm sich vor, ein lauschiges Fleckchen am Vierwaldstättersee zu suchen, nachdem er seine Mitarbeiter telefonisch über den Arbeitsablauf instruiert hatte. In seiner Mappe befanden sich die Kopien der Akten zum Brand der Spreuerbrücke und das Geständnis von diesem Flipper.

Sieben Uhr. Doch die Stadt pulsierte wie an einem fortgeschrittenen Tag. Überall Busse, die aus allen Himmelsrichtungen in den Stadtkern fuhren, um ihre Ladung vor dem Hauptbahnhof auszuspucken oder neue aufzunehmen, die mit der Eisenbahn nach Luzern gelangt war. Fussvolk vor den Zebrastreifen, das auf Grün wartete, oft schon bei Rot die Strasse querte. Gehupe von aufgebrachten Automobilisten. Auf dem See das Gehupe eines Kursschiffes. Ein Rauschen, das permanent zu sein schien. Thomas fuhr den Schweizerhofquai entlang. Auf der Höhe der Hofkirche schlug er die Richtung zum Verkehrsmuseum ein. Durch die jungfräulichen Bäume glitzerte der See. Dahinter erhob sich das Pilatusmassiv mit einer Krone aus Schnee. Ein wolkenloser Himmel überwölbte eine Landschaft, die so harmonisch dalag, als hätte ein grosser Künstler sie ausgemessen, bevor er sie hinzeichnete. Thomas zweigte in die Lidostrasse ab. Er parkte neben der Badeanstalt. Seit dem vergangenen Wochenende war das Lido geöffnet. Bereits zur frühen Stunde traten Gäste in die Badezone, voll beladen mit Taschen und Tüchern, um den Tag in der Sonne zu verbringen und dem blassen Winterteint den Garaus zu machen.

Thomas schlug den Weg zur Schiffanlegestelle ein. Er schritt über den Steg, setzte sich auf die Bank bei der Landungsbrücke und genoss die Stille über dem See. Einzig ein Raddampfer war unterwegs. Majestätisch glitt er über das Wasser. Die roten Schaufeln gruben sich ins Wasser und warfen Gischt auf. In die Eintracht dieser Bilder schoben sich die schrecklichen der letzten Tage. Während Thomas die mitgebrachten Dokumente aufschlug, schweiften seine Gedanken ab zu Silvano Zanetti. Wer konnte ein Interesse daran gehabt haben, einen jungen, noch nicht sehr bekannten Künstler aus dem Leben zu reissen? Wer war darauf aus, einem liebenden Vater den Sohn und einer Frau den Verlobten zu nehmen? Die brutale Vorgehensweise der Tat zeugte von einem Täter, der sich jeglicher Moral entsagt hatte. Das war geplanter Mord – nicht aus Leidenschaft, vielmehr aus niedrigstem Trieb heraus. Aber wer in Zanettis Umfeld war zu so etwas fähig? Thomas legte seinen Kopf zurück und liess die Wärme der Sonne, die von der Rigi her Richtung Pilatus wanderte, auf sein Gesicht einwirken. Seine Wangen glühten.

Hinter jeder Untat stecke ein persönliches Motiv, auch

wenn es auf den ersten Blick nicht danach aussehe. Der Kollektivgedanke sei immer sekundär. Das hatte ihm Julia beigebracht, eine seiner Jugendfreundinnen, die in der Altstadt eine eigene Praxis führte. Sie war promovierte Psychologin und ebenso eine Psychiaterin. Wer zu ihr ging, konnte davon ausgehen, dass er nicht nur mit einem Gespräch, sondern auch mit einer regelrechten Ausmistung der Seele rechnen musste. Julia sah in die tiefsten menschlichen Abgründe. Thomas meinte sogar, hellseherische Fähigkeiten an ihr entdeckt zu haben. Ob er sie anrufen und um Rat fragen sollte? Ein beklemmendes Gefühl blieb. Seit ihrer letzten Begegnung im Februar, wo sie ihn auf seine seelischen Befindlichkeiten und nicht zimperlich auf seine Unzulänglichkeiten angesprochen hatte, hatte er es bis anhin vermieden, ihr zu begegnen. Er schämte sich noch immer, dass er sich damals so sehr hatte gehen lassen, sich nicht dem Verstand, sondern seinem männlichen Urtrieb zu unterwerfen.

Nachdenklich blickte er auf die Mappe mit den Dokumenten, die er auf seine Knie gelegt hatte. Er sah davon ab, Julia zu kontaktieren. Er würde noch abwarten. Er überlegte, ob er die von Graber erhaltenen Schriften lesen und somit in ungeahnte Tiefen eintauchen wollte. Der Brand der Spreuerbrücke hatte nichts mit seinem aktuellen Fall zu tun. Wenn es stimmte, dass dieser Flipper aus dem Helvetia-Park den Brand gelegt hatte, so tangierte es ihn noch lange nicht. Neugier und Abneigung hielten sich die Waage. Warum bestand Graber überhaupt darauf, dass er den Bericht las? Als ob er nichts anderes zu tun gehabt hätte. Ob der Chef des Fahndungsdienstes an eine Parallele glaubte? An eine Verbindung zum Mord an Silvano Zanetti? Thomas' Gedanken fingen an, sich zu drehen. Als er die Dokumente aus der Mappe nahm, trudelten sie. Und sein Schwindel war so allgegenwärtig wie schon lange nicht mehr. Die Anlegebrücke begann, sich unter Thomas' Füssen zu kreisen. Als er sich anschickte, die ersten Sätze zu lesen, schleuderten sie spiralenförmig durch seine Mikrogalaxie. Die Tabletten. Er hatte vergessen, die Tabletten einzunehmen, die ihm nicht nur den Schmerz, sondern vor allem den Schwindel beseitigten. Ungelesen steckte er die Blätter zurück in die Mappe. Während das Linienboot, das zwischen Europa-Platz und Verkehrshaus pendelte, anlegte, erhob sich Thomas, wandte dem See den Rücken zu und kehrte wankend zu seinem Wagen zurück.

***

Elsbeth wartete vor der Tür. Anstelle der Apfelkrapfen hielt sie eine Tasse Kaffee in der Hand.

«Es wird langsam Zeit, dass du eintriffst», begrüsste sie Thomas nicht sehr freundlich. «Wir haben einiges zum Mord an Zanetti zusammentragen können. Die Techniker haben die Spuren vom Keller des Ateliers ausgewertet.»

Thomas schloss die Tür auf. «Ich dachte, sie hätten kaum verwertbares Material gefunden», entgegnete er.

«Es sind Katzenhaare aufgetaucht.» Elsbeth ging voraus. Sie setzte sich unaufgefordert auf den Stuhl vor dem Pult. «Aber Zanetti hatte keine Katze. Auch in unmittelbarer Nähe von ihm gab es keine Katzen.» Sie legte Guidos Bericht ab. «Hier lies selber. Nebst den Katzenhaaren sind Spuren von Jauche gefunden worden. Die müssen sich an den Schuhen des Täters befunden haben. Sie sind kaum eine Woche alt.»

«Jauche.» Thomas setzte sich schwer atmend. Er erinnerte sich nicht mehr, wie er unversehrt hatte hierher fahren können. Er griff an die Schublade und zog sie auf. Er entnahm ihr eine Schachtel mit Medikamenten, die er vorsorglich deponiert hatte. Er legte zwei Tabletten auf die Zunge und würgte sie ohne Flüssigkeit hinunter.

Elsbeth betrachtete ihn argwöhnisch. «Wird es chronisch?»

«Ich hoffe nicht.» Thomas schob ihr Grabers Akte zu. «Ich habe Mühe mit dem Lesen. Könntest du das für mich übernehmen?» Er blickte Elsbeth lange an. «Ich habe dir ein Dokument gemailt. Dort sind Zanettis *Facebook*-Freunde drauf. Ich möchte, dass du jeden einzelnen checkst.»

Elsbeth warf einen Blick auf das Bündel. Sie hätte jetzt gern etwas dazu gesagt. Doch sie spürte, unter welchem Druck ihr Vorgesetzter stand. «Dir geht es nicht gut», stellte sie fest. «Du siehst blass aus. Vielleicht solltest du dir eine Auszeit gönnen, einen halben Tag Schlaf zum Beispiel. Armando kann den Rapport ohne dich leiten.»

Thomas beugte sich vornüber und strich mit den Händen über die Stirn. «Du hast gesagt, dass Jauche gefunden worden sei?» Er versuchte, sich den Geruch von Jauche in Erinnerung zu rufen. Kurz tauchten Bilder auf, als er mit seinen Eltern auf dem Land gelebt hatte, lange, bevor sie in die Stadt gezogen waren. Damals war er in einem unbedachten Moment in eine Jauchegrube gefallen. Man hatte ihn unter dramatischen Umständen daraus retten können – doch der Geruch war ihm bis heute in Erinnerung geblieben. «Kann es sein, dass Zanettis Mörder auf dem Land lebt?», dachte er laut.

«Wie kommst du denn darauf?» Elsbeth sah ihn mit grossen Augen an.

«Hat man den Dreck schon untersucht?»

«Ich nehme an. Aber auch der beste Techniker wird nicht herausfinden können, von welcher Kuh der Mist stammt. Wolltest du das fragen?» Elsbeth grinste schief.

«Es könnte sich auch um Schweinemist handeln ... Bring mir Guido!» Thomas erhob sich so schnell, dass der Bürostuhl hinter ihm bedenklich wankte. Dann bückte er sich über das Pult, nahm Notizblock und Schreibstift und kritzelte einen Namen darauf. Er schob Elsbeth den Block zu. «Soweit ich mich erinnere, hast du dich über ihn bereits informiert. Hast du seine genaue Adresse?»

Elsbeth, für ihre spitzfindige schnelle Auffassungsgabe bekannt, blieb nichts als ein Kopfschütteln übrig. Sie sah auf den Block, dann Thomas an. «Wie kommst du auf ihn?»

«Ehrlich gesagt, weiss ich es selber nicht. Aber irgendwo müssen wir ja mal anfangen.»

Elsbeth riss die Notiz ab und steckte sie ein. «Ich habe die Adresse bereits in meinem Büro notiert.» Sie erhob sich. «Guido werde ich zu dir schicken.» Sie griff nach Grabers Mappe.

«Und das da werde ich lesen, versprochen.»

Als Elsbeth gegangen war, öffnete Thomas das Fenster. Die Schmerztabletten hatten ihre Wirkung voll entfaltet. Sein Kopf fühlte sich wie auf Watte gebettet an. Er sog die frische Luft ein und fühlte sich wieder ganz wie der Alte.

Elsbeth brachte ihm etwas später die gewünschten Unterlagen. «Hier ist meine Blitzrecherche.» Sie lächelte über ihren eigenen Humor. «Johannes Maria Ebersold hat auf einem stillgelegten Hof im Eigenthal eine Werkstatt, und hier habe ich den Anfahrtsplan, wie man dorthin gelangt. So wie ich dich kenne, wirst du dir die Gegend persönlich näher ansehen wollen. Vielleicht hast du ja Glück, und der Mann ist vor Ort.» Sie schaute ihren Chef ernst an. «Doch jetzt solltest du dich zurückziehen und dich ein wenig entspannen. Es ist noch nicht allzu lange her, dass du im Krankenhaus gelegen hast...»

Thomas nickte und nahm Elsbeth die Akten aus der Hand.

Auf dem Weg zum Erdgeschoss lief ihm Guido über den Weg. «Wir haben Zanettis Computer überprüft und seine

Agenda gefunden. Am Tag seines Verschwindens war dieser Name eingetragen.» Guido überreichte ihm eine Karte. «Er muss ihn schon Tage zuvor mehrmals besucht haben.» Thomas' Augen weiteten sich. «Johannes Maria Ebersold war bei ihm? Was hat er bei ihm gewollt? Ich kann mir nicht vorstellen, dass sich dieser Bonvivant auf das Niveau unseres Opfers heruntergelassen hat.» Thomas spürte einen Stich in der Magengegend. «Wir müssen herausfinden, wo sich dieser Ebersold gerade aufhält. Wir sollten ihn als Zeugen vorladen.» Er wurde abgelenkt, weil Guidos Mobiltelefon schnurrte.

***

Im Süden grenzte das Tal an die schroff aufragenden Kalkwände der Pilatuskette, im Osten wurde es von den sanfteren Zügen des Höchbergs und der Würzenegg eingerahmt. Das Dorf lag friedlich schlummernd in der mittäglichen Gelassenheit da; um die Kirche verzettelten sich Häuser. Kein Mensch war zu sehen.

Thomas fuhr auf der Landstrasse am Dorf vorbei. Er passierte zwei Bauernhöfe und erreichte eine Wegkreuzung. Er musste die Karte zu Hilfe nehmen, da er kein Navigationssystem in seinem Auto besass. Er hätte mit einem Polizeiwagen fahren können. Doch dieser wäre hier aufgefallen. Und auffallen war das Letzte, was er wollte. Gemäss Karte musste er den rechten Weg einschlagen. Über einen längeren Abschnitt fuhr er nun im Wald. Den Weg säumten Schlaglöcher. Einmal musste er so weit ausscheren, dass er beinahe einen Felsbrocken gestreift hätte, der von einem urzeitlichen Felssturz stammte. Weiter vorne öffnete sich eine Wiese, durch die der Weg noch einmal eine scharfe Rechtskurve machte, bevor Thomas das Gehöft entdeckte. Es bestand aus zwei Teilen, wobei das Haus einen besseren Eindruck hinterliess als der Stall daneben. Es schien alles ziemlich heruntergewirtschaftet zu sein, auf keinen Fall wurde hier Landwirtschaft betrieben. Kühe gab es keine. Lediglich die Umzäunung und vertrocknete Kuhfladen erinnerten daran, dass da mal welche geweidet hatten. Thomas hielt den Wagen an und kurbelte die Scheiben auf seiner Seite herunter. Das braune Haus, das kaum fünfzig Meter vom Hof entfernt, halb verborgen zwischen einer Gruppe von Tannen stand, sah Thomas erst jetzt. Über den Kamin stieg ein weisses Rauchwölkchen gegen den Himmel. Er startete den Motor und fuhr wieder an. Je näher er ans Haus gelangte, umso deutlicher zeichnete sich die Präsenz von Menschen ab. Vor dem Eingang stand ein Kupfertrog, randvoll gefüllt mit Osterglocken. Eine Baracke war an das Haus angebaut, in dem das Hinterteil eines Traktors zu sehen war. Thomas hielt vor der Baracke. Kaum war der Motor erstorben, ging eine Tür auf, und eine junge Frau trat heraus. Sie hatte er hier nicht erwartet, nicht am Ende der Welt.

Sie lachte ihn an, kam vertrauensselig auf ihn zu.

«Das kommt sehr selten vor, dass mich hier oben jemand besucht», begrüsste sie ihn und griff mit beiden Händen in ihre kastanienbraunen Haare, die sie einwickelte und mit einer Masche zu einem Pferdeschwanz zusammenband. «Wollten Sie zu mir?»

«Eigentlich suche ich Ihren Nachbarn. Das Haus dort drüben ist doch bewohnt...»

«Ach der.» Die Frau winkte ab. «Der ist heute schon früh weggefahren. Was wollen Sie von ihm?» Sie streckte jetzt die rechte Hand aus. «Ich heisse Veronique und habe mich hierhin zurückgezogen, weil ich mich für die Anwaltsprüfung vorbereiten muss. Habe sie nämlich schon einmal versaut.» Sie lachte übers ganze Gesicht, das einer Weichzeichnung glich. Ihre

Haut schien aus Porzellan und das Augenpaar wie zwei blaue Farbtupfer darauf.

«Sie wohnen alleine hier? ... Thomas Kramer», stellte er sich dann vor.

«Nur über den Tag. Am Abend kehrt jeweils mein Freund aus der Stadt zurück. Alleine in dieser Abgeschiedenheit würde ich es dann doch nicht aushalten. Möchten Sie einen Kaffee?»

«Nein danke. Ich wäre um eine Auskunft froh.» Thomas nickte in Richtung Gehöft. «Wovon lebt Ihr Nachbar?»

«Keine Ahnung. Ich bekomme ihn selten zu Gesicht. Scheint ein komischer Kauz zu sein.» Veronique zeigte auf Thomas' Wagen. «Sein Auto auf jeden Fall sieht noch schäbiger aus als Ihres. Meistens steht es vor dem Stall. Und er selbst hält sich drinnen auf. Auch bei schönem Wetter. Was er dort tut, entzieht sich meiner Kenntnis.» Sie funkelte ihn an. «Warum wollen Sie das wissen?»

Thomas ging nicht darauf ein. «Hat er in letzter Zeit Besuch erhalten? War jemand bei ihm?»

«Ich habe niemanden gesehen ...» Veronique dachte nach. «Aber etwa vor zwei Wochen ... da war es ziemlich unruhig in der Nacht. Wir hörten Hammerschläge oder etwas Ähnliches.»

«Haben Sie sich vergewissert, ob der Lärm von einem Hammer stammt?»

«Nein, wo denken Sie hin. Das geht uns wirklich nichts an. Und Nachtruhestörung dürfte in dieser Gegend kaum ein Thema sein.» Wieder lachte sie. «Die Waldtiere halten sich auch an keine Regeln. Möchten Sie nicht doch einen Kaffee? Ich gönne mir gerade eine kleine Pause, bevor ich mich wieder in die Bücher vertiefen muss.»

«Danke, tut mir leid. Ich muss weiter.» Thomas öffnete den Wagenschlag. Er blieb stehen. «Wissen Sie, ob der Weg, der am

Hof vorbeiführt, weitergeht?»
«Ich glaube schon. Irgendwann kommen Sie zur Strasse nach Unterlauenen.»

Thomas bedankte sich und stieg ein. Wenn er den Weg nahm, konnte er sein Auto hinter dem Haus abstellen, ohne dass Veronique etwas davon bemerkte. Er fuhr langsam an. Die Furchen auf dem Feldweg erschwerten sein Vorwärtskommen. Er war froh, dass es in den letzten Tagen keine Niederschläge gegeben hatte. Je näher er dem Gehöft kam, desto mulmiger wurde ihm zumute. Der Stall befand sich in einem desolaten Zustand. Die Bretter an der Front waren teilweise eingedrückt, die Fensterscheiben zerborsten. Die Dachrinne hatte sich gelöst und ragte weit über die gelockerten Ziegel, bei denen man nicht wusste, ob sie demnächst herunterfallen würden.

Auch das Haus schien einer Bauruine näher als einer anheimelnden Unterkunft. Die Schindeln waren wie angesengt schwarz, die Fensterläden auf den beiden Stockwerken hatten die Farbe verloren und hingen aus der Verankerung. Trüb waren die Scheiben, an denen vergilbter Tüll hing. Thomas fühlte sich beobachtet. Vielleicht war ja doch jemand zu Hause. Im Schatten der Hinterseite stellte er den Wagen ab, sodass man ihn von vorne nicht sehen konnte. Er stieg aus, liess die Autotür jedoch offen. Er ging zur Vorderseite auf den Eingang zu. Auf den beiden Stufen machte er Fussabdrücke aus feuchter Erde aus, die frisch zu sein schienen. Er klopfte aufgrund der fehlenden Klingel. Nichts rührte sich. Er klopfte heftiger. Wieder keine Reaktion. Der Bewohner schien tatsächlich ausgeflogen zu sein. Thomas drückte die Türfalle, doch sie gab nicht nach. Zu gern hätte er sich in dem Haus umgesehen. Es wäre leicht gewesen, die Tür einfach einzudrücken. Doch wenn er einbrach, war das Hausfriedensbruch – sogar Einbruch.

Er wandte sich ab und dem Stall zu. Vielleicht würde er dort etwas finden, das wichtig war für die weiteren Ermittlungen im Fall Zanetti. Warum war er überhaupt darauf gekommen, dass er hier suchen musste? Sein Bauchgefühl? Sein siebter Sinn? Eine Eingebung? Er konnte es sich nicht erklären. Er schritt jetzt zum Stalltor, das einladend offen stand. Ein Blick nach oben: Die Ziegel hatten sich bedrohlich über die Dachkante geschoben. Plötzlich ein Geräusch. Thomas hielt inne, griff instinktiv nach seiner *SIG Sauer P 220*, die er vorsorglich auf sich trug. Langsam tastete er sich vorwärts in den dunklen Raum. Da war er wieder, dieser Geruch, der ihn ans Entlebuch erinnerte, an süssliche Jauche – ein Gemisch aus Schweinetonne und menschlichen Ausscheidungen. Er wunderte sich, weil er bis anhin keinem Schwein begegnet war. Die Stalltür quietschte in den Angeln. Thomas hielt den Atem an. Wieder das Geräusch. Es drang aus dem tiefen Schlund des Stalles. Irgendjemand oder irgendetwas tappte über den Boden. Thomas pirschte weiter. Seine Augen hatten sich mittlerweile an das diffuse Licht gewöhnt. Er nahm Konturen wahr, eine Leiter, der eine Sprosse fehlte und die an eine Heubühne gelehnt war. Daneben zwei Fässer. Durch eine Luke weiter hinten fiel ein Streifen Tageslicht und erhellte den Boden. Verzetteltes Stroh war von allerlei Unrat übersät. Thomas öffnete mehrere Kisten, die wahllos nebeneinander standen. Sie waren leer.

Ein Schatten schreckte ihn auf. Er huschte direkt auf ihn zu. Noch ehe er schützend in eine Nische ausweichen konnte, fiel etwas fauchend über ihn her. Dann ein Schrei, der sich wie der Schrei eines Kindes anhörte. Als Thomas realisierte, dass ihn soeben eine Katze angesprungen hatte, war das Biest verschwunden. Er griff sich an die Stirn. Die Krallen hatten Spuren hinterlassen. Er blutete. Ohne sich noch einmal umzusehen, verliess er den Stall und kehrte zum Wagen zurück. Er

stutzte: Die Autotür war zu. Er war sich jedoch sicher, dass er sie offen gelassen hatte. Sie war zum Glück nicht abgeschlossen. Froh darum, dass er kein modernes elektronisch ausgestattetes Auto besass, setzte er sich hinter das Lenkrad. Ein Blick in den Rückspiegel bestätigte ihm den Verdacht, dass er nicht mehr sehr salonfähig aussah.
Er fuhr sofort los. Mit der linken Hand wischte er das Blut ab, das aus einer Wunde tropfte.
Die Idee, sich bei Veronique verarzten zu lassen, verwarf er wieder. Er suchte nach einem Taschentuch und wäre dabei fast von der Fahrspur abgekommen. Noch im letzten Moment konnte er seinen Wagen mässigen.

***

«Wie siehst *du* denn aus!» Elsbeth übertönte mit ihrer Feststellung den gesamten Empfangsbereich der Kantonspolizei. Nicht nur sie, auch alle anderen Anwesenden schauten Thomas an und auf die blutige Schramme in seinem Gesicht.
«Das war die Tat einer Kampfkatze.» Thomas lachte verlegen und hoffte, dass niemand ihn über den genauen Unfallhergang ausfragen würde.
Elsbeth brachte es nicht fertig, mit dem Kichern aufzuhören. «Guido sucht dich. Ich dachte, es sei dringend. Ich habe ihn kurz nach dem Mittag aufgeboten. Er möchte mit dir die Ergebnisse besprechen. Armando hat zwar den Rapport geführt, doch vieles bleibt noch im Nebel. Schade, dass du nicht dabei warst.»
«Daran müsst ihr euch gewöhnen. Ich kann euch nicht andauernd auf die Finger schauen. Ihr seid jetzt ein selbstständiges Team. Ich bin für das Administrative zuständig... und für die Überwachung.»

«Ja klar, aber das glaubst du doch selber nicht.» Sie blickte ihn von oben bis unten an, als sie auf den Aufzug warteten. «Deine Schuhe sind voll Schmutz.»

«Ich glaubte, dass ich auf eine Spur gestossen bin. Aber so sicher bin ich mir nicht.»

«Und warum erfahre ich erst jetzt davon?» Sie blinzelte. «War das dein halber freier Tag?»

«Heute war ich an einem Ort, wo sich nicht einmal der Fuchs und der Hase gute Nacht sagen.»

«Bei der Adresse, die ich dir gegeben habe?»

Thomas nickte. «Auf Zanettis Computer wurden verschiedene Einträge gefunden. Tatsächlich hatte er die Termine in seinem elektronischen Kalender eingetragen. Am Tag seines Verschwindens steht der Name *Ebersold*, was mir zu denken gibt. Ich musste mich einfach vergewissern, ob ich mich nicht irre...»

Wieder blickte Elsbeth ihren Chef mit grosser Skepsis an. «Es ist mir auch sehr suspekt.» Sie schniefte. «Du verlässt dich doch nicht etwa wieder auf dein Bauchgefühl?»

«Ich weiss nur nicht, wie ich das dem Staatsanwalt beibringe, dass er uns eine Durchsuchungsbescheinigung ausstellt», wich Thomas aus. «Das ist aber noch nicht alles. Am selben Tag sind zwei Grossbuchstaben eingetragen, die sich in den Wochen davor wiederholen: *L. R.* Was mögen diese Initialen wohl bedeuten?»

Der Aufzug hielt auf ihrer Höhe. Die automatische Türe schwang auf, und Guido war im Begriff, den Aufzug zu verlassen. «Hoppla, da bist du ja.» Er blieb abrupt in der Kabine stehen. «Ich muss dir etwas zeigen, das dich interessieren dürfte», sagte er an Thomas gewandt und drückte die dritte Etage. Gemeinsam fuhren sie hoch. «Was ist mit deinem Gesicht?»

«Eine Kampfkatze», wiederholte Thomas, worauf Guido

wissend den Mund verzog.
«Wohl eher ein Kätzchen.»
«Nein, wie ich es gesagt habe.» Thomas fuhr sich mit der Hand über die Stirn, während er in Guidos Augen ein Schmunzeln registrierte. «Häng mir nicht irgendetwas an, das nicht ist.»
Guido zuckte die Schultern. «Sorry, ich wollte dir nicht zu nahetreten.»
«Aber wenn wir schon mal dran sind: Ich händige dir gern meine Jacke aus, damit du sie im Labor auf Katzenhaare überprüfen kannst. Vielleicht stammen sie von derselben Katze wie diejenigen, die wir in Zanettis Atelier gefunden haben.»

Im Büro angekommen, griff Thomas zuerst zum Telefon und verlangte Linder. Er schilderte ihm in groben Zügen seinen mittäglichen Ausflug und den Verdacht, eine wichtige Spur aufgenommen zu haben. Linder missbilligte, wie erwartet, Thomas' nächste Schritte. «Ich nehme an, Sie haben weder Beweise noch eine Rechtsgrundlage für eine solche Vorgehensweise.»
«Es ist anzunehmen, dass wir auf einer Spur sind, die uns zum Mörder von Zanetti führt. Wir können nicht warten», zischte Thomas ihn an. «Vielleicht plant er bereits eine nächste Tat. Es ist eindeutig Gefahr in Verzug.» Das war zwar übertrieben, verfehlte das Ziel jedoch nicht.
Linder gab klein bei. «Ich werde sehen, was ich machen kann.»
Thomas legte auf. «Ich bin gespannt auf deine Ausführungen», wandte er sich an Guido.
«Ich war gestern Abend in der Forensischen Kriminaltechnik in Zürich. Ich wollte mir die Untersuchungen unserer Kollegen an der havarierten Skulptur nicht entgehen lassen. Man

kann ja immer auch dazulernen.» Guido schwang sich auf den Stuhl. «In der Zwischenzeit hat man die Leiche aus der Bronzeschale herausgeschält. Die Verwesung ist wie vermutet, nicht fortgeschritten. Zanetti war sozusagen luftdicht verpackt.»

«Ich will es nicht hören», intervenierte Thomas.

«Wir haben jedes einzelne Stück noch einmal gründlich gecheckt, auch den von diesem Kunstexperten bearbeiteten Unterarm.»

«Anatol Romosch», sagte Elsbeth.

Guido blickte durch sie hindurch. «Es liess mir einfach keine Ruhe. Ich meine, ihm hätte es auffallen müssen, dass an dieser Skulptur etwas faul war. Es hat sich herausgestellt, dass er mit gewöhnlichem Reinigungsmittel gearbeitet hatte. Ein Abwaschmittel aus der Migros, um es genauer zu sagen. Nichts von diesem komplizierten Zeug, das auf dem Fläschchen stand.»

«Aber die Watte hatte sich doch verfärbt», erinnerte sich Thomas.

«Nichts als ein weiterer Bluff.»

«Und was folgerst du daraus?»

«Dass uns dieser Kunstexperte ... Romosch ganz schön an der Nase herumgeführt hat.»

«Aber er sprach doch von verschiedenen Legierungen. Das wissen wir in der Zwischenzeit auch.»

«Trotzdem ist er ein Scharlatan. Ich habe mich mal über das *Hexacyanoferrat*, das er dazu verwendete, klug gemacht. Es ist ein Synonym für *Eisen* und wird in der Fachwelt benutzt. Ich hätte es eigentlich wissen müssen.»

Thomas wandte sich an Elsbeth. «Wissen wir denn, wer genau dieser Anatol Romosch ist? Er hat gesagt, dass er einen Autounfall gehabt hatte, wenn ich mich recht erinnere. Er müsste schon deswegen irgendwo in einer Akte zu finden sein. Könntest du dich mal mit den Kollegen in Verbindung setzen, die diesen Unfall aufgenommen und bearbeitet haben? Vielleicht musst du über die Kantonsgrenzen hinaus recherchieren. Ich will wissen, wo er operiert wurde und wo er allenfalls in der Rehabilitation war.»

«Das habe ich bereits in die Wege geleitet.» Elsbeth streckte den Rücken. «Doch scheint dieser Mensch nicht wirklich zu existieren. Auf jeden Fall habe ich unter diesem Namen nichts anderes gefunden als den Hinweis darauf, dass er ein Kunstexperte ist. Sonst nichts. Nada.»

Thomas kratzte sich am Kinn. «Wir müssen den Hof unter die Lupe nehmen.»

«Dein Bauchgefühl, ich weiss, dein Geruchssinn, deine Sinne überhaupt.» Elsbeth lächelte. «Hast du genug Indizien?»

Guido konnte dem Wortwechsel nicht ganz folgen. «Und den Durchsuchungsbeschluss?»

«Lassen wir uns nachliefern.»

«Also, ich habe den Bericht des Fahndungsdienstes gelesen.» Elsbeth wollte offensichtlich ihr Wissen loswerden. «Kann ich dich unter vier Augen sprechen, Tom? Bevor du gehst?»

«Und, ist es wichtig für uns?», fragte Thomas mit einem sich anbahnenden Desinteresse. Offensichtlich beschäftigte ihn Guidos Bemerkung mehr als alles andere. «Das hat noch Zeit», meinte er dann.

Elsbeth verstand nicht, weshalb er sich in dieser Sache plötzlich querstellte. Sie konnte es schwerlich nachvollziehen, weshalb ihr Chef sich verzettelte, wo er ansonsten eine klare Linie verfolgte.

«Sollten wir uns nicht vorerst um diesen Anatol Romosch kümmern, ihn zumindest vorladen?», fragte Guido, während er Elsbeth musterte. «Vielleicht kann er uns über seine Lügen aufklären.»

Thomas blickte seinen Kollegen nachdenklich an. «Du hast es scheinbar noch nicht kapiert.»

Nachdem Guido gegangen war, versuchte Elsbeth erneut, auf ihr Anliegen zurückzukommen. Sie knüpfte an ihrem letzten Satz an. «Delphino Hiller hat zugegeben, dass er die Spreuerbrücke mithilfe von Natascha de Bruyne angezündet habe. Die Hintergründe für dieses Verbrechen hätte uns wohl de Bruyne liefern sollen. Nachdem man Hiller einer Gehirnwäsche unterzogen hatte, habe er alles gesagt, was er weiss. Jetzt wird es interessant.» Elsbeth hielt inne und wartete auf Thomas' Reaktion. Als diese ausblieb, fuhr sie fort. «Hiller weiss, wer im August 1993 die Kapellbrücke in Brand gesteckt hat.»

«Was?» Jetzt erwachte Thomas aus seiner sich anbahnenden Lethargie. «Was hast du soeben gesagt?»

«Er hat den Namen Pankraz Schindler erwähnt.»

Thomas bewegte langsam den Kopf. «Dann sind de Bruynes Anschuldigungen doch nicht aus der Luft gegriffen.»

«Im Gegenteil: Schindler sei als einer der Drahtzieher involviert. Sein Schwager stecke auch mit drin. Sie haben die Zeitungsberichte bereits vor dem Brand an die Chinesen und Japaner verkauft, mit dem Vermerk, dass die Bilder dazu baldmöglichst mit Exklusivrecht nachgeliefert würden. Demzufolge müssen sie den Brand der Kapellbrücke geplant haben, oder sie wussten, dass etwas am Laufen war.» Sie räusperte sich. «Übrigens ist de Bruynes Hund nicht, wie Armando behauptet hat, im Tierheim, sondern im Helvetia-Park gelandet, wo er schon immer gewesen ist.»

«Was willst du damit sagen?» Thomas runzelte die Stirn.

«Dass die Schriftstellerin mit den Randständigen einen sehr

engen Kontakt gepflegt hat.»

«Könnte das auch der Grund gewesen sein, dass der Salzmeer-Verlag ihr gekündigt hat?»

«Satzmehr», korrigierte Elsbeth schmunzelnd. «Leider kam ich bis anhin nicht an das Manuskript von de Bruynes neuem Buch heran. Es ist anzunehmen, dass sie darin über etwas schreibt, von dem sich der Satzmehr-Verlag distanzieren wollte. Oder es hat persönliche Gründe. Ich weiss nur das, was im Bericht von Tanja Pitzer steht. Für die Schriftstellerin war es offensichtlich ein Thema, gewisse Missstände in der Gesellschaft auszuleuchten. Ich erinnere mich an einen Text von ihr, in dem sie behauptet, dass der Schwager von Jill Schindler die Medienlandschaft von Luzern beherrsche, dass er sich von allen Seiten unterstützen lasse. Seine Mäzene würden eine enorme Medienpräsenz innehaben. Doch die Kleinen, die es am allernötigsten hätten, von der Gesellschaft wahrgenommen zu werden, lasse er links liegen.» Elsbeth stiess heftig Luft aus. «Es hat sich noch nichts geändert. Die von den Medien gesteuerten Künstler zum Beispiel, die einen gewissen Bekanntheitsgrad haben, werden weiter in hohem Masse gepriesen, während die noch unerkannten auf der Strecke bleiben. Eigentlich fällt oder steht ein Künstler mit dem Goodwill der Medienmacher.» Elsbeth geriet in Fahrt. «Ich wette, dass nicht die Arbeit, sondern das Aussehen bestimmt, ob man jemanden medial unterstützt. Oder das Thema passt zu unserer Spassgesellschaft, die nur über Banales und Triviales lesen will, wenn überhaupt. Letztendlich dürfte auch der Neid eine gewisse Bedeutung in diesen Machtspielen haben. Aber gewiss fliesst da auch viel Geld.»

«Das ist anzunehmen», meinte Thomas mehr zu sich selbst. «Die Medienschaffenden haben einen Auftrag, doch den führen sie nur halbherzig aus. Sie werden vom Staat und von den

Kantonen mit Subventionen unterstützt und halten doch jedes Mal die Hand auf.»

«Privatsender erhalten keine Subventionen», korrigierte Elsbeth. «Schindlers Schwager betreibt einen solchen.»

Thomas winkte ab.

«Aber wer zahlt, befiehlt», meinte Elsbeth lakonisch. «De Bruyne entblätterte übrigens weiter, dass sie als junge Schriftstellerin mit ihrem ersten Verleger ins Bett steigen musste, damit er ihr Buch veröffentlichte.» Sie räusperte sich. «Heute werden die Möglichkeiten wohl anders ausgeschöpft.»

«Aber es wundert mich, warum sich eine de Bruyne überhaupt darauf eingelassen hat», erläuterte Thomas.

«Früher gab es viele Frauen, die für eine Gefälligkeit ihren Körper verkauften. Heute kassieren sie Cash dafür.» Sie lächelte schief.

Thomas zog die Augenbrauen hoch. Er unterliess es, Elsbeth danach zu fragen, warum sie das wusste. Sie ging auf die sechzig zu.

«Zurück zu den Bränden. Wie es scheint, war de Bruyne tatsächlich in ein Wespennest getreten. Und Delphino Hiller alias Flipper wurde es zu gefährlich. Wahrscheinlich geht er davon aus, dass er im Knast sicherer ist.»

Thomas bliess Luft aus. «Mir ist nur nicht klar, weshalb sie bis heute gewartet haben, die Öffentlichkeit darauf aufmerksam zu machen. Das wäre ein gefundenes Fressen gewesen, wenn ich davon ausgehe, dass es in unserer Stadt immer Leute gibt, die auf solche Schlagzeilen geradezu lauern.» Er schüttelte den Kopf. «Wir belassen es dabei. Der Fahndungsdienst wird sich weiter darum kümmern. Das ist nun nicht mal unser Job, irgendwelche Verdächtigen vorzuladen, die mit dem Brand der beiden Brücken zu tun haben. Bis jetzt sehe ich auch keine klare Vernetzung zu unserem Fall.» Er wandte sich zum Fenster.

«Morgen nach der Informationssitzung ist Zugriff. Ich werde dies Armando gleich selbst mitteilen.»

«Wie Zugriff!» Elsbeth schüttelte den Kopf.

«Ich spüre es in meinen Gedärmen, dass wir dort etwas finden werden, das uns weiterhilft.»

Er verschwieg vorerst, dass er vorhatte, vorab allein nochmals zum Hof zu fahren. Ein Restzweifel war geblieben. Was, wenn dieser Künstler dort oben doch nicht der Richtige war? Dann würde er sich ein weiteres Mal blamieren. Trotzdem informierte er Elsbeth über seine nächsten Schritte und hörte gar nicht mehr richtig hin, als sie versuchte, ihm von diesem Vorhaben abzuraten.

***

Die Sonne sandte die letzten Strahlen ins Tal. Die Landschaft tauchte in ein mystisches, fahles Licht.

Thomas fuhr die Strecke, die er bereits am Mittag gefahren war. Vor dem Haus mit den Osterglocken stand jetzt ein Motorrad. Thomas nahm an, dass Veroniques Freund eingetroffen war und sicher Besseres zu tun hatte, als ihn vom Fenster aus zu beobachten. Er steuerte dennoch langsam auf den Hof zu, der noch genauso verlassen dalag wie Stunden zuvor. Den Wagen stellte er wieder hinter das Haus. Wachsam ging er auf die Tür zu. Auf das Klopfen meldete sich niemand. Die Tür war nach wie vor verschlossen. Irgendwann musste der Bewohner doch zurückkommen. Oder befand er sich drinnen? Thomas wurde das komische Gefühl nicht los, das ihn schon am Mittag heimgesucht hatte. War es möglich, dass es gar kein Auto gab? Aber warum hatte Veronique ein Auto erwähnt? Eine Schrottkiste solle es sein, so eine, wie er sie fuhr. Kurz ein Gedanke an Isabelle. Vielleicht musste er sich überlegen, den Wagen in ab-

sehbarer Zeit gegen einen neuen einzutauschen.
Ein Geräusch schreckte ihn auf. Es kam aus dem Stall.
Die Sonne war hinter den Flanken verschwunden. Allmählich verbreitete sich die Dämmerung. Die Konturen von Haus und Stall zerflossen im aufkommenden Nebel.

Nebel im Mai, ging es Thomas durch den Kopf. Doch dieser passte in die Unwirklichkeit der Gegend. Er fühlte sich plötzlich in eine Filmkulisse versetzt, in eine künstlich erzeugte Landschaft. Er wusste nicht, ob es mit seinem Schwindel zu tun hatte, dass er die Dinge nicht so sah, wie sie waren. Er schritt aufrecht auf das Stalltor zu. Wenn er beobachtet wurde, so wollte er nicht den Eindruck hinterlassen, dass er sich fürchtete. Denn das hatte er gelernt, und Julia hatte es ihm noch einmal eingebläut, dass Opfer nicht zufällig Opfer sei. Wenn man Selbstbewusstsein und Mut ausstrahle, komme man auch durch Gegenden wie das tiefste Harlem, ohne dass einem etwas zustösst. Mann könne aufgrund der Körperhaltung zum Opfer werden, weil Täter oft wie aus einem Urinstinkt heraus die Angst ihres Gegenübers röchen. Thomas schüttelte den Kopf ob seiner abstrusen Gedanken. Er fragte sich, warum er überhaupt darüber nachdachte. Er griff nach einer Taschenlampe, die er vorsorglich mitgenommen hatte. Er knipste sie an, leuchtete zuerst wahllos in verschiedene Richtungen, bevor er an der Leiter hängenblieb. Dort war etwas über die zweitunterste Sprosse gelegt, was am Mittag noch nicht da gewesen war. Er näherte sich. Es war eine Jacke. Kurz sträubten sich seine Nackenhaare. Der Lichtkegel der Taschenlampe glitt über den Boden. Überall lagen Stroh und Unrat aus Papier, zerknüllten Tüten und PET-Flaschen. Die Kisten waren noch da. Thomas glaubte, unter den Halmen eine Art Riegel zu sehen. Er legte die Lampe nieder und griff mit beiden Händen an den Verschluss. Er musste ziemlich rütteln, bis er einen hundert mal sechzig Zentimeter breiten Deckel anheben konnte. Er kippte ihn zurück. Darunter erschien ein schwarzes Loch. Thomas leuchtete hinein. Eine Treppe führte offensichtlich in einen unter dem Stall liegenden Hohlraum. Ein Blick zurück zum Ausgang. Nichts rührte sich. Nur ein Rechteck zeichnete sich ab. Dahinter das dunkle Violett der hereinbrechenden Nacht. Kurzerhand stieg er hinunter. Es roch sonderbar. Er leuchtete die Wände aus und fühlte sich augenblicklich zurückversetzt in ein anderes Jahrhundert. Alles schien ziemlich antik. Dies hier musste in den Anfängen des letzten Jahrhunderts entstanden sein. Sein Blick blieb an einem schweren Gerüst hängen.

Da vernahm er von oben Motorengeräusche. Thomas leuchtete auf seine Armbanduhr. Zwanzig nach neun. Er war auf der Hut. Er schaltete die Lampe aus und wartete. Unvermittelt vernahm er feste Schritte im Stall über ihm. Vor dem Deckel blieb jemand stehen. Thomas konnte seinen Atem deutlich hören. Ob er sich gerade wunderte, warum der Deckel offen stand? Oder vielleicht hatte er damit gerechnet, dass Thomas in die Falle tappte. Sein Verfolger brauchte nur das Brett auf die Öffnung zu schlagen, ein Schloss einzuhängen und zu warten, bis sein Widersacher hier unten elendiglich zugrunde ging. Er hätte sich ohrfeigen können ob seiner unprofessionellen Vorgehensweise. Woran hatte er nur gedacht? Es sah ganz danach aus, als hätte man ihn hier erwartet. Alles schien vorbereitet gewesen zu sein. Der Deckelverschluss, der am Morgen noch nicht sichtbar gewesen war, die Jacke über der Leitersprosse... Der Feind war zu Hause gewesen und hatte ihn beobachtet. Und Thomas war ihm direkt in die Arme gelaufen. Was für eine Idiotie!

Er rührte sich nicht von der Stelle. Eine einzige Bewegung hätte ihn verraten. Er wollte Zeit schinden und sich überlegen, welchen Schritt er als nächsten tun sollte. Das Atmen hörte er immer noch. Diesmal schien es sogar ganz nahe zu sein. Eines hatte Thomas ihm voraus: Er hatte gelernt, sich zu beherrschen. Plötzlich war ihm, als entfernten sich Schritte. War die Gefahr vorüber?

Er wartete. Nichts geschah. Hatte ihn eine Halluzination getäuscht? Als nach einer gefühlten Ewigkeit niemand mehr zurückkam, beschloss er, mit dem Licht der Taschenlampe nach einem Schalter zu suchen. Dass er sich in einer Werkstatt befand, erkannte er an den beiden Tischen und einer breiten, in den Boden eingelassenen Wanne, über die eine eigenartige Konstruktion hing. Ketten und Seile sowie ein breites Band waren unter der Decke angebracht, ein Thermostat und ein langer Hebel. Zwei Rollen lagen über je einer Kette. Ein Flaschenzug. Thomas fand nicht heraus, wozu die Aufhängevorrichtung diente. Sehr vertrauenerweckend sah sie allerdings nicht aus. Sicherheitshalber griff er nach seiner *SIG Sauer*. Er ging weiter, die Pistole und die Taschenlampe hatte er vor sich. Er gelangte zu einem Schrank. Er nahm an, in dessen Nähe den Schalter zu finden. Tatsächlich erblickte er eine altertümliche Dose mit einem Kippschalter. Gerade, als er ihn betätigen wollte, raschelte es hinter ihm und etwas Hartes fuhr über seinen Kopf.

Nicht schon wieder der Kopf, war das Letzte, was durch seine Gedanken jagte. Dann sank er getroffen auf den Boden.

Freitag, 17. Mai

Am Morgen herrschte Aufregung auf der Kriminalpolizei. Thomas hatte am Abend zuvor auf den anderen Tag zum Rapport um sieben Uhr geladen. Bislang war er noch nicht erschienen. Sein gesamtes Team wartete. Armando tigerte nervös von einer Zimmerecke zur anderen. Im Anschluss an die letzte Sitzung, die er allein geleitet hatte, wunderte er sich über Thomas' Entscheid, der nächsten wieder beizuwohnen zu wollen. Offenbar gab es Ungereimtheiten. Oder Thomas war mit seiner Arbeit nicht zufrieden.

Um zehn nach sieben verband Marion ihn mit Isabelle. Thomas' Frau war ausser Rand und Band.

«Armando, ich mache mir grosse Sorgen. Thomas ist heute Nacht nicht nach Hause gekommen. Hat er dir irgendetwas gesagt, wo er hingeht?» Sie beichtete ihm dann ihr einstweilen angespanntes Verhältnis zueinander und dass sie sich schreckliche Vorwürfe mache. «Er geht auch nicht an sein Handy.»

Armando, der wenig von Diplomatie hielt, gestand, dass er auch im Unklaren sei. Er wusste lediglich von Elsbeth, dass er noch einmal zu diesem Hof im Luzernischen hatte fahren wollen. Ob er dort jemals angekommen war, blieb ein Rätsel. «Ich werde dich benachrichtigen, wenn ich mehr weiss», tröstete er Isabelle, die sich jedoch nicht beruhigen liess.

«Es ist meine Schuld. Ich hätte ihn nicht einfach links liegen lassen sollen.»

«Sorry, das geht mich zwar nichts an: Aber kann es sein, dass ihr in einer Krise steckt?» Für Armando wäre dies nachvollziehbar gewesen, nach allem, was er im Winter mit seinem Vorgesetzten erlebt hatte. Er verkniff es sich jedoch, Isabelle davon zu erzählen. In solchen Dingen hielten die Männer zusammen. «Ich glaube nicht, dass es deinetwegen ist. Tom ist da wahrscheinlich in etwas geraten, dessen Auswirkung er selbst nicht hat absehen können. Wir werden ihn suchen, das verspreche ich dir.»

Isabelle war keinesfalls erleichtert. «Ich bleibe heute zu Hause», gestand sie. «Du kannst mich anrufen, wenn du mehr weisst.» Sie verabschiedete sich und brach die Verbindung ab.

Armando zitierte Elsbeth an seine Seite. «Weisst du, wo sich dieser Hof befindet?»

Elsbeth, die darauf vorbereitet gewesen war, legte ein A4-Blatt auf den Tisch. «Ich habe ihm davon abgeraten. Aber du kennst ihn ja. Wenn er sich etwas in den Kopf gesetzt hat, stiert er das mit aller Konsequenz durch.»

Armando griff erneut zum Telefon und liess sich zuerst mit Linder, dann mit der Sondereinheit verbinden. Bei Linder erlangte er wider Erwarten schnell die erforderliche Einwilligung. Das Aufbieten der Sondereinheit übernahmen sie gemeinsam.

«*Porco dio*, was hat er sich nur dabei gedacht» enervierte sich Armando, nachdem er aufgehängt hatte. «Ich habe es langsam satt, ihn andauernd aus der Scheisse zu holen.»

***

Thomas erwachte mit rasenden Kopfschmerzen. Er stellte fest, dass er nicht in seinem eigenen Bett geschlafen hatte, und benötigte geraume Zeit, sich an die Geschehnisse zu erinnern. Allmählich merkte er auch, dass ihn nicht ein Albtraum narrte, sondern dass das, was er sah, Wirklichkeit war. Wenigstens lag er nicht auf dem Boden. Doch der Schragen, auf den ihn jemand hingelegt haben musste, vermittelte ihm keinesfalls ein behagliches Gefühl. Er befand sich noch immer in dieser sonderbaren Werkstatt. Er sah die Wanne, die Hängevorrichtung, den Schrank. Er sah aber noch etwas anderes, das ihn beunruhigte. Unweit seines Lagers befand sich ein Kupferkessel, der bis anhin nicht da gewesen war oder den er aufgrund des spärlichen Lichts nicht beachtet hatte. Thomas versuchte, sich aufzurichten, da spürte er eine Fesselung seiner Hände. Taschenlampe und Pistole waren weg, auch seine Kleider. Eine Militärwolldecke bedeckte seinen blossen Leib. Er sah das weisse Kreuz auf rotem Grund auf der Erhebung, wo seine Füsse waren. Man hatte ihn ausgezogen. Er stützte sich auf die Ellenbogen, so gut es ging. Seine Augen gewöhnten sich allmählich an die Schatten, welche die Hälfte des Raumes beherrschten.

Jemand sass an der Wand. Vor dem dunklen Hintergrund zeichnete sich ein sitzender Körper ab.

Thomas fragte sich, ob es sinnvoll war, eine barsche Sprache anzuschlagen oder ob er mit Einfühlsamkeit und Sanftmut weiterkam. Nach Gefühlsduselei war ihm nicht zumute. Der Kerl an der Wand hatte ihm eines über den Schädel gezogen und hielt ihn nun fest. Das war Freiheitsberaubung. Andererseits war er in sein Eigentum eingedrungen. Sollte er sich dafür entschuldigen?

War der Mensch an der Wand die gesuchte Person? Warum gab er sich nicht zu erkennen? Thomas wertete es dennoch als ein gutes Zeichen. Er konnte davon ausgehen, dass er ihm nur einen Schrecken einjagen wollte. Er hielt sich fest an diesem dünnen Faden, dass alles nur halb so schlimm war, wie es den Anschein machte.

«Ich will Ihnen nichts tun», hörte er den Fremden plötzlich flüstern, «sofern Sie mit mir kooperieren.»

Thomas hatte Mühe, ihn zu verstehen und musste konzentriert hinhören. Wahrscheinlich hätte er ihn an seiner Stimme wiedererkannt.

«Sie sind ein aufmerksamer Ermittler. Doch ich bin mir nicht schlüssig, wie Sie auf mich gekommen sind.»

«Ihre Tarnung ist perfekt», lobte Thomas ruhig. Er ging davon aus, dass die angespannte Situation zuallerletzt mit Hektik zu bewältigen war. «Aber Sie haben dennoch einen Fehler gemacht.»

Er sah, wie sich der Schatten von der Wand löste. Er erkannte Stiefel, Knie und Oberschenkel. Das Gesicht jedoch blieb im Dunkeln. «Ich mache keine Fehler», flüsterte der Fremde. «Ich bin ein Genie.»

«Das wahrlich sind Sie», schmeichelte Thomas ihm, obwohl ihm alles andere als danach zumute war. Angst und Abscheu hatten ihn fest im Griff. «Sie sollten jedoch wissen, dass wir Silvano Zanetti in der Zwischenzeit gefunden haben.» Er versuchte, sich in eine bequemere Sitzposition zu bewegen. Die Fesseln an seinen Handgelenken scheuerten an seiner Haut. Die Wolldecke kratzte.

«Deshalb sind Sie hier.» Das Flüstern wurde aggressiver. «Ich möchte Sie an meiner Arbeit teilhaben lassen. Ich will Ihnen zeigen, wie ich mit meinen Modellen vorgehe.»

Thomas schoss eine eigentümliche Hitze in den Kopf. «Sie hatten noch andere Modelle?», fragte er, obwohl ihn nicht primär dieser Verdacht beschäftigte. Was bis anhin in Vermutungen verschwommen gewesen war, zeichnete sich allmählich ab: Er sass vor dem Mörder. Würde er keine Skrupel haben, auch ihn umzubringen? Da nützten auch seine Worte wenig, dass er ihm nichts antun würde. Er war unberechenbarer Natur. Dennoch wollte es Thomas nicht wahrhaben, dass er sich in einer ausweglosen Lage befand.

«Ich will Ihnen beweisen, dass die aufwendige Arbeit an einer Bronzeskulptur einfacher und zeitsparender zu bewerkstelligen ist», flüsterte es aus dem Dunkel.

«Mir müssen Sie gar nichts beweisen.» Thomas versuchte alles, um Zeit zu gewinnen. Solange er hier auf diesem Schragen lag, konnte ihm nichts geschehen. Er würde um sein Leben kämpfen. Doch musste er auch davon ausgehen, dass sein Gegenüber im Besitz seiner Waffe war. In diese abstrusen Gedanken schoben sich die Gedanken an Isabelle, an ihren Wunsch nach dem roten Alfa. Er würde ihn ihr sofort erfüllen, wenn er hier heil herauskam. Andererseits wäre sie vielleicht nicht unfroh, wenn sie ihn auf diese Weise loswurde. Musste er jetzt die Strafe für seinen Seitensprung verbüssen? Gab es so etwas wie Ursache und Wirkung?

«Ich werde mir jetzt eine Maske überziehen», kam es tonlos hervor. «Dann werden Sie Zeuge meiner Vorbereitungen werden.»

Vorbereitungen! Wozu?

An der Wand raschelte es. Thomas machte einige Gebärden aus. Wenig später trat ein Mann aus dem Schatten, dessen Bewegungen ihm vollkommen unbekannt waren. Er war ihm so fremd wie bis anhin, als er lediglich sein Flüstern vernommen hatte. Er war mindestens eins achtzig gross, hatte eine hagere Figur und stakste nun in Gummistiefeln auf Thomas zu. Sein Gesicht war hinter einer fantasievollen Tiermaske versteckt. Er trug eine Kappe, damit man die Haare nicht sah, an seinen Händen Handschuhe. Er sah irgendwie ulkig aus. Thomas bemerkte, dass er weder eine Pistole noch sonst eine Waffe bei sich trug.

Er sah seine Chance kommen, als der Fremde nahe an der Liege vorbeischritt. Er hätte ihn mit den Beinen in die Zange nehmen können. Er hatte genug Kraftreserven. Aber ob er ihn ohne Weiteres überwältigen konnte, vermochte er nicht abzuschätzen. Ein falscher Griff – und er hätte ihn vielleicht das Leben gekostet. Er suchte das Gespräch.

«Wer sind Sie?», wagte Thomas zu fragen.

«Der, dem die Ehre zusteht, der Beste zu sein.» Noch immer flüsterte er.

«Was bezwecken Sie mit dieser Aktion?»

«Bezwecken? Sie haben Humor.» Er lachte tiefgründig. «Manchmal muss man ein wenig nachhelfen, wenn die Gesellschaft einen nicht wahrnimmt. Ich habe lange versucht, auf mich aufmerksam zu machen. Ich bin ein Künstler, war es schon ein Leben lang. Es ist meine Berufung. Doch den Mob da draussen interessiert es nicht. Die Masse ist gehirnlos und selbstverliebt. Und die Medien, lieber Herr Kramer, die Medien machen uns zur Schnecke, indem sie uns umgehen. Lieber verpuffen sie ihre Energie in bereits Vorhandenes. Kopieren ihre Vorbilder im Fernseher. Lassen die Hose vor einem dämlichen Publikum herunter. Ich zähle mich nicht zu denen, die sich kaufen lassen. Ich habe meinen Stolz ...»

«Aber Ihre Werke sind doch auf der ganzen Welt verteilt ...»

Täuschte er sich, oder stutzte sein Gegenüber? «Wie meinen Sie das?»

«Eine Skulptur steht doch im Prado.»

«Aha ... ach ja, das, das ...» Der Fremde verhaspelte sich.

Thomas lehnte sich zurück. Allmählich schmerzten ihn der Rücken und das Gesäss. Er beobachtete, wie der Fremde sich auf die Wanne zubewegte. Es war schwierig, ihn in ein vernünftiges Gespräch zu verwickeln. Auf seine Feststellung wollte er nicht weiter eingehen.

Die Situation schien ausweglos zu werden. Der Fremde drehte an einem Rädchen, das eine Heizung in Gang brachte. Der Thermostat zeigte an, wie die Temperatur in rasanter Geschwindigkeit nach oben kletterte. Der untere Teil der Wanne begann, sich dunkelrot zu verfärben, bis er glühte. Der Geruch nach Eisen stieg Thomas in die Nase. Der Fremde leerte eine flüssige Substanz dazu. Dann nahm er einen anderen Behälter und kippte auch diesen in die Wanne. Es zischte und brodelte. «Das ist meine Erfindung», sagte er. «Ich habe es geschafft, die Legierung schnell und effizient herzustellen. Sie ist nicht so bruchsicher wie Bronze, aber erfüllt ihren Zweck.» Als er darauf lachte, kamen seltsame Töne über seine Lippen.

Er liess die Brühe kochen. Ab und zu rührte er mit einer grossen Kelle darin. Er schien zufrieden. Thomas sah ihm voller Abscheu zu, wie er seine Gifte zusammenmischte.

Doch plötzlich wandte er sich um. Thomas spürte, wie er ihn durch die beiden Augenschlitze in der Maske anstarrte. «Silvano ist wie mein Alter Ego.» Er ging auf die Wand zu, an der sich der Schrank befand und weiter hinten eine Tür, durch die er hatte hereinkommen müssen. Daneben gab es den Kippschalter, und unterhalb davon befand sich ein Hebel. An diesem zog er. Mit einem metallenen Geräusch setzte sich die Hängevorrichtung über der Wanne in Richtung des Schragens in Bewegung. Eine Steuerung ermöglichte ihm das Herunterlassen der Ketten, an denen die Bänder befestigt waren. Allmählich begriff Thomas die komplizierte Konstruktion und wozu sie diente. Ein flaues Gefühl erfüllte ihn. Er durfte den Gedanken nicht zu Ende denken; er wäre sonst übergeschnappt. Noch immer wollte er nicht kampflos sein Schicksal annehmen. Aber hatte er überhaupt eine Chance?

Der Fremde kam wieder auf ihn zu. Er stand jetzt so nahe beim Schragen, dass Thomas ihn hätte mit den Beinen packen können.

«Sie hätten wohl auch so sein wollen wie er?» Thomas sah seine zweite Chance kommen. Wenn er die vermasselte, war es vorbei. Eine dritte würde sich kaum mehr bieten. Er *musste* ihn überwältigen. Jetzt!

Er schnellte hoch. Seine Beine öffneten sich wie eine Schere, die, sobald er den Körper des Fremden erfasst hatte, zuschnappte. Er klemmte ihn zwischen die Knie und zog ihn herunter. Der Widersacher verlor die Kontrolle und kippte Brust voran auf Thomas. Der Überraschungseffekt schien gelungen. Der Fremde schnaufte und versuchte, sich aus der misslichen Lage zu befreien. Im Gegensatz zu seinem Opfer hatte er beide Hände frei. Trotz seiner Fesselung warf Thomas seinen Oberkörper nach vorne, hielt den Atem an, versuchte, mit seinem Kopf den Kopf des Gegenübers zu treffen, und schlug ins Leere. Der Fremde hatte sich geschickt zur Seite geworfen.

«Das war ein grober Fehler», keuchte dieser, holte mit der Rechten aus, schwang sie gegen Thomas' Kinn und schlug mit der Handkante zu.

Thomas' Körper erschlaffte und fiel rückwärts auf die Pritsche.

Ein Schwall kalten Wassers holte ihn in die Wirklichkeit zurück. Er realisierte, wie Kopf und Füsse in der Schlinge lagen. Um seinen Körper war ein breites Band geschlungen. Es erinnerte an ein Hüfttuch, das mit einer Schnalle befestigt war. «Ich habe Sie gewarnt. Noch so ein Versuch, und es geht Ihnen dreckiger denn je.» Der Fremde lachte höhnisch, während er Thomas' Blicken folgte. «Das ist ein neuartiges Material, welches sich im Bad auflösen wird. Dann wird nur noch die Schnalle zurückbleiben, die ich entfernen muss. Vielleicht erinnern Sie sich an *Alkibiades*. Der hatte vorne beim Nabel eine kaum erkennbare Einbuchtung. Die stammt von der Schnalle.»

Thomas erinnerte sich nicht.

Der Fremde machte sich indessen an seinen Füssen zu schaffen. Er kontrollierte die Bänder und hielt einen Moment inne. Thomas sah, wie sich sein Adamsapfel heftig auf und ab bewegte. «Sie scheinen nicht sehr aufgeregt zu sein», stellte der Fremde fest. Er nickte mit dem Kopf in Richtung seines Geschlechts. «Bei Silvano war das ganz anders.» Jetzt lachte er wieder mit diesem Ton in der Stimme, die Thomas zu entschlüsseln versuchte.

Wer war das nur? Thomas kämpfte gegen das Gefühl an, sich gehen zu lassen und sich dem Schicksal zu fügen. Warum war er überhaupt hierher gekommen? Warum in diesen Hof? Er fand keine plausible Erklärung dafür. Es gab keine konkreten Beweise, dass sich Zanettis Mörder hier befand. Es war dieses Bauchgefühl gewesen. Verdammt – warum musste er sich immer auf sein Bauchgefühl verlassen?

«Er war ein potenter Kerl, das hätte ich ihm nie zugetraut. Der Tod vor Augen regt das Adrenalin an. Endorphine werden freigesetzt. Alles pulsiert. Alles will nach aussen. Die Schreie. Die Körpersäfte. Die Erregung erfährt den ersten Höhepunkt. Doch danach kommt nicht die Entspannung. Im Gegenteil, Körper und Geist erfahren die nächsthöhere Stufe. Mit jeder Sekunde werden mehr Hormone wie Glukokortikoide und Serotonin ausgeschüttet. Man glaubt, wahnsinnig zu werden ... bis man tatsächlich dem Wahn verfällt.» Er war ins Flüstern zurückgefallen. Allmählich musste das sehr mühsam sein. Er starrte Thomas an. «Keine hinterhältigen Tricks», warnte er. «Wenn Sie nur den Zeh bewegen, schlage ich Sie noch einmal k. o.»

Der Fremde betätigte den Hebekran. Allmählich zogen sich die Bänder enger um den Körper. Thomas' Hände lagen noch immer in den Fesseln. Der Fremde löste sie. «Sie werden jetzt fixiert und in die Höhe gehievt. Haben Sie sich je vorstellen können, der Schwerkraft zu entfliehen?»

Thomas sah, wie sich die Seile und Ketten über ihm scheppernd strafften. Ihn packte das nackte Grauen. Gleichzeitig spürte er, wie sich die Bänder um seinen Körper zuzogen. Sein Hals fühlte sich taub an. Ein unbedachter Moment, ein Ruck, und er wäre erstickt oder hätte sich das Genick gebrochen. Doch es ging alles sehr behutsam vorwärts. Der Druck am Hals entpuppte sich als ein leichter. Die eigentliche Tragefläche war die Körpermitte. Kopf- und Fussschlaufen dienten der Stabilisierung.

Über der Wanne blieb er hängen. Einen Augenblick fühlte er die Pendelbewegung. Er traute sich nicht, den Kopf zu drehen. Er hätte dem Tod unter sich direkt in die Augen gesehen – in Form eines heissen, blubbernden Gemischs aus flüssigen Materialien. Der Geruch stieg ihm in die Nase und liess seinen Tränen freien Lauf. Die Hitze trieb ihm den Schweiss aus den Poren. Die Angst kroch wie ein zügelloses Ungeheuer heran und drohte, seinen Verstand auszuschalten. Kein Adrenalinstoss, weder Endorphine noch Dopamine. Und Wahnsinn musste sich wohl anders anfühlen.

Nein, es war die nackte Angst, die sein Bewusstsein trübte.

Der Fremde sah ihn fasziniert an. «Silvano hätte jetzt gepinkelt, bevor er eintauchte. Es hätte ihn vor Angst erregt...» Er setzte den Kran wiederum in Bewegung. Das helle Rasseln der Ketten erklang wie die Todesmelodie. Jedes Kettenglied, das über der Rolle erschien, bedeutete, dem Tod ein wenig näher zu sein.

«Die Masse bleibt nach dem Auskühlen ungefähr zwei Stunden biegsam. In diesem Stadium kann man sie sehr gut bearbeiten, jede Hautfalte herausschaffen, sogar die Physiognomie exakt formen. Es ist wie eine zweite Haut.» Das Flüstern war einem klaren Reden gewichen.

Jetzt erkannte er die Stimme. Doch es nützte ihm nichts mehr.

Thomas versuchte, die Atmung so flach wie möglich zu halten, damit er keine falsche Bewegung machte. Die Brühe kam gefährlich nahe auf ihn zu, die Hitze wurde schier unerträglich. Er wünschte, dass es schnell vorbei sein würde. Bilder aus seinem Leben schienen im Zeitraster durch seine Gedanken zu schiessen. Angefangen im Hier und Jetzt. Der Film lief rückwärts. Isabelle schien allgegenwärtig zu sein. Stefan. Seine Eltern. Die Schwestern, als sie noch zur Schule gegangen waren. Und er sah die Spreuerbrücke lichterloh brennen. Flammen, die in seine Richtung stiessen. Sequenz reihte sich an Sequenz, die jedoch nicht richtig in diese irre Chronologie passten. Dann war es, als zöge es ihn von der Helligkeit ins Dunkel. Der rote Alfa Romeo tauchte auf. Mit ihm das Gesicht des Unbekannten, das er nur von der Seite sah. *Isabelle* war der letzte Name, der ihm über die Lippen kam.

***

Durch das ansonsten beschauliche Eigenthal rasten drei beschriftete Polizeiwagen mit Blaulicht. Ihnen folgten Armando und Lucille. Sie fuhren bis zur Abzweigung, die Thomas beschrieben hatte. Der Tross kam an Veroniques Haus vorbei und gelangte zum Hof, der still dalag. Weder Auto noch Fuhrwerk waren zu sehen. Die Sonne hatte sich noch nicht über die Berge gewagt. Ein kaltes Licht flackerte über die Landschaft. Die Scheinwerfer der Autos leuchteten den Vorplatz und den Eingang zum Stall aus. Den Wagen entstiegen zwölf Polizisten in voller Montur und schwerem Geschütz: dunkle Anzüge mit der Aufschrift *Polizei*, Kampfstiefel und sichtgeschützte Helme. Die eine Hälfte von ihnen näherte sich mit Maschinenpistolen dem Haus, die andere umschlich die Scheune. Armando hatte sich in sicherer Entfernung zwischen den beiden Gebäuden positioniert. In der einen Hand hielt er ein Fernglas, in der anderen das Funkgerät. Er stand mit seiner Truppe in ständigem Kontakt. Lucille pirschte sich in die Nähe des Hauses. «Tür verschlossen», redete sie leise in ihr Walkie-Talkie.

«Tür verschlossen», übermittelte Armando.

Er gab einem der Männer ein Zeichen, diese zu stürmen. Einer der Sondereinheit – ein muskulöser Polizist mit Backenbart – warf seinen Körper gegen die Tür, bevor sie krachend aus den Angeln fuhr. Sein Gefolge übernahm die Sicherung der Räume. Hintereinander traten sie ins Haus. Sie suchten die Zimmer nach verdächtigen Personen ab, stiegen in die oberen Stockwerke und checkten jede Ecke. Bis auf wenige altertümliche Möbel waren die Räume leer. Auf dem Dachboden lag eine zerschlissene Matratze, darauf eine Wolldecke – das Lager eines Unbekannten. Ansonsten war alles leer. Jemand gab Entwarnung.

Die andere Hälfte der Truppe hatte sich in den Stall begeben. Ausser dem leisen Klacken der Stiefel vernahm man nichts von ihnen. Der Stall war wie ausgestorben. Keine verdächtigen Geräusche, nicht den kleinsten Anhaltspunkt, dass hier Menschen gewesen waren.

Armando trat in den Stall. Durch die Luke an der hinteren Wand fiel Sonnenlicht vom wachgeküssten Tag. Doch auch jetzt im lichtdurchfluteten Raum war nichts zu sehen, das darauf hinwies, dass Thomas hier gewesen war. Bestimmt hätte er ein Beweismittel seiner Präsenz deponiert. Doch die Leute suchten vergebens danach.

«*Maletetto*», enervierte sich Armando und an Lucille gewandt: «Bist du sicher, dass wir richtig sind?»

«Ich habe die Adresse von Elsbeth.» Lucille steckte ihre Pistole ein. «Vielleicht sollten wir uns beim Nachbarn erkundigen.» Sie nickte mit dem Kopf über ihre Schultern Richtung Ausgang. «Dort drüben müsste jemand wohnen. Ich habe

Rauch aus dem Kamin steigen sehen.»

«*Bene, andiamo.*» Armando rief Fred Falkner – den Kopf der Sondereinheit – zu sich. «Haltet hier die Stellung. Ich will mich mal umsehen.» Er durchschritt den Stall und gelangte auf den Vorhof. Lucille folgte ihm. «Ich hatte gerade eben Elsbeth am Telefon. Sie sagte, dass wir hier schon richtig seien. Tom sei noch nicht zum Vorschein gekommen. Ich glaube, er muss hier irgendwo sein.»

«Dein Glaube hilft uns nicht weiter. Vielleicht beim Nachbarn dort drüben», meinte Armando nicht sehr freundlich. «Vielleicht ist es ja eine Nachbarin, und Tom hält ein Schäferstündchen.»

«Weisst du mehr als ich?»

Armando winkte ab. Es fehlte noch, dass er auf die Liaison mit Tiziana Schumann zu sprechen kam. Er hatte es nie nachvollziehen können, dass Thomas sich auf so etwas hatte einlassen können. Doch es ging ihn nichts an.

Die gelben Osterglocken leuchteten um die Wette, als Lucille an der angebrachten Klingel läutete. Armando hatte kaum einen Fuss auf die Stufen gesetzt, als die Tür aufschwang und eine junge Frau unter dem Rahmen erschien. Sie lachte ihnen entgegen.

Aha, also doch, dachte Armando wohlgefällig, während er die Schönheit betrachtete.

«Da meint man doch, dass man am Ende der Welt ist, und innerhalb von zwei Tagen ist hier ein Zirkus.»

Armando hielt ihr seine Polizeimarke vors Gesicht. «Kripo Luzern. Mein Name ist Armando Bartolini, und das ist meine Kollegin Lucille Mathieu. Wir müssten Ihnen ein paar Fragen stellen.»

«Veronique Bender.» Sie betonte die zweite Silbe ihres Nachnamens. «Jetzt machen Sie mich aber neugierig.» Sie machte

keine Anstalten, die beiden Ermittler ins Haus zu lassen.
«Dauert es lange?»
Lucille nahm Notizblock und Schreibstift zur Hand.
«Sie wohnen hier?», fragte Armando.
Veronique erzählte das, was sie am Vortag Thomas bereits mitgeteilt hatte.
«Kennen Sie Ihren Nachbarn?»
«Das hat mich gestern schon jemand gefragt.»
«Das müsste unser Chef gewesen sein.» Armando blieb ernst. Er wiederholte die Frage.
«Nein, ich kenne ihn nicht, auch keinen Namen.»
«Ist Ihnen in den letzten vierundzwanzig Stunden etwas aufgefallen? Haben Sie vielleicht jemanden zum Hof gehen oder fahren sehen?»
Veronique schleuderte ihr Haar zurück. Ihre blauen Augen glitzerten im Gegenlicht. «Ich weiss nicht, wie wichtig es ist, aber eine Weile standen dort drüben zwei Autos. Das von Herrn Kramer und das des Nachbarn. Mein Freund sagte noch, dass man beide Modelle ins Verkehrsmuseum stellen könnte.» Sie lachte und liess eine Reihe regelmässiger Zähne aufblitzen.
«Haben Sie zufällig mitbekommen, dass die beiden ... Oldtimer wegfuhren?»
«Um Mitternacht standen sie noch dort. Wir waren nämlich kurz draussen. Da waren sie noch da.»
«Erinnern Sie sich an die Marke der beiden Wagen?»
«Der von Herrn Kramer war ein Golf, der andere ... na ja, ich kenne mich nicht sonderlich aus mit Autos. Ein Opel, vielleicht auch ein Renault.» Veronique hob ihre Schultern.
«Haben Sie Licht im Haus gesehen?»
«Um Mitternacht? Nein, es war finster.»
Armando und Lucille sahen einander kurz an. «Seit wann leben Sie hier in diesem Haus?»

«Seit rund zwei Monaten. Ich habe die Immobilie günstig mieten können. Der Besitzer kommt erst Ende Juni zurück. Bis dann habe ich hoffentlich meinen Anwalt ...» Armando überging es. «Wie heisst denn der Vermieter?» Veroniques Blicke verloren sich in der Ferne. «Ebersold. Ich glaube, er ist Künstler ...» Armando nahm Lucille zur Seite. «Tom muss hier auf eine Spur gestossen sein. Und er hat uns nicht darüber unterrichtet. Langsam zweifle ich an seinem Verstand. Vielleicht hat ihm der Sturz auf den Kopf doch mehr geschadet als angenommen. Er fährt hierhin, ohne uns zu kontaktieren. Das ist nicht nur leichtsinnig, das ist grob fahrlässig.»

Er kehrte zu Veronique zurück. «Kann es sein, dass die Scheune und das Haus dort drüben auch diesem Ebersold gehören?»

«Das weiss ich leider nicht. Ich kenne ihn nicht persönlich.»

«Haben Sie Ihren Nachbarn von dort drüben schon einmal gesehen?»

Veronique zögerte. «Nur von Weitem.»

«Könnte es sein, dass es Ebersold ist?»

«Tut mir leid», wiederholte Veronique.

Armando schloss erschöpft die Augen. «Machen wir weiter», sagte er an Lucille gewandt.

Sie verabschiedeten sich von Veronique mit den Worten, dass sie vielleicht noch einmal auf sie zukommen würden, und ahnten nicht, wie bald dies der Fall sein sollte.

Lucilles Mobiltelefon summte. Elsbeth meldete sich. «Habt ihr ihn gefunden?» Sie war ausserstand ruhig zu bleiben. «Ich sitze hier wie auf Kohlen ...» Ein Rauschen erschwerte die Verbindung.

«Wir tun, was wir können.» Lucille liess ihre Kollegin ihren Unmut spüren. «Noch einmal: Bist du sicher, dass wir hier richtig sind?»

«Dann ... ihr ihn ... ...ch nicht?» Elsbeth seufzte. «... ist ... ... ch etwas: Mit dies ... Ro ... ...mmt ...» Wieder ein Rauschen. «... existiert ... Aber ich ... die Krank ... ...ser ... ...fonisch abge... ...ppert ...»

«Ich habe Mühe, dich zu verstehen», beschwerte sich Lucille. «Finde heraus, wer ...» Die Verbindung brach ab. Lucille starrte auf das erloschene Display. «Ein Funkloch, verdammt», zeterte sie. Es fuhr ihr kalt über den Rücken. Vielleicht hatte Thomas versucht, sie zu erreichen, und hatte keine Verbindung herstellen können. Aber wo war er jetzt?

Fred Falkner mochte es nicht, tatenlos herumzustehen. Er streifte durch den Stall und besah sich die altertümlichen Utensilien an den Wänden. Ein Rechen, verschiedene Mistgabeln, zwei Sensen, ein Köcher mit Messer, Zaumzeug und ein Joch, das man früher dazu verwendet hatte, Ochsen vor ein Fuhrwerk zu spannen. Der Leiter, die auf eine Heubühne führte, fehlte eine Sprosse. Auf der Galerie hatte in letzter Zeit kaum je Heu gelegen. Über den Boden lag Unrat verteilt, den man sonst nicht in einem Stall findet.

Falkner stiess mit der Stiefelspitze eher zufällig auf einen Verschluss, der, im Boden eingelassen, nicht sofort zu erkennen gewesen war. «Hey, da ist etwas», rief er seinen Kollegen zu.

Falkner zog eine Tür auf, während sich seine Truppe ihm näherte. Im schwachen Licht des darunterliegenden Raums erschien eine steile Treppe. «Da ist ein Keller.» Falkner bückte sich und schob sein rechtes Bein in die Öffnung. Er stieg hinunter. Die anderen folgten ihm. Sie gelangten unmittelbar in eine Werkstatt, in der es stark nach Eisen roch. Falkner leuchtete mit der Stablampe in die Dunkelheit. An der Wand neben einem Schrank befand sich eine Pritsche, wo eine alte Militärwolldecke ausgebreitet lag. Er gelangte zu einer Tür, die er aufstiess. Er trat in den dahinterliegenden Raum. Der Lichtkegel zitterte über feuchte Wände. Der Rostgeruch wurde von einem anderen Geruch überflügelt. Falkner hielt abrupt inne, als er auf ein Gestell leuchtete, das vom Boden bis unter die Decke reichte. Darauf befanden sich in regelmässigem Abstand bronzene Ferkel. Sie waren so klein, als wären sie eben erst geboren worden, doch in ihrer Art lebensecht. Falkner berührte eine dieser Tierfiguren, was in ihm so etwas wie Ekel hervorrief. Der penetrante Geruch tat sein Übriges. Er musste sich die Nase zuhalten. Dann kehrte er zurück in den Keller, wo seine Truppe nach Spuren suchte. Sie stiessen auf eine Wanne. Die Beschichtung war noch warm. Falkner warf einen Blick in die braune Brühe. Sie schien zähflüssig, fast erstarrt. «Was soll man davon halten?»

«Da hat jemand ein Bad vorbereitet», meinte ein Kollege, der den Gesichtsschutz des Helms nach oben geschoben hatte.

Falkner hob den Kopf. «Das sieht ja aus wie in einer Folterkammer. Seht ihr den Kran?» Nachdem Falkner sich vergewissert hatte, wo die Steuerung des Hebekrans lag, übergab er seinem Kollegen die Maschinenpistole und ging zum Schrank. Er drückte einen Startknopf. Die Konstruktion aus Ketten und Bändern bewegte sich nach unten und fuhr gleichzeitig weg von der Wanne. Er besah sich das breite helle Band, auf dem Spuren getrockneten Blutes auszumachen waren.

Armando traf ein und beobachtete ihn von der Stiege aus. «Schon was gefunden?»

«Es könnte Blut sein, das von einer Hautabschürfung stammt.»

«Ich werde die Spurensicherung aufbieten.» Er schritt auf die Wanne zu. Tief einatmend starrte er in die braune Brühe.

Falkner stellte sich neben ihn. «Was denken Sie?»

«Ich wage nicht zu denken.» Armandos Stimme zitterte.

«Beten Sie zu Gott, dass wir im KKL keine weitere männliche Skulptur ansehen müssen ...»

«Die Legierung ist bereits am Erkalten, wenn sie denn irgendwann mal aufgeheizt war», berichtete Falkner. «Irgendetwas muss hier vorgefallen sein.»

«Ich werde mich nicht verrückt machen lassen.» Armando stiess Luft aus. «Wir werden den Platz hier sichern und warten, was uns die Techniker zu sagen haben. Sie werden die Suppe hier untersuchen und im Labor feststellen, ob darin ein Mensch gelegen hat.» Er griff nach seinem Funkgerät und forderte Guido auf, sofort mit seinem Team ins Eigenthal zu fahren. Er gab ihm die Koordinaten durch. Danach rief er Elsbeth an. «Ich muss wissen, weshalb Tom zu diesem Hof gefahren ist.»

«Weil er diesem Johannes Maria Ebersold gehört.»

«Und warum weiss ich nichts davon?»

«Er hatte euch heute Morgen darüber unterrichten wollen.»

«Jetzt nimmst du ihn auch noch in Schutz?» Armando liess Elsbeth nicht mehr aussprechen. «Gib mir die Nummer von diesem Kerl.»

Armando fuhr vom Hof weg in Richtung eines Hügels etwas ausserhalb des Dorfes. Von hier aus hatte er eine störungsfreie Verbindung auf dem Mobiltelefon. Er stieg aus seinem Wagen, lehnte sich an die Tür und wählte Ebersolds Nummer, während seine Blicke über die fast unberührte Natur schweiften.

Nach dreimaligem Klingeln ertönte Ebersolds Stimme. *«Im Moment bin ich nicht erreichbar. Wenn Sie eine Nachricht haben, reden Sie mit dem Anrufbeantworter. Er wird es mir dann ausrichten ...»*

Armando wollte genervt die Austaste drücken, als sich Ebersold tatsächlich meldete. Der Mann hatte eine tiefe, beeindruckende Stimme. Dennoch fröstelte Armando. Sprach er gerade mit Zanettis Mörder? Und mit Thomas' ...? Doch diese Gedanken wollte er gar nicht erst zulassen.

«Hallo? Mit wem spreche ich?» Ebersold klang ungeduldig. Armando hielt es für klüger, sich nicht zu erkennen zu geben. Er meldete sich mit dem Namen seiner Freundin. «Hier spricht ein grosser Fan von Ihnen. Ich habe damit gerechnet, dass Sie im KKL Ihre Werke ausstellen. Nun bin ich ziemlich enttäuscht, Sie dort nicht anzutreffen.»

Ebersold lachte, was sich wie ein Grunzen anhörte. «Ich bin in der glücklichen Lage, selber zu entscheiden, wann und wo ich meine Werke ausstelle», kam es überheblich zurück.

«Kann ich Sie irgendwo treffen?» Armando verstellte sich weiterhin. «Ich würde gerne eine Ihrer berühmten Statuen kaufen.»

Ebersold grunzte. «Wenn Sie warten können, bis ich aus meinem Urlaub zurück bin.»

«Wo sind Sie denn im Urlaub?»

«Das geht Sie wohl einen Dreck an ...» Ebersold unterbrach die Verbindung.

Armando hätte sich die Zunge abbeissen mögen. Er wählte noch einmal.

Ebersold meldete sich. Offensichtlich machte ihm das Katz-und-Maus-Spiel Spass. Doch als Armando sich als Ermittler der Kripo Luzern zu erkennen gab, unterbrach er das Gespräch von Neuem.

Das war's dann. Jetzt hatte er die letzte Möglichkeit verspielt, mit dem Künstler in Kontakt zu treten. Er rief Elsbeth an. «Ich möchte, dass man Ebersolds Handy orten lässt.»

Als Armando auf den Hof zurückkehrte, trafen auch die Techniker ein. Rund um die Absperrung hatte sich ein Grossteil der Bewohner aus Eigenthal versammelt. Lucille und zwei Kollegen, die mit Guido und Leo angekommen waren, hatten mit der Zeugenbefragung begonnen. Falkner indessen durchforstete mit seinem Team den angrenzenden Wald und kehrte nach erfolgloser Suche noch einmal in den Keller zurück.

«Wir hätten die Hunde einsetzen sollen.»

«Die sind anderweitig im Einsatz», meinte ein Kollege.

Eine Zeit lang sah Falkner den beiden Technikern zu.

Guido und Leo hatten mit ihrer Arbeit im an die Werkstatt angrenzenden Raum begonnen, wo sie jetzt ein Dutzend Bronzeferkel vom Gestell holten.

Leo packte jedes einzelne Gebilde nachdenklich in Kunststoffbeutel. Beim letzten Ferkel wandte er sich an Guido. «Erinnerst du dich an die vermissten Schweine?»

«Was meinst du?» Guido pinselte das Gestell weiter ab.

«Vor ein paar Tagen kam es in den Nachrichten. Im Eigenthal wurden Jungschweine gestohlen. Ich erinnere mich so gut, weil ich dies sehr ungewöhnlich fand. Vielleicht haben wir sie soeben gefunden ...»

«Das sind Bronzeferkel und keine lebenden ...» Guido zögerte. «Verdammt! Du meinst, das waren mal echte Ferkel?»

«Schau sie dir an», forderte Leo seinen Kollegen auf. «Die sind nur zusammengeschrumpft.»

«Du hast eigenartige Fantasien», tadelte Guido, packte jedoch widerwillig nach einer Figur und sah sie sich genauer an. Er klopfte auf den kleinen Körper. «Klingt, als wäre tatsächlich etwas in diesem Guss. Hm ... Die sind so geschrumpft, weil die Hitze das Wasser entzieht.»

«Siehst du. Also kann der Mörder von Zanetti unmöglich diese Vorgehensweise angewandt haben, sonst wäre die Skulp-

tur nicht mannsgross gewesen.»
«Keine schlechte Überlegung.» Er wandte sich an Falkner, der dem Gespräch der beiden Techniker interessiert zugehört hatte. «Was meinen Sie?»
«Ich weiss nicht, was ich davon halten soll. Soviel ich weiss, soll es sich bei der Skulptur um eine ganz spezielle Legierung gehandelt haben.» Falkner brach ab. Er tastete die Wände ab, bis er auf einen schmalen Durchgang stiess. «Entschuldigt mich. Ich werde mal sehen, was sich dort hinten verbirgt.» Er folgte einem Gang.
Armando war nun ebenfalls in den Keller gekommen. Als er Falkner in der Dunkelheit verschwinden sah, rannte er ihm hinterher. «Hey, Kollege, keinen Alleingang bitte.»
Falkner wandte sich um. «Vielleicht bin ich gerade auf eine Fährte gestossen.» Er leuchtete mit seiner Stableuchte die feuchten Wände ab, und sie drangen beherzt tiefer vor. Die Luft roch modrig. Das Atmen fiel den beiden Männern mit jedem Schritt schwerer.
«Wir sollten Verstärkung holen», schlug Armando vor. «Ich kann es mir nicht leisten, noch jemanden zu verlieren ...»
Falkner überhörte es. Langsam tastete er sich weiter. Mit der einen Hand befühlte er die Wand. Er dokumentierte jede Unebenheit in der Mauer. «Wie viele Meter sind das schätzungsweise?», fragte er, als sie schon eine Weile zusammen gegangen waren. «Zwanzig, dreissig, vierzig Meter? Der Durchmesser dürfte etwa eins achtzig mal einen Meter sein. Aber zu welchem Zweck wurde das hier ausgebuddelt?» Guido und Leo hörten sie nur noch weit entfernt.
«Wir sollten umkehren», ermahnte Armando. «Wir sollten Ihre Truppe aufbieten, hierherzukommen.»
«Die nehmen gerade den Stall auseinander», sagte Falkner unbekümmert. «Keine Sorge, ich habe eine zweite Waffe dabei.»

Je weiter sie gingen, umso enger wurde der Tunnel. Der Lichtkegel flackerte über aufgeschürftes nacktes Gestein. «Das letzte Mal habe ich in Ostdeutschland einen solchen Stollen angetroffen. Der führte vom Geburtshaus meiner Eltern direkt auf die andere Seite der Mauer.»

«Sie kommen aus Ostdeutschland?», wunderte sich Armando.

«Ich selber habe nie dort gelebt. Aber meine Grosseltern vor dem Mauerfall.» Falkner ging weiter. «Da vorn ist eine Tür», stellte er fest. Der helle Kegel der Lampe fiel auf einen morschen Bretterverschlag. Falkner streckte die Hand aus und drückte eine Falle. Die Tür gab nach. Die Männer landeten in einem weiteren Keller, der genauso in der Dunkelheit lag wie derjenige auf der anderen Seite. Von irgendwoher vernahmen sie Stimmen.

«Das ist Veronique Bender», stellte Armando fast erleichtert fest.

«Wer ist Veronique Bender?»

«Die junge Frau im Haus gegenüber. Sie erinnern sich?»

«Ich erinnere mich an das Haus. So wie es scheint, ist dieses Haus mit dem Hof verbunden.» Falkner schniefte. «Aber weshalb?» Er suchte nach einem Lichtschalter und entdeckte ihn neben einem Weingestell. Sie fanden sich in einem Weinkeller wieder. «Puh, für genügend Vorrat ist gesorgt. Ob uns die Dame des Hauses zu einer Party einlädt?»

Allmählich hatte Armando Falkners trockenen Humor satt. «Das Haus gehört einem Künstler.»

«Aha. Der wird wohl ohne gewissen Pegel gar nicht malen können.» Falkner deutete auf das Leergut. «Eine beeindruckende Sammlung.» Er öffnete eine weitere Tür. Sie gelangten in einen Vorraum, von dem aus eine Treppe nach oben führte. Veroniques Stimme klang näher. Es hörte sich an, als würde sie eine Rede halten. Übte sie für irgendetwas? Doch plötzlich brach sie ab.

Die Männer stiegen über die Treppe. Falkner betätigte die Falle und öffnete behutsam die Tür. Er wollte gerade in die Küche treten, als ihm jemand die kalte Mündung einer Pistole an die Wange drückte.

***

Langsam wurde er lästig. Als Renata Obrist am Mittag in die Galerie trat, fuhr Anatol Romosch in einem Höllentempo auf sie zu. «Hallo Frau Kurator», provozierte er sie, was sie dazu veranlasste, ein paar Schritte nach hinten zu tun.

«Sie entschuldigen mich. Ich erwarte Besuch», wich sie aus. Sie hatte weder Lust noch Zeit, sich mit dem Behinderten einzulassen. Zudem war sie misstrauisch, nachdem sie von Thomas Kramer gehört hatte, dass man es hier wahrscheinlich mit einem Hochstapler zu tun hatte.

«Ich weiss, ich weiss.» Romosch strich sich schwarze Strähnen aus dem Gesicht. «Signore Zanetti will Sie sehen.»

«Woher haben Sie das erfahren?» Langsam wurde ihr dieser Romosch unheimlich. Doch noch unheimlicher war ihr Zanetti senior, der plötzlichen Anspruch auf die Statuen angekündigt hatte. Sie befürchtete, dass er die Ausstellung womöglich sabotieren könnte. Seit er von der Ermordung seines Sohnes erfahren hatte, war er unberechenbar geworden. Er hatte damit gedroht, die Veranstaltung von vergangenem Montag nicht zu bezahlen. Er sei nicht bereit, die Leute einzuladen, die sich am Leichnam seines Sohnes ergötzt hätten. Er hatte Renata Obrist beschimpft und sie für untauglich erklärt. Sie hätte doch sehen müssen, dass mit der Statue etwas nicht in Ordnung war. Renata selbst sah ihre Felle davonschwimmen. Die Provision musste sie wohl vergessen und ihren Urlaub ebenso. Sie hatte tausend Ausreden gehabt, um Zanettis Besuch zu umgehen. Sie hatte genug eigene Probleme, da musste sie sich diese von dem Alten nicht auch noch aufbürden.

Renata sah auf die Uhr.

«Es ist halb elf», sagte Romosch und vollführte mit dem Rollstuhl eine ganze Drehung.

Renata beobachtete ihn. Irgendetwas lag ihr schwer im Magen. Es war ein Gefühl, das sie nicht kannte. Nachdem sie in den vergangenen Nächten kaum hatte schlafen können, weil ihr immer wieder Bilder von einer schrecklich zugerichteten Leiche vor den Augen erschienen, fühlte sie sich schon seit dem Morgen schlapp. Ihre Laune war entsprechend schlecht. Sie hatte geglaubt, die Sicherheitsvorschriften sachgemäss ausgeführt zu haben. Ihr konnte man also keinen Vorwurf machen. Wer hätte überhaupt daran gedacht, einen Toten in einer Statue zu finden.

Romosch hatte nur ein Staunen für sie übrig. «Mit dem falschen Bein aufgestanden?», fragte er.

«Hören Sie, ich weiss nicht, weshalb Sie sich dauernd in der Galerie aufhalten. Aber Sie nerven langsam.»

«Oh, doch mit dem falschen Bein aufgestanden.» Romosch drehte sich wieder.

«Sie haben wohl nicht vernommen, dass der junge Zanetti gefunden worden ist?»

Romosch stoppte den Rollstuhl. «Nein, wie denn auch. Die meisten weichen mir aus. Ich mag zwar körperlich nicht mehr auf dem Damm sein, aber mein Kopf ist noch lange nicht behindert. Zudem bin ich ...» Er hielt inne, winkte ab, als Renata ihn argwöhnisch ansah.

In den letzten Jahren hatte sie sich eine gute Menschenkenntnis angeeignet. Die Künstler, mit denen sie zu tun hatte, waren alles andere als einfache Menschen. Der Komplizierteste unter ihnen war Johannes Maria Ebersold alias Mandarin Niradnam, einer, dem man die Füsse lecken musste, damit er kooperierte. Er war bekannt für seine Rundumschläge. Niemals war Verlass auf ihn. Die kurzfristige Absage für die Ausstellung im KKL passte zu seinem Charakter. Er ging auf die fünfzig zu und war seit Jahren erfolgsverwöhnt. Er gehörte zu den wenigen zeitgenössischen Künstlern, die es zu Reichtum und Ehren gebracht hatten. Doch hätte er anstelle von Zanetti ausgestellt, wäre es Renata wohl besser gegangen. Und die Provision aus dem Verkauf von Ebersolds Gemälden und Skulpturen wären sicher gewesen. Wenn sie mit Ebersold ausstellte, konnte sie immer auf Erfolg zählen.

Mit Zanetti hatte sie sich etwas aufgebürdet, das nicht voraussehbar gewesen war. Ausstellungen mit noch wenig bekannten Künstlern erforderten mehr Geduld und Nerven und vor allem sehr viel Zeit. Man musste von vorne beginnen, einem anspruchsvollen Publikum schmackhaft machen, dass auch Werke solcher Künstler ihren Wert hatten. Letztendlich stieg der Wert erst mit der Nachfrage. Doch bis dahin war es immer ein weiter Weg.

Worauf hatte sie sich nur eingelassen? Ihre Menschenkenntnis musste sie wohl infrage stellen. Sie überlegte sich, dass sie sich gegen die Stadtregierung hätte durchsetzen müssen. Sie hätten Hans Erni ausstellen können. Sie hätte in Ruhe ihrer eigentlichen Tätigkeit nachgehen können. Wahrscheinlich wäre dann auch Romosch nicht aufgetaucht.

***

Den gesamten Morgen hatte Elsbeth fieberhaft recherchiert. Es hielt sie davon ab, dauernd an Thomas zu denken – sie wäre sonst wahnsinnig geworden. Armandos Auftrag,

Ebersolds Mobiltelefon anzupeilen, hatte sie an den Staatsanwalt weitergeleitet. Sie hoffte nun, dass dieser Künstler baldmöglichst aufgespürt werden konnte. Sie hatte alles von ihm zusammengetragen, was sie hatte finden können. Auf ihrem Pult stapelte sich ansehnliches Material. Auch Zeitungsartikel, in denen Ebersold für seine unermüdliche Schaffenskraft gelobt wurde. Elsbeth fand heraus, dass er sich von seiner langjährigen Frau hatte scheiden lassen, nachdem bekannt geworden war, dass er auf junge Männer stand. Doch dies schien ihn keineswegs auf seiner Erfolgsleiter zu behindern. Im Gegenteil: Er war ja ein Künstler; und Künstler durften so etwas. Es gab unzählige Bilder, auf denen Ebersold mit seinem jungen Adonis zu sehen war – einmal sogar, als er ihm die Zunge in den Rachen schob. Elsbeth überflog die Berichte mit dem Blick der erfahrenen Ermittlersekretärin. Dass er im Eigenthal ein Haus besass, wusste man in der Zwischenzeit. Ebenfalls gehörte ihm ein herrschaftliches Anwesen in der Toscana. Trotzdem traf man den Künstler meistens in Hotels an. Wie es den Anschein machte, war er ein sehr umtriebiger Mensch. Sein Leben war sogar in einem Buch beschrieben und entschlüsselte so ziemlich alles, was Elsbeth über ihn hatte in Erfahrung bringen wollen.

Sie stiess auf Thomas' Notiz, die er ihr vor seinem Verschwinden hinterlassen hatte. Darin stand, dass Ebersold sich mit dem jungen Zanetti mehrmals in dessen Atelier getroffen hatte. Warum, das hatte bis anhin niemand herausgefunden. War es zwischen den beiden Männern zu einem Streit gekommen? War es möglich, dass Silvano sein Vorbild kopiert hatte? Elsbeth suchte nach Bildern, auf denen Ebersolds Skulpturen zu sehen waren. Sie stiess auf ein Bild im Buch und ein anderes in der Zeitung. Sie verglich die Figuren mit denjenigen von Zanetti. Sie sahen einander ähnlich. War es möglich, dass es auch unter Künstlern so etwas wie Plagiate gab? Oder ging es am Ende um etwas ganz anderes zwischen den beiden? Um ein Beziehungsdrama? Ebersold und junge Männer – das ging Elsbeth nicht mehr aus dem Kopf. Silvano war ein gut aussehender junger Mann gewesen. Wenn sie ihn mit Ebersolds letztem Freund verglich, hatten sie durchaus äusserliche Gemeinsamkeiten.

Eine neue Nachricht im elektronischen Posteingang meldete sich durch einen Piepston an. Elsbeth öffnete die E-Mail und stiess auf die Nachricht aus der Technik. Ebersolds Mobiltelefon hatte geortet werden können. Der Künstler befand sich in der Stadt Luzern – im Hotel Schweizerhof. Um sicher zu gehen, dass diese Angaben stimmten, rief Elsbeth an und liess sich mit der Rezeption verbinden.

«Ja, Herr Ebersold ist seit rund einer Woche unser Gast», gab man bereitwillig Auskunft.

***

Fred Falkner gehörte zu den erfahrenen Polizisten, die sich nicht so schnell von etwas abschrecken liessen. Seine Stärken lagen darin, dass er den anderen immer einen Schritt voraus war. Nicht nur in seinem Denken war er ausserordentlich schnell, auch im Aufspüren von Gefahrenmomenten. So hatte er, bevor er die Tür ganz aufgemacht hatte, den Schatten einer Person registriert, die kleiner und schmaler war als er selbst. Das leichte Zittern jetzt an seiner Wange entging ihm nicht, das von einem ausgestreckten Arm ausging. Er hätte sogar behaupten können, dass sein Angreifer selten oder nie zuvor ein Schiesseisen auf jemanden gerichtet hatte. Er reagierte schnell und präzise, deutete Armando, dass er sich hinter ihm verstecken solle.

«Hände hoch», kam es aus einem Frauenmund.

Falkner hielt wie ihm befohlen, seine Arme in die Höhe und drehte sich langsam um, um sich zu vergewissern, wer ihn in diesem Moment seiner Freiheit beraubte. Er sah geradewegs in zwei blaue Augen und er musste unweigerlich an Vergissmeinnicht denken.

Er spürte die Angst aus der jungen Frau sprechen. Trotzdem schien ihre Stimme gefasst, als sie Falkner befahl, in die Küche zu treten und sich mit dem Rücken an die Wand zu stellen. Er schritt langsam auf die gegenüberliegende Seite zu. Die Frau verfolgte jede seiner Bewegungen. Falkner lehnte sich an die Wand. Ein kurzer Blick zu seinem Kollegen genügte. Armando sprang mit einem Satz nach vorn, entriss der Frau die Pistole, checkte diese – sie war nicht entsichert. Falkner indessen packte die Frau am Arm und drehte ihn auf ihren Rücken. Ein Schrei des Entsetzens. Als sie Armando erkannte, lachte sie gekünstelt. «Das ist Hausfriedensbruch.»

«Veronique Bender», sagte Armando. «Wie kommen Sie dazu...» Er betrachtete die Waffe in seiner Hand, eine *SIG Sauer P220*... Thomas' Pistole? «Wie kommen Sie zu dieser Pistole?»

Veronique wand sich. «Wenn Sie mich augenblicklich loslassen, werde ich es Ihnen erklären.»

Falkner lockerte den Griff.

«Ich habe sie gefunden.»

«Wie gefunden?» Armando legte die Stirn in Falten. «Wo haben Sie sie gefunden?»

«Hier in der Küche.»

«Und haben sich keine Gedanken darüber gemacht?»

«Nein. Mein Freund besitzt Waffen. Vielleicht hat er sie zum Reinigen hervorgenommen... und liegen gelassen.»

«Er hortet seine Waffen in Ihrem gemieteten Haus? Eine fadenscheinige Erklärung. Los, sagen Sie uns, was hier wirklich los ist. Was wissen Sie!»

Veronique warf den beiden Polizisten abwechselnd Blicke zu, um abzuwägen, ob sie ihnen trauen sollte. «Hören Sie, ich lerne hier für die Anwaltsprüfung. Mein Freund kommt abends immer zu mir. Ich möchte, dass das so bleibt. Ich ... Ich kann Ihnen nichts sagen.»

«Werden wir belauscht?», fragte Falkner.

«Nein.»

«Werden Sie erpresst?»

«Neiiiiin!»

«Dann können Sie uns sagen, was vorgefallen ist», sagte Armando. «Sie richten eine Waffe auf uns, die meinem Chef gehört. Wir wissen, dass Thomas Kramer hier gewesen sein muss. Und auf dem Hof, der keine hundert Meter von Ihrem Haus entfernt ist. Seit gestern Abend wird er vermisst.»

«Ich wusste nicht, dass das Herr Kramers Waffe ist. Ich dachte ... Ehrlich, glauben Sie mir. Als ich heute Morgen in die Küche kam, lag die Pistole vor der Tür zum Keller auf dem Boden. Ich habe mir nichts dabei gedacht. Mein Freund ist Waffensammler ...»

«Aber Sie kennen sich aus mit Waffen?»

«Ich kann eine Pistole von einem Revolver unterscheiden, ein Sturmgewehr von einer Schrotflinte, eine Automatik von einem Halbautomaten, ...» Veronique zog gequält die Achseln hoch.

«Den Unterschied zwischen einer Automatik und einem Halbautomaten erkennen nicht mal wir von blossem Auge. Wann hat Ihr Freund denn heute Morgen das Haus verlassen?»

«Wie immer um sieben Uhr. Er geht in Luzern zur Uni ...»

«Hat Ihr Freund auch einen Namen?»

«Jens Hildebrand. Er ist zwei Jahre jünger als ich und studiert Rechtswissenschaften ... War's das?»

Armando wandte sich ab, weil sein Mobiltelefon schnurrte. Elsbeth meldete sich. «Wisst ihr schon mehr über Toms Schicksal?»

«Wir haben seine Pistole sichergestellt. Wir können beruhigt sein, dass nicht daraus geschossen wurde.» Er fiel ins Flüstern. «Seine Spur führt ins Nachbarhaus. Bist du weitergekommen?»

«Wir konnten Ebersolds Standort lokalisieren. Er hält sich seit einer Woche im Hotel Schweizerhof auf.»

«Danke, Elsbeth.» Er verabschiedete sich. Und an Falkner gewandt: «Halten Sie hier die Stellung. Ich werde mich auf den Weg in die Stadt machen.»

Er drehte sich nach Veronique um. «Und Sie sind vorläufig festgenommen.»

Dann beorderte er Lucille über Funk. «Ich brauche dich im Nachbarhaus. Veronique Bender wird verdächtigt, unseren Chef Thomas Kramer mit seiner Waffe bedroht zu haben.»

«Aber das ist ja ... mit dem kommen Sie nicht durch, das wissen Sie genau.» Veronique war ausser sich.

«Das lassen Sie meine Sorge sein.»

«Also ich kann Ihnen sagen, wie es war, wenn Sie Jens aus dem Spiel lassen.»

«Sie werden auf der Kripo genügend Zeit haben, Ihren Standpunkt zu verteidigen»; entgegnete Armando. «Wir sehen uns morgen in Kriens.»

Er begegnete Lucille, als er vor das Haus trat. «Du bist schon hier?»

«Ich habe dir den Wagen mitgebracht. Zudem habe ich Verstärkung angefordert. Irgendjemand muss ja das Zepter über-

nehmen. Ich will hierbleiben, bis man Tom gefunden hat.»
«Wir haben Ebersold. Er wird uns bestimmt erklären können, wo wir Tom finden.»
«Du verdächtigst Ebersold?» Lucille packte Armandos linken Arm. «Erste Priorität hat wohl Tom. Er war hier, und er war in diesem Keller dort drüben. Irgendjemand muss ihn entführt ... oder ...» Lucille würgte. «Ich darf nicht daran denken.» «Ich bin sicher, er lebt noch. Er mag zwar ein Einzelkämpfer sein, aber er war ein top ausgebildeter Ermittler, bevor er zum Chef befördert wurde. Also mach dir keine Gedanken. Wir werden ihn finden, das verspreche ich dir.» Trotzdem blieben auch bei ihm Zweifel.

Bis in die späte Nacht hinein arbeitete der Technische Dienst auf den beiden Höfen, sicherte Spuren, nahm Spuren auf, die jedoch kaum zum Erfolg führten. Auch Zeugen waren rar gesät. Einzig Veronique schien eine Wissende zu sein. Lucille brachte sie zusammen mit einem Polizisten ins Untersuchungsgefängnis Grosshof, wo sie die Nacht in U-Haft verbringen musste.

Armando dagegen fuhr nach Luzern. Doch auch er hatte kein Glück: Johannes Maria Ebersold war ausser Haus, was man ihm bedauerlicherweise im Hotel Schweizerhof mitteilen musste. Armando bat den Nachtdienst am Empfang, ihn sofort zu kontaktieren, wenn der Gesuchte zurückkam – egal, wie spät oder früh es sein sollte.

Samstag, 18. Mai

«Keine Spur von Thomas Kramer», war die nüchterne Bilanz beim Rapport, zu dem Marc Linder geladen hatte. Das gesamte Ermittlerteam hatte sich in einem der Büros der Haftanstalt Grosshof eingefunden. «Es nimmt mich Wunder, was er sich dabei gedacht hat, einen Alleingang zu unternehmen.»

«Er ist nur einer Spur gefolgt», verteidigte ihn Elsbeth. «Und wenn ich mir die Akte ansehe, so hatte er genug Grund dazu. Er war uns voraus.»

«Was wollen Sie damit sagen?» Linder hatte sich an das Tischende gestellt und überblickte die Leute. Seine Frage galt allen.

«Ich rekonstruiere», meldete sich Armando zu Wort, um das Team vor Linders weiteren Angriffen abzuhalten. «Es steht nun fest, dass die beiden Höfe im Eigenthal Maria Johannes Ebersold gehören. Wie wir von einem Zeugen aus dem Dorf erfahren haben, lebt der Künstler von Juni bis Oktober selber dort, wo er auch arbeitet und seine Werke vollendet, die er dann im Winterhalbjahr an verschiedenen Orten im europäischen Raum ausstellt und verkauft. Leider konnten wir ihn noch nicht befragen, da er noch nicht wieder ins Hotel Schweizerhof zurückgekehrt ist.»

«Können wir davon ausgehen, dass uns dieser Ebersold durch die Lappen gegangen ist? Hat er Lunte gerochen?» Linder blieb stehen.

«Die einzige Person, die ihn gewarnt haben könnte, sitzt in U-Haft und wird noch heute Vormittag verhört.»

«Ich nehme an, Sie sprechen von Veronique Bender. Da muss ich Sie enttäuschen, Bartolini, die Dame wurde heute früh entlassen, nachdem ihr Papa, selbst Anwalt, sie herausgeholt hat. Wir haben keinen Grund, sie weiterhin festzuhalten.

Die Beweise sind dürftig bis nichtig.»
«Aber sie war im Besitz von Toms Waffe.»
«Wir gehen davon aus, dass Kramer tatsächlich in dieser Küche war. Ich vermute, dass der abwesende Ebersold ihn dort hingebracht hatte, nachdem er den Stollen von A nach B benutzt hatte. Oder muss ich davon ausgehen, dass er nicht mehr unser Hauptverdächtiger ist?»
«Dann muss Veronique ihm begegnet sein», mutmasste Armando, der sich mit Linders Begründung nicht zufriedengab.
«Die Dame weiss mehr. Und Sie lassen Sie laufen?»
«Ihr Vater hat sie zu sich nach Hause genommen. Die beiden Höfe inklusive das Haus sind bis auf Weiteres kriminaltechnisch abgeriegelt. Die Techniker werden mit ihrer Arbeit fortfahren.» Linder nickte Guido und Leo zu.

Armando stützte den Kopf in seine Hände. Da summte sein Mobiltelefon. Schniefend griff er danach, drückte die Taste und meldete sich.

«Bin ich mit Herrn Bartolini verbunden?»

Armando bejahte.

«Mein Name ist Maura Fröhlich. Sie haben mich gebeten, Ihnen zu melden, wenn Herr Ebersold zurückkommt. Er ist soeben in den Frühstücksraum gegangen.»

Armando schoss wie von der Tarantel gestochen vom Stuhl auf, während er sich bei Maura Fröhlich für die Information bedankte. Er drückte den Aus-Knopf und wandte sich an Linder. «Jetzt knöpfe ich mir den Kerl persönlich vor.» Und an Lucille:. «Du begleitest mich.»

«Bartolini, was soll das? Wir sind hier mitten in einer Besprechung.» Linder wirkte alles andere als erfreut. «Zudem sollten wir die ganze Sache seriös angehen. Es bringt nichts, wenn Hitzköpfe ermitteln. Wir haben gesehen, wohin das führt.»

Armando liess sich nicht abhalten. Er gab Lucille ein Zeichen, worauf sie sich zögernd erhob, und an Linder gewandt: «Bieten Sie bitte ein Gefolge auf, das uns begleitet.»

«Bartolini! Noch einmal: Dazu haben Sie keine Befugnisse. Sie können nicht einfach ins Hotel Schweizerhof marschieren und einen der Gäste in Gewahrsam nehmen.»

«Haben Sie einen besseren Vorschlag?»

«Ich werde mich mit dem Direktor in Verbindung setzen.»

«Das dauert zu lange. Bis dahin könnte unser Verdächtiger bereits über alle Berge sein.» Er machte eine Pause. «Wieder einmal. Komm Lucille, wir gehen.»

***

Das Hotel Schweizerhof gehörte zu seinen bevorzugten Hotels, wenn er nach Luzern kam. Das Haus, das seit fünf Generationen derselben Familie gehörte, lag am See und bot einen faszinierenden Ausblick auf die Bucht mit dem bunten Mix aus Schiffen und Booten und dem Pilatus im Hintergrund. Wenn er hier ankam, bezog er immer dasselbe Zimmer, hatte denselben Service und bekam für seine ungewöhnlichen Wünsche jegliches Verständnis. Hier nahm man Rücksicht auf seine Marotten, akzeptierte seine Launen und die Tatsache, dass er oftmals mit seinem Liebhaber abstieg.

Haus und Hof im Eigenthal dienten Johannes Maria Ebersold ausschliesslich als Arbeitsplatz. Wenn er malte oder seine Skulpturen formte, mochte er die Einsamkeit. Dann war er froh, dass ihn niemand störte und sein Schaffen dokumentierte. Doch ansonsten war sie ihm ein Gräuel. Er brauchte das Publikum. Je älter er wurde, desto mehr. Sein junger Freund, der ihm über den Winter eine willkommene Abwechslung und für seine sexuellen Vorlieben inspirierende Muse gewesen war, erholte sich auf Mallorca. Wenn es die Zeit erlaubte, würde er ihn in ein paar Tagen dort besuchen.

Mit zwanzig hatte er sein Talent entdeckt, aus wenig viel zu machen. Seine Stärken lagen nicht unbedingt im Herstellen von Kunstwerken, sondern in seiner Arroganz, Halbwertiges als Ultimatives anzupreisen. Angefangen hatte er mit grossflächigen Leinwänden, auf die er abstrakte Gebilde schmierte. In den Achtzigerjahren war es Mode gewesen, sich von Überdimensioniertem zu umgeben. Je abstrakter ein Gemälde daherkam, umso grösser war die Begeisterung kunstversierter Zeitgenossen. Ebersold hatte von Anfang weit mehr für seine Bilder verlangt, als ihm zustand. Er bereicherte sich an den Profilierungsneurotikern, die sich mit seinen Bildern brüsteten. Wer einen *Ebersold* besass, galt als schick und en vogue – egal, ob er etwas von Kunst verstand oder nicht. Mehrere Leinwände, die er mal blau, mal rot oder grün angemalt hatte und die die Masse hundertachtzig mal fünfundsiebzig Zentimeter aufwiesen, verkaufte er als Ganzkörperporträt. Ebersold lachte sich ins Fäustchen, wenn er mitbekam, wie man sich über diese Eintönigkeit unterhalten konnte. Doch was letztendlich für ihn zählte, war der Betrag auf seinem Bankkonto, der fühlbar zunahm. Mit diesem Geld konnte er sich ein paar Extravaganzen leisten, von denen er früher geträumt hatte.

Mit den Jahren hatte er sich in der Herstellung von Bronze- und Steinfiguren einen Namen gemacht. Er hatte eine private Kundschaft, die er regelmässig mit seinen Kunstwerken beglückte, die ihm sicher war. Sein Privileg bestand darin, dass er schon früh erkannt hatte, wonach auf dem Markt geschrien wurde, und die Inszenierung seines Egos war ihm dadurch gewiss.

Er besass Charisma, das jeden, der ihm begegnete, faszinierte und zugleich abstiess. Er war, anders als seine Berufskollegen, mit einem unerschütterlichen Selbstvertrauen ausgestattet. Er galt als Lebemann und war bekannt dafür, Abmachungen nicht einzuhalten, was an Skrupellosigkeit grenzte. Doch solange man ihn dermassen vergötterte, brauchte er sich keine Sorgen um irgendwelche Anstandsregeln zu machen.

Armando und Lucille stiessen auf ihn, als er von dem einladenden Frühstücksbüffet Obst und Fruchtsäfte geholt hatte – die Nachspeise nach dem lukullischen Verzehr zuvor. Er setzte sich an seinen Tisch, schaute nur kurz auf, bevor er sich ans Schälen einer Apfelsine machte. Er wies die beiden Polizisten nicht ab; im Gegenteil, er lud sie zu sich an den Tisch ein.

Armando zückte seine Dienstmarke. Ebersold sah beiläufig darauf. «Ich kann mir leider keinen Reim darauf machen. Das muss eine Verwechslung sein.» Auf seinem blässlichen Gesicht zeigte sich kaum eine Regung.

«Wir müssen Sie leider bitten, mit uns zu kommen», forderte Lucille ihn auf. «Wenn Sie kein Aufhebens machen, wird sich kaum jemand nach Ihnen umdrehen.»

«Sie würden sich wundern, wer alles sich nach mir umdrehen würde.» Ebersold teilte die Apfelsine in Schnitze und steckte sich eine von ihnen in den Mund. Während er kaute, fragte er: «Was rechtfertigt Ihr Ansinnen?»

«Sie stehen unter dringendem Verdacht, Thomas Kramer entführt zu haben.» Armando vermied es, ihm den Mord an Zanetti anzuhängen. Dazu würde er später noch genügend Zeit haben.

Lucille hielt Armandos undiplomatischen Angriff jedoch als nicht sehr taktvoll. Sie mässigte: «Es ist anzunehmen, dass Thomas Kramer aus Ihrer Werkstatt im Eigenthal entführt worden ist.»

«Wer ist Thomas Kramer?» Ebersold ass seelenruhig weitere

Schnitze. «Und was haben Sie gesagt? Aus meiner Werkstatt entführt? Was hatte er in meiner Werkstatt zu suchen?»
Armando kam Lucille zuvor. «Er folgte dort einer Spur. Wir gehen davon aus, dass Silvano Zanetti auf Ihrem Hof ermordet wurde.»
Ebersold blieb ein Apfelsinenschnitz im Hals stecken. Dann bekam er einen Hustenanfall. «Silvano Zanetti? Aber das ist unmöglich. Ich habe ihn vor etwa einer Woche noch gesprochen. Er ... er hatte mich um einen Rat gefragt.» Ebersold erhob sich, wischte sich mit der Serviette den Mund ab und griff nach der Jacke an der Stuhllehne. «In diesem Fall werde ich gleich mit Ihnen kommen.» Er schritt rückwärts. «Er ist ermordet worden, sagten Sie?»
Entweder war Ebersold ein guter Mime, oder er hatte tatsächlich keine Ahnung. Lucille und Armando trauten ihm nicht.

***

Nachdem der Technische Dienst zwischen Mitternacht und sechs Uhr in der Früh pausiert hatte, fuhr er mit seiner Arbeit fort. Der Stall mit seinem Keller, der Raum dahinter und der Stollen waren vollständig durchsucht worden. Selbst das halb verfallene Haus war noch einmal akribisch unter die Lupe genommen worden. Ausser, dass hier kaum jemand gelebt haben konnte, fand man nichts Wesentliches heraus. Guido bearbeitete mit seinem Team nun den Ausgang des Stollens sowie den Keller im anderen Gebäude und die Treppe, die nach oben in die Küche führte. Es war erwiesen, dass die Pistole Thomas' Waffe war. Unklar blieb, warum sie – wie Veronique behauptet hatte – vor der Kellertür gelegen hatte. Es gab Fingerabdrücke, die man eindeutig Thomas zuordnen konnte. Aufgrund einer polizeiinternen Gentechnikanalyse von letztem November befand sich seine *DNS* in der Datenbank. Er war also in diesem Raum gewesen. Ob als Jäger oder Gejagter konnte man nicht sagen.

«Ich verstehe nicht», meinte Guido an Leo gewandt, «warum man diese Veronique Bender nicht zu einer Aussage zwingen kann.»

«Sie steht vielleicht unter Schock», mutmasste Leo, während er den Boden nach Partikeln absuchte. Jedes Härchen – und war es noch so winzig – wurde aufgehoben und unter das mitgebrachte Mikroskop geschoben, welches die Bilder gleich an die Kripo weiterleitete. Dort wurden die Daten mit bereits vorhandenen verglichen und ausgewertet.

«Du, ich muss mal.» Guido erhob sich und wischte sich den Schweiss von der Stirn. «Weisst du, wo sich das Klo befindet?»

«Über die Treppe, dann rechts den Korridor entlang. Die hinterste Tür... ist angeschrieben. Doch sie ist verschlossen», rief einer der Techniker. «Ein weiteres Klo findest du auf der Rückseite des Schlafzimmers.»

Guido nahm zwei Tritte auf einmal unter die Füsse. Er landete auf dem Zwischengeschoss. Je zwei Türen gingen vom Korridor links und rechts ab. Guido warf einen neugierigen Blick ins Schlafzimmer, in welchem ein antikes Bett mit Baldachin stand. Laken und Bettdecke waren zerwühlt. Das nächste Zimmer fand er unbenutzt vor. Hier befand sich wohl ein Gästezimmer.

Auf die hinterste Tür war ein Pipimännchen aufgeklebt. Guido drückte die Falle. Geschlossen. Er versuchte es noch einmal. Später konnte er nicht sagen, ob es Eingebung war. Er drückte seinen Körper gegen das Holz. Er spürte einen Widerstand. Die Tür liess sich nur langsam nach innen öffnen. Er vernahm ein Schleifgeräusch. Offensichtlich lag etwas dahinter, was den freien Lauf beschwerte. Guido steckte den Kopf durch den Spalt.

Da sah er ihn.

Thomas lag mit dem Rücken zum Wannenrand, einzig ein Frottiertuch bedeckte seinen Körper. Die Beine lagen ausgestreckt zur Tür; Guido musste sich ins Badezimmer zwängen. Sofort kniete er vor den Bewusstlosen und kontrollierte Atmung und Puls. Während er mit der einen Hand auf seinem Mobiltelefon die Nummer des Notfalldienstes wählte, tätschelte er mit der anderen Thomas' Gesicht. Keine Verbindung. Guido erhob sich, zwängte sich auf den Korridor. Er hetzte zur Treppe und nahm zwei Tritte auf einmal. «Bestellt sofort den Krankenwagen», schnauzte er den nächststehenden Techniker an. «Ich habe unseren Chef gefunden. Er liegt oben im Badezimmer. Sieht nicht gut aus. Sein Puls ist schwach. Er ist ganz blau im Gesicht.» Guido machte eine Verschnaufpause. «Aber er lebt, Gott sei Dank.» Er wandte sich an Leo. «Hast du zufällig dein Walkie-Talkie im Wagen?»

«Nein.» Leo richtete sich auf. «Aber im Haus gibt es einen Festnetzanschluss. Ich mache das.»

Während Leo zuerst das Krankenhaus, dann Armando anrief, kehrte Guido ins Obergeschoss zurück. Er suchte in den Zimmern nach Wolldecken und Kissen, rannte damit ins Badezimmer und bettete seinen Chef um. Dabei bemerkte er die Hautabschürfungen an den Handgelenken sowie Striemen und Flecken auf seinem Körper. «Was hat das Schwein nur mit dir gemacht?» Entrüstet massierte er Arme und Beine von unten nach oben und hoffte so, Thomas' beeinträchtigten Kreislauf wieder in Schwung zu bringen.

Allmählich kehrte ein wenig Farbe auf dessen Gesicht zurück. Atem und Puls wurden kräftiger. Einmal sogar meinte Guido, dass seine Augen flackerten und er sie kurz aufschlug.

«Hey, alter Knabe!» Das hätte er ihm schon lange einmal gern gesagt. Doch der Anstand ihm gegenüber hatte es nie zugelassen. Jetzt lag er vor ihm – der Mann, dem er Respekt zollte, der für ihn eine Vorbildfunktion hatte, dem er nacheiferte und zu dem er aufschaute. Guido staunte, dass auch sein Chef fehlbar und verletzlich war – und dies erfüllte ihn mit Genugtuung. Er setzte sich vor ihn auf den Boden. Er begutachtete jede Hautfalte in seinem Gesicht, die geschlossenen Augen, die sich abzeichnenden Schlupflieder, die Narbe über der linken Augenbraue. Der Bart hatte in den letzten Stunden ungehindert wachsen können. Über der Oberlippe sprossen graue Haare. Das energische Kinn fiel infolge der Lagerung etwas nach unten, der Hals war jedoch immer noch straff.

Leo kam nun ebenfalls ins Badezimmer. «Was tust du da?» In seiner Hand hielt er den Koffer, den er auf den Boden stellte.

«Ich beobachte unseren Chef.»

«Hast du nichts anderes zu tun?» Leo öffnete den Koffer und holte die erforderlichen Dinge für die Spurensicherung heraus.

«Ich habe mir gerade überlegt, dass er für sein Alter eigentlich noch ganz passabel aussieht.»

«Du nutzt seine missliche Lage aus?» Leo lachte schelmisch.

Guido erhob sich. «Nein, ich mache mir nur Gedanken darüber, dass jeder noch so starke Mann eine sehr verletzliche Seite hat.»

Leo wandte sich kopfschüttelnd ab. «Wir sollten unseren Job tun, bevor die Sanitäter hier aufkreuzen. Vielleicht finden wir etwas, das uns weiterhilft. Von alleine wird Tom nicht hierhergekommen sein.»

***

Am späten Vormittag trafen Armando, Lucille und Ebersold auf der Kripo ein, wo sie sich sofort in eines der Sitzungszimmer bemühten.

Armando traute Ebersolds Kooperieren nicht, während Lucille – ihrer neu errungenen ermittlerischen Fähigkeiten bewusst – in dem Künstler den gesuchten Zeugen sah. Ohne Rücksicht auf ihren Kollegen setzte sie sich ans Kopfende des Tisches, installierte Aufnahmegerät und Laptop und bat Ebersold, er möge sich setzen.

«Befragung im Fall Silvano Zanetti vom Samstag, 18. Mai 2008, 11.43 Uhr. Anwesend: der Zeuge Johannes Maria Ebersold, Armando Bartolini und Lucille Mathieu.»

Armando drückte die Aus-Taste des Geräts. «Darf ich dich mal unter vier Augen sprechen?»

Lucilles Augen wurden eng. «Was soll das?» Trotzdem erhob sie sich. Sie zitierte den Wachposten. Dann trat sie vor die Tür. «Du pfuschst mir rein.»

Armando stand breitspurig vor seine Kollegin. «Was hast du dir dabei gedacht?» An seinen Schläfen schwollen die Adern an. «Ebersold könnte der Täter sein.»

Lucille schmollte. «Dann wäre er nicht so ohne Weiteres mit uns gekommen.»

«Der ist eiskalt. Fass ihn ja nicht mit Handschuhen an. Er ist ein ganz gerissener Hund. Hast du seine Augen gesehen?»

«Die blicken nicht besser oder schlechter als deine.»

«Lucille, was ist los?» Armando packte sie an den Schultern und zwang sie, ihn anzusehen. «Erinnerst du dich an die Fahrt auf die Fräkmüntegg? Da hattest du genau diesen Blick wie jetzt. Irgendetwas stimmt nicht mit dir. Ist es wegen Tom?» Als sie nichts erwiderte, meinte er: «Der wird schon wieder zum Vorschein kommen. Wie ich ihn kenne, ist er an irgendetwas dran ...»

«Das glaubst du selber nicht. Bist nicht du gestern seinetwegen fast ausgeflippt, he?»

«Dann sag mir, was dich bedrückt.»

«Wir sollten mit der Befragung beginnen.»

Armando liess von ihr ab. «Wie du willst. Aber ich werde dabei sein.»

Lucille kehrte zurück ins Zimmer. Sie atmete tief ein und aus. «Nochmals von vorne also.» Wieder betätigte sie das Aufnahmegerät. Sie setzte sich Ebersold gegenüber, der das Theater um seine Person offensichtlich genoss.

«Seit wann gehören Ihnen die beiden Häuser und der Hof im Eigenthal?»

Ebersold schob seinen Bauch nach vorn und lehnte sich zurück. «Ich habe die beiden Immobilien vor ungefähr fünfzehn Jahren günstig kaufen können. Seither arbeite ich dort, meistens über den Sommer.»

«Haben Sie die Häuser schon mehrmals vermietet?»

«Wenn es sich ergibt, vermiete ich das Haus auf der rechten Seite. Doch ich lechze nicht danach. Ich habe schon schlechte Erfahrungen mit Mietern gemacht. Entweder waren sie Säue, oder sie konnten die Miete nicht bezahlen. Aber bei Veronique Bender hatte ich von Anfang an ein gutes Gefühl. Sie ist zum ersten Mal dort ... das wollten Sie mich doch fragen.»

Lucille überging es. «Haben Sie das Haus unmittelbar neben dem Stall auch vermietet?»

«Nein.» Ebersold lachte schief. «Das ist meine Bruchbude ... für besondere Fälle.»

Lucille und Armando schauten sich an. «Hat es in den letzten Tagen einen besonderen Fall gegeben?»

«Wie meinen Sie das?» Ebersold gab sich naiv.

«Haben Sie dort jemanden eingesperrt?», fragte Armando, und Lucille kam auf die Bronzeferkel zu sprechen. «Experi-

mentieren Sie mit Jungschweinen?»
«Wie bitte?» Ebersold setzte sich gerade auf. «Ich mag zwar ein etwas eigenwilliger Mensch sein, aber mit lebendigem Material habe ich noch nie gearbeitet. Ich bin doch nicht pervers.»
Lucille holte zum Rundumschlag aus. «Wo waren Sie vorgestern Abend bis gestern Mittag?»
Ebersold liess sich nicht aus der Ruhe bringen. «Können Sie diese Zeitspanne ein wenig eingrenzen?»
«Nein, können wir nicht. Denken Sie darüber nach!»
«Lassen Sie mich überlegen. Ich habe mich an der Bar im Hotel National betrunken.» Ebersold verzog seinen Mund zu einem Grinsen. «Sagen Sie, ist das eigentlich ein Verhör?»
«Eine normale Frage.» Lucille schluckte leer. «Gibt es Zeugen?»
«Ja, der Barkeeper, der mich morgens um drei in ein Taxi verfrachten musste. Ich wurde dann zum Hotel Schweizerhof gefahren. Der Nachtconcierge kann dies bezeugen.»
«Sie sind dann in Ihr Zimmer gegangen?»
«Leider habe ich mein Zimmer verfehlt und bin bei einem Freund gelandet.»
Lucille und Armando sahen einander wieder nur an. «Hat dieser Freund einen Namen?»
«Hören Sie, ich geniesse äusserste Diskretion. Und ich will, dass das auch für meine Freunde gilt.»
Von irgendwoher ertönte das leise Summen eines Mobiltelefons. «Das ist meines.» Armando wandte sich ab, griff nach dem Gerät und meldete sich. «Bartolini.»
«Hier ist Leo. Wir haben Tom gefunden. Wir warten nun die Ambulanz ab, dann fahren wir mit unserer Arbeit fort. Tom wird man in die Hirslandenklinik bringen. Ich habe darauf bestanden.»
«*Fato bene. Vendiamo subito...*» Armando klickte sich weg.

«Wir brechen hier die Übung ab. Man hat Tom gefunden.»

«Ah ... dann kann ich jetzt ja wohl gehen», freute sich Ebersold.

«Das wird nichts. Sie sind vorläufig festgenommen. Sie stehen im dringenden Verdacht, Silvano Zanetti umgebracht zu haben.»

Noch bevor sich Ebersold auf Armando stürzen konnte, wurde er von den beiden Wachposten festgehalten. «Was wird mir eigentlich noch angehängt? Ich will meinen Anwalt. Jetzt gleich!»

«Sie werden in der Zelle genügend Zeit haben, ihn zu kontaktieren», sagte Armando, während Lucille ihm einen fragenden Blick zuwarf.

Ebersold geriet kurz ausser sich. «Hören Sie, mein Freund heisst Patrick Denzer. Seit einer Woche sind wir fast Tag und Nacht zusammen.»

«Das können Sie Ihrem Anwalt verklickern.» Armando verräumte das Aufnahmegerät.

Lucille wandte sich an Armando. «Und? Wie geht es ihm?»

«Er ist nicht noch ansprechbar. Warten wir's ab.»

Wenig später erhielt er Bericht von Falkner. Man hatte Thomas' Wagen gefunden. Er stand unweit des Restaurants Unterlauenen, und niemand von den befragten Personen wusste, wer ihn dorthin gefahren hatte.

***

Die Hirslandenklinik lag östlich der Stadt Luzern. Von hier aus genoss man einen wunderschönen Blick auf den Vierwaldstättersee und das Panorama der Zentralschweizer Alpen. Früher hatten die St.-Anna-Schwestern die Klinik geleitet; seit ein paar Jahren befand sie sich in der Hand eines südafrikanischen Konzerns.

Thomas erwachte, weil ihn ein Sonnenstrahl an der Nase kitzelte. Er schlug die Augen auf und wunderte sich. Alles um ihn herum war in ein weisses, weiches Licht getaucht. Nein, im Himmel konnte er nicht sein, denn diesen hatte er sich anders vorgestellt. Er versuchte, sich an seine letzten Eindrücke zu erinnern. Doch er hatte das Gefühl, als gähnten ihm bloss Löcher entgegen.

Er bemühnte sich, den rechten Arm zu heben, bemerkte die Infusion und wunderte sich von Neuem. Da war dieser Brand gewesen, die Detonation, der Feuersturm – dann dieser Schmerz. Befand er sich noch immer im Krankenhaus? Und wo waren die beiden Blumensträusse, die Isabelle und Armando gebracht hatten?

In das Weiss drangen Konturen. Allmählich nahm Thomas das Zimmer wahr, in dem er lag: ein komfortables Bett, farbige Kissen, über ihm ein Triangel mit einem gelben Kabel. Neben sich ein Tisch, auf dem eine Wasserkaraffe und ein Glas standen. Thomas bewegte nur die Augen, zu etwas anderem war er nicht fähig. Durch die Fensterfront glaubte er, ein Stück blauen Himmel zu sehen, ein Wolkenknäuel, das sich in eine Schafherde verwandelte. Die Welt um ihn herum schien friedlich.

Isabelle war auch heute die Erste, die ihn besuchte. Sie stürzte geradezu ins Zimmer auf sein Bett zu.

Was machst du denn für Sachen? Dieser Vorwurf blieb diesmal aus. Sie sagte nichts, sah ihn bloss an. Er bemerkte, wie sich eine Träne aus ihrem linken Auge löste. Auf ihrer Schokoladenseite. Er lächelte und tat es doch nicht. Sein Mund war trocken. Er verlangte nach Wasser. Isabelle stand nur da. Hatte sie ihn nicht verstanden? Oder war er stumm geblieben? Hatte sich nur eingebildet, dass er redete? Aber warum sagte sie nichts?

Jemand klopfte an die Tür. Seine Augen bewegten sich in ihre Richtung. Isabelle kam auf ihn zu. Noch einmal. Diesmal mit einem Rosenstrauss.

«Was machst du denn für Sachen?» Ihre Standardbegrüssung, wenn sie nicht mehr weiter wusste. Sie hauchte ihm einen Kuss auf die Stirn.

Hatte er vorhin nur geträumt? Er versuchte zu lächeln, was ihm kläglich misslang.

«Ich bin ja so froh, dass es dir den Umständen entsprechend gut geht. Die Ärzte haben mir gesagt, dass du jetzt sehr viel Bettruhe und Geduld brauchst. Dein Körper sei beinahe dehydriert gewesen. Kein Wunder. Aber das wird schon wieder.» Sie suchte in einem Schrank nach einer Blumenvase. «Stefan lässt dich grüssen. Er wird auch noch vorbeikommen. Im Moment ist er ziemlich mit Lucille beschäftigt. Dein Zustand hat ihr sehr zugesetzt. Mir übrigens auch. Ich habe eine Woche Urlaub beantragt. Sie waren sehr kulant in der Bank. Wenn ich will, kann ich noch länger freinehmen.» Isabelle stellte sich vor den Waschtrog und füllte die Vase mit Wasser. Sie kehrte zum Bett zurück, packte die Rosen und stellte sie hinein. Die Vase trug sie zum Fenstersims. «Den Mörder von Silvano haben sie übrigens festgenommen. Lucille hat mir verraten, dass es dieser Ebersold ist. Man kennt ihn auch unter dem Namen Mandarin Niradnam. Eine Beziehungstat unter Schwulen. Ehrlich gesagt, habe ich nicht gewusst, dass Silvano schwul war. Ich meine, er hatte ja heiraten wollen. Arme Néné. Und Stefan tut mir leid. Er hat von allem nichts gewusst. Er hat sich von seinem Freund ganz schön täuschen lassen.» Sie setzte sich jetzt auf den Bettrand, nicht fähig, ihren Wortschwall zu bändigen. «Ich wollte mit dir eigentlich über den Kauf der Occasion reden. Doch das hat ja noch Zeit. Andererseits würde ich sie zu einem sehr fairen Preis bekommen. Nur blöd, dass der Wagen rot ist. Fällt schon ziemlich auf, was? Wenn ich ein paar Jahre jünger wäre, wäre es sicher kein Problem. Aber in meinem Alter. Was werden die Nachbarn sagen, wenn die Kramer mit diesem roten Flitzer daherkommt? Ihre Augen möchte ich sehen. Andererseits geht das die Nachbarn wirklich nichts an. Was meinst du, würde ich darin gut aussehen? Auf jeden Fall fühlt es sich sehr jung an in diesem Wagen. Na ja, dreissig müsste man noch einmal sein...» Sie griff nach Thomas' Hand. «Jetzt, da Stefan nicht mehr zu Hause ist, könnten wir uns diesen Roadster leisten. Der Kofferraum ist geräumig genug für zwei Taschen. Mehr brauchen wir ja nicht... wir zwei.» Sie lächelte ihn an.

Er hätte dieses Lächeln gern erwidert. Doch sein Gesicht schien wie eingefroren.

***

«Eine zeitweilige Amnesie infolge eines stressbedingten Erlebens», lautete die Diagnose von Dr. Wiesendanger, dem Neurologen der Hirslandenklinik. «Wir können nicht ausschliessen, dass dies eine Weile andauert. Ihr Mann hatte ein psychisches Trauma.»

Isabelle hatte sich mit dem Arzt vor die Tür begeben und liess sich den Krankheitsverlauf schildern.

«Was heisst das im Klartext? Dass mein Mann sich nur langsam an das Vergangene erinnern kann?»

«Das heisst, dass Sie sehr viel Geduld brauchen werden, bis er sein Gedächtnis lückenlos zurückerhält. Es kommt ganz auf Ihren Mann an, wie schwer oder wie leicht er das Erlebte verarbeiten kann.»

Isabelle nestelte nervös an ihrer Handtasche. Sie wollte sich nicht damit abfinden. «Kann ich etwas dafür tun, dass er sich schneller erholt?»

Wiesendanger verschränkte die Arme. «Sobald er körperlich einigermassen fit ist, werden wir ihn entsprechend therapieren. Wir werden eine Psychologin hinzuziehen.»

Isabelles Anspannung wich ein wenig. «Mein Mann kennt Dr. Blum. Sie war einmal eine Klassenkameradin von ihm.» Obwohl sie diese Julia nicht besonders mochte, schien sie im Moment die einzige Option zu sein.

«Ich kenne sie auch. Sie ist eine Koryphäe auf ihrem Gebiet. Dann werde ich sogleich veranlassen, dass man mit ihr einen Termin vereinbart. Es wird sicher nichts schaden, wenn der Patient sich auf jemanden einstellen kann, den er bereits kennt.» Wiesendanger streckte Isabelle die rechte Hand hin. «Wenn Sie Fragen haben, können Sie sich gern auch an unsere Stationsschwester wenden.» Er übergab ihr ein Kärtchen, auf dem ihr Name notiert war.

Isabelle blieb stehen, während der Arzt mit wallendem Kittel auf den Aufzug zusteuerte. Es war ein Schock für sie, obwohl sie früher oder später damit hatte rechnen müssen, dass Thomas irgendwann einmal eine Gefahr unterschätzen würde. Sie fühlte sich mitverantwortlich für diese Katastrophe, zumal sie in den letzten Tagen alles andere als nett zu ihm gewesen war. Thomas war ihr nicht grundlos aus dem Weg gegangen. Sie kannte ihn. Krisen in ihrer Beziehung hatten ihn schon immer dazu veranlasst, sich in die Arbeit zu stürzen – manchmal kopflos. Sie hätte gern erfahren, was im Eigenthal tatsächlich geschehen war. Doch Thomas' Kollegen wollten mit der Wahrheit nicht herausrücken. Dass Ebersold der mutmassliche Täter war, hatte sie von Lucille. Doch Lucille schien in der angespannten Situation keinen richtigen Durchblick zu haben. Dass sie aus dem Nähkästchen geplaudert hatte, war wahrscheinlich nicht Absicht, vielmehr ein ihr nicht bewusster Feh-

ler gewesen.
Isabelle kehrte ins Zimmer zurück. Thomas lag noch genauso da, wie sie ihn verlassen hatte. Doch seine Augen hatten sich zu ihr gerichtet. Und erschien nicht ein schwaches Lächeln auf seinem Mund?
«Hast du den Alfa schon gekauft?»
Isabelle traute ihren Ohren nicht. Verdattert schritt sie auf das Bett zu. «Darling, Schatz ... Gott sei Dank. Du kannst dich wieder erinnern ...» Sie hielt zitternd seine Hand. «Und wir dachten schon, dass ...» Sie fand die Worte nicht. «Wie fühlst du dich?»
Thomas senkte die Augenlider. «Der Alfa ... rot ist zu aggressiv für dich.»
«Ich kann ihn umspritzen lassen.» Isabelle räusperte sich verdattert. «Ich meine, ich muss ihn nicht kaufen. Es war nur so eine Idee.»

***

Die Patientin lag vor ihr auf dem Sofa, hatte die Beine hochgelagert und die Augen geschlossen. Das Zimmer war abgedunkelt. Die Gardinen schimmerten wie Feuersprenkel. Aus der portablen Stereoanlage erklang meditative Musik – die Stimmung passte zum Monolog der Patientin.
Dr. Julia Blum lauschte der monotonen Stimme der Frau und warf dann einen Blick auf ihre Armbanduhr. Die Zeit war um. «Wir schliessen hier ab.» Sie erhob sich von ihrem Sessel, schritt auf das Fenster zu und schob die Vorhänge zur Seite. «Wir sind auf einem guten Weg. Wenn Sie Ihren Gram von der Seele reden können, wird sich das Ungeheuer allmählich zurückziehen. Im weiteren Verlauf ganz verschwinden. Ich freue mich über Ihren Fortschritt.» Julia kehrte zu der Patientin zu-

rück und half ihr auf die Beine. «Wenn Sie weiterhin so gut kooperieren, werden Sie in einem halben Jahr die Schatten aus Ihrer Vergangenheit bewältigt haben.» Sie lächelte. «Ich warte draussen auf Sie.»

Julia ging zur Tür, öffnete sie und trat auf den Korridor, wo der Empfangstresen stand. Ihre Assistentin hatte soeben den Telefonhörer aufgelegt.

«Ein Dr. Wiesendanger von der Hirslandenklinik hat angerufen.»

«Was wollte er?» Julia sah wieder auf die Uhr. «Adelheid Mattmann wartet auf mich. Oder ist sie noch nicht eingetroffen?»

«Doch die Patientin erwartet Sie im Zimmer drei.» Die Arztgehilfin übergab Julia einen Zettel. «Dr. Wiesendanger bat, dass Sie unverzüglich zur Hirslandenklinik fahren sollen. Ein Patient liegt seit heute Morgen bei ihm, den Sie anscheinend gut kennen.»

«Hat er einen Namen genannt?»

«Thomas Kramer. Er ist Ermittlungschef bei der Kantonspolizei.»

«Ja, dann können Sie Frau Mattmann nach Hause schicken. Wenn man mich wegen Herrn Kramer ruft, muss es sehr dringend sein.»

Die Assistentin empörte sich. «Was soll ich ihr sagen?»

«Sagen Sie halt irgendwas. Sie sind sonst auch nicht auf den Mund gefallen.» Julia stöhnte demonstrativ. «Sagen Sie, ich hätte einen Notfall.»

«Wollen Sie Dr. Wiesendanger nicht vorgängig anrufen?»

«Nein!» Julia warf ihren Arztkittel über den Tresen. «Bestellen Sie mir ein Taxi.»

***

Die Sonne malte regenbogenfarbene Kringel auf die Decke. Thomas betrachtete sie, während er versuchte, sich zu erinnern, weshalb er in diesem Bett lag. Isabelle war in die Cafeteria hinuntergegangen. Er vermisste sie nicht. Sie wolle das Auto nicht kaufen. Nicht kaufen! Kein rotes Cabriolet also. Und der Freund? Aus? Vorbei? Weggepustet? Der Arzt hatte ihm irgendetwas Abstruses erzählt. Er habe ein psychisches Problem. Aber weshalb? Keine Verletzungen – doch der Kopf schmerzte. Und seine Handgelenke zeigten Fissuren auf. Auch die äussere Magengegend tat ihm weh, der Rücken, die Beine. Dennoch keine Verletzungen. Die Sonnenkringel wanderten weiter.

Er hatte gedöst, den Kopf seitlich gegen das Fenster gerichtet. Er wusste nicht, ob es an der Tür geklopft hatte. Julia stand auf einmal neben dem Bett, sah auf ihn herunter. Über ihrer Nase zeigten sich Sorgenfalten. Er kannte diese Mimik. Er hatte es vermeiden wollen, ihr zu begegnen. Welche Ausrede würde sie diesmal haben? Sie sagte vorerst nichts, legte ihm bloss die Hand auf die Stirn als würde sie prüfen, ob er Fieber hatte. Spinnfieber. Samstagmittagsfieber. *Saturday Night Fever.* Er konnte sich ein Schmunzeln nicht verkneifen. Er erinnerte sich an die Disconächte, die er mit Julia verbracht hatte. Mit ihr und einem halben Dutzend Gymnasiasten. Er war ein guter Tänzer gewesen, einer, der den Hüftschwung beherrschte wie einst John Travolta.

«Dir scheint es wohl besser zu gehen», stellte Julia sachlich fest.

«Mein Langzeitgedächtnis ist intakt.»

«Und an die letzten beiden Tage magst du dich nicht mehr erinnern? Ich habe mit Dr. Wiesendanger gesprochen. Er meinte, dass dein Gehirn eine Art Blockade hat, was dein

Kurzzeitgedächtnis betrifft. Ich bin hier, um dies zu beheben.»

Julia schritt zum Fenster. Thomas sah ihr nach.

«Wir können jedoch nur Erfolge erzielen, wenn du mitmachst.» Sie wandte sich um und sah ihn ernst an. «Man hat dich im Badezimmer von Veronique Bender gefunden. Weisst du, wie du dorthin gekommen bist?»

Thomas schloss die Augen.

Es war weg. Alles war weg. Er wusste, dass es einmal da gewesen war. Er ging den schmalen Grat zwischen seinem Wissen und seinem Vergessen. Beidseitig erahnte er einen Abgrund. Wie sollte er das Wissen in seine Gedanken holen, wenn er nicht wusste, was er vergessen hatte?

Veronique Bender. Sie hatte seinen Wagen kritisiert. Es war ein schöner Tag gewesen, und die Osterglocken vor ihrem Haus leuchteten um die Wette. Osterglocken? «Welchen Monat haben wir?»

Julia liess sich ihre Verblüffung nicht anmerken. «Es ist Mai. Der 18. Mai, wenn du es genau wissen willst.»

«Osterglocken sind doch die ersten Blumen im Jahr. Ich erinnere mich an Ostern.» Thomas spürte, wie die Erschöpfung allmählich seine Kräfte raubte. «Es muss Ostern gewesen sein.»

«Veralberst du mich?»

«Wenn nicht Ostern ist, wie kommen dann Osterglocken vor dieses Haus?»

Julia ergriff seine rechte Hand. «Wenn es dich ermüdet, machen wir morgen weiter. Und ich muss wohl zuerst das Protokoll lesen, um mir selbst ein Bild zu machen.» Sie krauste ihre Stirn. «Oder meinst du, dass wir noch ein wenig weitermachen können? Lassen wir die Osterglocken mal aus dem Spiel. Versuche, dich zu erinnern, was danach geschah, nachdem du die Osterglocken gesehen hattest.»

Thomas griff sich an den Kopf. «Ja richtig, Veronique erwähnte einen Wagen. Eine Schrottkiste wie meiner. Aber da war kein Wagen. Ich befand mich in dieser Scheune. Jetzt sehe ich sie.» Er schloss erneut die Augen. «Da war eine Leiter, eine Heubühne ... ein ...»
Julia drückte seine Hand. «Nimm dir Zeit. Was noch?»
«Ein Deckel. Ja, ein Deckel. Ich hob ihn an. Ich stieg eine Treppe hinunter ...»
«Du erinnerst dich?»
«Nein, ich weiss nicht, was da unten war. Es war etwas ... etwas Wüstes ...» Thomas öffnete die Augen. «Meine Gedanken flutschen weg. Ich erinnere mich nicht ...»
«Gut, für heute lassen wir es sein.» Julia zog ihre Hand zurück. «Ich werde morgen wiederkommen.» Sie öffnete ihre Tasche, die sie über ihrer Schulter trug. Sie entnahm ihr eine Packung. «Ich lasse dir Tabletten da. Du solltest jetzt eine nehmen. Die zweite nach dem Mittag-, die dritte nach dem Abendessen.» Sie ging zum Lavabo, nahm ein Glas und füllte es mit kaltem Wasser. Sie entnahm der Packung eine Tablette und hielt sie Thomas hin. «Sie wird deine konfusen Gedanken in eine ruhigere Bahn führen.» Sie lächelte, als sie Thomas' fragenden Blick sah. «Ich werde die Stationsschwester darüber informieren, wie sie die Medikamente zu verabreichen hat.» Julia hauchte ihm einen Kuss auf die Stirn. «Falls du auch das vergisst. Und jetzt schluck sie runter.»
«Habe ich denn eine andere Wahl?»
«Nein.» Julia lächelt. «Wir kriegen das schon hin.»
Thomas sah ihr nach, wie sie zur Tür schritt, mit diesem androgynen Gang, den sie schon am Gymnasium gehabt hatte.

Er segelte zurück in einen Halbschlaf, der ein Durcheinander an Bildern produzierte. Um ihn herum tobte der Krieg, und ein Panzerwagen raste auf ihn zu. Im letzten Moment konnte er sich seitlich in den Sand werfen, bevor das Stahlungetüm ihn überrollt hätte. Im aufwirbelnden Staub erspähte er Ozeanblau und roch das salzige Wasser. Plötzlich war da diese Welle, die ihn beinahe verschlang. Wieder musste er einen Sprung zur Seite tun. Er landete weich. Doch unter ihm entdeckte er eine blubbernde Flüssigkeit, in die er zu sinken drohte. Er spürte die Schweisstropfen aus seinen Poren schiessen. Er versuchte, seine Augen zu öffnen. Er brachte es nicht fertig, die Lider zu heben. Sein ganzer Körper wehrte sich gegen das, was unter ihm lag. Er zappelte, obwohl das für ihn der sichere Tod bedeutete. Er versuchte zu schreien, doch bloss krächzende Laute kamen aus seinem Mund.

«... Herr Kramer?»

Das war nicht Armando. Das war ... nein, seine Stimme klang anders. Er sah die schwarzen Augen in der Aussparung der Maske.

«Herr Kramer?»

Nein, er war es nicht. Er kannte ihn, aber er war es nicht. Er spürte eine Hand an seiner Hand. «Herr Kramer, kommen Sie zu sich.»

Jemand hatte die Hängevorrichtung hochgezogen, ihn auf den Schragen gelegt, die Bänder von seinem Körper gelöst. Er wusste, wer er war. Diese Stimme ...

Jemand rüttelte ihn jetzt heftig. Thomas schlug die Augen auf. Er fand sich schweissgebadet wieder inmitten zerknüllter Kissen und Decken.

Die Stationsschwester sah ihn besorgt an. Er kannte diesen Blick, welcher die Angst in der Iris bündelte. Offenbar forderte sie Hilfe an, denn sie sprach kurz ins Mobiltelefon.

«Kennen Sie mich?» Die Schwester versuchte ein Lächeln auf ihrem fast erstarrten Gesicht, was eine sonderbare Mimik entstehen liess. Sie legte ihm die Manschette des Sphygmomanometers um den rechten Oberarm, presste das Stethoskop auf die Innenseite und pumpte Luft in den Gummiball.

«Schwester Anna. Ich kann es auf ihrer linken Brust lesen.» Allmählich lichtete sich das Dunkel seiner Sinne.

Während sie Luft abliess, sah sie auf den analogen Druckmesser. Er dagegen spürte erst sehr spät das typische Klopfen im Arm.

Dr. Wiesendanger kam ins Zimmer. Er wandte sich an die Schwester. «Schwierigkeiten?», fragte er leise.

«Er muss extrem auf die Medikamente reagiert haben.»

«Blutdruck?»

«Fünfundneunzig zu sechzig.»

«Haben wir etwas übersehen?» Der Arzt besah sich das Krankenblatt. «Welche Kombination?»

«Ihre vorgeschriebene und die von Dr. Blum. Sie war da.»

Wiesendanger nickte. «Ich hatte vorgängig alles mit ihr besprochen. Wir müssen die Dosierung reduzieren.» Er blickte auf Thomas hinunter. «Geht's wieder?»

«Da waren diese Erinnerungsfetzen ...»

«Sie sollten etwas essen. In einer halben Stunde wird das Mittagessen serviert.» Wiesendanger wandte sich an die Schwester. «Und bitte danach nur die halbe der vorgeschriebenen Medikation.» Er notierte dies auf dem Krankenblatt. Nachdenklich verliess er das Zimmer.

«Ich weigere mich, diese einzunehmen.» Thomas setzte sich auf. «Ich muss ein paar Schritte tun.»

«Das ist gut so.» Schwester Anna half ihm auf die Beine. «Wegen der Thrombosegefahr. Sonst müssten wir Ihnen Blutverdünner verabreichen.»

Thomas schlurfte zum Fenster wie ein gebrochener Mann. Die Träume waren ihm dermassen eingefahren, dass er glaubte, alles noch einmal durchzumachen. Er wusste jetzt, dass sie mit seinem Erlebten zu tun hatten. Schwester Anna schob ihm das Aluminiumgestell mit der Infusionsflasche hinterher.

Ein frühsommerlicher Tag tauchte die Stadt in ein gleissendes Licht. Der Vierwaldstättersee glitzerte so stark, dass es Thomas blendete. «Ich muss hier raus», sagte er zur Fensterscheibe. «Ich weiss jetzt, dass ich einen Fall zu klären habe.»

Schwester Anna zog ihn sanft am Arm. «Sie brauchen vorerst noch etwas Ruhe.»

«Die hatte ich doch schon. Wie lange bin ich hier?»

«Noch nicht mal einen ganzen Tag.»

«Und wann gedenken Sie, mich zu entlassen?»

«Das entscheide nicht ich. Kommen Sie. Ihr Mittagessen steht bereit.»

***

Für Elsbeth war es ein schwacher Trost, dass man Thomas endlich gefunden und zur Klinik in Pflege gebracht hatte. Was sie in den letzten paar Stunden herausgefunden hatte, brachte sie durcheinander. Bei der Teamsitzung, die unmittelbar nach Thomas' Auffinden im Grossraumbüro stattgefunden hatte, dominierte Armando mit seinen Überzeugungen und liess Elsbeth kaum eine Möglichkeit, über ihre ausgeweiteten Recherchen zu berichten. Armando war der Meinung gewesen – und die teilte er offenbar mit dem Grossteil seines Teams –, dass Ebersold hinter der Tat steckte. Die Indizien sprachen gegen ihn. Bei einer ersten Vernehmung hatte der Künstler zugegeben, nach Mitternacht im Scheunenkeller gewesen zu sein. Er habe vor Ort den Mann hängen sehen und ihn aus dieser misslichen Lage befreit. Dann habe er ihn durch den Stollen in sein Haus gebracht und ihn vorerst im Weinkeller hingelegt. Er selbst sei dann wieder zurückgegangen. Doch auf halbem Weg sei er zurückgekehrt und habe den Mann dann nach oben ins Badezimmer gebracht. Das sei wahrscheinlich eine Kurzschlusshandlung gewesen. Er habe nicht auffallen wollen, weil er gewusst habe, dass eine Mieterin im Haus war. Er habe sie nicht erschrecken wollen, habe aber gedacht, dass man den Mann im Badezimmer anderntags finden würde. Und ja, der eigentliche Grund war, dass er keinen Ärger wollte. Ebersold hatte dies alles zu Protokoll gegeben und unterschrieben.

Elsbeth fand es eine fadenscheinige Erklärung. Warum hatte er nicht die Polizei gerufen? Und warum hatte Veronique Bender nichts gemerkt? Und warum war Thomas' Pistole auf dem Küchenboden gefunden worden? Und vor allem: Warum hatte Ebersold keine Anzeige wegen Hausfriedensbruch gestellt? Er musste doch gesehen haben, dass sich jemand während Tagen in seinem Keller aufgehalten und sich seiner Materialien bedient hatte. Doch Ebersolds Alibi bekam auf einmal Risse. Den Freund, den er genannt hatte, gab es nicht, und der Barmann im Hotel National behauptete, dass er den Gast erst um ein Uhr in der Früh angetroffen habe.

Elsbeth griff nach dem Telefon und wählte Armandos Nummer.

Dieser schien sehr geschäftig. «Der Fall ist fast abgeschlossen», vermeldete er. «Ich werde ihn noch heute weichgeklopft haben, dass er ein Geständnis ablegt.»

«Ich sehe da keinen Zusammenhang. Weshalb sollte er seinen eigenen Verehrer töten? Neid kann es wohl nicht sein. Dazu ist er viel zu lange schon bekannt. Er könnte sich höchstens gebauchpinselt gefühlt haben, nachdem man ihn so sehr vergöttert hat.» Sie pausierte und hörte Armando tief ausatmen. «Ich habe die Suche nach Verdächtigen ausgeweitet. Ich möchte dich deshalb sprechen.»

«Elsbeth, bei allem Respekt gegenüber deinen spitzfindigen Überlegungen, Ebersold ist der mutmassliche Täter. Es spricht so ziemlich alles gegen ihn. Er ist ein Verrückter, der schon alles in seinem Leben gehabt hatte und die letzten Möglichkeiten künstlerischen Akts ausschöpfte – einen Menschen in eine Skulptur einzuarbeiten. Vielleicht war es Silvanos Pech, dass er zu falschen Zeit am falschen Ort gewesen war.»

«Du willst mich also nicht anhören?»

«*Veramente, no!*» Armando wirkte genervt.

«Ist das dein letztes Wort?»

Er hatte schon aufgelegt.

Elsbeth räumte die Akten in ihre Mappe. Auf dem Weg ins Untergeschoss rief sie Lucille an und bat sie, mit ihr zur Hirslandenklinik zu fahren. «Ich bin mir sicher, dass der Mörder noch frei herumgeht, während ein Spinner unsere Leute veräppelt. Und weisst du, was das Schlimmste ist? Armando lässt sich von ihm irreführen. Wir müssen zu Tom. Kommst du mit?»

Lucille bejahte. «Ich bin froh, dass du das auch so siehst. Armando scheint völlig neben der Spur zu sein. Will er uns beweisen, dass es ohne Tom auch geht? Er verrennt sich da. Ich bin gleich beim Wagen.»

Die beiden Frauen trafen auf dem Parkplatz aufeinander.

«Warum hast du dein Anliegen nicht während der Teamsitzung zur Sprache gebracht?», wunderte sich Lucille.

«Ich bin keine Ermittlerin, schon vergessen?»

«Aber du bist die Ermittlersekretärin, die im Hintergrund die Fäden zieht. Meinst du, mir ist nicht schon lange aufgefallen, welche Perle Tom in seinem Rücken hat?»

«Danke, das war ein nettes Kompliment.» Elsbeth setzte sich in ihren Wagen, einen alten Fiat *Cinquecento*, und übergab Lucille die Mappe. Sie startete den Motor. «Erinnerst du dich an Eugenie?»

Lucille legte sich den Sicherheitsgurt um. «Logo, ich hatte ja mit ihr zu tun.»

«Ich habe in ihre Richtung recherchiert.»

«Was gibt es von ihr, das ich nicht auch schon kenne? Sie war mit Zanetti verheiratet, hatte mit ihm zusammen einen Sohn...»

«Genau.» Elsbeth fuhr gemächlich ins Stadtinnere. «Kurz nach der Geburt ihres Sohnes trennte sich ihr Mann von ihr. Nach einem aufwendigen Verfahren erhielt der Sohn den Namen der Mutter. Obwohl keine *DNS*-Vergleichsanalyse vorlag, hatte Zanetti die Vaterschaft vehement abgestritten. Darauf nahm man ihr den Sohn weg, als er noch sehr klein war, und steckte ihn ins Kinderheim. Er kam dann zu verschiedenen Ersatzeltern, nachdem er mehrmals aus dem Heim abgehauen war. Ich habe mich mit dem Heim in Verbindung gesetzt, wo er bis zu seinem siebten Lebensjahr gelebt hatte, bevor er zur ersten Pflegefamilie kam. Die zuständige Heimleiterin ist zwar schon längst pensioniert. Sie wohnt heute in Bern. Doch sie gab mir bereitwillig Auskunft über ihren Zögling, der aufgrund seiner sensiblen und fantasievollen Art früh aufgefallen sei. Er sei dauernd auf der Suche nach seinem Vater gewesen, deshalb auch die Ausbrüche. Und...» Elsbeth konzentrierte sich auf die Strasse. Eine Weile fuhr sie schweigend weiter.

«Und was?»

«Er sei ein begnadeter Künstler gewesen. Er habe schon früh sein Talent am Kreieren von Tonfiguren bewiesen.»

«Was willst du damit sagen?»

«Er muss ein waschechter Zanetti sein. Sein Vater hatte ihm, ebenso wie seinem Jüngsten, das Talent vererbt. Zanetti senior war früher bekannt gewesen für seine Roboterkonstruktionen.»

«Das könnte doch auch Zufall sein. Ich meine, es gibt viele Menschen mit künstlerischen Begabungen. Hast du denn diesen Sohn gefunden? Weisst du, ob er noch lebt?»

«Das ist es ja. Die Spuren versanden. Nachdem er mit neunzehn bei seinem letzten Ziehvater ausgezogen ist, bleibt er verschollen.»

«Und nun glaubst du, dass er so lange in der Versenkung gewartet hat, um Knall auf Fall aufzutauchen und seinen Bruder zu eliminieren?» Lucille betrachtete Elsbeths Mappe auf ihrem Schoss. «Eine waghalsige Idee, findest du nicht auch?»

«Mir sind da noch viel mehr Dinge aufgefallen.» Elsbeth fuhr über die Dreilindenstrasse Richtung Hirslandenklinik. «Ich möchte diese in Toms Beisein erläutern.»

Lucille lehnte sich zurück. «Es muss ihm also nicht primär daran gelegen haben, auch Tom umzubringen. Wenn es diesen Sohn wirklich gibt, so hatte er unserem Chef vielleicht nur einen Denkzettel verpassen wollen. Vielleicht möchte er sogar, dass man ihn endlich entdeckt.» Lucille schloss erschöpft die Augen. «Was haben wir denn für einen Job!» Sie seufzte nachhaltig. «Auf meinem Bürotisch liegen eine Menge Dossiers zur Bearbeitung. Häusliche Gewalttaten, Messerstechereien auf dem Bahnhofareal, Verkehrsunfälle im Zusammenhang mit betrunkenen Automobilisten. Solche Delikte sind im Gegensatz zu dem, was wir hier aufklären müssen, geradezu harmlos.»

«Das würde ich nicht sagen.» Elsbeth drosselte die Geschwindigkeit und zweigte in die Einfahrt zur Klinik ab. «Alle diese Taten haben kriminelles Potenzial. Der Tod ist die Ultima Ratio davon.»

***

Dr. Wiesendanger hatte Julia am Nachmittag noch einmal herzitiert. «Ich brauche Ihre Hilfe. Nachdem der Patient labil auf die Medikamente reagiert hat, dürfen wir jetzt einen ersten Erfolg verzeichnen. Er scheint sich allmählich zu erinnern. Ich möchte, dass Sie anwesend sind, wenn seine inneren Bilder zum Vorschein kommen. Der Polizeichef Linder hat mich zudem gebeten, alles zu unternehmen, um Herrn Kramers Gedächtnis zu aktivieren. Scheinbar sei er der Einzige, der den wahren Mörder identifizieren könne.»
Die beiden Ärzte gingen den Korridor entlang.
«Ich weiss», sagte Julia. «Ich hatte ihn heute Mittag am Telefon. Er klang äusserst besorgt. Die Presse lauere ihm auf.»
Sie räusperte sich. «Als ob dies von Belang wäre. Der Gesundheitszustand des Patienten geht vor. Alles andere ist mir ziemlich egal. Sie sagten, dass er die Medikamente nicht richtig vertragen habe?»
«Er reagierte sehr sensibel.»
«Sie sollen die Sensibilität fördern.» Julia schenkte dem Arzt ein wissendes Lächeln.
«Es ist ein Schlafmittel.»
«Mit ähnlichen Substanzen. Der Patient bleibt in einem Halbwachzustand, respektive es fördert die Träume. Kann ich ihn sehen?»
«Er sitzt in seinem Zimmer. Auf die halbe Dosis hat er sehr gut angesprochen. Zumindest ist er nicht mehr ins Delirium gefallen.» Wiesendanger öffnete die Tür. Dabei hätte er beinahe eine Person, die hinter der Tür stand, umgeworfen.
Kampfstiefel und Lederjacke drehten sich um. «Hoppla, der Herr Doktor hat aber ein Temperament.» Tanja Pitzer schenkte dem Arzt ihr bezauberndstes Lächeln. «Darf ich mich vorstellen? Tapi vom Blick.»
«Was haben Sie hier zu suchen?»

«Oh, Herr Kramer ist ein alter Bekannter von mir. Und ehrlich gesagt, habe ich mir grosse Sorgen um ihn gemacht. Wir von der Zeitung sind sehr darum bemüht, endlich Licht in diese verworrene Mordgeschichte zu bringen. Die Bevölkerung ist traumatisiert. Sie will endlich Fakten auf den Tisch.»

Doch aufseiten des Arztes war kein überaus grosses Interesse vorhanden. Wiesendanger ignorierte die Journalistin und verabschiedete sich von Julia. «Falls Sie mich brauchen, erreichen Sie mich über die Stationsschwester.»

Julia nahm Tanja beim Arm. «Sie sollten das Krankenzimmer jetzt verlassen, bevor ich ausfällig werde.»

«Sie kenne ich doch auch.»

«Schon möglich, aber jetzt verschwinden Sie.» Julia stiess Tanja zur Tür und beförderte sie nach draussen. Dann wandte sie sich an Thomas. «Du hast ihr hoffentlich nichts erzählt. Wie lange ist sie schon hier?»

«Tut mir leid. Ich habe kein Zeitgefühl.» Thomas blieb auf dem Stuhl sitzen. «Sie hat mir ein paar Fragen gestellt, ich habe sie ihr beantwortet.»

«Können wir reden?» Julia bot Thomas an, ihn auf den Korridor zu begleiten. «Wir werden ein paar Schritte tun.»

«Hast du nicht gesagt, dass du erst morgen wiederkommst?» Er erhob sich.

«Nachdem sich die Situation verändert hat, blieb mir nichts anderes übrig.» Julia wollte wissen, wie er sich nach der Einnahme der Tablette gefühlt hatte.

Thomas vermied es, ihr die ganze Wahrheit zu erzählen. Er schob das Gestell mit der Infusionsflasche vor sich her. «Ich merke, wie die verloren geglaubten Bilder in mein Bewusstsein eindringen. Ich erinnere mich daran, dass ich in einem Keller war. Es roch stark nach Eisen.»

«Die Werkstatt des Künstlers», half Julia nach. «Ich habe

mir zwischenzeitlich einen Einblick in die Akten verschafft. Es gibt jetzt tatsächlich eine Akte über dich.» Sie lächelte, während sie neben Thomas ging. «Hättest du das gedacht?»
Sie gelangten zum Aufzug. «Möchtest du in die Cafeteria runterfahren?»
«Ich möchte hier möglichst schnell raus.»
«Das wirst du noch früh genug können.» Julia drückte den Aufzugsknopf. «Ich habe gelesen, dass du vermutlich an einem Flaschenzug aufgehängt gewesen seiest. Man hat dein Blut gefunden.»
Thomas kniff die Augen zusammen.
«Unterhalb dieser Konstruktion sei eine Wanne mit einer Kupferzinnlegierung gestanden. Gemäss der Technik sei das Gemisch am Erkalten gewesen. Magst du dich daran erinnern? Warst du dort?»
Der Aufzug hielt auf ihrem Stockwerk. Die Tür schob sich auf.
«Nur vage. Aber vielleicht kann ich mir die Situation einfach nur vorstellen.» Thomas zögerte. «Andererseits ist es fast nicht möglich, etwas vor sich zu sehen, dass sich nicht zugetragen hat. So viel Fantasie habe ich nicht.» Er griff sich an den Kopf. «In meinem Gehirn herrscht Chaos. Es kommt mir vor, als wären es tausend Puzzleteile, die sich einander nur sehr langsam anpassen.»
Julia strich ihm über die Wange. «Ist ja gut. Ich werde nicht weiterbohren.» Der Aufzug bewegte sich nach unten. «In absehbarer Zeit wird sich das Puzzle zu einem ganzheitlichen Bild zusammenfügen.»

Im Erdgeschoss angekommen, trafen sie auf Elsbeth und Lucille. Sie hier? Ob das etwas Gutes bedeutete?
«Armando hat Ebersold verhaftet», war das Erste, was Lucil-

le zu ihrem Chef sagte. Ein grober Kloss hatte sich in ihrem Hals bemerkbar gemacht. Diesen konnte sie nur beseitigen, indem sie bei den nackten Tatsachen blieb. Keine Gefühlsduselei. Diese hatte sie hinter sich.

Elsbeth dagegen fiel Thomas um den Hals und bekundete ihr Mitgefühl. «Ich bin ja so froh, dass du wieder bei uns bist. Mensch, Tom, du hast uns einen grossen Schrecken eingejagt.» Sie küsste ihn dreimal auf die Wange.

Thomas wich beschämt zurück. Er kam sich schwach vor mit diesem im Rücken geschlitzten weissen Nachthemd und dem Infusionsständer. Er spürte eine Ungeduld in sich aufkommen und ahnte, dass ihm die Zeit davoneilte. «Wer ist Ebersold?»

Während sie in der Cafeteria einen Platz suchten, sich setzten und Getränke bestellten, erzählte Lucille von Armandos Schuss ins Leere.

«Und warum vermutest du, dass er hier falsch liegt?» In Thomas war der Urinstinkt des Ermittlers erwacht.

«Ganz einfach. Weil Ebersold ein Verrückter ist und seine Grenzen austestet. Ich war dabei, als Armando ihn vernahm. Er verstrickte sich in Widersprüche.»

«Wir sollten uns den Sohn von Eugenie näher ansehen», unterbrach Elsbeth den Dialog und berichtete in der Folge das, was sie Lucille bereits mitgeteilt hatte. «Ich kenne nun seinen Namen, zumindest denjenigen, den er bei seinen letzten Pflegeeltern gehabt hatte: Lothar Roggenmoser.»

«Er trägt also den ledigen Namen seiner Mutter. Das verwundert mich zwar», meinte Thomas.

«Nur taucht er nirgends mehr auf», sagte Elsbeth. «Er ist verschollen. Ich habe auf den Gemeinden nachgefragt, wo er zuletzt registriert gewesen ist. Vor fünfzehn Jahren hatte er sich in Hildisrieden abgemeldet und ist seither wie vom Erdboden verschluckt. Ich vermute, dass er sich einen neuen Na-

men zugelegt hat und hier irgendwo lebt.»
«Oder er ist ins Ausland abgehauen», meinte Lucille. «Vielleicht lebt er auf einer einsamen Insel oder im Dschungel.»
«Auf jeden Fall bleibt die Geschichte um ihn sehr suspekt.» Elsbeth warf Thomas einen fragenden Blick zu. «Du hast den Mörder gesehen – habe ich recht?»
«Er erinnert sich nicht», mischte sich nun Julia ins Gespräch. «Wir sollten ihm noch Zeit lassen. Ich bin dafür, dass wir hier abbrechen und von etwas anderem reden.»
«Moment!» Thomas machte ein verdriessliches Gesicht. Er wandte sich Julia zu. «Was war mit diesem Flaschenzug?»
«Wir sollten es hierbei belassen», tadelte Julia. «Wir werden dich jetzt ins Zimmer zurückbegleiten. Ich werde morgen wiederkommen.» Sie sah zuerst Lucille, dann Elsbeth an. «Glauben Sie mir, mit dieser Taktik schiessen wir am Ziel vorbei. Er sollte sich jetzt ausruhen. Und Sie bitte ich, sich zu verabschieden.»

***

«Das war wohl keine gute Idee, hierherzukommen.» Elsbeth war enttäuscht.
«Nein. Und ich habe es mit meiner Begrüssung total vermasselt», ergänze Lucille.
Die Frauen stiegen in den Cinquecento.
«Was hältst du davon, wenn wir gemeinsam noch einmal zur Fräkmüntegg fahren?»
Lucille blickte ihre Kollegin von der Seite her an. «Wir können nicht auf eigene Faust recherchieren, wenn Armando...» Sie überlegte. «Andererseits glaubt Linder auch nicht an Ebersolds Schuld.»
«Wir kommen also immer wieder auf Thomas' Erinnerungs-

lücken zurück. Er ist dem Mörder begegnet und kann es uns nicht sagen.»

«Das kann vielleicht Tage dauern, bis er sein Gedächtnis zurückbekommt. Bis dahin hat sich der wirkliche Täter aus dem Staub gemacht. Wir sollten besser den alten Zanetti aufsuchen und herausfinden, ob er uns etwas verschweigt.» Lucille zögerte wieder. «Trotzdem ist das Ganze mir nicht geheuer. Was, wenn Armando erfährt, dass wir hinter seinem Rücken unsere Recherchen ausweiten?»

Elsbeth griff hinüber und berührte Lucilles Bauch. «Was sagt dein Gefühl?»

«Wir fahren nach Horw.»

***

Am späten Nachmittag trafen die beiden Frauen auf Oberrüti ein. Gleich zwei Wagen versperrten den Eingang zur Garage. Elsbeth stellte ihren Fiat auf der gegenüberliegenden Strassenseite ab.

«Das ist doch das Auto von dieser Anwältin», stellte Lucille fest. «Puh, nicht schlecht. Ein Audi R8. Dass die sich getraut, mit dieser Bolide bei den Klienten aufzukreuzen.»

«Ich mache mir nichts aus Statussymbolen», kicherte Elsbeth. «Hauptsache vier Räder und ein Dach über dem Kopf.»

Sie näherten sich beide dem Eingang. Noch bevor sie die Klingel betätigten, wurde die Türe von innen aufgerissen, und ein sichtlich aufgebrachter Mann kam ihnen entgegen.

«Herr Zanetti?» Lucille hatte die Fassung als Erste wieder gewonnen.

Er schien betrunken und tat so, als beachte er die Frauen nicht. Er warf seinen Kopf zurück und fluchte in die Wohnung hinein. «Das werden Sie mir büssen, Frau Anwältin. Weshalb

hat unsere Familie denn einen Beistand?»
«Nehmen Sie sich zusammen», tönte es aus dem Innern – Dunja Neumanns Stimme. «Ich habe Ihnen unmissverständlich erklärt, dass ich dieses Mandat nicht annehme. Ich bin es nicht gewohnt, meine Fälle zu verlieren. Und diesen würde ich verlieren, nach allem, was Sie sich zuschulden kommen liessen.»

Sergio Zanetti wandte sich endlich den beiden Polizeibeamtinnen zu. «Man hat mir den Führerschein entzogen. Unberechtigt.» Er zog eine Schnute, während er sich dem Garagentor näherte. Er schwang sich auf das Fahrrad, das an der Wand gelehnt hatte, und radelte dann fluchend davon.

Dunja Neumann trat unter die Tür. «Oh, Sie habe ich nicht bemerkt», sagte sie verdattert und sah Zanetti hinterher. «Überhöhte Geschwindigkeit und betrunken am Steuer. Da kann auch ich nichts tun.» Sie lächelte gequält und wunderte sich wohl selbst darüber, weshalb sie die Bemerkung hatte fallen lassen. «Kann ich Ihnen helfen?»

«Lucille Mathieu, meine Kollegin Elsbeth Rotenfluh. Sie erinnern sich?» Lucille zog ihre Dienstmarke. «Wir müssten Ihrem Mandanten Zanetti senior noch ein paar Fragen stellen.»

Offensichtlich wusste Dunja noch nichts von Ebersolds Inhaftierung. Sie liess die beiden Frauen eintreten. «Sie treffen ihn im Wohnzimmer an.»

Lucille und Elsbeth traten in das von Licht durchflutete Entree. Der helle Marmorboden glänzte vor steriler Sauberkeit.

Eduardo Zanetti versank im Sofa neben dem Kachelofen. Er hatte den Kopf auf das seitliche Polster gelegt und starrte vor sich hin. Sein Gesicht wirkte eingefallen und blass. Von dem einst stattlichen Mann war nicht mehr viel übrig. Er öffnete ein Auge und sah den beiden Frauen entgegen, als wäge er zuerst ab, ob es sich lohnte, auch das zweite zu öffnen. Als er

Lucille erkannte, setzte er sich gerade hin. «Nehmen Sie Platz», forderte er die Frauen auf. «Was führt Sie zu mir? Haben Sie den Mörder schon?»

Lucille blieb stehen. «Wir sind auf einer Spur», sagte sie vorsichtig. «Doch vorab müsste ich Ihnen eine Frage stellen und um eine ehrliche Antwort bitten.»

Zanetti stiess Luft aus. «Jesses, das klingt wie ein Vorwurf und dass ich Sie dauernd angelogen hätte.»

Lucille räusperte sich. «Aufgrund unserer Recherchen haben wir herausgefunden, dass Sie nebst Ihren beiden Söhnen aus zweiter Ehe einen Sohn aus erster Ehe haben. Er heisst Lothar und trägt den Nachnamen Ihrer ersten Frau. Wissen Sie, wo er sich gerade aufhält?»

Zanetti blinzelte. Lucille sah ihm an, dass er sich in seiner Haut nicht wohlfühlte. Er veränderte seine Sitzposition und streckte jetzt den Rücken durch. «Ich weiss von keinem anderen Sohn. Lothar, sagten Sie?»

«Er müsste schätzungsweise fünfunddreissig Jahre alt sein», sagte Elsbeth.

«Ich kenne keinen Lothar.»

«Wir müssen davon ausgehen, dass er heute eine neue Identität angenommen hat, nachdem er in seiner Kindheit und Jugend vom Kinderheim zu verschiedenen Pflegefamilien weitergereicht wurde», klärte Lucille ihn auf.

«Vielleicht hat er sich geschämt, den Namen seines Vaters zu tragen», provozierte Elsbeth.

«Wenn Sie den Sohn meiner ersten Frau meinen, muss ich Sie enttäuschen. Diese Dinge sind geklärt.» Zanetti sank erschöpft zurück. «Silvano und Sergjo sind meine Söhne, niemand sonst.»

«Liefern Sie uns zuerst einen Gerichtsbeschluss.» Dunja Neumann, die bis jetzt geschwiegen hatte, stellte sich neben

das Sofa und legte die Hand auf die Schultern ihres Mandanten. «Ich weiss nicht, was dieses Gebaren mit dem Mord an seinem Sohn zu tun hat. Schürfen Sie nicht alte Narben auf. Er hat dies nicht verdient.»
Dunja begleitete die Frauen zur Tür. «Nehmen Sie Rücksicht auf die Trauer dieser geprüften Familie.»

«Was haben wir denn erwartet?», fragte Lucille auf dem Weg zurück in die Stadt. «Dass er uns seine Jugendsünden auftischt? Trotz seiner Trauer hat er den Stolz nicht verloren. Warum sollte er etwas zugeben, was schon Jahre zurückliegt?»

«Vielleicht hat er tatsächlich keine Ahnung vom Verbleib seines verstossenen Sohnes», mutmasste Elsbeth. «Ich schlage vor, dass wir morgen früh auf die Fräkmüntegg fahren und Eugenie besuchen.»

Sonntag, 19. Mai

Die Nacht hatte sich mit einem Silberstreifen am Horizont verabschiedet. Elsbeth und Lucille stiegen auf der Fräkmüntegg aus der Gondelbahn. Sie trugen Rucksäcke und Wanderschuhe, und niemand von denen, die ihnen begegnete, ahnte, dass sich die beiden Frauen auf einer geheimen Mission befanden.

Sie frühstückten ausgiebig im Restaurant und setzten sich anzüglichen Bemerkungen eines angetrunkenen Gastes aus, der über einer Stange Bier gebeugt zu ihnen herüberschielte.

Später begaben sie sich auf direktem Weg zur Alp. Zaghaft schoben sich die ersten Sonnenstrahlen über die Tannenspitzen und tauchten die Gegend in einen warmen Goldschimmer.

Die beiden Ziegen weideten im Gehege, umgeben von den Hühnern. Eugenie sass wie jeden Morgen auf der Bank und wunderte sich über den frühen Besuch.

«Aha, wenn der Smog die Stadt einhüllt, zieht es einen auf den Berg.» Sie erhob sich, als sie Lucille erkannte. «Geht ihr rauf oder runter?»

«Wir wollen zu Ihnen», sagte Elsbeth und reichte der leicht verdatterten Eugenie die Hand. «Elsbeth Rotenfluh. Wir haben uns mal kurz auf der Kapo gesehen.»

«Ich erinnere mich. Ihr seid Kramers *Gango*.» Sie lachte herb. «Kommt rein und trinkt mit mir lauwarme Ziegenmilch. Habe meine Tierchen soeben gemolken.» Sie erhob sich, ging voraus und lud die beiden Frauen ein, sich zu setzen. «Schon weitergekommen im Fall Natascha de Bruyne?»

«Wir sind nicht deswegen hier», stellte Lucille klar, sie lehnte die Ziegenmilch ab und bedankte sich. «Es geht um Ihren Sohn.»

Eugenie blickte unweigerlich zum Fenster, hinter dem das

Kreuz im Feld zu sehen war.
«Nein, kommen Sie uns nicht mit dieser Masche.» Lucille konnte sich ein Lachen nicht verkneifen. «Wir wissen, dass Sie Ihren Hund lieber mochten. Doch Ihr Sohn konnte nichts dafür, dass sein Vater ihn nicht akzeptierte.»
«Er hat das Leben des Jungen verpfuscht.» Eugenie goss aus einem Krug warme Milch ins Glas. «Und er hat meines mit Füssen getreten. Aber diese Geschichte kennt ihr bereits. Was wollt ihr von meinem Sohn?»
«Wissen Sie, wo er sich aufhält?» Elsbeth liess Eugenie nicht aus den Augen. «Und kennen Sie den Namen, den er im Moment gebraucht?»
«Keine Ahnung, wovon ihr sprecht. Ich hatte nie eine Beziehung zu meinem Sohn. Ich bin wohl seine biologische Mutter, doch er hatte viele Bezugspersonen und viele Ersatzeltern, die ihm mehr bieten konnten, als ich es je hätte tun können.»
«Hat es Sie nie interessiert, was aus ihm geworden ist?», fragte Lucille.
«Man sollte verheilte Wunden nicht aufreissen.»
«Eine Narbe bleibt immer zurück», fand Elsbeth.
«Mit dieser Narbe lässt sich gut leben.»
«Das glauben wir Ihnen nicht», sagte Lucille.
«Es kratzt mich keinen Deut, was ihr glaubt oder nicht.» Eugenie schlürfte von der Milch. Ein Rückstand weissen Schaums blieb an ihrer Oberlippe kleben. Sie hatte den Blick zum Fenster gewendet, durch das man das Kreuz sah. Sie seufzte tief.
«Also gut, er hat mich vor etwa einem halben Jahr besucht. Ob bewusst oder nicht. Konnte auch Zufall sein. Bei mir kehren ab und zu Leute ein. Einer von ihnen stellte sich mir als mein Sohn vor. Für mich war er ein Fremder. Da war absolut kein Gefühl der Zugehörigkeit, auch nachdem er mir gesagt hat, dass er herausgefunden habe, wer ich bin. Man kann sich von

seinem eigenen Kind entfremden. Das hätte ich nie gedacht, habe es aber an meinem eigenen Leib erfahren.»

«Was wollte er von Ihnen?» Lucille versuchte vorsichtig, die Konversation zu steuern.

«Er wollte wissen, wer sein Vater ist.»

«Und Sie haben es ihm gesagt?»

«Ich habe ihm nur den Namen mitgeteilt. Ich dachte, alles andere würde sich dann von alleine ergeben. Er musste mir aber versprechen, mich aus dem Spiel herauszuhalten, was immer er vorhatte.»

Lucille geriet fast ausser sich. Elsbeth bemerkte es und hielt ihre Kollegin zurück. «Dann kennen Sie auch den Namen, den er zurzeit hat?»

Eugenie trank den Rest Milch aus. «Ja, den kenne ich. Er hat sich einen Künstlernamen zugelegt.»

***

Wider Erwarten hatte die halbe Dosis der verabreichten Medikamente Wunder bewirkt. Am Morgen erwachte Thomas ausgeschlafen und zu Spässen aufgelegt. Er scherzte mit einer Schwesternschülerin, hätte sich später jedoch ob seiner plumpen Anmache eine Ohrfeige verpassen mögen. Was musste das junge Ding über ihn denken, wenn er sich wie ein Seniler aufführte. Doch Schwester Katja schien sich mit älteren Herren auszukennen. Sie gab gleich den Tarif durch. Anstelle eines Lächelns, das er von ihr erwartet hatte, blitzte sie ihn böse an.

Nach dem Frühstück war Arztvisite, und Thomas erfuhr nichts wesentlich Neues. Auf die Fragen nach seinem Erinnerungsvermögen blieb er immer noch im Keller stecken. Er war unfähig zu erzählen, was er dort unten erlebt und wen er gesehen hatte. Noch einen weiteren Tag zur Überwachung, hiess es, und am Sonntag sei normalerweise kein Austritt.

Die Schmerzen in seinem Körper hatten nachgelassen. Er fühlte sich wesentlich stärker als noch vor zwölf Stunden. Er erinnerte sich, dass er wieder diese Träume gehabt hatte, doch sie waren weniger albtraumhaft gewesen als nach der Einnahme der ersten Dosis. Allmählich kehrten auch Bilder von seiner Rettung in sein Bewusstsein ein. Er erinnerte sich schwach, dass er auf jemanden gestützt durch einen Tunnel gegangen war und dass ihn jemand auf Badezimmerfliesen gelegt hatte. Er hatte unsäglichen Durst verspürt. Der Wasserhahn war greifbar nahe gewesen, doch die Kräfte hatten ihm gefehlt, aufzustehen und Wasser zu trinken.

Julia erschien trotz des Sonntags vor neun Uhr bei ihm im Zimmer. Sie trug offensichtlich ihre Sonntagskluft – ein pinkfarbenes Kleid mit einem geblümten Blazer, was sie um Jahre jünger erscheinen liess. Fast zeitgleich tauchte Isabelle auf. Auch sie hatte sich herausgeputzt. Sie war sogar beim Friseur gewesen und hatte sich die Haare gefärbt. Das einstige Grau war einem rötlichbraunen Schimmer gewichen.

«Solange die nicht violett sind, ist es mir eigentlich egal...», begrüsste Thomas sie, stockte dann. Da war doch etwas gewesen! Trotz seiner Bemühungen, einen Lichtblick in seine Hirnstränge zu bringen, kam er nicht darauf.

Isabelle küsste ihn auf den Mund. Erst dann wandte sie sich Julia zu. «Und, wie sieht es aus? Macht er Fortschritte?»

«Einen kleinen Berg haben wir noch zu bewältigen. Aber ich denke, das wird in den nächsten Tagen passieren.»

Isabelle bedankte sich, obwohl ihr nicht danach zumute war. Auch sie kannte Julia von früher. Diese Zeit hätte sie gern ungeschehen gemacht. Sie waren Erzrivalinnen gewesen beim Buhlen um Thomas' Zuneigung. Isabelle hatte schlussendlich in Anbetracht gesiegt, dass Thomas nicht auf burschikose

Frauen stand.

«Wollen wir spazieren gehen?» Julia beugte sich über das Bett. «Ah, wie ich sehe, hat man dir die Infusion abgestöpselt. Und einen Pyjama hast du auch an. Besser so. Gestern sahst du aus wie ein Gespenst.» Sie lachte dunkel.

«Störe ich», fragte Isabelle, die sich etwas deplatziert vorkam.

«Überhaupt nicht. Oder hast du noch etwas vor?»

«Ich kann später noch einmal vorbeikommen.»

«Machen wir doch alle drei einen Spaziergang. Die Temperaturen erlauben einen Aufenthalt im Hof.» Julia griff Thomas unter die Arme. «Meinst du, du schaffst es ohne Hilfe?»

Thomas warf Isabelle einen flehenden Blick zu, als würde er sie darum beten, Julias fürsorglichem Getue ein Ende zu setzen. Isabelle blieb die Genugtuung.

Der Hof lag im Schatten. Es ging ein frischer Wind.

Julia zog es vor, in der Halle zu bleiben. Sie und Isabelle hatten Thomas in ihre Mitte genommen.

«Du befindest dich also im Keller.» Julia fuhr ohne viel Aufhebens da fort, wo sie am Tag zuvor aufgehört hatte. «Irgendjemand hat dich in dieser Aufhängevorrichtung befestigt. Unter dir kocht die Suppe. Übelriechende Dämpfe steigen in deine Nase.»

«Ja, so ungefähr muss es gewesen sein.» Thomas spürte, wie Schweiss aus seinen Poren trat. Trotz einer aufkommenden Übelkeit versuchte er, sich die Bilder in sein Gedächtnis zu holen. Er wusste ja, dass er dort gewesen war. Es stand im Protokoll, das Armando ihm zwischenzeitlich mittels Kurier hatte bringen lassen. Noch gestern Abend hatte er es gelesen. Er blieb stehen.

«Und?», fragte Julia, jetzt schon ungeduldiger.

Thomas stützte sich auf Isabelle und sah in Richtung Ausgang. Vor die Drehtür war ein Taxi gefahren. Der Chauffeur stieg aus, begab sich auf die Rückseite und öffnete den Wagenschlag. Er entnahm ihm ein zusammenklappbares Fahrgestell. Er zog es auseinander. Man sah, dass er dies nicht zum ersten Mal tat. Er stiess es zur Beifahrerseite. Er öffnete die Tür und half einem Mann mit Gipsbein heraus. Er stützte ihn und setzte ihn behutsam auf den Rollstuhl.

«Der Rollstuhl.» Thomas atmete heftig ein und aus. «Der Rollstuhl dort ...»

«Was ist mit dem Rollstuhl?» Isabelles Blicke folgten dem Chauffeur, wie er den Mann nun zum Eingang schob. Eine Dame vom Empfang ging ihnen entgegen. «Kennst du den Mann? Was ist mit ihm?»

Thomas schloss erschöpft die Augen. «Kann ich mich irgendwo setzen? Mir ist speiübel.»

Julia führte ihn zu einem Tisch in der Cafeteria. «Tom, was ist los? Du bist ja ganz weiss.» Julia wirkte besorgt. Sie bestellte eine Karaffe Wasser.

Thomas liess den Mann im Rollstuhl nicht mehr aus den Augen. Eine Krankenschwester kümmerte sich indessen um den Patienten. Der Chauffeur hatte sich verabschiedet.

Julia ergriff Thomas' Hände. «Was geht in deinem Kopf ab, sag es mir.»

«Ich erkenne ihn wieder.»

«Was? Den Patienten dort?» Auch Isabelle geriet ausser sich. Ihre Blicke blieben eine Weile bei der Rezeption hängen. «Es scheint, als hätte er das Bein gebrochen.»

«Ich meine nicht das Bein», berichtete Thomas und griff nach dem Wasser, das eine Serviceangestellte zum Tisch gebracht hatte. «... der im Rollstuhl war's.»

Julia setzte sich ihm gegenüber. «Was meinst du? Ich kann

dir beim besten Willen nicht folgen.» Sie befürchtete einen Rückfall, und es war ihr nicht geheuer.

«Ich habe seine Augen gesehen und die Stimme wiedererkannt.» Thomas klang verzweifelt. «Er war's.»

Julia zog ihr Mobiltelefon aus der Blazertasche. Sie sprach, ohne Thomas aus den Augen zu lassen. «Hier ist Dr. Blum. Ist Polizeichef Linder anwesend? Nein? Wenn Sie ihn sehen, sagen Sie ihm, er solle sofort zur Hirslandenklinik fahren – mit Gefolge. Ich erwarte ihn im Zimmer von Thomas Kramer.» Sie drückte den Aus-Knopf und an Thomas gewandt. «Das musst du mir erklären.»

Thomas erhob sich. Isabelle befürchtete, dass er auf den Patienten im Rollstuhl losmarschieren würde, und hielt ihn am Arm zurück.

«Austrittsverbot hin oder her, ich werde mich heute selbst entlassen.» Thomas riss sich von Isabelle los und schritt zum Aufzug. «Ich weiss jetzt, wen wir suchen müssen.» Er drehte sich nach Julia um, die ihm aufgebracht folgte. «Der Medizin sei Dank, ich habe mein Gedächtnis wieder.»

«Offensichtlich auch dein unmögliches Gebaren.» Isabelle hatte die beiden eingeholt. Sie bat Julia zu verhindern, dass ihr Mann eine weitere Dummheit beging. «Langsam zweifle ich an seinem Verstand.»

«Wir sollten dankbar sein, dass er ihn wieder hat.» Julia lächelte maliziös. «Es gibt Eigenheiten, die ändern sich nie. Ich werde mit Dr. Wiesendanger reden. Er wird mir die Behandlung übergeben. Körperlich scheint Tom soweit gesund zu sein. Was in seinem Kopf abläuft, kann ich ambulant richten.»

Montag, 20. Mai

Zum ersten Mal nach einer langen Schönwetterperiode türmten sich über dem Pilatus Wolken aufeinander. Im Osten verflüchtigten sich die letzten Irrlichter des Morgenrots und liessen auch dort dunklen Schlieren den Vorrang. Thomas war froh, hatte sein Gedächtnis doch noch immer ein paar Lücken. Zumindest konnte er die letzten Stunden in die Versenkung befördern. Es hatte ihn einige Mühe gekostet, den Arzt und Isabelle zu überzeugen, dass er fit genug war, mit seiner Arbeit fortzufahren. Auch Julia übte sich in Skepsis.

Isabelle hatte er am Morgen schlafen lassen. Die ganze Aufregung hatte ihr arg zu schaffen gemacht. Bis tief in die Nacht hinein hatte sie im Gästezimmer neben seinem Bett gesessen. Ihr schlechtes Gewissen musste es wohl gewesen sein, dass sie sich dermassen um ihn kümmerte. Thomas hätte sie gern auf den Alfa angesprochen. Dies schien denn auch das Einzige zu sein, woran er sich sehr gut erinnern konnte, als hätte sich diese Tatsache wie ein Stigma in seine Seele gekerbt. Doch dafür würde er noch genügend Zeit haben.

Er fuhr zur Kasmir-Pfyffer-Strasse und parkte den Wagen im Hof. Auf dem Weg zum Obergeschoss begegnete er ein paar uniformierten Polizisten, die von seiner Abwesenheit wohl nichts erfahren hatten. Sie grüssten ihn freundlich – aber dies taten sie immer.

Er steuerte das Grossraumbüro an. Die Bilder auf der einen Pinnwand waren abgeräumt. Der Fall *Spreuerbrücke* hatte bei der Fahndungsgruppe den Platz eingenommen. Zu den Bildern, Texten und möglichen Vernetzungen aus dem Fall Zanetti hingegen hatte man weitere dazugehängt. Ganz zuoberst prangten Foto und Vita von Johannes Maria Ebersold. Thomas erkannte Armandos Handschrift. Er hatte das letzte Protokoll gelesen, in dem sein Kollege den Künstler des Mordes an Silvano Zanetti bezichtigte. Doch die Indizien verzettelten sich, die Aussagen von Ebersold stimmten mit den Aussagen der Zeugen nicht überein. Auch Veronique Bender war zu einer Aussage bereit gewesen, nachdem man ihren Vater überzeugt hatte, wie wichtig sie sei. Veronique war von ihrer ersten Version abgewichen. Sie hatte die Pistole nicht auf dem Küchenboden, sondern im Keller gefunden. Weil sie und ihr Freund vor dem Zubettgehen in der besagten Nacht unheimliche Geräusche im Haus vernommen hatten, hätten sie die Waffe an sich genommen. Das verschlossene Badezimmer war von den Mietern zudem nicht benutzt worden. Ihr Badezimmer lag angrenzend zum Schlafzimmer. Veronique hatte es sich durchaus vorstellen können, dass in der Nacht jemand ins Haus eingedrungen war, da beide einen sehr tiefen Schlaf hatten. Widersprüchlicher hätte es nicht sein können.

Thomas ging wieder zur Pinnwand und versetzte Ebersolds Bild. Er kannte den Künstler nicht persönlich, doch hatte er ab und zu mal etwas über ihn gelesen. Er war ein Lebemann – ein Lebenskünstler, vielleicht sogar ein Zyniker, wenn man davon ausging, dass er es sich zum Spass machte, die Gesellschaft an der Nase herumzuführen. Aber ein Mörder? Und wo lag das Motiv? Was hatte Armando wohl gedacht? Und warum hatte er es auf einmal so eilig gehabt, einen Täter zu finden? Ausgerechnet in der Zeit, in der Thomas von der Bühne verschwunden gewesen war. Er überlegte. Konnte es sein, dass Armando auf einen höheren Posten spekulierte?

«Du bewegst dich in die Gegenrichtung», dachte er laut.

«Was?» Armando stand plötzlich im Büro. Thomas hatte ihn nicht eintreten hören. «Seit wann führst du Selbstgespräche?» Er streckte die Arme aus. Überschwänglich drückte er seinen Chef an die Brust. «Mensch, Tom.»

Thomas schluckte leer. Anstelle der Sentimentalitäten, die er ansonsten in solchen Situationen gern zum Besten gab, kam er gleich zur Sache. «Unsere Abteilung zeichnet sich dadurch aus, seriös zu arbeiten. Und jetzt nutzt du meine Abwesenheit aus, mit den Recherchen ein Durcheinander anzurichten. Weil du dir gedacht hast, auch ohne mich zum Erfolg zu gelangen?»

Armando machte einen Schritt rückwärts. Auf sein Gesicht legte sich ein finsterer Schatten. Seine Augen formten sich zu zwei Schlitzen. «Wer redet hier von absenter Seriosität? Soll ich dich an unseren letzten Fall erinnern?»

«Fang nicht damit an.» Thomas versuchte, sich zu beherrschen. «Wenn du diese Sache nicht ruhen lassen kannst, dann geh doch zum Amtsstadthalter.»

Armando stand der Mund weit offen. Er traute sich nicht, Thomas die Leviten zu lesen, schon seines Gesundheitszustandes wegen nicht. «Ich will dir nicht zu nahetreten», sagte er nur.

«Eben hast du es getan.»

«*Scusi*, das kommt nicht wieder vor.» Der Italiener stiess Luft aus. «Die letzten Tage waren auch für mich die Hölle. Nora liegt im Krankenhaus. Sie hat vorzeitig Wehen bekommen. Der Arzt sagte uns zwar, dass eine Zwillingsschwangerschaft durchaus mit Komplikationen verbunden sein könne. Aber dass es uns trifft?» Armando seufzte. «Nora muss jetzt zwei Wochen liegen. Man hat ihr Corticoide verabreicht. Die sollen die Lungenreife der Ungeborenen vorantreiben.»

«Tut mir auch leid.» Thomas klopfte Armando auf die Schultern. «Vielleicht willst du ja mal darüber sprechen. Doch jetzt sollten wir uns dem Fall zuwenden. Ich habe gestern noch eine Mail verschickt und zur Teamsitzung geladen.» Thomas sah auf seine Armbanduhr. «In zwanzig Minuten hier.»

«Danke, Chef.» Armando atmete erleichtert aus. «Trotzdem werde ich mir Ebersold noch einmal vorknöpfen. Auch wenn er unschuldig sein sollte, kommt er mir nicht so ohne Weiteres davon. Er wird zumindest wegen seiner Falschaussage zur Verantwortung gezogen.»

«Das überlasse ich dann dir.» Thomas setzte sich an seinen Platz ans Tischende. Er liess seine inneren Bilder Revue passieren. Es war ihm, als hätte sich der Schleier der letzten Stunden gehoben, das Erlebte wie ein kühler Luftzug sein Gehirn gestreift.

Das gesamte Team erschien pünktlich zur vorgeladenen Zeit. Auch Linder hatte sich dazugesellt. Er setzte sich ans hintere Tischende, ausgerüstet mit seinem Laptop.

Thomas begrüsste die Anwesenden und liess zuerst geraume Zeit verstreichen, in der man ihn freudig willkommen hiess. Ein paar Fragen zu seinem Gesundheitszustand, Zweifel an der Wiederaufnahme seiner Arbeit und Wünsche zur Besserung wechselten sich ab.

Thomas verzichtete darauf, Armandos Vorgehensweise infrage zu stellen. Er bemerkte lediglich, dass es im Fall Zanetti nun doch noch zu einer Wende gekommen sei. Er sah, wie Lucille und Elsbeth ihre Köpfe zusammensteckten. «Bevor wir hier auf meine persönlichen Erläuterungen eingehen, bitte ich euch, mir eure neuen Fakten auf den Tisch zu legen. Ich nehme an, dass einige unter uns während meiner Abwesenheit nicht geschlafen haben.» Er wandte sich an Lucille. «Gibt es etwas Neues, das bis vorgestern nicht bekannt gewesen ist?»

«Wir sind...» Sie hielt inne und warf Elsbeth einen fragenden Blick zu. Als diese nickte, fuhr sie fort: «Wir sind bloss einer Eingebung gefolgt – nenne es frauentypisch, wie du willst. Wir sehen die Dinge eben oft ganzheitlich...»

«Ist das ein plumper Angriff auf unser rationelles Denken?» Guido konnte es nicht sein lassen.

Lucille winkte lächelnd ab. «Auf jeden Fall hat uns unser Bauchgefühl auf eine Fährte geführt, die auch für das weitere Vorgehen relevant sein dürfte.» Sie verwies auf die Pinnwand. «Wir wissen ja, dass Eduardo Zanetti einen Sohn aus der früheren Verbindung zu Clara Eugenia Roggenmoser hat. Doch er wollte uns partout nicht sagen, wie er zu diesem Sohn steht. Für ihn existiert er nicht. Darauf besuchten wir noch einmal Eugenie. Sie gab zu, ihren Sohn vor etwa einem halben Jahr wiedergesehen zu haben. Sie habe ihm den Namen seines Vaters bekannt gegeben.»

«Ihr seht also eine Verbindung von diesem Sohn zu Silvano Zanetti?», wollte Armando wissen.

«Es ist nicht auszuschliessen», sagte nun Elsbeth, «dass er auf diesem Weg an seinen Halbbruder gelangt ist. Wir vermuten, dass er den alten Zanetti aufgesucht hat. Als aber dieser nichts von seinem Erstgeborenen hat wissen wollen, hat er sich wohl an Silvano herangemacht. Vielleicht auch auf freundschaftlicher Basis. Wenn zwei Künstler sich treffen, gibt es sicher eine Menge auszutauschen.»

«Hm...» Thomas kratzte sich am Nacken. «Ich verstehe den Zusammenhang mit dem Mord noch nicht.»

«Wir haben gleichzeitig die Personen noch einmal unter die Lupe genommen, die sich für die Skulpturen von Silvano interessiert hatten», fuhr Elsbeth fort. «Frau Obrist hat uns zudem Namen und Adressen der Mitbieter ausgehändigt. Doch die Personen sind alle lupenrein.»

«Macht es nicht spannend. Wie seid ihr nun auf diesen angeblichen Halbbruder gestossen?» Thomas spürte die Ungeduld wachsen.

«Lothar Roggenmoser, der nur zwei Wochen den Namen

seines Vaters getragen hat, nachdem dieser sich von seiner Frau getrennt und die Vaterschaft zu Lothar abgestritten hatte, trägt heute einen Künstlernamen, wie wir von Eugenie wissen. Aus Lothar wurde Anatol, und den Namen *Roggenmoser* kürzte und veränderte er in *Romosch*.»

«*L. R.*!» Thomas unterbrach sie. «*L. R.* Die Initialen, die man in Zanettis Agenda gefunden hat. Er war die ganze Zeit bei ihm gewesen. Aber niemand hatte Kenntnis davon.»

Elsbeth ereiferte sich. «Weder gibt es in seinem Zusammenhang eine Unfallmeldung noch wo er in Rehabilitation gewesen sein soll. Ich habe alle erdenklichen Möglichkeiten ausgeschöpft, um etwas über ihn zu erfahren. Ein Anatol Romosch existiert eigentlich nicht wirklich. Es gibt weder eine Geburtsurkunde noch nachweislich eine Adresse, ausser dass er sich als Kunstexperte outet. Aber übers Internet kann man ohne Weiteres anonym bleiben oder eine andere Identität annehmen. Das merkt keiner.»

«Auf jeden Fall hat der Nerven», äusserte sich nun Guido. «Ich hatte schon damals ein mulmiges Gefühl bei dem.»

«Ein Hochstapler, habe ich schon immer gesagt», fügte Leo hinzu. «Und wir haben uns von dem Schweinehund blenden lassen.»

Thomas räusperte sich. «Schlimm genug, dass er sich in einen Rollstuhl setzt und uns glauben lässt, er habe eine Behinderung. Eigentlich hätte mir bereits im KKL auffallen müssen, wie umständlich er mit dem Rollstuhl umgegangen ist. Er sagte, dass er seit zehn Jahren gehbehindert sei. Nach zehn Jahren müsste man eigentlich wissen, wie so ein Gefährt zu manövrieren ist.»

«Ein perfektes Alibi. Wer kommt denn darauf, dass wir es hier mit einem skrupellosen Hund zu tun haben?» Armando geriet in Fahrt. «Aber wer beweist uns, dass er der Mörder ist?»

Thomas blickte alle der Reihe nach an. «Ich!»
«Anatol Romosch ist der Mörder?» Armando wollte es nicht wahrhaben.
«Ich erinnere mich an seine schwarzen Augen und an seine Stimme.» Thomas lehnte sich zurück. «Er war es, der mich gefoltert hat. Glaubt mir, ich habe dem Tod in die Augen gesehen. Ich bin mir sicher, Romosch weiss nicht, dass ich ihn erkannt habe. Sonst hätte er mich mit Sicherheit nicht am Leben gelassen. Er ist ein Sadist.»
«Und, was denkst du», fragte Elsbeth, «wie hat er das Opfer in die Skulptur gebracht?»
«Wie Armando vermutet hat, in die fertigen Schalenhälften. Romosch wollte mir zwar weismachen, dass er ihn mithilfe der Hängevorrichtung in die Legierung eingetaucht hatte.»
«Moment», unterbrach Guido ihn. «Er hat nachweislich Ferkel in der Suppe einbronziert, um bei deinem neuartigen Verb zu bleiben. Wir haben eine Tierskulptur auseinandergenommen und sind auf einen Schweinekadaver gestossen.»
«Schweinekadaver?» Thomas konnte dem nicht folgen.
Guido erzählte von ihrem Fund in der Werkstatt. «Er muss zuerst an den lebenden Ferkeln geübt haben. Als er merkte, dass sie in der Legierung schrumpfen, sah er davon ab, das Gleiche mit Silvano zu tun.»
«Aber wie kommt es, dass die Skulptur im KKL fast authentisch war mit dem Künstler?», fragte Lucille.
«Weil er mit seiner eigens dafür hergestellten – oder nennen wir es so –, mit seiner ausgetüftelten Legierung gearbeitet hat. Das Material ist weicher und biegsamer und erreicht später als üblich die totale Auskühlung und Starre.» Guido schob Thomas den Bericht zu. «Er ist eben doch ein Künstler. Vielleicht sogar einer der begnadetsten überhaupt.»
Thomas spürte, wie sich seine Nackenhaare sträubten. «Er

hat nur geblufft. Aber er hat mir ganz schön Angst eingejagt. Ich wünsche das keinem von euch, was mir passiert ist. Ich bin mir absolut sicher, dass wir ihn anhand der *DNS* einbuchten können.» Er streckte seinen Rücken und wandte sich an Marc Furrer. «Die Fahndung muss unverzüglich raus.»

Linder, der bis anhin schweigend vor seinem Laptop gesessen hatte, zitierte Thomas herbei. «Können wir reden?»

Thomas zuckte die Achseln. Er ahnte, was kommen würde. Der Polizeichef hatte nicht umsonst seinen Laptop bei sich. Bestimmt hatte er während des Rapports an seinem Psychogramm gearbeitet. Thomas hatte ihn im Auge behalten und gesehen, dass er schrieb. Ohne grosse Eile schloss er seine Akten, räumte sie in seine Mappe und übergab diese Elsbeth. «Wir werden den Fall abschliessen, sobald wir diesen Romosch, oder wie immer er heisst, gefasst haben.»

«Herr Kramer!» Linder klappte den Deckel des Laptops zu. «Ich muss Sie sprechen.»

«Gleich.» Thomas wandte sich an Armando. «Erstelle schon mal einen Plan, wo er möglicherweise zu finden ist. So, wie ich ihn einschätze, wiegt er sich noch immer in Sicherheit. Durchforstet das KKL nach ihm, besucht seine Mutter auf dem Berg. Fahrt ins Eigenthal. Irgendwo muss er sich einen Unterschlupf gesucht haben. So, und jetzt alle an die Arbeit.»

Thomas sah Guido nach, der als Letzter den Raum verliess. Er wandte sich an Linder.

«Wie ich sehe, geht es Ihnen wieder gut», bemerkte dieser. «Was gestern in der Hirslandenklinik abgegangen ist, möchte ich hier nur mit einem Satz erwähnen. Der Patient mit dem gebrochenen Bein hatte einen halben Schock, als wir ihn in Gewahrsam nehmen wollten. Was haben Sie sich dabei gedacht, Kramer?»

«Sorry, ich konnte nicht ahnen, dass mein lautes Denken

gleich eine ganze Armada in Aufruhr versetzen würde. Wie Sie sicher wissen, war ich zu diesem Zeitpunkt noch nicht ganz auf dem Damm.»
«Ich glaube, dass Sie nach Ihrem unüberlegten Handeln einmal einen Hieb vor Ihren Bug erhalten mussten, um gescheiter zu werden. Zum Glück ist er glimpflich abgelaufen, wenn man von Ihrer zeitweiligen Amnesie absieht. Doch Sie zwingen mich, gegen Sie ein Disziplinarverfahren einzuleiten. So läuft das hier nicht. Andererseits...» Er kratzte sich am Kinn. «... Ich weiss, dass Sie ein Einzelkämpfer sind, doch sollten Sie sich vorsehen, ein einsamer Wolf zu werden. Sie müssen uns nichts beweisen, zumal Sie in Ihrem Rücken ein gut ausgebildetes Team haben. Ich halte wirklich viel von Ihnen. Das sollte hier mal gesagt sein.» Linder klopfte ihm freundschaftlich auf die Schultern, was Thomas missbilligend zur Kenntnis nahm. «Falls es Sie interessiert, wir haben Pankraz Schindler festgenommen. Der Fahndungsdienst hat den Brand der Kapellbrücke von 1993 noch einmal aufgerollt. Wir wissen jetzt, dass Natascha de Bruyne eine Aktion geplant hatte, um den Brandstifter zu überführen. Leider geriet sie mit Delphino Hiller an die falsche Person. Er ist ein Junkie und hat die von der Autorin angeforderte Hilfe wohl falsch aufgefasst. Dies nur zu Ihrer Information. Diese Leute da vom Helvetia-Park sind wie Mäuse. Legt man ihnen den Speck vor die Nase, verrennen sie sich...»
«Es wäre endlich ein Grund für die Stadtregierung, vor Ort für Ordnung zu sorgen. Diesen armen Schweinen müsste endlich geholfen werden. Es sind zum Grossteil Schweizer, die in dieser Misere stecken. Wenn ich mich daran erinnere, wie viel wir für die Ausländer tun, hätten die es schon längst verdient. Sie gehören genauso zu unserer Gesellschaft wie alle Menschen in unserer Stadt. Der Kollektivgedanke müsste sich end-

lich auch da durchsetzen.»

«War's das?» Linder, diesem heiklen Thema nicht gewachsen, entschuldigte sich mit der Ausrede, dass er zu einem Meeting fahren müsse.

Thomas' Mobiltelefon summte. Er griff in die Jackentasche, beförderte es hervor und stellte die Verbindung her, während er Linder nachsah.

«*Qui*, Armando.» Er schien wie gewohnt ausser Atem, wenn ihm eine Glanzleistung gelungen war. «Wir haben Romosch.»

«So schnell? Eben warst du noch hier.»

«Nachdem deine Freundin vom *Blick* unseren Kollegen von der Bereitschaft einen Hinweis gegeben hatte, konnte man ihn im Stadtkeller festnageln.»

«Wie kommt diese Tanja dazu?»

«Sie sagte, dass du ihr bei ihrem letzten Besuch in der Hirslandenklinik den Namen des Täters verraten habest.»

In Thomas' Kopf stürmte es. «Das ist unmöglich. Zu diesem Zeitpunkt erinnerte ich mich nicht an den Namen ...» Er hielt inne. «... Oder doch?» Es fuhr ihm eiskalt über den Rücken. «Veranlasse sofort eine Nachrichtensperre.»

«Das werden wir wohl nicht mehr tun können. Ich habe soeben den *Blick* gelesen. Tapi hat den Bock abgeschossen – wie immer. Soll ich dir die Überschrift vorlesen?»

Bevor Thomas intervenieren konnte, tönte es aus dem Mobiltelefon: «*Ermittlerchef im Delirium erkennt den Mörder*. Wirst du Anzeige gegen sie erstatten?»

Thomas liess sich erschöpft auf einen der Stühle fallen. «Nein, nicht nötig. Hauptsache, der Täter ist gefasst. Ich werde jetzt nach Hause fahren und mich hinlegen. Ich überlasse dir den Job.» Er hörte ein befreites Aufatmen.

***

Am Mittag setzte Regen ein. Am Sonnenberg dampfte der Boden. Das Haus der Kramers war in gespenstische Nebelschwaden gehüllt. Im Wohnzimmer brannte Licht.

«Du siehst einfach grandios aus in diesem Kleid», fand Sandro Trechsler und griff nach dem Champagnerglas. «Auf dein neues Feeling.» Isabelle, die sich das kobaltblaue Kleid angezogen hatte, lachte herzhaft. «Es ist Frühling.»
«In jeder Hinsicht.»
«Und ich fühle mich jung genug.»
«Wir haben auch lange geübt.» Sandro schmunzelte. «Ich hätte nie gedacht, dass wir uns so schnell einig werden.» Er stellte das Glas zurück. Sandro war Mitte zwanzig und gehörte zu den jungen Männern, bei denen man glaubte, sie seien aus einem Guss gemeisselt worden. Alles an ihm war perfekt – die geraden Schultern, sein muskulöser Oberkörper, die schmalen Hüfte und langen Beine. Sein Gesicht war so typisch männlich, wie man es von erfolgreichen Hollywoodstars kennt. Und er war charmant.

Vor dem Haus hörten sie einen Wagen anhalten. «Das wird Thomas sein.» Isabelle erhob sich. Noch bevor sie die Tür öffnen konnte, platzte Thomas ins Haus.

«Du hast den Alfa also doch gekauft?» Er hängte seine Jacke an die Garderobe. «Ich dachte, wir sprechen noch darüber.»
«Das werden wir gleich tun.» Isabelle küsste ihn flüchtig auf die Wange. «Komm! Ich muss dir jemanden vorstellen.»
Sandro hatte sich erhoben. Mit schlaksigen Schritten kam er auf Thomas zu. Er überragte ihn um Hauptesläng. «Sie sind also der berühmte Ermittler. Isabelle hat mir viel von Ihnen erzählt. Wie geht es Ihnen? Alles wieder im grünen Bereich?»
Thomas fand ihn unverschämt. «Aha, und Sie sind?» Dann korrigierte er: «Chef des Ermittlungsdienstes.»

«Sandro Trechsler.» Er streckte seine rechte Hand zum Gruss aus.

Thomas überging es. «Sandro also ... ich dachte Daniel ...»

Isabelle lachte laut heraus. «Du verwechselst da wohl etwas.»

«Wie auch immer.» Thomas ging ins Wohnzimmer, setzte sich an den Tisch und griff nach der Champagnerflasche. Er merkte, wie seine Hand zitterte. Er verspürte ein unangenehmes Gefühl in der Brust. Am liebsten wäre er aus dem Haus gerannt und hätte sich verkrochen. Was war Isabelle eingefallen, ihn mit ihrem Liebhaber zu konfrontieren? Er war der, der mit ihr im offenen Cabriolet gefahren war. Ein unverschämter Kerl! Doch so ohne Weiteres würde er nicht das Feld räumen. Er war hier zu Hause. Und Isabelle war seine Frau. «Was immer es zu feiern gibt, ich würde gern mitfeiern.» Doch ihm war alles andere als danach. Was hatte dieser Jüngling hier zu suchen? In seinem Haus! Bei seiner Frau!

«Gehen Sie noch zur Schule?» Er verspürte eine unbändige Lust auf einen Seitenhieb. Er spürte die physische Präsenz seines Widersachers so intensiv wie nie zuvor. Er würde sein Revier verteidigen mit allem, was er zu bieten hatte. Doch gegen dessen Jugend und den Charme kam er nicht an.

«Ich studiere im letzten Semester Architektur an der Uni Zürich.»

Auch das noch! Ein Architekt! *Und Sie haben es auf reife Frauen abgesehen.* Doch das dachte er nur. «Wie haben Sie sich denn kennengelernt?»

Sandro sah ihn erstaunt an. Dann warf er Isabelle einen fragenden Blick zu. «Du hast es ihm also noch nicht gesagt?»

Isabelle brachte ein sauberes Champagnerglas an den Tisch. Sie goss den perlenden Schaumwein ein, während sie Thomas nicht aus den Augen liess. Dieser schien sich in seiner Haut nicht wohlzufühlen.

Isabelle genoss es.

Sie genoss die Auswirkungen ihrer subtilen Rache. Thomas sollte genauso leiden, wie sie es getan hatte. Damals im Februar, als sie vergebens versucht hatte, ihn in Ascona zu erreichen. Seine fadenscheinigen Ausreden, wenn er ihr den Grund seines Versäumnisses gestand – zu viel Arbeit, Müdigkeit, jede Art von Ausweichmanövern, um nicht zugeben zu müssen, dass da etwas hinter ihrem Rücken lief. Dass es da eine Frau gab, die ihm nicht gleichgültig war.

Fünfundzwanzig Jahre Ehe. Isabelle kannte ihren Mann, registrierte jede noch so kleine Veränderung. Und er hatte wohl gedacht, dass er seine Gefühle gegenüber dieser Frau geheim halten konnte. Sein trauriger Blick auf dem Flughafen, nachdem Armando ihn angerufen hatte, seine abwesende Art während des Fluges nach Miami. Und wenn sie miteinander geschlafen hatten, war er oft so grob zu ihr, dass es schmerzte. Das war nicht ihr Mann gewesen. Einmal hatte er im Schlaf den Namen Tiziana gerufen – von da an hatte sie Gewissheit.

Isabelle hob das Glas. «Zum Wohl!» Sie wollte noch etwas zuwarten und beobachtete Thomas weiter in seiner Verunsicherung. Doch dann glaubte sie, ihn lange genug auf die Folter gespannt zu haben. «Du erinnerst dich an Daniela Trechsler, von der ich dir erzählt habe? Mit ihr war ich im Allgäu. Sandro ist ihr Sohn. Und er will mir den roten Alfa verkaufen.»

Thomas bekam einen Hustenanfall und verschluckte sich beinahe.

«Alles halb so wild», meinte Sandro und prostete ihm zu. «Über den Preis sind wir uns eigentlich schon einig.»

«Das müssen Sie mit meiner Frau ausmachen. Sie hat da einen besseren Überblick.»

Sandro erhob sich. «Ich werde dann mal gehen.» Und an Isabelle gewandt: «Du kannst mich anrufen, wenn es so weit ist.» Er verabschiedete sich von Thomas und bedankte sich für die Gastfreundschaft. Er schmunzelte, während er Isabelle zuzwinkerte.

Thomas erwiderte nichts.

Erst als er draussen den Alfa wegfahren hörte, drehte er sich nach Isabelle um. Wortlos sah er sie an.

«Und wie hat es sich angefühlt?», wollte sie wissen.

«Seit wann weisst du es?»

«Seit du in Ascona warst.»

«Und hast nie etwas gesagt?»

«Hätte ich eine Szene machen sollen?» Isabelle lächelte still in sich hinein. «Ich habe an mir gezweifelt. Habe mich gefragt, was ich falsch mache. Vielleicht habe ich mich in den letzten Jahren zu sehr gehen lassen, was das Äussere betrifft. Mir ist klar geworden, dass ich mich noch lange nicht zu den alten Frauen zählen muss, auch wenn sich mein Körper langsam verändert.» Sie sah ihren Mann mitleidheischend an. «Ich liebe dich, Thomas. Das ist alles.»

Epilog

Der Stadtkeller war zu dieser Zeit brechend voll. Bänke, Stühle und Tische standen so nahe beieinander, dass es die Serviceangestellten kaum schafften, mit ihren mit Bier und Wein beladenen Tabletts zu den Gästen zu gelangen. Das Publikum befand sich im Ausnahmezustand. Jung und Alt hatte sich zum Konzert der Polo Hofer Band eingefunden, wackelte und stampfte zu den Rhythmen der fünf Berner Urgesteine. Hofer selbst bewegte sich etwas träge und trällerte mit seinem breiten Berner Dialekt Lieder aus seinem Repertoire. Rechts von ihm zupfte der Leadgitarrist die Seiten seines Instruments, während der Schlagzeuger dahinter gelangweilt ins Publikum glotzte.

Anatol Romosch hatte sich direkt vor der Bühne einen Platz ergattert. Man hatte ihm grosszügig den Vorrang gelassen. Eine ältere Frau, die zwar nur Augen für den Bassisten zu haben schien, half ihm mit dem Rollstuhl. Dann aber ging sie auf Distanz.

Anatol hatte an seinem eigenen Leib erfahren, wie es ist, als Behinderter zu leben. Man wich ihm aus, wo man konnte, und fand selten zum Gespräch mit ihm. Oftmals wurde er wie ein Aussätziger behandelt, oder man hielt ihn für nicht ganz dicht, wenn er sich mit seinem Gefährt durch die Strassen bemühte. Wenn er im Rollstuhl sass, liess man ihn in Ruhe, fragte nicht und erwartete auch keine Antworten von ihm.

Auf die Idee mit dem Rollstuhl war er gekommen, als er nach dem Auszug bei seiner letzten Pflegefamilie unter einem neuen Namen im Altersheim gearbeitet hatte. Niemand hatte nach seiner Herkunft gefragt. Damals hatte er sich mit einer Neunzigjährigen angefreundet, die ihm nach ihrem Tod ihr ganzes Erspartes, eine alte Karre und den Rollstuhl vererbt hatte. Viel Geld war es nicht gewesen. Nicht genug, um in einer anständigen Wohnung eine Bleibe zu erhalten. Er hatte auf der Strasse gelebt und gebettelt – der Rollstuhl war ihm da sehr hilfreich gewesen.

In all den Jahren hatte er nach seinem Vater gesucht. Gefunden hatte er schlussendlich seine Mutter, die auf der Fräkmüntegg ihr bescheidenes Dasein fristete. Seine Mutter! Vergebens hatte er auf irgendwelche Gefühle gewartet, die sich bei ihrem Anblick melden würden. Offensichtlich hatte auch sie ihm gegenüber nichts Herzliches verspürt. Sie hatte ihm lediglich von dem Drama erzählt, wie sie als junge Frau mit Kind von einem der reichsten Männer in der Stadt verlassen worden sei.

Anatol hatte den Namen seines Erzeugers erfahren und daraufhin nur noch ein Ziel gehabt – den Verursacher seines Elends zu suchen.

Jemand schob ihn von der Bühne weg. Anatol warf seinen Kopf zurück. «Was soll das?»

Zwei uniformierte Polizisten bauten sich vor ihm auf und nahmen ihm die Sicht zur Bühne, wo die Band *Alperose* schmetterte.

«Anatol Romosch?»

«Ja, der bin ich. Kunstexperte von Luzern.» Er stand im Mittelpunkt. Trotzdem war ihm die Situation nicht geheuer. «Was habe ich verbrochen?»

Einer der Polizisten schob ihn durch einen Gang. Die Leute glotzten ihn an und hatten für eine kurze Zeit das Interesse an Polo Hofer verloren.

Auf dem Platz vor der Tür peitschte der Regen. Ein Streifenwagen stand bereit.

«Herr Romosch?» Armando Bartolini stand frontal vor ihn. «Ich nehme Sie fest aufgrund des Mordes an Silvano Zanetti und versuchten Totschlags an Thomas Kramer. Alles, was Sie jetzt sagen, kann vor dem Gericht gegen Sie verwendet werden. Ich mache Sie darauf aufmerksam, dass Sie für Ihre Verteidigung Ihren Anwalt hinzuziehen können, oder Sie bekommen einen Pflichtverteidiger. Und bitte, stehen Sie jetzt auf.»

Anatol wusste, dass er verloren hatte. Tausend Bilder jagten durch seinen Kopf. Wie hatte das passieren können? War er zu unvorsichtig gewesen? «Ich bin ein Genie», sagte er, als er sich etwas unbeholfen aus dem Rollstuhl erhob. Seine Beine fühlten sich nach dem langen Sitzen taub an. «Ich bin ein Genie. Man hat meine Skulptur bewundert wie keine andere zuvor.»

Armando hatte nur ein freches Grinsen für ihn übrig. «Hände auf den Rücken!», befahl er, während er Handschellen aus seiner Jackentasche beförderte.

Anatol liess alles widerstandslos mit ihm geschehen. Er war müde. Er war angekommen. Er wurde endlich wahrgenommen. «Ich bin der grösste Künstler aller Zeiten.»

Man stiess ihn auf den Rücksitz. Neben ihm nahm einer der uniformierten Polizisten Platz und behielt ihn während der ganzen Fahrt zum Untersuchungsgefängnis Grosshof im Auge.

Anatol schloss die Augen.

Der Winter will nicht enden. Lothar hat Zeit. Sein Vater ist ein eindrücklicher Mensch, will jedoch nichts von ihm wissen. Er existiert nicht. Ab und zu trifft er auch seine beiden Halbbrüder an, wenn sie ihren Vater auf Oberrüti besuchen. Sergio mag er von Anfang an nicht – diesen blasierten Gockel, der mit Goldklunkern auf Brust und Handgelenk blufft und immer die schönsten Frauen in seinem Schlepptau hat. Doch den sanfteren Silvano schliesst er sofort in sein Herz. Andererseits müsste er ihn hassen. Er hat ihm den Platz weggenommen, der ihm als Erstgeborener zusteht.

Er besucht ihn im Atelier. Sie arbeiten manchmal zu zweit

an den Skulpturen. Silvano kann viel von ihm lernen. Fast demütig schaut er zu seinem Mentor hoch. Lothar fordert das Versprechen, dass er nichts von ihm erzählen darf.

Anatol verfolgte die Regentropfen, die seitlich am Fenster vorbeipeitschten. Der Polizist neben ihm betrachtete ihn schweigend. Erkannte er Mitleid in seinen Augen oder Hass? Sein Vater sei früher auch ein grosser Künstler gewesen, erzählt Silvano und zeigt Bilder von den kuriosen Robotern. Ja, ja, sie haben dasselbe Blut in den Adern. Und er hat den Platz in der Familie nicht.

Alles ist vorbereitet. Durch Zufall ist Lothar im Herbst auf den verlassenen Hof im Eigenthal gestossen. Er hat sich im Keller eingerichtet und seine Legierungen ausgetüftelt. Alles, was er dazu braucht, ist vorhanden. Das Fehlende bringt er nach und nach in seiner alten Schrottkiste hierher. Es gibt niemanden, der ihn beobachtet oder stört.

Es ist Freitag, der 3. Mai, als er Silvano zum letzten Mal im Atelier aufsucht. Er hat sich vorgängig bei ihm telefonisch angemeldet, um sicher zu sein, dass sein Bruder allein ist. Sein Bruder! Silvano hat sich auf sein Kommen gefreut, nachdem er den Allerweltskünstler Ebersold von sich gewiesen hat. Spätabends hat er ihn so weit neugierig gemacht, dass er mit ihm ins Eigenthal fährt. Sie müssen einen Umweg über Unterlauenen machen, weil seit ein paar Tagen eine Frau im gegenüberliegenden Haus wohnt.

Der Streifenwagen fuhr in die Einfahrt. Sofort war die Wache zur Stelle. Armando, der vorne auf dem Beifahrersitz gesessen und während der ganzen Fahrt geschwiegen hatte, sprang aus dem Auto. «Bringt ihn in die Zelle.»

Einer der Wachmänner zog Anatol vom Rücksitz. Nur schleppend kam er voran. Die Lettern über dem Hauptportal glänzten regennass.

Silvanos Augen weiten sich, als er über die Falltreppe in die Werkstatt gelangt. Eine so grosse, gut durchdachte Werkstatt hat er noch nie zuvor gesehen. Lothar führt ihn in den angrenzenden Keller und zeigt ihm die Ferkel. Er erklärt, wie er sie in seiner neuartigen Legierung eingetaucht habe. Enthusiastisch berichtet er, wie die Tiere gequietscht und geschrien hätten. Fasziniert hört ihm sein Bruder zu. Lothar weiss, dass er diese Art der Verarbeitung missbilligt. Sein kleiner Bruder getraut sich nicht, ihm das zu sagen. Zurück in der Werkstatt, zeigt Lothar ihm die Körperschalen, die er in den einsamen Nächten zuvor hergestellt hat. Silvano ist ein wissensbegieriger Mann und ebenso unbefangen und vertrauensselig. Er habe es schon immer mal gewollt – sich in sein Arbeitsmaterial zu legen, um die Beschaffenheit und die von ihm erzeugte Wärme zu spüren. Ja, dann zieht er sich aus und legt sich zum Spass in die eine Schale. Nur zum Spass.

Links und rechts des Korridors lag Tür an Tür jeweils mit einer Aussparung fürs Guckloch. Ein Gefängniswärter öffnete den Zugang zur Zelle. Anatol trat ein. Da stand eine Pritsche – sie schien weich zu sein. Weicher als alle anderen Schlafstellen, die er in den letzten Jahren aufgesucht hatte. Er setzte sich unaufgefordert hin. Durch das schmale mit Gitterstäben versperrte Fenster drang ein wenig Tageslicht.

Der Anblick erregt ihn. Silvano in der Schale. Nur zum Spass. Nein, er würde ihn nicht ins Bad tauchen. Diese Art des Modellierens ist noch zu wenig ausgereift. Die Ferkel haben es bewiesen. Sie sind geschrumpft. Zu heiss das Ganze. Silvano vertraut ihm.

«Wasser gefällig?» Der Gefängniswärter hielt ihm eine Kunststoffflasche hin.

«Nein danke, aber vielleicht haben Sie Zeichenblock und Stift.»

«Kann ich nicht garantieren. Du bist in U-Haft und nicht in einem Fünfsternehotel.»

Mit viel Mühe schiebt er die zweite Hälfte über die erste. Dazu muss er die Keile unterschieben, die er vorbereitet hat. Silvano greift zu und hilft ihm dabei. Er lacht. Sie lachen. Er lacht zusammen mit seinem Bruder. Er hört Silvano reden, während er den Deckel mit der letzten Kraft anhebt. Er solle ihn nicht allzu lange in der Form schmoren lassen. Wieder dieses Lachen. Er habe eine Ausstellung im KKL, und am übernächsten Sonntag wolle er heiraten. Ja, heiraten und Kinder machen. Wieder sein Lachen. Er habe bald keine Kraft mehr, den Deckel zu halten.

Allmählich verlässt ihn seine Energie. Die Vorderseite der Körperschale fällt mit einem lauten Klack auf die Ränder. Silvano ist eingesperrt. Die Luft dürfte zur Neige gehen.

Lothar setzt sich auf die liegende Skulptur. Bleibt eine Weile so sitzen. Unter ihm rührt sich nichts. Aus dem eingeschlossenen Körper dürfte das Leben gewichen sein. Lothar steht auf, kauert nieder, versucht, den Deckel des Sarkophags zu heben. Silvano liegt ruhig. Lothar braucht über eine Stunde, um Kopf- und Körperhaare zu entfernen. Er schliesst darauf den Deckel wieder. Er greift nach dem Klebstoff, den er vorbereitet hat. Verschweisst die Kanten. Nur zum Spass.

Er arbeitet präzise. Der Klebstoff hält. Er spachtelt die Schnittstellen, damit man die Kanten nicht sieht. Dann befestigt er den Körper an der Hebemaschine und zieht ihn in die stehende Position. Er befestigt die Figur auf allen Seiten, damit er mit der Feinarbeit beginnen kann. Er erwärmt die Körperschalen. Dazu dient ihm ein Lötkolben, den er auf unterster Stufe aufheizt.

Er holt sein altes Tonbandgerät, das er auf dem Trödlermarkt für wenig Geld gekauft hat. Gregorianische Gesänge und der

dumpfe Bass der Gitarre – wie sehr erregt es ihn.
«Was tust du da?» Durch die Schiebeluke an der Türe zeichnete sich das Gesicht des Wärters ab. «Verdammt, was tust du da. Lass das sein, sonst schneid ich dir die Eier ab!»
Verdattert zog Anatol seine Hose hoch.
«In einer halben Stunde wirst du dem Haftrichter vorgeführt. Sieh dich vor. Dort, wo ich herkomme, gilt für Mord noch immer die Todesstrafe.»
Anatol setzte sich wieder hin. Er vermisste den Rollstuhl.

Anmerkung der Autorin

Alle Personen und Ereignisse in diesem Buch sind das Produkt meiner zugegebenermassen etwas abartigen Fantasie. Ähnlichkeiten mit lebenden oder verstorbenen Personen wären rein zufällig. Selbst die beschriebenen Orte sind oftmals überzeichnet oder leicht verfälscht.

Ausnahme ist ein sogenannter Cameo in Form einer Luzerner Persönlichkeit, die in jedem meiner Krimis namentlich erscheint.

An dieser Stelle danke ich all jenen, die mich während der intensiven Schreibphase ausgehalten haben; für die mir Nahestehenden war es nicht immer leicht. Danken möchte ich auch Charlotte Demarmels, meiner treuen Probeleserin, und Roger Strub, einem Freund und Schriftsteller, der denselben Abgründen auf der Spur ist wie ich und mir mit guten Tipps zur Seite gestanden hat. Ein besonderer Dank gebührt Bärbel Philipp für das Lektorat und Korrektorat sowie der Kapo Luzern, die mir vor geraumer Zeit den gesamten Apparat der Polizei erklärt hat. Doch auch hier habe ich mir erlaubt, mir schriftstellerische Freiheiten herauszunehmen.

Ich danke auch allen treuen Leserinnen und Lesern, welche mit mir die Freude an einem spannenden Luzerner Krimi teilen.

Silvia Götschi

1958 in der Zentralschweiz geboren und aufgewachsen. Seit frühester Jugend leidenschaftliche Autorin von Romanen, Kurzgeschichten und Gedichten. Sie ist Mutter von drei erwachsenen Söhnen und zwei Töchtern und lebt heute mit ihrem Mann in Küssnacht am Rigi.

Seit 1998 arbeitet sie als freischaffende Schriftstellerin. Nach ihrer ersten Veröffentlichung «Am Anfang ist die Sehnsucht», 1999, erschienen zwei Romane «Und trotzdem nicht Olivia» und «Sonnensturm» sowie ein Krimi «Mord im Parkhotel».

Nach «Engelfinger» und «Aschenputtel», setzt sie nun mit «Künstlerpech» die Reihe der Thomas-Kramer-Krimis fort. Bereits im Herbst 2014 folgt der vierte Teil mit dem Titel «Tropennacht».

Nervenkitzel mit Silvia Götschi

ENGELFINGER – Kramers erster Fall
(Krimi) Silvia Götschi

Paperback
ISBN: 978-3-9523694-6-3

Niemand hat die Katastrophe kommen sehen. Eines Abends im Herbst 2007 ist sie ohne Vorwarnung da. Vorzeichen hat es viele gegeben. Doch die Fähigkeit, diese wahrzunehmen, ist uns abhandengekommen. So nimmt sie ihren Verlauf – eine Geschichte, die unvorstellbarer nicht sein könnte.

Denn eine Reihe unerklärlicher Morde hält die Stadt Luzern und ihre Bewohner im Bann. Die Opfer werden alle auf die gleiche Weise hingerichtet. Trotz Grosseinsatz gelingt es der Kripo nicht, nur ansatzweise brauchbare Spuren zu finden. Täter und Motiv bleiben im Verborgenen, bis eine buddhistische Sekte ins Visier der Ermittler gerät. Thomas Kramer – verheiratet und Vater eines erwachsenen Sohnes – ist näher als alle anderen an dem Fall dran und erlebt die Hölle. Wird es ihm mithilfe einer Psychologin gelingen, das Geheimnis um den Mörder zu entschlüsseln und gleichzeitig ein unglaubliches Verbrechen aus der Vergangenheit aufzudecken?

ASCHENPUTTEL – Kramers zweiter Fall
(Krimi) Silvia Götschi

Paperback
ISBN: 978-3-9523927-2-0

Die Stadt brodelt und gerät aus den Fugen: Es ist Fasnacht in Luzern. Am Schmutzigen Donnerstag wird auf dem Kapellplatz ein Mann erschossen. Für Thomas Kramer – seit Januar Chef des Ermittlungsdienstes – steht das Motiv schnell fest. Aufgrund des Kokains, das man beim Toten gefunden hate, kann es sich nur um einen Drogenmord handeln. Die Abteilung für Betäubungsmitteldelikte wird zugeschaltet. Doch die Spuren scheinen im Sand zu verlaufen.

Kramer, der lieber draussen als in seinem Büro arbeitet, folgt einer Fährte, die ihn nach Ascona ins Tessin führt. Dort stösst er auf den skurpellosen Unternehmer Jürgen Schumann, der mit seiner Frau und den beiden Kindern Reichtum und Ansehen geniesst. Trotzdem ist nichts so, wie es nach aussen scheint. Von ihrem Ehemann psychisch und physisch missbraucht, flüchtet Tiziana in die Arme eines jungen Künstlers. Erpressung durchs Internet, Drohungen von ihrer eigenen Freundin und eine allzu rüstige Schwiegermutter machen Tiziana das Leben schwer. Plötzlich gerät die ohnehin angeschlagene Familie ins Visier der Justiz. Da tauchen erneut Drogen auf.

Thomas Kramer tappt in eine Mühle von beinahe undurchschaubaren Zusammenhängen. Zug um Zug kommt er dem vermeintlichen Täter auf die Spur und erlebt dabei seine eigene festgefahrene Existenz aus einer ganz anderen Sicht.

Weiterer Thriller erschienen in der Literaturwerkstatt

SCHATTENFLUT
(Thriller) Andreas Knecht

Paperback
ISBN: 978-3-9523927-8-2

Tony Gallo – ein erfolgreicher Geschäftsmann – wird bei einer Firmenübernahme um mehrere Millionen Euro betrogen. Gleichzeitig werden ihm zwei Morde in die Schuhe geschoben. Im Kampf um seine Rehabilitation und auf der Suche nach den wirklichen Mördern wird ihm bewusst, dass er sich in den Fängen einer globalen kriminellen Organisation befindet. Mehrere Jahre Freiheitsstrafe drohen. Tony Gallo mobilisiert all seine Kräfte und stellt sich den übermächtigen Gegnern.

Ein rasanter und emotionsgeladener Plot mit einem atemberaubenden Finale in Venedig.

Ein Wirtschaftskrimi mit regionalen Wurzeln, mit viel Emotionen und einer bewegenden Lebensgeschichte. Ein klassischer Thriller mit Tiefgang, der ein breites Publikum begeistert.